人性枷鎖

㊤

Of Human Bondage

William Somerset Maugham

威廉・薩默塞特・毛姆 ——著　王聖棻、魏婉琪 ——譯

毛姆自序

一九三六年限量插圖版[1]

這是一部很長的小說，再寫一篇序讓它變得更長實在讓我覺得很慚愧。作者也許是最沒有辦法公允地評論自己作品的人，關於這一點，著名的法國小說家羅傑・馬丁・杜・加爾曾經說過一個發人深省的故事，是關於普魯斯特的[2]。普魯斯特要求某份法國期刊刊登一篇評論自己鉅作的重要文章，又覺得這種文章誰來寫都沒有他自己寫得好，於是便親自動筆，請一位年輕的文人朋友掛名，把這篇文章送去給編輯。那位年輕人照做了，但幾天後，編輯派人把他請去。「我絕對不能登你的文章，」他對這位年輕人說。「如果我刊出一篇對他的作品這麼馬虎又不通人情的評論，馬塞爾・普魯斯特永遠都不會原諒我的。」雖然作者對自己的作品很敏感，也很容易被負面評論激怒，但驕傲自滿的情況畢竟不多。他們很清楚自己在付出大量的時間心力之後，成品和當初的構想差距有多遠，一想到這點，那份沒有辦法完整表現原意的失敗感引發的懊惱，便遠遠超過了零星幾段得意文字帶來的快樂。作家追求完美，而他們悲哀地意識到，自己並沒有達成這個目標。

所以我不會對我這本書多作評論，但是就小說來講，我倒是願意告訴讀者，書中的一字一句是如何寫下來的，這本書其實花了相當久的時間，要是提這些讓讀者覺得很無趣，也只能請讀者原諒我了。我二十三歲時寫了這本小說的初稿，我在聖湯瑪斯醫院習醫五年，那時剛畢業。我到了西班牙的塞維亞，在那裡決定要當一個作家，以寫作維生。當時的手稿我還留著，但校稿之後就沒再看過它，這本書的內容非常不成熟，這點我毫不懷疑。我把這份書稿寄給了費雪・昂溫，他是出版我第一本書的人（那是我還在當醫學院學生時寫的一本小說，名叫《蘭貝斯的麗莎》，算是獲得了一點好評）。我希望他能爲這份書稿付一百鎊，可是他拒絕了，後來我也把稿子交給其他的出版商，但即使我開價再低，也沒有人願意出版這本書。當時我非常沮喪，但現在我知道我很幸運，因爲要是其中一個出版商出了我的書（當時這本書的書名是《史蒂芬・凱利的藝術氣質》），我就會失去一個好題材，我當時還太年輕，沒有辦法好好掌握它。我距離自己描寫的那些事件還不夠遠，尚無法冷靜妥切地運用它們，人生經驗也太淺，不像我之後再寫這本小說時，有足夠的經歷充實整本書的內容。我當時甚至還不懂，寫自己熟悉的事物比自己不熟的事物來得容易。比如說，我原本是把主角送到魯昂去學法文的（其實我只去過那裡幾次），而不是到海德堡學德文

1 這篇作者序，原收錄於一九三六年由美國出版社Doubleday Doran推出的《人性枷鎖》限量插圖版。此限量版本為精裝本，僅發行七百五十一套，每套皆以編號行之，並且都有作者毛姆、繪者藍道夫・史瓦卜（Randolph Schwabe）的簽名。

2 羅傑・馬丁・杜・加爾（Roger Martin du Gard, 1881～1958）：法國小說家。一九三七年以長篇小說《蒂伯一家》獲諾貝爾文學獎。

普魯斯特（Marcel Proust, 1871～1922）：法國意識流作家，代表作為《追憶似水年華》。

（我是眞的在那裡待過）。

因爲出版被拒，我就把這份書稿先放在一邊，開始寫其他的小說，這些小說都出版了，接著又寫了劇本。一段時間之後，我成了一個成功的劇作家，也決定將餘生全部奉獻給戲劇。我堅信沒有任何力量可以動搖我。我很快樂，有名有利，也很忙碌。我的腦子裡塞滿了戲劇，只想把它們全部寫下來。我不知道究竟是因爲成功沒有帶來我所期望的一切，或這是成功產生的一種自然反應，就在我被公認爲當代最受歡迎的劇作家之後不久，過去各式各樣的生活回憶又開始回頭纏繞不休。它們洶湧而來，緊迫盯人，不管是睡夢中，散步時，劇場排演或舉行宴會的時候都不放過我，它們成了我的重擔，這讓我下定了決心，要釋放它們，方法只有一個，就是把它們全部化爲文字。投身緊湊急迫的戲劇世界幾年之後，我極度渴望小說的寬廣自由。我很清楚自己想寫的是一本很長的書，希望寫作過程不受干擾，所以我拒絕了劇場經理熱心送來的合約，暫時告別舞台。那時我三十七歲。

成爲職業作家之後的很長一段時間，我花了相當大的功夫學習如何寫作，強迫自己進行一些極爲枯燥的訓練，希望改善我的寫作風格。但在我的戲劇作品開始上演之後，我放棄了這些努力。等到我再度開始動筆，寫作的目標已經不同了。我不再追尋精雕細琢的詞藻和豐富華麗的文風，那是我之前浪費許多精力卻徒勞無功的東西。相反的，我追求樸實與單純。在合理的篇幅限制之內要說的東西那麼多，我覺得我一個字都不能浪費，這時我的想法是，我只用必須的字把自己的意思清楚表達出來，沒有做多餘裝飾的空間。劇場經驗讓我明白了言簡意賅的價值。我就這麼努力不懈地寫了兩年。我不知道這本書該取什麼名字，找了好久之後決定用「美自灰燼而生」（Beauty from Ashes），這句話出自〈以賽亞書〉[3]，我覺得似乎還蠻貼切的，但後來發現這個書名已經被別人用了，只得另覓書名。最後我選擇用史賓諾沙[4]的著作《倫理學》裡的某句話，將我的書取名爲《人性枷鎖》。我覺得沒能使用第一個找到的書名，其實是我的第二次幸運。

《人性枷鎖》並不是一本自傳，而是一本自傳體的小說。事實和虛構緊密交織，情感是我自己的，但事件卻未必和實際發生的情況相關。有些並不是我的經歷，而是來自我親密的朋友，我把這些事件轉移到書中的主人翁身上。這本書確實達成了我希望的目的，它問世之後，我覺得自己從那些折磨我的痛苦和不愉快回憶裡解脫了，只是當時世界正處於可怕戰爭的動盪中，世人太關注自身的苦難和恐懼，無暇理會一個小說人物的人生歷險。這本書的評論寫得極好，特別是西奧多・德萊賽為《新共和》雜誌寫了一篇長長的評論[5]，他以自己的聰明才智和同情心寫下的見解，精采程度遠超過他寫過的任何評論。只是看起來，這本書很可能會和絕大多數小說一樣，在問世之後幾個月就被世人遺忘。不過我不知道是什麼機緣巧合，幾年之後，這本書又碰巧受到美國幾位知名作家的青睞，他們不斷在報章雜誌上推薦，讓這本小說受到社會大眾的注意。這些作家讓這本書重獲新生，而這些年來，它持續獲得了讀者的認同，能有這樣的成功，我必須在此向這些作家表達深深的感謝。

3《聖經・以賽亞書》第六十一章第三節——「賜華冠與錫安悲哀的人代替灰塵，喜樂油代替悲哀，讚美衣代替憂傷之靈，使他們稱為公義樹，是耶和華所栽的，叫他得榮耀。」

4史賓諾沙（Baruch de Spinoza, 1632～1677）：西方近代哲學史上，相當重要的一位理性主義者。重要著作有《依幾何次序所證倫理學》（或簡稱《倫理學》）、《神學政治論》和《政治論》。

5西奧多・德萊賽（Theodore Dreiser, 1871～1945）：美國自然主義作家，也是美國現代小說的先驅。著作有《珍妮姑娘》、《美國的悲劇》和《慾望三部曲》。

《新共和》（The New Republic）：美國一本自由派雜誌，一九一四年創刊發行至今。西奧多・德萊賽為《人性枷鎖》一書所寫評論，刊載於一九一五年十二月廿五日發行的第五期，標題為〈As a Realist Sees It〉。

I

才剛破曉，天色還是灰暗的，雲層重沉沉地壓著，空氣裡泛著一股濕冷，看來快要下雪了。一個女僕走進了房間，房裡的小男孩還在睡，她拉開窗簾，隨意看了對面那棟帶門廊的灰泥房子一眼，然後走向孩子的床。

「醒醒，菲利普。」她說。

她拉下被子，把小男孩抱在懷裡，帶著他下樓了，小男孩這時仍然半夢半醒。

「你媽媽想見你。」她說。

她打開樓下一個房間的門，把手上的孩子交給房裡一個躺在床上的女人。那是男孩的母親。她伸長了手接過孩子，小男孩便安穩地倚在她身邊，並沒有問爲什麼要把他叫起來。女人吻了他的眼睛，瘦伶伶的雙手伸進他白色法蘭絨睡衣底下感受這溫熱的小身軀，又把孩子摟得更緊了一點。

「還想睡嗎？寶貝？」她說。

她的聲音那麼虛弱，彷彿從很遠很遠的地方傳來。孩子沒有回答，但心滿意足地笑了，待在這張又大又暖的床上，又有一雙溫柔的手臂環抱著，讓他覺得非常幸福。他努力蜷成小小一團緊貼著媽媽，睡意朦朧地回吻了她，沒多久他閉上眼睛，很快又睡著了。這時醫生朝他們走來，在床邊站定。

「噢，別把他帶走。」她呻吟著說。

醫生沒有說話，只是表情嚴肅地看著她。她知道醫生不允許孩子在她身邊待太久，她又親了他一下，剛才撫著他身體的手往下移到他的一雙小腳上。她握著他的右腳，感覺著自己手心裡那五根小小的腳趾，接著又緩緩地移過手去摸左腳。她啜泣起來。

「怎麼了？」醫生說，「你累了。」

她搖了搖頭，說不出話來，淚水從她臉頰落下。

醫生彎下身，說：「我來抱他。」

她太虛弱了，拗不過他，只能由著他把孩子抱開。

醫生轉身把孩子交給保母，說：「你最好把他放回他自己床上去。」

「好的，醫生。」小男孩被抱走了，還是睡得很熟。

他媽媽哭得心都碎了，說：「以後你會怎麼樣呢？可憐的孩子。」

產褥護士[1]努力地安撫她，一陣子之後，她因哭得筋疲力竭，才漸漸止住了哭。醫生走到房間另一頭的一張桌邊，桌上有條毛巾，蓋著一個剛產下的死胎。他掀開毛巾看了看，雖然與床隔了一道簾幕，女人還是猜到了他在做什麼。

「是男孩還是女孩？」她低聲地問護士。

「還是個男孩。」

女人沒再說話。

一會兒後，保母回來了，她走到床前，說：「菲利普少爺睡得很熟。」

接著是一陣沉默，醫生又摸了一次病人的脈搏。

1產褥護士（Monthly Nurse）：英國在十八和十九世紀時專門照顧新生兒和產婦的護士。一般來說，照顧期約十天，並未真的長達一個月（Monthly），原因在於，能讓產婦在床上休息十天而不起床做事的富裕家庭並不多。

「我想這裡暫時不需要我了，」他說，「早餐之後我會再過來一趟。」

「請往這邊走，醫生。」保母說。

他們靜靜地走下樓，到了大廳，醫生停下了腳步。

「你通知凱利夫人的大伯了，對吧？」

「是的，醫生。」

「知道他多久能趕到這裡嗎？」

「不知道，醫生，我還在等他的電報。」

「那個小男孩怎麼辦？我覺得他還是別待在這裡比較好。」

「華特金小姐說會把他帶走，醫生。」

「她是誰？」

「她是孩子的教母，醫生。你覺得凱利夫人撐得過去嗎？醫生？」

醫生搖了搖頭。

2

一星期過去了。菲利普這時正坐在華特金小姐位於昂斯洛花園住處的客廳地板上玩。他是獨生子，一直很習慣自娛自樂。客廳裡到處是對他來說非常巨大的家具，而且每張沙發上都有三個大靠墊，每張扶手椅上也都有一個。

他把那些墊子都拿了下來，配上幾張輕巧易搬的鍍金雕花椅子，搭出一個精心製造的洞穴，這樣他就可以躲在裡面，不讓窗簾後面探頭探腦的印第安紅人看見。他把耳朵貼在地板上，聽著野牛群奔越大草原的聲音。不一會兒，他聽見門開了，於是他屏住呼吸，希望自己不要被發現，但是一隻粗暴的手拉開了椅子，靠墊也掉下來了。

「你這個調皮的小傢伙，華特金小姐會生氣的。」

「艾瑪，你好啊！」他說。

保母彎下腰吻了他一下，接著一個個拍掉靠墊上的灰塵，把它們放回原處。

「我要回家了嗎？」他問。

「對，我是來接你的。」

「你穿了新衣服。」

現在是一八八五年，她的裙子底下還穿著裙撐，長裙是黑絲絨質料，有窄窄的袖子和斜斜的肩線，裙子上還有三道寬大的荷葉邊，頭上戴著一頂有絲絨綁帶的黑色無邊帽。她遲疑了一下，原本預期孩子會問的那個問題並沒有出現，結果她準備好了的回答也沒辦法說出口。

「你不想問問你媽媽怎麼樣了嗎？」最後她說。

「噢，我忘了。媽媽好嗎？」

她說出了準備好的答案。

「你媽媽現在很好，很快樂。」

「噢，我好高興。」

「你媽媽已經走了。你再也見不到她了。」

菲利普不懂她的意思，問：「爲什麼見不到？」

「你媽媽已經上天堂了。」

接著她開始哭，菲利普雖然不是很明白發生了什麼事，但也跟著一起哭。艾瑪很高，骨架也很大，有一頭金髮和大大的五官。她是德文郡人，雖然在倫敦幫傭多年，講話還是有很重的德文郡口音。她越哭越傷心，忍不住把小男孩緊緊地抱在胸前。這個孩子失去了世上最無私的愛，讓她隱隱覺得心疼。他一定會被交給陌生人的，這實在太可怕了。但沒過多久，她就控制了自己的情緒。

「你威廉伯父等著要見你呢，」她說，「去跟華特金小姐說聲再見，然後我們就回家。」

「我不想去。」他回答，本能地不想讓人看見自己哭過的樣子。

「那也好，上樓拿你的帽子。」

他拿了帽子，下樓時，艾瑪已經在大廳等他了。他聽見飯廳後面的書房裡有說話聲，停住了腳步。他知道那是華特金小姐和她姊姊在跟朋友說話，而且似乎是在講他的事，在他這個九歲的孩子看來，要是這時候闖進去，她們應該會覺得他很可憐。

「我想我還是去跟華特金小姐說聲再見吧。」

「我也覺得這樣比較好。」艾瑪說。

「那你進去告訴她們，說我來了。」他說。

他希望能好好利用這次機會。艾瑪敲了門進去，他聽見她說話的聲音。

「小姐，菲利普少爺想來跟您道別。」

書房裡的對話聲戛然而止，菲利普一瘸一拐地走了進去。漢麗埃塔・華特金是個身材矮胖的女人，臉色紅潤，頭髮是染過的。在那個年代，染髮仍是件會引起騷動的事，菲利普這位教母換髮色時，他也聽了不少流言蜚語。她和姊姊住在一起，這位姊姊已經放棄嫁人，打算就此安心終老。還有兩位來作客的女士，但菲利普不認識，她們正用好奇的眼光看著他。

「可憐的孩子。」華特金小姐邊說邊張開了雙臂。

她哭了起來，此時菲利普才明白爲什麼剛才吃午飯時沒看見她，還有爲什麼她穿著黑衣。她哭得說不出話來。

「我得回家了。」最後，菲利普說。

他從華特金小姐的臂彎裡掙脫出來，她又親了他一下。然後他走到她姊姊前面，也和她說了再見。兩位陌生女士的其中一位問了可不可以親親他，他神色嚴肅地同意了。雖然他自己也在哭，但對於自己造成的這個情感衝擊場面卻也很樂在其中。他其實很樂意多待一會兒，好讓大家多對他表示一些疼惜，卻又感覺大家都希望他走，所以他說艾瑪在等他，便走出書房。艾瑪下樓去地下室跟朋友說話了，他只好在樓梯口等她。然後他聽見漢麗埃塔・華特金的聲音。

「他媽媽是我最好的朋友，想到她就這麼去了，我眞的承受不住。」

「你不該去參加葬禮的，漢麗埃塔，」她姊姊說，「我就知道這會讓你傷心。」

接著一位陌生女士說話了：「可憐的孩子，想到他從此要這樣孤伶伶地在世上活下去，眞讓人擔心。我看他還有點瘸呢。」

「是的，他生來就有一隻腳畸形。他媽媽爲了這個不知道有多難過。」

然後艾瑪回來了。他們叫了部雙座馬車，她把要去的目的地告訴了車夫。

3

他們回到凱利夫人過世的那棟房子，房子位於肯辛頓區諾丁山門和高街之間一條僻靜雅致的街道上，艾瑪帶著菲利普走進客廳，他的伯父正在寫致謝函給那些送花圈來的人。其中一個花圈送得晚了，沒趕上葬禮，仍原封不動地裝在紙盒裡，放在前廳的桌上。

「菲利普少爺來了。」艾瑪說。

凱利先生慢慢站起身來，和這個小男孩握手，接著他想了想，又彎下身親了他的額頭。凱利先生長得比一般人矮些，有點發福傾向，頭髮刻意留長，以遮掩禿了的頭皮。鬍子刮得很乾淨，五官端正，可以想像年輕時也是個英俊的人。他的錶鍊上掛著一個金十字架。

「你接下來就要跟我一起住了，菲利普，」凱利先生說，「你願意嗎？」

兩年前菲利普出過水痘之後，曾被送到這位教區牧師家住了一段時間，但現在他只記得那兒有個閣樓和大花園，對伯父伯母反而沒什麼印象。

「願意。」

「以後，你要把我和你露意莎伯母當成你的爸爸和媽媽。」

那孩子的嘴唇微微地顫抖著，臉也紅了起來，卻沒有回話。

「你親愛的媽媽已經把你交給我照顧了。」

凱利先生向來不擅言詞，此時此刻也不知該怎麼表達自己的想法。當接到弟媳病危的消息，他立刻啓程趕來倫敦，一路上只想著萬一她過世了，自己就得接下照顧姪子的責任，他的生活不知道會變成什麼樣。他已經五十好幾，和結婚三十幾年的妻子並未生養孩子，也沒期望過要從這個搞不好又吵又粗魯的男孩身上得到什麼親子樂趣。再說，他對這個弟媳從來就沒有什麼好感。

「明天我就帶你回布萊克斯泰伯[1]。」他說。

「艾瑪也去嗎？」小男孩把手放在她手上，她緊緊握住了他的手。

「恐怕艾瑪不能一起去了。」凱利先生說。

「但是我要艾瑪跟我一起去嘛。」

菲利普哭了起來，保母也忍不住跟著哭了。凱利先生無助地看著他們。

「我想你最好先離開，讓我跟菲利普少爺單獨相處一下。」

「好的，先生。」

雖然菲利普緊緊地抓著她，艾瑪還是溫柔地掙開了他的手。凱利先生把小男孩抱在膝上，雙臂摟著他。

「你不能再哭囉，」他說，「你已經夠大了，不需要保母了。我們也該考慮一下送你去上學的事了。」

「我要艾瑪跟我一起去。」小男孩又重複了一次。

「那要花很多錢，菲利普。你爸爸留下的錢不多，我也不知道現在還剩多少。你現在每一毛錢都得省著用才行。」

凱利先生前一天才拜訪過他們的家庭律師。菲利普的爸爸是位醫術精湛的外科醫師，從他在醫院的職位看來，他在醫界已有了一定地位，所以當他因血液中毒驟逝，而人們發現他身後留給妻子的只有一份人壽保險，和一棟在布魯頓街出租的房子時都十分驚訝。這是半年前的事了，凱利夫人當時健康狀況已經很差，又發現自己懷了孕，一時沒考慮清楚，便決定出租自家的房子。她把原有家具都收起來不用，另外找了間附家具的房子簽了一年租約，房子的租金在這位教區牧師看來簡直貴得嚇人，但她覺得這樣至少到孩子出生都還能維持生活便利。她實在不懂得當

1布萊克斯泰伯（Blackstable）：毛姆依據衛斯泰伯（Whitstable）所虛構的城市。衛斯泰伯位於英國東南方的肯特郡（Kent），距離該郡第一大城坎特伯里（Canterbury）只有八公里。

家理財，也沒辦法因應環境巨變調整自己的花費習慣，錢就這麼東一點西一點地從指縫間溜掉。結果到了現在，支付所有開銷後，剩下的錢不到兩千英鎊，而這筆錢必須支撐這男孩的生活，直到他能獨立謀生爲止。這一切幾乎不可能跟菲利普解釋清楚，而現在他還一個勁兒地哭。

「你還是去找艾瑪吧。」凱利先生說。他覺得艾瑪比較會哄孩子。

菲利普一聲不吭，從伯父的膝蓋上溜下來，但凱利先生又叫住了他。

「我們明天就得走，因爲星期六我必須準備佈道講詞，所以今天要叫艾瑪把你的東西整理好。你可以把所有的玩具都帶走，如果想留下什麼紀念你爸爸媽媽的東西可以各挑一件，其他的都要賣掉。」

男孩跑出了房間。凱利先生很不習慣這樣的工作，但也只能心不甘情不願地繼續寫致謝函。書桌另一頭放著一疊帳單，更是讓他看了就有氣。裡面有一張尤其荒謬，凱利夫人才剛過世，艾瑪立刻向花店訂了一大堆白花布置那女人的靈堂，這根本就是浪費。艾瑪太自作主張了，就算經濟上沒有問題，他也是要把她辭掉的。

但這時菲利普一找到艾瑪，就把臉埋在她胸前，哭得心都要碎了。她從他剛滿月就開始帶他，幾乎把他當自己的兒子，她溫言軟語地安慰他，答應偶爾會去看他，而且永遠不會忘了他。她向他描述要去的那個地方是什麼樣子，還順帶提起自己的德文郡老家——她爸爸在通往愛克斯特的一條交通要道上看守收稅關卡，那裡有個豬圈，養了一些豬，還養了一條乳牛，那條牛最近才剛剛生小牛。說著說著，菲利普漸漸忘了哭，也對即將到來的旅程興奮了起來。一會兒後她把他放下，因爲還有好多事要做，菲利普幫她把衣服都拿出來放在床上，接著她要他去遊戲間把玩具收一收，沒過多久，他就開心地玩起來了。

但最後，他一個人玩膩了，便又回到臥房，艾瑪正把他的東西裝進一只大大的錫箱子裡。他想起伯父說可以拿一樣東西紀念爸爸媽媽，他告訴了艾瑪，然後問她該帶什麼好。

「你最好去客廳看看你喜歡什麼。」

「可是威廉伯父在那裡。」

「沒關係的，現在那些東西都是你的。」

菲利普慢慢地下了樓，發現門開著，伯父不在裡面。菲利普在客廳緩緩地走了一圈，他們在這棟房子生活的時間太短了，裡頭沒什麼東西讓他特別感興趣。這就像個陌生人的房間，菲利普找不到什麼喜歡的東西，但他仍分得出哪些東西是媽媽的，哪些東西是房東的。沒多久，他的眼光落在一只小小的鐘上，他曾聽媽媽說很喜歡那個鐘，於是他拿了那個鐘，又落寞地上了樓。經過媽媽的臥房時，他停下腳步，仔細聽了聽。雖然沒人跟他說不能進去，他仍然覺得闖進去是不對的。他有點害怕，心跳得厲害，但同時又有一股力量要他伸手去轉門把。他動作很輕很輕，像是怕人聽見，接著慢慢推開了門，先在門口站了一會兒，才鼓起勇氣進去。現在他不害怕了，但這個房間看起來有點奇怪。他關上背後的門，房裡窗簾是拉上的，在一月午後的冬日下，房裡顯得格外昏暗。梳妝臺上放著媽媽的刷子和手鏡，一只小匣子裡放著幾支髮夾。壁爐架上有一張他自己的照片，還有一張是爸爸的。他常趁媽媽不在時溜進來，但現在這個房間看起來跟以前不太一樣了。椅子的樣子有點怪。床鋪得好好的，好像晚上就會有人回來睡似的，枕上的睡衣袋裡還放著一件睡衣。

菲利普打開掛滿衣服的大衣櫥，一腳跨了進去，張開雙臂，盡可能在懷裡抱滿衣服，然後把臉埋在衣服堆裡，那些衣服上還有媽媽用過的香水味。接著他把抽屜都拉出來，那些抽屜裝滿了媽媽的東西，他看著那些東西，襯衣之間放著薰衣草香包，氣味清新宜人，房間裡的陌生感突然消失了，他覺得媽媽好像只是出門散散步，不多久就會上樓來跟他一起在遊戲間喝下午茶。他彷彿還感覺得到她親吻自己時，那嘴唇的觸感。

再也見不到媽媽這件事絕對不是眞的，絕對不是，因爲太不可能了。他爬上床，頭靠在枕上，就這樣一直靜靜地躺在那兒。

4

菲利普淚汪汪地和艾瑪分開了。但是去布萊克斯泰伯這趟旅程還是讓他覺得很快樂，當他們到的時候，他已經很聽話，心情也很輕鬆。布萊克斯泰伯距離倫敦將近一百公里。凱利先生把行李交給搬運工，和菲利普一起往牧師宅邸走去，腳程大約五分多鐘。他們抵達時，菲利普突然想起了這扇大門。那是一道由五條橫槓釘成的紅色大門，絞鍊很鬆，向裡或向外開都可以，若攀在上頭可以來回搖晃（儘管這麼做是被禁止的）。他們穿過花園走到前門，這道門只有訪客來或主日的時候才使用，或在特殊狀況下，比如凱利先生要出發去倫敦或從倫敦回來時。平常家中進出都走邊門，還有個後門是給花匠、乞丐和流浪漢用的。這棟房子很大，黃磚紅頂，是大約二十五年前打造的教會風格建築。前門就像個教會的門廊，客廳裝著哥德風格的窗戶。

凱利太太知道他們的火車什麼時候會到，早就在客廳等著，注意大門的動靜。聽見他們回來的聲音，她就到門口去了。

「這是露意莎伯母，」凱利先生看見妻子來了，便對菲利普說，「過去親親她。」

菲利普拖著那隻畸形的腳，一瘸一拐地跑了過去，沒幾步又停了下來。凱利太太是個矮小乾癟的女人，和她丈夫同齡，臉上滿是深得出奇的皺紋，眼睛是淡藍色的，灰白的頭髮梳的仍是年輕時流行的長鬈髮型。她穿著一件黑色連身裙，唯一的飾品是一條掛著十字架的金鍊子。她舉止有點靦腆，聲音很輕柔。

「你們走路過來的啊？威廉？」她一邊吻了丈夫，一邊用近乎責備的口氣說。

「啊，我沒想到這個。」他回答，看了姪子一眼。

「走路沒弄痛你吧，菲利普，會痛嗎？」她問孩子。

「不痛，我一直都走路的。」

他們的對話讓他有點驚訝。伯母招呼他進屋，他們進了前廳，地上鋪著紅黃兩色的磁磚，分別畫著希臘正教十字架和天主羔羊的圖案。盡頭有道宏偉的樓梯，是拋光的松木材質，有股特別的香氣，當年教堂換新座椅時剩下不少木料，才幸運地有了這座樓梯。欄杆上還刻著四福音書作者的象徵標誌[1]。

「我生了火爐，我想你們長途旅行回來應該會覺得冷。」凱利太太說。

前廳裡有個大大的黑色爐子，平常只有天氣非常糟糕或凱利先生感冒時才會把火爐點起來。但凱利太太感冒時就不會點，因爲煤太貴了，而且女僕瑪麗安也不喜歡到處都點著火。要是他們每個火爐都要生火，那非得再請一個女僕不可。於是冬天時凱利夫婦乾脆就在飯廳生活起居，這樣就只要一爐火就夠了，到了夏天，他們在飯廳過日子的生活習慣還是改不過來，結果客廳只有凱利先生週日下午打盹時會用一下。但每週六他的書房都要生一爐火，因爲他會在那兒寫隔天的佈道詞。

伯母帶著菲利普上樓，讓他看了看一間面朝車道的小臥室，窗外緊鄰著一棵大樹，菲利普想起這棵大樹了，因爲這棵樹的枝椏特別低，可以攀著樹枝一直爬到很高的地方。

「小孩子住小房間。」凱利太太說，「你一個人睡覺不會怕吧？」

「噢，不會怕的。」

他第一次到這座牧師宅邸時有保母陪著，凱利太太跟他相處的時間很少。現在她看著他，竟有點手足無措起來。

---

1 四部福音書（Four Evangelists）的作者，分別是馬太（Matthew）、馬可（Mark）、路加（Luke）和約翰（John），他們的象徵分別是人、獅、牛、鷹。

「你可以自己洗手嗎？還是要我幫你洗？」

「我可以自己洗。」他堅定地回答。

「那待會兒你下樓喝茶的時候，我要檢查一下。」凱利太太說。

她對帶小孩這件事一竅不通。從菲利普要來布萊克斯泰伯的事定下來之後，她就一直想著該怎麼對待這個孩子，她急切地想做好自己該做的事，但現在他人來了，卻發現自己在他面前怯生生地放不開，跟這孩子在她面前的反應一個樣。她希望他不要太吵太粗魯，因爲丈夫不喜歡吵鬧粗魯的孩子。凱利太太找了個藉口離開，把菲利普一個人留在房裡，但不一會兒又回來敲門，她沒有進去，只在門外問他會不會自己倒水，問完了才下樓去，按鈴吩咐僕人上茶。

飯廳很大，格局均衡，兩側都有窗戶，掛著紅色棱紋平布做的厚重窗簾。正中央有張大桌。飯廳一端有個顯眼的桃花心木櫥櫃，上頭鑲著一面穿衣鏡，另一邊角落放著一架小風琴。壁爐兩邊各放著一把壓花皮革椅，椅子上罩著椅套，有扶手的那張叫做「丈夫」，另一張沒有扶手的叫做「妻子」。凱利太太從來不坐扶手椅，她說她比較喜歡不那麼舒適的椅子，因爲要做的事太多，要是她的椅子有扶手，可能就不會那麼樂意從椅子上站起來了。

菲利普進去的時候凱利先生正在生火，爐子那兒有兩支火鉗，他指給這個小姪子看。一支比較大，比較亮，擦得乾乾淨淨的，看起來從來沒用過，叫做「牧師」，另外一支小得多，顯然平時都是用它來翻弄爐火，叫做「助理牧師」。

「我們現在在等什麼？」凱利先生說。

「我叫瑪麗安給你煮了個蛋，我想你這一程回來，應該餓了。」

在凱利太太的想法裡，從倫敦到布萊克斯泰伯是一段很辛苦的旅程。她自己很少旅行，因爲他們的生活全靠一年三百英鎊的牧師薪水，每次丈夫想度假，總因錢不夠兩個人用，而讓他自己一個人去。凱利先生很喜歡參加教會會議[2]，每年都會設法去一趟倫敦，除此之外他還去巴黎看過展覽，去過瑞士兩三次。瑪麗安把煮蛋端上桌，他們都坐下了，這時才發現椅子對菲利普來說實在太低，一時之間凱利夫婦竟不知道該怎麼辦才好。

「我去找幾本書給他墊著。」瑪麗安說。

她從小風琴上面拿來一本厚厚的《聖經》，和一本牧師常常拿來讀禱詞的公禱書[3]，把它們放在菲利普的椅子上。

「噢，威廉，他可不能坐在《聖經》上啊，」凱利太太用一種嚇著了的口氣說，「怎麼不去書房給他找幾本書來？」

凱利先生認眞地思考了這個問題一會兒。

「我覺得要是把公禱書放在最上面，應該是沒關係的，瑪麗安，」他說，「這本公禱書是跟我們一樣的凡人寫的，沒有什麼聖書之類的問題。」

「這我倒沒想到，威廉。」凱利太太說。

菲利普就坐在那兩本書上。

凱利先生念過謝飯辭，拿起刀叉，把煮蛋的尖端切了下來。

「這給你，」他把那塊蛋遞給菲利普，「如果你喜歡，可以吃這塊蛋尖尖。」

2教會會議（Church Congress）：英國教會的年度會議，無論是俗世或神職人員皆可參與，共同討論教會所關注的宗教，道德或社會議題。會議上沒有立法人員，對於討論的問題也不做表決。

3公禱書（The Book of Common Prayer）：聖公會的禮文書，同時也是普世聖公宗和各成員教會的憲法。聖公會經過與羅馬天主教的分裂，在神學、崇拜禮儀等方面有重大的改變。公禱書也是指導解讀《聖經》的基本原則，在神學上類似信義宗的《協和信綱》。

菲利普其實比較想吃一整顆蛋，但既然伯父沒有這個意思，只能給什麼吃什麼了。
「我不在的這段時間，雞下蛋的情況怎麼樣？」凱利先生問。
「噢，簡直糟透了，一天只能撿到一兩個。」
「你喜歡吃蛋尖尖嗎？菲利普？」凱利先生問。
「非常喜歡，謝謝。」
「星期天下午你會再吃到一塊的。」
星期日的下午茶時間，凱利先生向來都要吃一個煮雞蛋，這樣他晚上主持晚禱的時候才會有精神。

5

菲利普漸漸熟悉了這群將來他要一起生活的人，從他們零碎的談話片段中，他還是知道了不少關於自己和過世雙親的事（儘管有些話並非刻意說給他聽）。比起布萊克斯泰伯的這位牧師伯父，菲利普的爸爸年紀小上很多，他因爲在聖路加醫院表現出色，成了院內不可或缺的主力醫生，不久後收入也豐厚起來。他花起錢來大手大腳，這位教區牧師爲了重修教堂向自己弟弟募款時，居然一口氣收到好幾百英鎊，讓他非常驚訝。凱利先生一方面生性節儉，一方面生活也窘迫，收到這筆錢時心情非常複雜。他因爲弟弟能拿出這麼多錢而嫉妒，又爲教堂能得到這筆資金而高興，而這種幾近炫富的慷慨又讓他隱隱生出一股惱怒。後來，亨利．凱利和他的一個病人結婚了，那女孩長得很漂亮，家境貧困，是個沒什麼近親的孤兒，但出身良好，婚禮當天許多身分高貴的朋友都來了，嘉賓雲集。牧師去倫敦時也會前往拜訪，只是態度一向很拘謹。他面對她有點害羞，而且打心底對她那驚人的美麗覺得反感——身為一個工作勤奮的外科醫生之妻，她的穿著實在華麗過頭了。還有家中精緻的家具，以及即使在冬天生活中也不能缺少鮮花的習慣，這樣的奢侈簡直讓他痛心疾首。他還聽她提過將要赴的宴會，回家後他對自己太太說，一般來說接受了人家這種程度的款待，絕對不可能不回請。他曾在他們的飯廳看過至少八先令一磅的葡萄，午餐時他們也曾為他端上蘆筍（那時，牧師花園裡種的蘆筍還要等兩個月才能收成）。而現在，牧師曾經的預言都成眞了，牧師就像一名預言家，看見不肯聽從他警告改變作風的城市被天火和硫磺毀滅，心裡有種滿足感。可憐的菲利普現在眞的是一文不名，他媽媽當初那些高貴的朋友幫上什麼忙了嗎？他還聽人說菲利普的爸爸簡直奢侈到罪過的地步，老天把菲利普親愛的媽媽帶走了還算是慈悲的——她對錢的概念，根本連個孩子都比不上。

菲利普在布萊克斯泰伯住了一星期後，發生了一件事，好像讓他伯父很不高興。有天早上，他在早餐桌上發現一個小包裹，是郵差從已故凱利夫人的倫敦宅邸轉送過來的，上面的收件人姓名地址都是她。牧師打開包裹，裡面有十二張凱利夫人的照片。照片只拍到肩部以上，髮型比平常樸素得多，頭髮蓋著前額，看起來和以往判若兩人。她的臉很瘦、很憔悴，但即使帶著病容，也沒能減損她五官的美。菲利普從不記得母親黑色的大眼睛裡有過這麼沉重的悲傷。凱利先生第一眼看見這個死去的女人時，心裡微微一驚，緊接著便浮起一股困惑。照片看起來是最近才拍的，他想像不出誰會要求拍這些照片。

「你知道這些照片是怎麼回事嗎？菲利普？」凱利先生問。

「我記得媽媽說過，她拍了照片，」菲利普回答，「華特金小姐還罵了她……但是她說：『我希望我的孩子長大之後，能有樣東西讓他記得我。』」

凱利先生看了菲利普一會兒。這孩子用清亮的童聲說了這些話，他複述著媽媽說過的字句，卻並不明白當中的意義。

「你在這些照片裡挑一張，放在自己房間裡，」凱利先生說，「其他的我收起來。」

他寄了一張給華特金小姐，她回了信，說明拍這些照片當時的情況。

那天，凱利夫人躺在床上，但感覺比平常好些，醫生早上來看過，也覺得情況樂觀不少。艾瑪帶著孩子出去了，女僕們都在樓下的地下室，凱利夫人突然出現一股絕望的孤獨感，覺得自己在這世上只剩她隻身一人。當時再兩個星期就要生產了，這副身子骨恐怕熬不過去，巨大的恐懼攫住了她，她的孩子現在才九歲，將來他會記得她嗎？他長大之後就會把她忘了，忘得乾乾淨淨，她一想到這兒就受不了。她這麼愛他，因為他那麼瘦弱，還跛著一隻腳，但最重要的還是因為他是她的孩子。她結婚後就沒拍過照片，結婚也是十年前的事了。她希望孩子能記得她最後的樣子，那樣就不會忘了她，不會把她忘得乾乾淨淨。她知道如果喊來女僕說想起身下床，女僕一定會阻止，說不定還會通報醫生，而她現在已經沒有掙扎或吵架的力氣了。所以她自己下了床，自己換了衣服。她臥床太久，雙腿已不聽使喚，腳掌的刺痛也幾乎讓她站不住，但她還是繼續。她動作生疏地自己梳頭，一舉起手臂就是一陣暈眩，怎樣也梳不出女僕梳的那種髮型。她有一頭漂亮的頭髮，柔軟細密，是色澤飽滿的深金色，眉毛又直又黑。她穿上一條黑裙，卻挑了一件白色的緊身上衣，那是她最喜歡的一套晚禮服的上半身，白錦緞質料，是當時最時髦的樣式。她看了看鏡子裡的自己，臉色很蒼白，但肌膚仍很白淨，她臉上向來沒什麼血色，也使她那美麗的紅唇一直都格外顯眼。她忍不住啜泣起來，但這時沒有多餘的力氣自憐，她覺得自己已經疲憊到了極點。她披上亨利以前在聖誕節送她的毛皮大衣，那時她多為這份禮物驕傲，又多麼的快樂啊，接著她悄悄下了樓，心臟突突地跳著。她安全地離開了那棟房子，叫了部車往照相館去。她付了十二張照片的錢，拍照過程中還曾要求照相館的人給她一杯水喝，攝影師的助手看她病著，勸她改天再來，她仍堅持拍完那十二張照片。拍照終於結束，她又叫了車回到肯辛頓區那棟她打心底討厭的陰暗小房子，想到自己竟然要死在裡頭，真是太可怕了。

回到家時，她發現前門開著，車才停妥，女僕和艾瑪都跑下階梯扶她。她們最初發現她房裡空無一人時簡直嚇壞了，一開始覺得她一定是去找華特金小姐，便派了廚娘到華特金小姐家，不想華特金小姐反倒和廚娘一起回來，在客廳焦急地等待。此時華特金小姐也步下階梯，又急又氣地數落起凱利夫人，但這趟路的折騰已遠超乎病人所能負荷，加上需要硬撐的時刻已經過去，她人一放鬆，便重重地軟倒在艾瑪懷裡。眾人將她送上樓，她人事不省了好一會兒，在心焦地看著她的那群人眼裡，這段時間簡直難以置信的長，偏偏醫生在她們急匆匆通報後始終沒來。到了隔天，她的情況終於緩過來些，也向華特金小姐解釋了自己這麼做的原因。菲利普當時就在母親房間的地板上玩，兩位女士也沒太注意他。對於她們說的話，他只模模糊糊地懂得一點兒，不知道為什麼，這句話卻一直留在他的記憶裡。

「我希望我的孩子長大之後，能有樣東西讓他記得我。」

「我真不懂為什麼她要拍十二張照片，」凱利先生說，「拍個兩張也就夠了。」

6

牧師宅邸裡的生活每天都一成不變，日復一日。

吃過早餐後，瑪麗安會送來一份《泰晤士報》。牧師和另外兩名鄰居合訂了這份報紙，早上十點鐘到下午一點鐘由他先看，接著花匠會把報紙帶給住在萊姆斯的艾利斯先生，在他那兒留到七點鐘，然後再交給莊園宅邸的布魯克斯小姐，而因為她是最晚拿到報紙的人，所以就能把它留在自己家裡（夏天，凱利太太做果醬時，常跟她要些報紙封果醬瓶）。每天早上，牧師一開始埋頭讀報，就是牧師太太戴上繫帶帽子出門買東西的時候了，菲利普也會跟她一起去。布萊克斯泰伯是個漁村，主要的大街上有幾家商店、一家銀行、診所、還有兩三家煤鋪子，小小的港邊都是些破落街巷，住的是漁民和窮人，但由於這些人平時上的都是禮拜堂[1]，因此對牧師夫婦來說也就無關緊要。凱利太太要是在路上碰到了非英國國教派的神職人員，總是很快地閃到另一邊去，避免和他們打照面，要是來不及閃開，她就死死地盯著路面不抬頭。在這條主要道路上居然有三座禮拜堂存在，在牧師看來這簡直就是難以接受的恥辱，他忍不住覺得理當要讓法律介入，禁止他們興建非英國國教的禮拜堂才是。買東西在布萊克斯泰伯並不是件輕鬆的事，因為國教派[2]的教區教堂距離小鎮足足有三公里遠（這點促進了非國教派的盛行），而他們必須只跟自己的國教派會眾買東西。牧師家的購物習慣很可能完全改變一個生意人的信仰，這件事凱利太太很清楚。有兩家肉商平時都會去教區教堂做禮拜，他們總是沒法理解為什麼牧師不能同時跟他們買肉，對於牧師這家買六個月，再跟另一家買六個月這種簡單的想法也都很不滿意。沒輪到送肉的那半年，那個肉商總以不再上教堂做為威脅，牧師偶爾也不得不回敬一下，說——不上教堂已經是他不對，要是他還敢變本加厲跑到異教教堂去，那麼當然，就算他的肉再好，做牧師的也不得不放棄，以後再也不跟他買肉了。

凱利太太經常在銀行停留一下，幫丈夫帶口信給銀行經理喬西亞．葛拉夫斯，他也是唱詩班指揮、教堂司庫兼教區委員[3]。他又高又瘦、臉色灰黃，有個很長的鼻子，頭髮全白了，在菲利普看來真是個好老好老的人。他負責管理教區帳目，唱詩班和主日學的事情也歸他處理。雖然教區教堂沒有管風琴，但他領導的唱詩班卻被公認（被布萊克斯泰伯這裡的人公認）是全肯特郡最好的唱詩班，若有什麼典禮要舉行，像是主教前來主持堅信禮[4]，或鄉村主任牧師來為感恩節佈道，都由他負責必要的準備工作。他不管做什麼事都專斷獨行，毫不猶豫，連敷衍地徵詢一下牧師也無。對牧師來說，雖然很樂意省了點事，也不免對這位教區委員的做事方式有些微詞。看來，他真是把自己當成全教區最重要的一個人了。牧師總是對太太說，要是喬西亞．葛拉夫斯再不注意一點，遲早要他好看。但凱利太太勸牧師還是多包容喬西亞．葛拉夫斯些，他本意是好的，就算有什麼事做得不夠得體，也不能說是他的錯。

於是牧師表現得寬容大度，並安慰自己實踐了基督的美德，但背後還是會私下暗罵他是俾斯麥[5]，這樣也就算是報復了。

有一次，這兩個人爆發了激烈爭吵，凱利太太到現在想起那件煩躁的事仍然悶悶不樂。當時，有位保守黨的候選人打算在布萊克斯泰伯的一場集會中發表演說。喬西亞・葛拉夫斯先決定了地點在佈道堂，然後才去找牧師，還跟他說希望自己也能上臺講幾句話，顯然那位候選人已經拜託喬西亞・葛拉夫斯主持大會了。這完全超出牧師所能容忍的底線。他對牧師應當受人敬重這點態度非常堅定，要是一場集會上牧師明明在場，卻由教區委員擔任主持，豈不是太荒謬了？他提醒喬西亞，「教區牧師」（parson）這個字的本意就是「人物」（person）[6]。也就是說，牧師是教區裡

1 禮拜堂（Chapel）：或稱小聖堂、小教堂，是基督徒聚集和禮拜的場所，尤指沒有神職人員常駐的教堂。禮拜堂的稱呼在英格蘭很普遍，在威爾斯更是如此，用以稱呼獨立的非英國國教派的禮拜場所。在蘇格蘭和愛爾蘭，許多普通的羅馬天主教教堂和非聖公會教堂，都被稱為「禮拜堂」。

2 英國國教會（Church of England）：或譯為英格蘭國教會、英格蘭聖公會、英格蘭教會，是聖公宗的教會之一。

3 司庫（treasurer）：教會中掌管財務的人。

教區委員（churchwarden）：英國國教派的教區代表，通常有兩名，由非神職人員的世俗人士擔任。

4 堅信禮（Confirmation）：或稱堅振聖事、堅振禮、按手禮。堅信，是聖公會七件聖禮之一，在嬰孩時候領聖洗者，到長大成人，有能力確認受洗時父母或教父母代他們所許的承諾；而承擔基督徒使命時，便應領受堅信禮。

5 俾斯麥（Otto Eduard Leopold von Bismarck, 1815～1898）：勞恩堡公爵、普魯士王國首相（1862～1890）、德意志帝國首任宰相，人稱「鐵血宰相」。

6 語出英國法學家威廉・布萊克斯通（William Blackston, 1723～1780）。他說，教區牧師（parson）的意思就是「教會中的人物」（ecclesias parsona），也就是「擁有教區中一切權利的人物」。

最重要的人物。喬西亞・葛拉夫斯回應，他承認教會尊嚴至高無上，但這件事是政治事務，他反過來提醒牧師，別忘了救世主曾經訓誡，要讓凱撒的歸凱撒[7]。牧師又反擊，爲了達到自己的目的，就算是魔鬼也會引用《聖經》，在佈道堂的使用方面，只有他有權做主，如果不請他主持，他就拒絕出借佈道堂召開政治集會。喬西亞・葛拉夫斯說悉聽尊便，還說其實在他看來，循道宗[8]的禮拜堂拿來當集會場所也同樣適合。接著牧師說，要是他敢涉足一個形同異教徒聖殿的地方，那麼他就不適合再擔任國教教區的教區委員。喬西亞・葛拉夫斯隨即辭去了所有教會職務，當晚就把他的黑色法衣和唱詩班的白色長袍繳回教堂。連爲他打理家務的妹妹葛拉夫斯小姐也把孕婦聯誼會的祕書職位辭了，這個聯誼會平時會爲懷孕的窮苦女人提供法蘭絨布、嬰兒內衣、煤、和五先令的資助金。牧師說，這回他總算眞的當家作主了，但很快就發現自己對各式各樣的事務一竅不通，而喬西亞・葛拉夫斯一時氣憤辭掉所有工作後，也發現自己失去了生活中最大的樂趣。凱利太太和葛拉夫斯小姐爲了兩人之間的爭執頭痛得不得了，她們謹愼地通了幾封信後又見了面，決定努力讓這兩個人言歸於好。於是她們一個勸自己的丈夫，一個勸自己的哥哥，從早勸到晚；由於她們的勸說本來就是這兩位先生心裡想要的，經過三週的紛擾，兩人終於言和。這樣其實正合了兩人各自的心意，他們卻把這個結果歸因於對主有共同的愛。集會依舊在佈道堂舉行，請了醫生來主持，牧師和喬西亞・葛拉夫斯都上臺講了話。

凱利太太在銀行辦完事後，通常會上樓找葛拉夫斯小姐聊聊天，兩位女士聊教區裡的事務，聊助理牧師，或聊威爾森夫人的新帽子（威爾森先生是布萊克斯泰伯最有錢的人，大家估計他一年至少能賺上五百英鎊，最後他娶了自己雇的廚娘）。菲利普規規矩矩地坐在風格拘謹的客廳裡，忙著逗弄魚缸裡游來游去的金魚，這個客廳只有接待訪客時才用，窗子向來不開，只有早上會開個幾分鐘透透氣，對菲利普來說，這滯悶的氣味，便自此和銀行產生了一種神祕的連結。

接著凱利太太想起還得去一趟雜貨店，就和菲利普繼續上路。買完東西後，他們常常從漁民聚居的小巷一路走到小海灣，道路兩側都是低矮的房子，大部分是木頭建的，到處可以看見漁民坐在門口補漁網，網子就掛在門上晾乾。海邊到處都是倉庫，但還是看得見大海。凱利太太會在那裡站幾分鐘，看著那片渾濁發黃的海水（誰知道這時她心裡想些什麼），菲利普就在海邊找扁石頭打水漂。接著他們慢慢地走回來，經過郵局時朝裡頭的鐘望望，看一下現在的時間，再跟坐在診所窗前縫東西的威格朗醫生太太點頭打招呼，然後才回家去。

午飯是下午一點鐘吃，週一、週二、週三吃牛肉，吃法分別是烤牛肉、肉末馬鈴薯泥和碎肉派，週四、週五、週六就吃羊肉，到了星期天，他們會殺一隻自家養的雞。下午是菲利普念書的時間，伯父教他拉丁文和數學（只是他伯父對這兩樣也一竅不通），伯母教他法文和鋼琴（其實她對法文也一無所知，但琴技拿來替她唱了三十年的老歌伴奏倒綽綽有餘）。凱利先生常對菲利普說，當他還在當助理牧師時，他太太就有十二首歌已經背得滾瓜爛熟，不管什麼時候要她表演，她都能立刻唱出來。就算是現在，牧師宅邸舉辦茶會時她也還常常唱。能讓凱利夫婦請來喝茶的人不多，一般總是助理牧師、喬西亞・葛拉夫斯兄妹、威格朗醫師夫婦這幾個人。茶會之後，葛拉夫斯小姐會彈一兩段孟德爾頌的〈無言歌〉，凱利太太就唱〈當燕子飛返家園〉，或是〈跑呀，跑呀，我的小馬〉。

但凱利夫婦不常舉辦茶會，因爲準備過程實在太煩人，客人走了以後他們簡直累得筋疲力盡。相較之下他們還是喜歡自己喝茶，然後再玩幾局雙陸棋，[9] 凱利太太總是故意放水，只因自己的丈夫不喜歡輸。八點鐘他們會吃一

7出自《馬太福音》第二十二章。當時，猶太社區領袖問耶穌：「該不該繳稅給羅馬皇帝凱撒？如果耶穌要猶太人抗稅，就是煽動人民違法，但如果叫猶太人乖乖納稅，那麼他說的『我是猶太人的王』就不能成立。耶穌回答：「凱撒的歸給凱撒；神的歸給神。」喬西亞・葛拉夫斯引這一句，意指世俗的事應該交給世俗的人處理。

8循道宗（Methodism）：又稱衛斯理宗（Wesleyans）、監理宗，現代亦以衛理宗、衛理公會之名著稱。

9西洋雙陸棋（backgammon）：起源於埃及，歷史悠久。適合兩人對奕，各自執黑或紅共十五個棋子，遊戲有一個固定的開始擺設方式，雙方各有一個杯子裝兩個骰子，為求公平只能由手持杯子擲骰子，目的是將己方所有棋子越過對方，然後再移離棋盤。

頓冷食當晚餐，多半是些拼拼湊湊的東西，因爲瑪麗安在下午茶過後就不樂意再做事了，凱利太太還得幫忙收拾。凱利太太多半只吃點麵包和奶油，再加一點點燉煮的水果蜜餞，但凱利先生要多加一片冷肉。晚餐過後，凱利太太立刻打鈴做晚禱，祈禱完，菲利普就要上床睡覺了。他堅持不讓瑪麗安幫他脫衣服，過了一段時間，他便成功贏得了自己穿脫衣服的權利。九點鐘，瑪麗安把雞下的蛋和餐盤送來，凱利太太會在每個蛋上都標注日期，把數量記在本子上，然後拎著裝餐盤的籃子上樓。凱利先生繼續讀他的老書，等到時鐘打了十點，他就會站起來把燈關了，跟著他太太上床睡覺。

菲利普剛來這裡的時候，一度難以決定讓他在哪天傍晚洗澡。因爲廚房的鍋爐壞了，很難燒出足夠的熱水，所以一天只有一個人能洗。在布萊克斯泰伯，家裡有浴室的只有威爾森先生一個，大家都覺得他是在炫富。瑪麗安星期一晚上會在廚房洗澡，因爲她喜歡一週有個乾乾淨淨的開始；凱利先生星期六不能洗，因爲他隔天的工作特別繁重，而他每次洗過澡都覺得有點累，所以他的洗澡時間是星期五；凱利太太星期四洗，理由跟她丈夫一樣。這樣看來，星期六理所當然要歸菲利普了，但瑪麗安說她星期六沒辦法一直看顧鍋爐的火，因爲隔天主日她要做那麼多食物，還得做糕點和說不清的各種雜事，她覺得自己星期六晚上再幫小男孩洗澡絕對吃不消，而且顯然他還沒辦法自己洗。凱利太太對於幫小男孩洗澡這種事很害羞，凱利先生那天自然是要忙他的佈道詞，但堅持菲利普在主日那天應該要乾乾淨淨討人喜歡。瑪麗安說，要是硬逼她做，她寧願走人，她在這裡做了十八年，沒想到工作越做越多，他們也該多少爲她想想。這時候菲利普自己站出來說，他不需要別人幫他洗澡，他完全可以自己洗，這麼一來事情就解決了。瑪麗安說，她百分之百確定他自己洗澡一定洗不乾淨，反而可能把自己搞得更髒，就算在星期六晚上，她拚死命也得幫他洗澡，但不是因爲隔天他得去做禮拜，而是因爲她根本受不了洗澡洗不乾淨的小男孩。

7

星期天總是塞滿各式各樣的事情，凱利先生總愛說，在這個教區裡，他大概是唯一一個一週工作七天的人了。

到了這天，全家都得提前半小時起床。瑪麗安八點鐘準時來敲門時，凱利先生總要抱怨一下，說當教區牧師眞是可憐，連休息日也不能稍稍賴個床。凱利太太打扮的時間比平時更長，九點鐘時她會有點上氣不接下氣地下樓吃早餐，只比丈夫早一步。凱利先生的靴子要放在火爐前烘暖。因爲這天的祈禱比平時長，所以早餐也比平常豐盛。吃過早餐後，凱利先生會把麵包切薄片做成聖餐，菲利普則有幸擔任切麵包邊的工作。伯父會要他去書房拿來大理石紙鎭，用紙鎭把麵包壓成薄片，再切成小方塊，數量則視天氣而定。若天氣太糟，是沒多少人會上教堂的，若天氣很好，來的人雖不少，但會一直待到領聖餐時間的人也不多。天乾物燥時用聖餐的人是最多的，因爲那時走路上教堂還算是一件樂事，而且天氣也沒好到會讓人想趕緊離開教堂出去玩。

聖餐做好，凱利太太就會從餐具室的保險箱裡取出聖餐盤，牧師用羚羊皮把聖餐盤擦得亮晶晶的。十點鐘車來了，凱利先生穿上靴子，凱利太太要花幾分鐘時間才能戴好她那頂無邊帽。這時，牧師穿著寬大的斗篷佇立在前廳，臉上表情彷佛昔日將要被拖進競技場的基督徒——他太太跟他結婚都三十年了，居然還是沒辦法及時在主日早上準備好，這眞是件奇怪的事。最後她總算來了，身上穿著件黑色仿緞衣服。不管什麼時候，牧師都不喜歡神職人員的妻子穿得花花綠綠，尤其在主日，他更堅持太太非穿黑色不可。偶爾凱利太太會和葛拉夫斯小姐偷偷商量，在帽子上插一根白羽毛或一朵粉紅玫瑰，但牧師會要她把那些東西拿掉，說他絕不和花枝招展的蕩婦一起上教堂。身爲女人，凱利太太對此深深嘆息；但身爲妻子，也只能遵守丈夫的禁令。臨上馬車時，牧師突然想起今天還沒人送蛋來給他吃，她們明明知道，爲了今天佈道聲音有力，他一定得吃個蛋。家裡有兩個女人，卻沒有人把這件事放心上，讓他順順利利佈道。凱利太太責備瑪麗安，瑪麗安回嘴說沒法顧全每件事。她很快地拿來一顆蛋，凱利太太在一只雪利酒杯裡把蛋打散，牧師一口氣把蛋汁吞下肚。等到聖餐盤在馬車裡放妥，他們就出發了。

這部單馬馬車是從「紅獅」馬車行叫來的，車裡有股爛稻草味，馬車行進時兩邊窗戶都是關著的，以免牧師著涼。司事在教堂門廊等著，他接過聖餐盤，牧師往法衣室走去，凱利太太和菲利普就在牧師家族席坐下。凱利太太在自己面前放了一枚六便士硬幣，她向來在奉獻盤裡都是投這個數，她在菲利普面前放了三便士，也是同樣的用處。教堂裡，人慢慢多起來，禮拜也開始了。

牧師講道時菲利普總是越聽越覺得無聊，如果他坐不住了，凱利太太會輕輕地把手放在他手臂上，再責備地看他一眼。等到最後的讚美詩歌聲揚起，葛拉夫斯先生把奉獻盤拿出來在眾人之間傳遞時，他才又興致高昂起來。

做禮拜的人都走了之後，由於還要等候男士們，凱利太太便走到葛拉夫斯小姐的座位前跟她閒聊。菲利普跑進法衣室，他的伯父、助理牧師和葛拉夫斯先生都還穿著白色法衣，伯父會把剩下的聖餐遞給他，說他可以吃掉。以前一直都是牧師自己吃掉，因爲丟掉似乎有點褻瀆神靈，現在由於菲利普食慾旺盛，便替他擔起了這項任務。然後他們開始清點奉獻盤裡的錢，有一便士、六便士和三便士的零錢，通常會有兩個一先令，分別是牧師和葛拉夫斯先生放的，偶爾還會出現一個弗羅林[1]，葛拉夫斯先生就會告知牧師那是誰放的，通常都是個到布萊克斯泰伯來的外地人，牧師還在想這是誰，葛拉夫斯小姐卻早已注意到此人未經深思之舉，還能告訴凱利太太，這個陌生人是倫敦來的，結過婚，有小孩。搭車回家的路上，凱利太太又把這些資訊告訴丈夫，於是凱利先生便決定去拜訪一下這個人，順便爲助理牧師協會募點錢。接著，凱利先生會問剛才菲利普做禮拜時規不規矩，凱利太太又提到威格朗夫人買了件新披風，考克斯先生沒來做禮拜，還有人覺得菲利普斯小姐應該是訂婚了之類的事。馬車抵達牧師宅邸時，大家都覺得總算該好好享受一頓豐盛的午餐了。

飯後，凱利太太回房休息，凱利先生就躺在客廳的沙發上打盹。

五點鐘他們喝下午茶，牧師會再吃一個蛋，以應付接下來的晚禱。凱利太太這次不會去，好讓瑪麗安可以參加，但她在家仍然會把晚禱的禱詞念一遍，也會唱讚美詩。凱利先生傍晚走路去教堂，菲利普一瘸一拐地跟在他身邊，晚上走在黑暗的鄉間小路上，讓他有種奇特的新鮮感，教堂在遙遠的地方亮起所有的燈，隨著他們的腳步越來越近，讓人覺得分外親切。一開始他面對伯父還有點靦腆，但漸漸地也習慣了，他會把手伸進伯父的手掌裡，感覺有人保護著，走起路來就更放心了。

他們一回到家，就開始吃晚飯。凱利先生的拖鞋已經放在爐火前的腳凳上等著他，旁邊是菲利普的拖鞋，一隻是正常的小男孩鞋，另外一隻就有點奇形怪狀。他爬上床時已經累壞了，只能任由瑪麗安幫他脫衣服。她幫他蓋好被子，親了親他，他開始喜歡瑪麗安了。

8

菲利普一直以來都過著屬於獨生子的寂寞生活，在牧師宅邸的日子其實也不比媽媽在世時更孤單。他跟瑪麗安交上了朋友。瑪麗安身材矮矮胖胖的，三十五歲了，是個漁夫的女兒，十八歲時來到牧師宅邸幫傭。這是她幫傭的第一個地方，從來也沒想過要換雇主，但總是拿「說不定要去結婚了」來威脅那對膽小的雇主夫妻。她爸媽住在海

1 弗羅林（florin）：英國錢幣，相當於兩先令。

港街附近的一棟小房子裡，她會在傍晚休息外出時回去看他們。她口中的大海故事激起了菲利普各式各樣的想像，海港邊那些狹窄的小巷弄彷彿也因他稚嫩的幻想增添了許多浪漫故事。有天傍晚，他問可不可以跟瑪麗安一起回家，但伯母擔心他會染上什麼病，伯父則說跟罪惡之人交往會敗壞優良的品行。伯父很討厭那些漁民，覺得他們粗魯、野蠻，而且還上異教禮拜堂。但菲利普就是覺得待在廚房比待在客廳更自在，只要一有機會，他就帶著玩具到廚房玩。伯母對這件事倒也不覺得不舒服，她本來就不喜歡屋子被弄亂，也清楚男孩子總是會胡搞，與其如此，還寧願讓他在廚房搗亂。要是菲利普又坐不住了，凱利先生就開始煩躁，說他早該上學去了。凱利太太覺得他還太小，心裡也很疼惜這個沒有媽媽的孩子，但她想和他拉近距離的作法總略顯笨拙。這個孩子因爲害羞，當她表達疼愛之意時他總繃著一張臉，讓她覺得有點受傷。偶爾聽見他高亢的童聲在廚房裡歡快地大笑大叫，但只要她一進去，他就立刻收聲，瑪麗安向凱利太太解釋剛才讓他笑得那麼開心的笑話是什麼時，他就在一旁漲紅著臉。凱利太太也不覺得那笑話有什麼有趣，只勉強地笑了笑。

「他跟瑪麗安在一起的時候，好像比跟我們在一起要快樂啊，威廉。」她回到客廳繼續做針線時，這麼對丈夫說。

「他教養不夠好，這誰都看得出來。他也該好好管教一下了。」

菲利普來到牧師家的第二個星期天，發生了一件倒楣的意外。凱利先生主持完禮拜回來，午餐後一如往常在客廳小睡，但那天他心情煩躁睡不著。早上，喬西亞・葛拉夫斯對他拿來裝飾祭壇的燭臺提出了強烈的反對意見，那個燭臺是他從特坎伯里買來的二手貨，他覺得看起來很棒，但喬西亞・葛拉夫斯說那些燭臺是天主教的爛東西。聽到這種奚落字眼總是讓他一肚子火。宗教運動風起雲湧之際他正在牛津，這場運動最後以領導人愛德華・曼寧[2]脫離國教告終，他對羅馬天主教因此多少有些認同。他很想把布萊克斯泰伯這個低教會派[3]教區平淡無奇的儀式弄得華麗盛大點，他的靈魂深處一直渴望著莊嚴的福音行列，教堂裡到處點著亮煌煌的蠟燭，但他的底線是不焚香。他討厭新教徒這個名號，而自稱天主教徒，他常說「天主教徒」這個字前面應該還要加上一個形容詞，要說是「羅馬天主教徒」才對。不過，「英國國教」這個名稱具備了天主教這個字裡最好、最完美也最崇高的意義。每當他想到自己刮得乾乾淨淨的臉看起來像個天主教神父，而且年輕時的模樣更有天主教苦行僧的味道，就讓他覺得很高興。他常常提到有次在法國布洛涅度假發生的事，那次因為經濟理由太太沒有跟著去，他坐在一座天主教教堂裡，那位教區神父居然走向他，還邀請他上臺講道。他的助理牧師一旦結婚就會被他打發走，因為在他的觀念裡，尚未

1 特坎伯里（Tercanbury）：毛姆虛構的地名，由坎特伯里（Canterbury）倒裝而來。

2 愛德華・曼寧（Henry Edward Manning, 1808～1892）：天主教英國威斯敏斯特總教區總主教、樞機主教、「牛津運動」（Oxford Movement）領導人之一。「牛津運動」是一八三三年由牛津大學的一些英國國教高教會派教士所發起的宗教運動，目的是通過復興羅馬天主教的某些教義和儀式以重振英國國教。

3 聖公宗旗下的「高教會派」（High Church）與「低教會派」（Low Church）是互相對立的，十六世紀聖公宗形成初期，曾因襲大量天主教的教義、體制與禮儀；十七世紀受到喀爾文宗思想的衝擊，在該宗之下出現一群改革派，再進而脫離而成「清教徒」團體。他們要求「清洗」聖公宗教會內所保留的天主教傳統，又反對英國國內貴族驕奢生活，並主張信徒要過勤勞、節儉與清潔的生活，因而博得「清教徒」之名。面對清教徒改革的衝擊，聖公宗廢棄了許多天主教的舊制；到十九世紀該宗之下的一批保守分子，特別是具有貴族身分的人士，發動了恢復舊制的運動，主張大量恢復天主教的傳統，崇尚古老的繁華禮儀，此即高教會派運動，後世追隨者也自稱「高教會派」；自高教會派產生後，另一批反對恢復舊制者與之對抗，主張簡化教會禮拜儀式，也反對過度強調教會的權威地位，思想上較傾向清教徒團體，自稱「低教會派」。以「焚香」這個沿襲自羅馬天主教的習俗為例，高教會派會在儀式中使用，而低教會派則禁止。

領受牧師聖職的神職人員必須保持獨身。但某次選舉，一個自由黨人在他的花園圍欄上寫了「此路通往羅馬」這幾個大字，卻讓他勃然大怒，還威脅要控告自由黨在布萊克斯泰伯的領導人。他心意已決，不管喬西亞・葛拉夫斯說什麼，他都不會把燭臺從祭壇上拿下來，他一面想著，一面又火大地咕噥了一兩次「俾斯麥」。

就在這時，他突然聽見一陣哐噹嘈雜聲，心下一驚。他扯掉蓋在臉上的手帕，從躺著的沙發上一躍而起，走進飯廳。菲利普坐在餐桌上，身邊堆滿了積木，他剛剛建了一座巨大的城堡，但是地基堆得不太穩，結果就這麼嘩啦一聲全垮了。

「你拿這些積木幹嘛？菲利普？不知道主日你是不准玩遊戲的嗎？」

菲利普用驚恐的眼光定定地看了他一會兒，然後依照他的習慣，整張臉又漲紅了。

「以前在家都可以玩的啊。」他回答。

「我很確定你親愛的媽媽不會准你做這麼壞的事。」

菲利普並不明白玩積木哪裡壞，但如果這是眞的，他也不希望別人覺得他媽媽同意過這種事。他把頭垂了下來，一聲不吭。

「你眞的不知道在主日玩耍是很壞很壞的事嗎？你以爲這天爲什麼叫安息日？你今晚就要去教堂了，你下午剛違反了造物主的禁令，你晚上拿什麼臉去見祂？」

伯父要他立刻把積木拿走，而且就站在他旁邊看著他收。

「你這孩子太沒規矩了，」伯父又說，「想想你做了這種事，會讓你在天堂的媽媽有多傷心。」

菲利普覺得自己都快哭了，但本能地不願讓人看見他掉眼淚，他咬緊牙關，免得自己哭出聲來。凱利先生在自己的扶手椅上坐下，開始翻起書來。菲利普站在窗邊。牧師宅邸距離往特坎伯里的主要道路有一段距離，從飯廳望出去，可以看見一片半圓形的草地，再過去，就是綿延到地平線的綠色原野，原野上放牧著羊群，天空顯得淒清而灰暗。菲利普覺得難過極了。

不一會兒，瑪麗安進門送上下午茶，伯母也下樓了。

「睡得好嗎？威廉？」她問。

「不好，」他回答，「菲利普吵得我沒辦法睡。」

這話並不確實，他其實是因爲自己腦子裡想的東西才睡不著的，菲利普惱怒地聽著，心想自己只不過弄出一次聲音，在這次聲音之前或之後伯父都睡不著根本沒道理。凱利太太問是怎麼回事，凱利先生就把事情講了一遍。

「他甚至連聲對不起都沒說。」最後，凱利先生說。

「噢，菲利普，我知道你心裡一定很抱歉的。」凱利太太說，她很擔心這孩子會在他伯父心中留下不必要的壞印象。

菲利普沒有回話，繼續用力嚼著他的奶油麵包。他不明白是什麼力量讓他不肯讓步道歉，只覺得耳朵嗡嗡響，他有點想哭，但還是一個字都沒說。

「你不用擺那種臉色，把情況越弄越糟。」凱利先生說。

大家靜靜地喝完下午茶，凱利太太不時偷偷瞥菲利普一眼，但凱利先生刻意不理他。菲利普看見伯父上樓準備換衣服上教堂，也連忙到門廳拿了自己的帽子和外套，但他伯父下樓時見狀，卻說：

「今晚我不希望你去教堂，菲利普。我覺得你現在這種心情不適合進神的殿堂。」

菲利普沒說話，他覺得這話對他是莫大的侮辱，臉漲得通紅。他靜靜地站在那兒，看著伯父戴上寬邊帽披上大披風，凱利太太一如往常地到門口送他，然後又回到菲利普身邊。

「沒關係的，菲利普，下星期天你就不會再調皮了，對不對？到那時候，你伯父一定會帶你去教堂做晚禱的。」

她幫他脫掉帽子和外套，帶他進了飯廳。

「我們一起來念祈禱文好不好？菲利普？還可以用小風琴唱讚美詩，這樣好嗎？」

菲利普堅決地搖搖頭，凱利太太有點吃驚。如果他不肯跟她一起念晚禱的禱詞，還眞不知道該跟他一起做什麼好。

「那，在你伯父回來之前，你想做什麼？」她無助地問他。

菲利普終於開口。

「誰都不要來管我。」他說。

「菲利普，你怎麼能說這麼殘忍的話？你不知道你伯父和我都是爲你好嗎？你一點都不愛我嗎？」

「我討厭你，我希望你死了算了。」

凱利太太倒抽了一口氣。聽見他居然講出這麼野蠻的話，她大吃一驚，不知道該說什麼。她在丈夫的椅子上坐下，想到自己那麼渴望給這個沒有朋友的跛腳男孩一些愛，也希望他會愛她。她不能生育，雖然她膝下無子顯然是上帝的旨意，但有時她幾乎連看都不能看小孩子一眼，因爲心裡會痛得不得了。想到這兒，她湧出了淚，淚水一滴滴從臉頰緩緩滾落。菲利普驚訝地看著她。她拿出手帕，忍不住痛哭起來。菲利普突然意識到她痛哭是因爲他剛才說的話，覺得非常抱歉，於是他上前去，靜靜地親了她一下。這是菲利普在沒有別人要求的情況下第一次主動親她。這位可憐的女士，穿著一身黑衣，瘦小、乾癟、臉色灰黃，還有著一頭螺絲起子似的可笑鬈髮，她把孩子抱在膝上，雙臂緊緊地摟著他，哭得彷彿心都碎了。但此時她的淚有一部分是幸福的淚，因爲她感覺兩人之間的陌生感已不復存在。她對這孩子產生了一種全新的愛，因爲他讓她嘗到了痛苦的滋味。

9

接下來的那個星期天，凱利先生準備到客廳小睡（他生活中的一切行動都跟儀式一樣按部就班，一絲不苟），凱利太太也正要上樓，菲利普問：

「如果不可以玩，那我要做什麼？」

「你就不能靜靜地坐一陣子嗎？」

「要一直坐到下午茶時間，我沒辦法。」

凱利先生看看窗外，外頭現在又冷又濕，也沒辦法叫菲利普去花園玩。

「我想到你能做什麼了。你可以把今天的短禱文背下來。」

他從小風琴上把祈禱用的那本公禱書拿下來，翻到他要的那一頁。

「今天這篇不是很長，我進飯廳喝下午茶的時候，要是你可以一字不錯地背出來，你就可以吃我那個蛋的尖尖。」

凱利太太把菲利普放在飯廳屬於他的椅子上（他們已經幫他買了一張高椅子），然後把書放在他面前。

「人要是太閒了，惡魔就會找事情給他做。」凱利先生說。

他往火爐裡多加了幾塊煤，這樣等會兒他喝茶的時候就會有令人愉悅的溫暖爐火。然後他進了客廳，把領圈鬆開，靠墊擺好，讓自己舒舒服服地窩在沙發上。但凱利太太覺得客廳還是有點冷，所以從前廳拿來一條毯子幫他蓋在腿上，連他的腳也包得好好的。她拉上窗簾，這樣陽光才不會太刺眼，這時候牧師眼皮已經閉上了，所以凱利太太躡手躡腳地出了客廳。牧師今天心情平靜，不到十分鐘就睡著了，還微微地打呼。

那天是主顯節後的第六個主日，那天的短禱文一開始是：「啊，上主，你賜予的聖子耶穌與我們同在，使我們能戰勝魔鬼的邪惡，使我們成爲神的子民，獲得永生。」菲利普讀完這段話，完全不懂它在說什麼。他開始大聲把那些字讀出來，但裡面不認識的字實在太多了，而且句子的結構也很奇怪，他頂多只記得住兩行。於是他的心思開始到處亂跑——牧師宅邸四周沿牆種了很多果樹，一根長枝有一下沒一下地敲著窗玻璃，羊群還是懶洋洋地在花園外的原野上吃草。菲利普的小腦袋裡彷彿打滿了死結，他突然慌張起來，要是到了下午茶時間他還記不住這些字怎麼辦？他繼續唏哩呼嚕地快速念著那些禱文，也不打算弄懂內容，只要能像鸚鵡學舌那樣把它背下來就好了。

那天下午凱利太太睡不著，一直到四點鐘還是很清醒，便乾脆下樓來。她覺得應該先聽菲利普背一次，免得他在背給伯父聽的時候出錯，這樣他伯父也會高興，覺得這孩子的心地還是很純良的。但當凱利太太到了飯廳正要走進去時，突然聽見一個聲音，讓她停下了腳步。她有點心慌，轉了個方向，靜靜地從前門走開。她繞到屋子外面去，走到飯廳的窗外小心地往裡面看。菲利普還是坐在她抱他坐上的那張椅子上，但雙手抱頭趴在桌上，哭得好慘。凱利太太看見他哭得肩膀一抽一抽的，簡直嚇壞了。她一直覺得這孩子很鎮定，從來也沒看過他哭，現在她明白，他那種平靜，只是本能地覺得顯露出自己的情緒很丟臉——他都是躲起來哭的。

她也顧不得丈夫不喜歡突然被叫醒，直接衝進了客廳。

「威廉、威廉，」她說，「那孩子哭得好傷心啊。」

凱利先生坐起來，把腿上的毛毯掀掉。

「他在哭什麼？」

「我不知道……噢，威廉，我們讓那孩子那麼難過，你覺得是我們的錯嗎？如果我們有孩子，現在就知道該怎麼辦了。」

凱利先生茫然地看著她，從來沒像現在這麼無助過。

「不是因爲我叫他背那些短禱文他才哭的吧，那還不到十行呢。」

「還是說，也許我可以帶他看一些圖畫書？你覺得呢，威廉？我們有幾本講聖地的圖畫書，那些書應該不會有什麼問題。」

「好吧，我沒意見。」

凱利太太走進書房。收集各式各樣的書是凱利先生唯一的興趣，每回去特坎伯里都要在舊書店消磨上一兩小時，帶回四五本帶著霉味的書。帶回的書他從來不讀，他讀書的習慣已經丟掉很久了，但是他喜歡翻書，要是書裡有插圖就停下來看看，也喜歡修補那些書。他喜歡下雨天，因爲這樣他就可以心安理得地待在家裡，花上一個下午的時間，用蛋白和黏膠修補那套俄國四開本書籍破爛的皮革封面。他收集了不少金屬雕版印刷的古老遊記，凱利太太很快就找到兩本描寫巴勒斯坦的書，她刻意在門外咳了兩聲，好讓菲利普有時間稍微打理自己，她覺得如果在他哭的時候闖進去，他一定會覺得很丟臉，然後她轉動了門把。走進飯廳的時候，菲利普還是坐在那本公禱書前，手遮著眼睛，這樣她就看不出他剛剛哭過。

「短禱文都記住了嗎？」她說。

他好一會兒沒有應聲，她感覺他不想讓人聽出自己聲音有異，又因爲懂得他的心思，她也怪不好意思起來。

「我背不起來。」最後，他終於深吸一口氣，說了出口。

「噢，沒關係的，」她說，「你不需要背。我帶了一些圖畫書來給你看，上來坐在我膝蓋上，我們一起看。」

1主顯節（Epiphany）：基督教的重要慶日，紀念及慶祝主耶穌基督在降生為人後首次顯露給外邦人（指東方三賢士）。主顯節是每年一月六日，因不同的教派而有不同的慶日或慶祝方式。

菲利普從他的椅子上溜下來，爬到她腿上，視線一直是往下看的，這樣她就不會看見他哭腫的眼睛。她把他抱在懷裡。

「你看，」她說，「這就是我們的主耶穌誕生的地方。」她讓他看了一個東方小城鎮，裡面有平頂房子、寺院穹頂和宣禮塔，前景是一叢棕櫚樹，樹下有兩個阿拉伯人和幾頭駱駝在休息。菲利普的手撫過那張圖片，像在感覺那些房子的形狀，和那些游牧人身上寬鬆的長袍。

「念一念上面寫的東西。」他央求。

凱利太太用平緩的聲音讀了圖片對頁的內容。那是一八三〇年代某個東方旅人的浪漫故事，這個東方人承繼了拜倫和夏多布里昂的風格[2]，儘管用字浮誇了點，但情感濃烈眞摯。讀了一會兒後，菲利普打斷了她。

「我想再看看別的畫。」

這時候瑪麗安進來了，凱利太太站起來幫她鋪桌巾。菲利普接過書，迫不及待地翻看書裡圖片，他伯母花了好大一番功夫才讓他把書放下喝下午茶。他已經把剛才背短禱文那一陣可怕的搏鬥忘了，哭得慘兮兮的事也忘了。隔天是雨天，他又說要看那本書，凱利太太滿懷欣喜地拿給他。她曾經跟丈夫聊過這個孩子的未來，兩人都希望他將來能走上服事上主的道路，他這麼渴望看那本描述耶穌所在的聖地之書，似乎是個好兆頭，看來這孩子的心靈天生和神聖的事物靈犀相通。但一兩天後他又說要看更多的書。凱利先生帶他進了書房，讓他看自己收藏的一整排書，那些書都是有插圖的，他爲他選了一本介紹羅馬的書。菲利普饑渴地接過書，書裡的圖片爲他帶來前所未有的快樂，他開始讀那些雕版畫前一頁和後一頁的文字，想知道那些圖片畫的是什麼，很快地，他就對玩具完全失去興趣了。

在這之後，只要身邊沒有人在，他就會自己把書拿下來看。也許因爲最初讓他留下深刻印象的是一座東方城鎮，他發現自己特別喜歡地中海以東的黎凡特地區[3]。那些清眞寺，還有富麗堂皇的宮殿圖片，他看著就興奮得心臟怦怦跳，這當中有張圖片尤其讓他浮想聯翩——那張圖畫是在一本描述君士坦丁堡的書裡，畫的是一個叫做「千柱廳」的地方。那本來是個拜占庭的蓄水池，在大眾的幻想下成了一片浩瀚的大湖，他讀的那篇傳奇故事說，在大湖入口處總停泊著一艘小船，引誘著不留神的人，而航向那一片黑暗的旅人從來沒有回來過。菲利普很想知道，那艘船究竟是在柱子間的航道永恆地繞行著，還是說，他們最後終究會抵達一座奇異的宮殿呢？

有一天，好運降臨了，他找到一本萊恩翻譯的《一千零一夜》[4]。一開始他是被書裡的插圖吸引，然後開始讀內容，先是讀了幾篇與魔法相關的故事，慢慢地也看起其他篇章來，對於喜歡的故事他可以一讀再讀，怎麼也不會膩。他的心思完全放在書上，把生活周遭的事全忘了，喊他吃飯都得喊個兩三次。他不知不覺養成了這世上最愉悅的習慣——讀書。他沒有意識到正在為自己提供一個躲避人世風雨的避難所，也不知道自己所打造的這個虛幻世界，會讓將來每天都要面對的真實世界成為他痛苦的源頭。沒過多久，他就開始涉獵其他的書了，他的腦子變得早熟。伯父伯母見他不憂鬱也不吵鬧，整個人沉浸在書裡，對他也不再操心。凱利先生的藏書非常多，他陸陸續續因便宜而買下的一大堆書，真正讀過的沒幾本，所以對自己有些什麼書也不甚清楚。在佈道書、遊記、聖徒和教士傳記、教會歷史之間，偶爾會摻雜幾本老派小說。這些書終於被菲利普發現了，他看書名挑書，一開始看的是《蘭開

2 拜倫（George Gordon Byron, 6th Baron Byron, 1788～1824）：英國詩人、革命家，更是獨領風騷的浪漫主義文學泰斗。夏多布里昂（François-René de Chateaubriand, 1768～1848）：法國作家、政治家、外交家、法蘭西學院院士，著有小說《阿拉達》、《勒內》、《基督教真諦》，長篇自傳《墓畔回憶錄》等，是法國早期浪漫主義的代表作家。

3 黎凡特（Levant）：歷史上一個模糊的地理名稱，相當於現代所說的東地中海區（Eastern Mediterranean），它指的是中東托魯斯山脈以南、地中海東岸、阿拉伯沙漠以北，和上美索不達米亞以西的一大片地區。

4 《一千零一夜》（The Thousand Nights and a Night）：一部源於東方口傳文學、於九世紀左右以阿拉伯文成書的故事集。愛德華・威廉・萊恩（Edward William Lane, 1801～1876）：英國的東方研究者、翻譯家、辭典編纂者。

夏的女巫》[5]，然後看《孤島歷險記》[6]，接著越看越多。每次他翻開一本描寫兩個孤獨旅人騎馬走過峭壁的書，總會聯想到自己現在是安全的。

夏天來了，以前當過水手的花匠爲他在垂柳的枝椏上綁了個吊床，他在那裡可以躺好幾個小時，到牧師宅邸來的人他都躲著不見，就只是讀書，狂熱地讀書。時間轉眼過去，七月來了，八月又到，主日的時候教堂擠滿了外地人，計算奉獻金時也經常可見兩鎊的鈔票。這段時間，凱利夫婦不太去花園，只因不喜歡陌生臉孔，而且對倫敦來的訪客一直很反感。有位先生租了牧師宅邸對面的房子六星期，他們家有兩個小男孩，這位先生曾經問過菲利普願不願意和他們的孩子一起玩，但凱利太太禮貌地拒絕了。她擔心菲利普被這兩個倫敦來的小男孩帶壞，他將來可是要當修士的，必須避開一切污染的可能。在她眼裡，菲利普就是嬰兒時期的撒母耳[7]。

5《蘭開夏的女巫》（The Lancashire Witches）：作者為威廉・哈里森・安斯沃司（William Harrison Ainsworth, 1805~1882）。一八四八年於《週日時報》開始連載，隔年集結成書。本書以一六一二年真實發生於彭德爾山（Pendle Hill）的女巫事件為本，當時有十二人因施行巫術而受到審判，其中十人被判有罪處死，一人無罪釋放，一人病死獄中。

6《孤島歷險記》（The Admirable Crichton）：英國小說家詹姆斯・巴里爵士（James Matthew Barrie, 1860~1937）的作品，描述尊貴的公爵一家流落荒島，唯有管家熟悉求生之道，於是原有階級一夕翻轉的故事。

7撒母耳（Samuel）：生於公元前十一世紀中葉，是拯救以色列脫離士師時代的危難絕望、轉入君主政制的平安與盛時代的民族英雄，也是膏立以色列王（掃羅和大衛）的申言者。撒母耳此名意即「被神垂聽」。撒母耳的母親名叫哈拿。撒母耳出生以前，哈拿是不能生育的，她曾祈求一個兒子，並許願若禱告蒙神應充，她必將兒子奉獻給神。為此，當撒母耳斷奶後，便被帶到聖殿，在那裡學習。

IO

凱利夫婦決定把菲利普送去特坎伯里的國王公學[1]，他們附近的神職人員也都把兒子送去那裡。這個學校傳統上一直和大教堂有著密切關係——校長是大教堂的名譽教士，上屆校長是副主教。學校鼓勵孩子追求聖職，教育的目的也在於讓這些誠實的男孩能忠心事奉上主。國王公學有一個附屬的預備學校，菲利普要上的就是這個學校。凱利先生在九月末的某個週四下午把菲利普帶到特坎伯里，那一整天，菲利普都很興奮，也很害怕。除了在《男孩畫報》[2]上看到的那些故事外，他對學校生活幾乎一無所知。他看過的《艾瑞克——循序漸進》[3]這本書也說過一點學校的事情。

他們在特坎伯里下火車時，菲利普已經怕得想吐了，坐在進城的馬車裡，他全程臉色蒼白，一句話也沒說。學

1 國王公學（The King's School）：實際上位於坎特伯里（Canterbury），毛姆本人確實在這裡讀過書。坎特伯里是羅馬天主教會在英國最早的落腳點，現為聖公會實際領袖坎特伯里大主教駐錫之地。國王公學建於五九七年，是一所歷史悠久的傳統英國寄宿學校，也是英國歷史上的第一間學校。

2 《男孩畫報》（The Boy's Own Paper）：一份針對青少年發行的英國畫報，發行時間自一八七九年至一九六七年為止，出版的初衷在鼓勵青少年閱讀，以及灌輸基督教的美德觀念。

3 《艾瑞克——循序漸進》（Eric, or, Little by Little）：出版於一八五八年，作者為費德瑞克・法羅（Frederic W. Farrar, 1831～1903）。內容主要是一名承繼貴族血統的男孩在寄宿學校中學壞墮落，後來尋求了上主的協助而改邪歸正的故事。

校前面高大的磚牆讓這地方看起來像座監獄，牆上有個小門，他們拉了鈴，小門應聲而開，來了個笨手笨腳的邋遢男人，把菲利普的錫製大衣箱和玩具箱都搬了進去。來人將他們迎進一間客廳，裡面放滿了粗重難看的家具，沿牆擺著一圈成套的椅子，充滿嚴肅死板的氣氛。他們就坐在那兒等校長來。

「華特森先生長什麼樣子？」坐了一會兒之後，菲利普開口問。

「等一下你就會看到了。」

又等了一陣子，凱利先生想，為什麼校長還不來。沒多久，菲利普鼓起勇氣又開了口。

「跟他說，我有一隻腳不太方便。」

凱利先生還沒來得及回答，門就突然開了，華特森先生以橫掃千軍之姿大跨步進客廳。在菲利普眼裡他簡直是個龐然大物。他身高超過一百八十三公分，塊頭很大，有一雙巨大的手掌和一大叢火紅的鬍子，說起話來聲音響亮、興高采烈，但這種帶侵略性的愉快口氣卻讓菲利普覺得有點可怕。他和凱利先生握了手，然後把菲利普的小手握在自己手裡。

「嗨，小朋友，要上學了，高不高興啊？」他嗓門很大。

菲利普的臉刷一下紅了，不知道該怎麼回答。

「你幾歲了？」

「九歲。」菲利普說。

「你得說『先生』。」他伯父說。

「我想你已經有一大堆東西等著要學了。」校長用大嗓門快活地說。

他用粗大的手指搔這個小男孩的癢，想藉此跟他拉近一點關係。菲利普又害羞又難受，在他的搔癢攻勢下不停地扭來扭去。

「我暫時先把他安頓在小宿舍裡。……你會喜歡的，對吧？」他轉向菲利普，加了一句，「那間寢室連你只有八個人，你不會覺得生疏的。」

然後門開了，華特森太太走進來。她膚色黝黑，一頭黑髮整齊地中分，有副厚得出奇的嘴唇和一個小小圓圓的鼻子，眼睛又大又黑，表情裡有股奇特的冷淡。她不太開口，也不太笑，多數時候都面無表情。她丈夫先向她介紹了凱利先生，然後友善地把菲利普向她一推。

「這男孩是新來的，海倫，他姓凱利。」

她沉默地跟菲利普握了握手，接著便坐下，什麼也沒說。校長還在問凱利先生菲利普懂得多少東西，念過什麼書，熱情過頭的態度讓這位布萊克斯泰伯的牧師覺得有點不好意思，不一會兒，他便起身準備告辭。

「我想，以後菲利普就拜託你了。」

「沒問題，」華特森先生說，「他跟我在一起，一切都會好好的，他一定會進步神速，對吧，小朋友？」

菲利普還沒來得及答話，這個大塊頭就爆出一陣響亮的大笑。凱利先生親了親菲利普的額頭，然後就離開了。

「跟我來，小朋友，」華特森先生大聲地說，「我帶你去看看教室。」

他邁著巨人般的步伐，大踏步走出客廳，菲利普急急地一跛一跛跟在他後頭。他被帶進一個空蕩蕩的長方形房間，裡面有兩張長桌，桌子兩邊都擺著木頭長凳。

「現在這裡還沒有多少人，」華特森先生說，「我會帶你去看看操場，然後就要把你放著，請你自便啦。」

華特森先生在前面帶路，菲利普很快就發現自己來到一個寬闊的操場，三面圍著高高的磚牆，第四面是一道鐵柵欄，從柵欄看出去，可以看見一大片草地，再過去就是國王公學的校舍。有個小男孩在操場上落寞地晃蕩著，一面走一面踢著地上的小石頭。

「哈囉，凡寧，」華特森先生大喊，「你什麼時候回來的啊？」

那個小男孩走過來，跟他握了手。

「他是新來的，年紀比你大，個子也比你大，所以你可別欺負他。」

校長友善地張大眼睛看著這兩個孩子，用怒吼似的聲音把他們都嚇住，然後哈哈大笑地走開了。

「你姓什麼？」

「凱利。」

「你爸爸呢？」

「他死了。」

「噢，你媽媽洗衣服嗎？」

「我媽媽也死了。」

菲利普以爲這個答案會讓男孩覺得有點尷尬，但凡寧一點也沒打算停止那些不正經的玩笑話。

「那，她以前洗衣服嗎？」他繼續。

「洗——」菲利普生氣了。

「所以她是個洗衣婦囉？」

「不，她不是。」

「所以她是不洗衣服的。」

那個小男孩成功完成一套論證，表情洋洋得意，接著他注意到菲利普的腳。

「你的腳怎麼回事？」

菲利普本能地想躲開他的眼光，把腳藏到完好的那隻腳後面。

「我有一隻腳畸形。」他回答。

「怎麼搞的?」

「我生來就這樣。」

「讓我看一下。」

「不要。」

「不要就算了。」

那小男孩一面說著,一面卻狠狠地朝菲利普的小腿踢了一腳,菲利普完全沒想到他會這麼做,因此完全沒能抵擋。劇痛讓他倒吸一口氣,但身體的疼痛遠遠比不上心裡的震驚。他不知道凡寧爲什麼要踢他,也沒想到要在他眼睛上還他一拳。再說,這男孩比他小,他在《男孩畫報》上讀過,打比你自己小的人是很卑鄙的事。菲利普正揉著小腿,另一個男孩出現,踢他的那個人就走了。沒多久,他注意到這兩個人正在談論他,他覺得他們在看他的腳,於是臉又紅了,覺得很不舒服。

這時又來了一些人,先是一群,大約十來個,後面又來了更多,這些人開始聊起放假時做了些什麼事,去了哪裡,打過的幾場板球賽有多精彩。接著來了幾個新同學,沒過多久,菲利普就發現自己跟他們聊起來了。他很害羞,也很緊張,他急著想讓自己顯得輕鬆愉快,但又想不出該說什麼話題。這些人問了他一大堆問題,他很樂意地全都回答了。有個男孩問他,會不會打板球。

「不會,」菲利普回答,「我有一隻腳畸形。」

那個男孩很快地往下看了一眼,然後臉就紅了。菲利普看得出來,他覺得自己問的問題太不得體,但他太害羞了,連道歉也說不出口,所以只是看著菲利普,一臉尷尬。

II

隔天早上，起床鈴把菲利普叫醒時，他還驚訝地環視所在的這個小隔間。接著他聽見一聲大喊，才想起自己在什麼地方。

「你醒了沒，辛格?」

這裡的床位是用拋光的油松木板隔出來的，前方有一面綠色的布簾。那時候人們對於通風這件事還沒什麼概念，所以窗戶總是關得緊緊的，只有早上會開一陣子，讓宿舍裡稍微透透氣。

菲利普起床後便跪下做晨禱。天氣很冷，他有點發抖，但伯父曾教導他，早上剛起床穿著睡衣時的祈禱，比起穿戴整齊後的祈禱更蒙主悅納。這他倒不覺得意外，因爲他也開始意識到自己是上帝創造的生靈，而上帝對崇拜者的苦行向來都深表嘉許。祈禱完之後接著是梳洗。宿舍裡有兩間浴室，要讓五十個人分著用，男孩一星期洗一次澡，其他日子就用臉盆架上的臉盆盛水擦身，這個臉盆架再加上一張床，一把椅子，就是每個床位全部的家具。大夥一面換衣服一面快樂地聊天，菲利普注意地聽著。接著又響了一次鈴，眾人都跑下樓去，在教室裡那兩張長桌旁邊找到自己的位置坐好，華特森先生也進來了，後面跟著他太太和幾名學校工友。他在座位上坐定後便開始禱告，那副模樣眞令人印象深刻，他那驚天雷般的嗓門與其說是在向上帝祈禱，不如說更像在對每個孩子恐嚇，菲利普焦慮地聽著。接著華特森先生會從《聖經》裡選一章出來讀，這時工友們便魚貫而出;不久，那個邋遢的年輕工友送來兩大壺茶，接著又跑了一趟，端來兩大盤抹了奶油的麵包。

菲利普本來對食物就很挑，麵包上厚厚一層劣質奶油實在讓他倒盡胃口，他看見其他孩子把那層奶油刮掉，也跟著有樣學樣。他們都自帶了肉罐頭之類的東西，是放在玩具箱裡帶進來的。有些人還有「加菜」，像是雞蛋或培根之類，這是由華特森先生提供的，他可以從中小賺一筆。他也問過凱利先生要不要幫菲利普的三餐加上這些東西，凱利先生認爲不該寵壞孩子，華特森先生也非常贊成，他覺得對成長期的小孩來說，奶油麵包再好不過了，但就是有些父母對子女太縱容，非要他幫忙加上這些東西不可。

菲利普注意到有「加菜」的孩子會特別受關心，於是他下定決心，下次寫信給伯母時，也要請她跟華特森先生說要「加菜」。

吃過早餐，孩子們就各自散了到操場去玩，非寄宿生也慢慢集合起來。他們的父親要不是本地的神職人員，要不就是駐軍站的官員，或是這個老城鎮的工廠廠長和商賈。沒多久鈴響了，他們一個個進了教室，教室又大又長，兩端分別是二年級和三年級，由兩位副校長授課；當中突出一個小房間，華特森先生就在這裡上課，他教的是一年級。爲了表示這三個年級都是附屬於國王公學的預備班，不管在畢業典禮和官方報告裡，這三個年級都被稱爲預科高年級、預科中年級和預科低年級。菲利普被安插在低年級，導師是個臉色紅潤的男人，聲音很好聽，大家叫他萊斯。他給孩子們上課的方式非常愉快活潑，感覺時間過得特別快，菲利普驚訝地發現已經十點四十五分了，這時他們可以到教室外頭休息十分鐘。

全校學生吵吵鬧鬧地湧進操場。他們叫新來的學生站在中間，其他人分站在面對面的兩堵牆邊，開始玩起一種叫做「抓豬」的遊戲。老學生從這面牆跑向對面的牆，在中間的新生要想辦法抓住他們，要是抓到了，就要念咒語：「一、二、三，豬歸我。」被抓的人就成了俘虜，反過來幫新生抓那些還沒被抓到的人。菲利普看見有個男孩跑過去，想抓他，但那條跛腳根本追不上，其他人都看準了機會從他身邊直接衝過去。有個人異想天開地開始模仿菲利普瘸著跑步的怪樣子，其他孩子看了都大笑，接著全都跟隨第一個人模仿起來，他們圍著菲利普，怪裡怪氣地裝跛腳，一面大聲尖叫，發出刺耳的笑聲，在這個新把戲裡興奮得昏頭轉向。有個孩子伸出腳絆了菲利普一下，菲利普也一如往常，毫不意外地重重摔倒在地，膝蓋都擦破了。他爬起來時，他們笑得更大聲了，有個男孩從背後推了他一把，要不是有人接住他，他一定又要再摔一次。他們以取笑菲利普的畸形為樂，把原來的遊戲都忘了。還有人發明了一種跛著腳在地上打滾的奇怪動作，孩子們覺得滑稽到了極點，好幾個人笑得在地上打滾。菲利普整個人都嚇壞了，不知道為什麼這些人要這樣笑他，他心臟怦怦地狂跳，跳得他幾乎喘不過氣來，他長到現在第一次怕成這樣。男孩們圍著他跑來跑去，一面模仿他，一面哈哈大笑，他始終呆呆地站在中間。他們大喊大叫，要他來抓他們，但是他一動也不動。他再也不要讓他們看見自己跑的模樣。他用盡所有力氣，就是不讓自己哭出來。

這時鈴突然響了，眾人都回到了教室。菲利普的膝蓋流著血，全身都是土，衣服亂七八糟。有好幾分鐘時間萊斯先生根本沒法控制班上秩序，那些學生因為剛發現了奇特的新鮮玩意兒，興奮得靜不下來。菲利普看見一兩個人正偷偷瞄著他的腳，便把腳藏到了長凳後頭。

到了下午，他們到操場踢足球，菲利普吃過午飯正要出去，華特森先生叫住了他。

「我想你不會踢足球吧，凱利？」校長問。

菲利普覺得自己臉都紅了。

「不會，先生。」

「不踢沒關係。你還是到球場去吧，那樣一段路你還是能走的，對吧？」

菲利普其實不知道球場在哪兒，但還是回答：「好的，先生。」

萊斯先生準備帶孩子們去球場，他看了菲利普一眼，發現他沒有換衣服，便問他為什麼不準備踢球。

「華特森先生說我可以不用踢，先生。」菲利普說。

「為什麼？」

男孩們把他團團圍住，好奇地看著他，菲利普覺得很丟臉，只一直看著地上，什麼也沒說。

其他孩子們爭著替他回答：「他有一隻腳畸形，先生。」

「噢，原來如此。」

萊斯先生還很年輕，一年前才剛從學校畢業，知道原委後一時間非常不好意思。他本能地覺得應該請這個孩子原諒自己，又因爲太害羞說不出來。最後他啞著嗓子對其他孩子大喊：

「喂，你們這些孩子還在等什麼啊？趕快走了。」

有些孩子出發了，其他人這時也三三兩兩地走了。

「你跟我一起走吧，凱利，」這位導師說，「你不知道路，對吧？」

菲利普意會到老師說這些話背後的好意，喉頭突然一陣哽咽。

「我沒辦法走太快的，先生。」

「我會走得很慢很慢。」導師臉上帶著微笑說。

這個臉紅紅的平凡年輕人對他說了一句體貼的話，菲利普心裡對他湧起一股好感，突然覺得也沒那麼難過了。

但是到了晚上大家都脫了衣服上床時，那個叫辛格的男孩突然鑽出自己的床位，把頭探進菲利普床位的簾幕裡。

「我說啊，讓大家看看你的腳吧。」他說。

「不要。」菲利普回答，很快跳進了被子裡。

「別跟我說不要嘛，」辛格說，「梅森，快過來。」

隔壁床位的那個男孩正在角落探頭探腦，聽見辛格說話立刻跑過來。他們撲向菲利普，打算掀開他身上的被子，但菲利普死抓著不放。

「你們爲什麼不能離我遠點？」他大叫。

辛格抓起一把刷子，用刷子背拚命敲菲利普揪著毛毯的手，菲利普痛得叫出聲。

「爲什麼你不肯乖乖把腳給我們看？」

「我不要。」

菲利普被逼到了絕境，他攢緊拳頭往欺負他的男孩揮過去，但位置實在太不利，那男孩一把抓住他的手臂，開始反扭。

「噢，不要扭，不要，」菲利普說，「你會把我的手扭斷的。」

「你把腳伸出來，我就不扭。」

菲利普邊哭邊喘，那男孩又用力扭了一下，菲利普痛得承受不住。

「好吧好吧，我給你們看。」菲利普說。

他把腳伸出來。辛格還是抓著他的手腕，一面好奇地看著那隻畸形的腳。

「好噁心。」梅森說。

另一個男孩也鑽進來看。

「呸。」他厭惡地說。

「啊呀，這東西好怪，」辛格邊說邊做了個鬼臉，「是硬的嗎？」

他用食指指尖小心地碰了那隻腳一下，好像那隻腳有自己的生命似的。這時他們突然聽見華特森先生沉重的腳步聲從樓梯傳來，便把被子丟回菲利普身上，兔子似地一溜煙鑽回自己的床位。華特森先生走進寢室，他踮起腳尖就能越過掛綠色布簾的橫杆看見裡面，他看了兩三個床位，孩子們都乖乖地睡在床上，於是熄了燈，離開了寢室。

辛格喊了菲利普，但菲利普沒有回答。他用牙齒緊緊咬住枕頭，不讓自己哭出聲。他並不是因爲他們弄痛了他而哭，也不是因爲跛腳被看見而覺得恥辱，他痛恨的是自己，因爲他沒能忍住那些折磨，居然自己答應把腳伸出去。

接著，他感受到生活的悲哀，在他幼小的心靈裡，這場苦難彷彿永無止盡。不知道爲什麼，他想起那個陰冷的早晨，艾瑪把他從床上抱起來送到媽媽身邊，那天之後他從沒回想過這件事，但現在好像感覺到了當時倚著媽媽的溫暖，覺得媽媽還摟著自己。突然，他覺得這一切都是場夢，包括媽媽的死、牧師宅邸那段日子，和這兩天悲慘的學校生活，等到明天早上醒來，他就會回到以前那個家。想到這裡，他不哭了，他實在太不幸了，除了是夢沒有別的可能，媽媽一定還活著，艾瑪等一下就會上樓來睡覺的。他想著想著，就睡著了。

但隔天早上，叮叮噹噹的鈴聲又把他叫醒了，他睜開眼，第一個看見的東西依舊是那塊綠色的布簾。

12

日子一天天過去，大家對菲利普的跛腳漸漸失去了興趣，它就像某個孩子的紅頭髮和其他人的過度肥胖一樣，讓人見怪不怪。但與此同時，菲利普卻變得極度敏感，他能不跑就不跑，因爲他知道跑起步來會讓跛腳看起來更顯眼，寧願用怪異的姿勢一步一步地走。他盡可能站著不動，把畸形的那隻腳藏在正常腳後面，好讓它不那麼引人注目，而且總是密切留意有沒有人提到自己的腳。因爲他沒辦法參與其他孩子玩的遊戲，所以也不清楚他們平常都做些什麼，他被排除在他們的各種活動之外，於是心思只專注在自己身上。他們和他之間彷彿有一道高牆隔開。有時候，這些孩子似乎認爲不能踢足球是他自己的錯，他也沒法讓他們理解。大部分時間他都是獨自一個人，以前他是個多話的孩子，漸漸地沉默寡言起來，開始思索自己和其他人不一樣的地方。

辛格是宿舍裡最大的孩子，他不喜歡菲利普，而菲利普的體格又偏小，於是常遭到他暴力相向。學期大約過了一半，班上瘋狂流行起一種叫做「鬥筆尖」的遊戲。這是個兩人拿鋼筆筆尖在桌上或凳子上玩的遊戲，玩的人要用指甲推自己的筆尖，讓筆尖越過對方的筆尖，對方得運用技巧不讓對手得逞，而且要想辦法讓自己的筆尖反過來壓過對手。要是誰贏了，就在大拇指的指腹上吹一口氣，用力把大拇指壓在兩個筆尖上，要是大拇指舉起來的時候兩個筆尖都黏在指腹上沒有掉，那麼兩個筆尖都是你的了。很快地，每個孩子都迷上了這個遊戲，其他遊戲都不玩了，技術好的人就贏了一大堆筆尖。但沒過多久，華特森先生認定這個遊戲是變相的賭博，便把這個遊戲禁了，所有贏來的筆尖都沒收。菲利普玩這個遊戲玩得得心應手，這時也不得不心情沉重地放棄他的戰利品，但還是手癢，很想玩。幾天後，在前往足球場的半路上，他跑進商店買了一便士的J型筆尖，放在口袋裡，筆尖帶在身上互相碰撞的感覺讓他覺得很享受。沒多久辛格就發現他有一袋筆尖，辛格贏的筆尖也都交出去了，但仍偷偷留下一個特大的筆尖，叫做「大塊頭」，幾乎戰無不勝，他簡直等不及要把菲利普所有的J型筆尖全都贏回來。菲利普雖然知道自己和口袋裡的小筆尖形勢不利，但是他生性愛冒險，也願意放膽一試，再說，他也清楚辛格的命令根本不容拒絕。他已經一星期沒玩了，現在坐下再度玩起這個遊戲簡直讓他興奮得發抖。他很快就輸掉了兩個筆尖，辛格得意洋洋，但到了第三戰，「大塊頭」不知怎地滑了一下，菲利普的J型筆尖趁勢壓上了「大塊頭」，他發出勝利的歡呼，就在這個時候，華特森先生進來了。

「你們在幹什麼？」他問。

他先看看辛格，又看向菲利普，但兩人都沒有回答。

「你們不知道我已經禁止你們玩這個愚蠢的遊戲了嗎？」

菲利普的心都快跳出來了，他知道接下來要發生什麼事，心裡怕得要命，但害怕中又帶著一絲喜悅。他還沒有被鞭打過。當然，被打是很痛，但若被打過，以後就有可以拿來吹噓的話題了。

「到我書房來。」

校長轉過身，兩人並排跟在後面。

辛格小聲對菲利普說：「我們有得受了。」

華特森先生指著辛格，說：「趴下。」

菲利普看著眼前的人每抽一鞭就抖幾下，臉都嚇白了，三鞭子之後就聽見他哭出聲來，但後面又抽了三鞭。

「夠了，起來。」

辛格站起來，眼淚直掉。菲利普走上前去，華特森先生看了他一會兒。

「我不打你，你才剛來，而且我不能打有殘疾的人。你們兩個都走吧，下次不要再淘氣了。」

他們走回教室時，一群不知道從哪兒得知消息的人已經在那兒等著。他們立刻圍上來，迫不及待地問這問那。辛格面對著他們，一張臉因爲疼痛漲得通紅，臉頰還掛著眼淚。他朝站在他背後一小步的菲利普撇了撇頭。

「他沒挨打，因爲他是個瘸子。」他憤怒地說。

菲利普靜靜地站在那兒，臉紅紅的，覺得每個人看他的眼光都帶著鄙視。

「你挨了幾下？」一個男孩問辛格。

但辛格沒有回答，他痛得半死，整個人氣壞了。

「以後你別想找我玩鬥筆尖了，」他對菲利普說，「你眞夠爽的啊，一點風險都不用負。」

「又不是我找你玩的。」

1在十九世紀，J型筆尖是一般人日常用來書寫的標準筆尖。這種筆尖的造型簡單，堅固耐用，筆尖上有一圓點。筆尖本身沒有彈性，但筆尖上的圓點會讓書寫更順暢流利。

「你敢說不是？」

他迅速地伸出一隻腳絆了菲利普一下，菲利普平常站得就不是很穩，這下又重重地摔在地上。

「瘸子。」辛格說。

接下來那半個學期，他毫不留情地折磨菲利普，雖然菲利普也想離他遠點，但學校實在太小了，要避開他根本不可能。菲利普也想過跟他交好、討他歡心，甚至還巴結地買了一把小刀送他。雖然辛格收下了刀，卻沒有因此消氣。有一兩次，菲利普實在忍不下去了，對這個比他大的男孩拳打腳踢，但辛格比他強壯得多，菲利普一點辦法都沒有，接著又在幾次折磨下不得不向他求饒。這讓菲利普萬分痛恨，因爲那些道歉都是他忍不住痛才說的，他受不了道歉帶來的那種屈辱。更糟的是，他的苦難似乎沒有完結的一天，辛格才十一歲，他要到十三歲才會升到預科高年級。菲利普很清楚自己還得跟這個虐待他的人一起生活兩年，逃無可逃。他只有在做功課和上床睡覺時才覺得快樂一點。他常常有種奇怪的感覺，覺得現在這痛苦不堪的生活只是一場夢，只等他清晨醒來，就會回到倫敦那張小床上。

13

兩年過去，菲利普已經快要十二歲了。他升到預科高年級，成績一直都是前幾名。等過了聖誕節，幾個最大的孩子進入中學，他就是班上最大的學生了。他拿了不少獎品，雖然都只是些劣質紙張印的書，沒什麼價值，封面倒是很漂亮，還印著學校的校徽。他的好成績讓他擺脫了被欺負的命運，人也變得開朗了。但因爲他的畸形，同學並不怎麼在意他的好成績。

「說到底，他想得獎太簡單了，」他們說，「除了拚死命讀書，他也不能做別的。」

他一開始對華特森先生的恐懼現在已經消失，對他的大嗓門也漸漸習慣了，當校長先生沉重的大手放在他肩膀上時，他也隱隱感覺到校長的關愛。他的記性很好，對學業成績來說，好記性比好智力更有用。他知道華特森先生期待他離開預校時能拿到一份獎學金。

不過這個時候，他的自我意識已經很強了。初生的孩子看自己的身體，和看自己身邊的物品並沒有任何不同，他無意識地玩著自己的腳趾，就像玩著身邊的波浪鼓一樣，並不覺得那是自己身體的一部分。而漸漸地，透過疼痛，才終於明白了身體的存在。每個獨立個體都必須經歷相同的過程才能意識到自我，但這當中又有一些不同，儘管每個人都同樣意識到自己的身體是個獨立完整的有機體，卻不是每個人都意識到自己擁有完整獨立的人格。這種自外於他人的感覺在青春期特別明顯，但是這種感覺一般來說，並不至於發展到讓個體與群體產生顯著差異的地步。只有像蜂巢裡的蜜蜂那種沒有什麼個人意識的人，才是生活裡的幸運兒，因爲他們得到幸福的機會最多。他們跟隨眾人一起行動，他們的樂趣之所以成爲樂趣，只是因爲他們非常享受和別人做一樣的事。你會看見這些人在聖靈降臨節跑到漢普斯特德荒野跳舞[1]，在足球賽場邊吶喊，或者從帕摩爾街[2]的俱樂部窗口對皇家儀仗隊歡呼。正是

1聖靈降臨節（Whit Monday）：也稱五旬節，亦稱聖神降臨節，是基督教節日之一，為紀念耶穌復活後、差遣聖靈降臨而舉行的慶祝節日。漢普斯特德荒野（Hampstead Heath）：當地常稱「the Heath」，是倫敦一個古老的大型公園，面積約三百二十公頃（七百九十英畝）。此地橫跨一條倫敦黏土帶，其上是沙丘，而此丘為倫敦最高點，從漢普斯特德綿延至海格特公墓，是倫敦著名自然景觀之一。

2帕摩爾（Pall Mall）：英國大倫敦，一個叫做「西敏市」的倫敦自治市，裡面的一條街道，以俱樂部眾多著名。

因爲有他們的存在，所以人類才被稱爲群居動物。

菲利普從天眞無邪的童年，過渡到擁有痛苦的自我意識，是因爲他的跛腳引來嘲笑而激發的。他的情況特殊，所以不能沿用一般狀況下足以應付的既定規則，於是他被迫思考適合自己的方式。他讀過的一大堆書讓他腦子裡塞滿了各式各樣的想法，但因爲都只是一知半解，反倒帶給他很大的想像空間。在令人痛苦的羞澀底下，有某種東西正在內部生長，他隱約意識到，這就是他的個性。偶爾他的個性連他自己都感到驚訝，他做了一些事，卻不知道爲什麼要這麼做，事後回想起來，自己也是一片茫然。

有個叫勞德的男孩跟菲利普成了朋友，有一天，他們一起在教室裡玩，勞德拿起菲利普的黑木筆插，開始玩起把戲來。

「別胡搞，」菲利普說，「你只會把它弄壞的。」

「我才不會。」

但話才出口，筆插就在勞德的手裡斷成兩截，他驚慌失措地看著菲利普。

「噢，唉呀，眞的非常非常對不起。」

淚水從菲利普的臉上滾下來，但他什麼都沒說。

「啊，怎麼了？」勞德大驚失色，「我會買一個一模一樣的還你。」

「我並不在乎那個筆插，」菲利普顫抖地說，「只是，那是我媽媽給我的，就在她臨終之前。」

「唉呀，我眞的太對不起你了，凱利。」

「沒關係，不是你的錯。」

菲利普拿起那斷成兩截的筆插，看著它，努力克制自己的啜泣，心裡無比悲痛。然而他也說不出爲什麼會這樣，因爲他很清楚，這個筆插其實是上次放假回布萊克斯泰伯時花兩便士買的。他絲毫不知道是什麼促使自己編出這麼一個悲戚的故事，但他傷心得彷彿那故事千眞萬確。牧師宅邸的虔誠氣氛和學校的宗教色彩讓菲利普的良心變得非常敏感，不知不覺接受了「魔鬼隨時都伺機窺探著，想奪走他永生的靈魂」這個概念，雖然他並不比大多數孩子誠實，但只要說了謊，沒有哪一次不痛悔自責的。他翻來覆去地想著這件事，心裡難過得要命，決定去找勞德，說那個故事是他編的。雖然在這世上他最怕的就是丟臉，但想到自己的屈辱是爲了主的榮耀，那痛苦的喜悅又讓他高興了兩三天。但他終究沒有付諸行動，他採取了更輕鬆的方式，那就是向全能的主懺悔，這樣也就能安撫自己的良心了。但他還是不懂，爲什麼會對那個編造出來的故事流露那麼眞切的感情，從他髒兮兮臉上流下的淚沒有一滴是假的。之後，他偶然聯想起當初艾瑪告知媽媽死了的情景，那時他雖然哭得說不出話來，卻仍堅持向華特金姊妹道別，心想也許這樣，她們就會看見他的悲痛，就會可憐他。

14

之後，學校裡掀起了一陣宗教狂熱的浪潮，粗魯的髒話再也聽不到了，低年級的孩子用字只要有一點不乾淨，就被視爲大逆不道，高年級的孩子就像中世紀上議院裡的世俗議員[1]，用拳頭的力量逼迫比他們弱小的孩子遵守道德規範。

1 上議院世俗議員（lords temporal）：英國國會上議院的議員分成世俗議員（Lords Temporal）跟神職議員（Lords Spiritual）。前者是繼承爵位或君主新封的貴族，後者是英國國教會的主教。

菲利普仍是個心性不定的孩子，向來酷愛新鮮事物，此時也隨著風潮變得非常虔誠。不久，他聽說有個聖經協會可以加入，便去信倫敦詢問詳情。入會必須塡寫一張表格，寫上申請人的姓名、年齡、就讀學校，還要在一份鄭重的宣示書上簽名，保證自己一年內每天晚上都會讀完指定的《聖經》章節，另外還要繳半克朗[2]的入會費。根據他們解釋，一方面是爲了讓申請者證明自己渴望入會的熱誠，另一方面也用來支付行政費用。菲利普按照申請時間把表格和錢寄過去，收到了一份大約值一便士的日曆，上面印著每天要讀的章節，另外還有一張紙，一面印著牧羊人耶穌和一隻羔羊的圖片，另一面是一個紅色裝飾紋樣的文字框，裡面有一小段祈禱文，每天讀經之前，都要先念這段祈禱文。

他每天晚上脫衣服上床時總是盡可能加快動作，這樣就能在煤氣燈熄掉前完成功課。他讀經讀得非常勤奮，就跟他平常讀書一樣，不管是殘酷、欺詐、忘恩負義、不誠實或卑劣狡猾的故事，他都不加批判地照單全收。那些行爲要是出現在他的現實生活裡，他一定會驚駭莫名，但讀經時卻能完全不帶任何想法地讓它從腦子裡一晃而過，因爲這些事都是在上帝的直接授意下做的。聖經協會的讀經方式是一天舊約一天新約這樣交替著讀，有天晚上，菲利普讀到耶穌基督說的這段話：「你們若有信心，不疑惑，不但能行無花果樹上所行的事，就是對這座山說，你挪開此地，投在海裡，也必成就。」、「你們禱告，無論求什麼，只要信，也必得著。」[3]

當時這段話並未讓他留下什麼特別的印象，但兩三天後的主日，駐校的大教堂牧師又正好選了這段話當佈道主題。只是就算菲利普想聽聽他說什麼也辦不到，因爲國王公學的學生都坐在唱詩班的位置，而佈道講壇是在耳堂[4]角落，佈道的人幾乎是背對他們的，而且距離也相當遠，若要讓唱詩班席上的人也聽得見佈道內容，這個佈道的人不僅要有一副好嗓子，還得懂一些朗誦技巧才行。但長久以來，特坎伯里的教士之所以被選上，是因爲他們的學識，而不是因爲他們擁有在大教堂佈道的才能。但這段佈道內容，也許因爲他不久前才剛讀過，他竟然全都聽清楚了，而且突然覺得這些話特別適用於自己。整個佈道過程中他一次又一次地思索這段話，當天晚上上床睡覺時，他翻開《福音書》，又看見了那段話。儘管他對《聖經》的文字向來深信不疑，現在也知道裡頭明講的東西常常神祕地意在言外，指的是另一件事。學校裡沒有他願意問的人，因此他把這個問題留在心裡，直到聖誕假期回家。有一天他終於找到機會，那天晚餐後做完飯後禱告，凱利太太一如往常數完瑪麗安送來的蛋，在蛋上標了日期，菲利普站在桌邊，假裝若無其事地翻著《聖經》。

「啊，威廉伯父，這裡這一段，說的真的是這個意思嗎？」

他用手指指著那段話，好像偶然翻到似的。

凱利先生抬起眼，從眼鏡上方看了一下。他正拿著《布萊克斯泰伯時報》在火爐前面烤，報紙晚上剛送到，油墨還沒全乾，他在看報前總要先烘個十分鐘。

「哪一段？」他問。

「喏，就是說只要你有信心，山也能挪開這段。」

「如果《聖經》這樣說，那就是這個意思了，菲利普。」凱利太太溫柔地說，一面拿起餐具籃。

菲利普看著伯父，等他回答。

「這是信心問題。」

「你的意思是說，如果你真心相信你能把山移開，你就做得到？」

「靠神的恩典就能做到。」伯父說。

---

2 半克朗（half crown）：英國舊銀幣名，合二先令六便士。

3 出自《新約‧馬太福音》第廿一、廿二章。

4 耳堂（transept）：十字形教堂的左右兩翼。

「好了，跟你伯父說晚安吧，菲利普。」伯母說，「你也不是今晚就要去移山的嘛，對吧？」

菲利普讓伯父在自己額頭上親了一下，比伯母還早上了樓。他已經知道了想知道的東西。他的小房間冷如冰窖，換睡衣時冷得不停顫抖，但他一直覺得念祈禱文時環境越不舒適，上帝就越高興，他凍得冰冷的手腳正是向全能上主的獻祭。今晚，他跪倒在地，雙手掩面，全心全意向上主祈禱，求上主讓他的跛腳恢復正常。比起挪開大山，這件事眞是太微不足道了。他知道，只要上帝願意，祂就能做到，而且他也有十足的信心。隔天早上，他禱告結束時又做了同樣的請求，還爲這個奇蹟定下一個實現日。

「噢，主啊，如果讓我沉浸在你的慈愛和恩惠之中是你的旨意，那麼請讓我的腳在我返校前一天變好吧。」

他很高興地把請求編成了一套固定的禱詞，當牧師餐後做完例行祈禱剛停下、跪著還沒起身那一刻，他就趕緊把這一小段禱詞重複一遍。傍晚時說一次，到晚上睡覺前又說一遍，而且同樣是在穿著睡衣瑟瑟發抖的狀態下說的。他全心全意地相信著。就這一次，他迫不及待渴望假期早點結束。想到那天他三步併作一步從樓梯上跑下來時伯父驚訝的樣子，他就心裡暗笑，吃過早飯以後，他還得和伯母趕著出門去買一雙新靴子。等到了學校，大家一定都會嚇一跳的。

「喂，凱利，你的腳怎麼回事？」

「噢，它沒事了。」他要答得非常輕鬆，好像這是世界上最自然不過的一件事。

到時候他就能踢足球了。他彷彿看見自己在場上奔跑，奔跑，跑得比誰都快，這幕景象讓他興奮得心跳不已。復活節的那個學期結束時會有一個運動會，他也可以參加賽跑了，甚至想像起自己跨欄的樣子。能夠跟其他人一樣眞是太棒了，不必再被不知道他有殘疾的新生盯著看，夏天洗澡時，在能夠把腳藏到水裡之前，脫衣服也不需要那麼百般防範了。

他將全副精神力量都灌注進祈禱裡，沒有一絲懷疑，對上主的話語全心全意地相信。返校前一天晚上，他上樓睡覺時興奮得整個人都在發抖。外面已經積雪，連伯母都破例奢侈地在自己房間裡生火，但菲利普的小房間還是冷得連他的手指都凍僵了，他好不容易才把領圈解開，牙齒冷得格格打顫。這時他突然冒出一個念頭，覺得今晚得做一些特別的事，好吸引上帝注意，於是掀掉床前的地毯，就這麼跪在光禿禿的地板上，接著又想到自己身上的睡衣太柔軟了，可能會讓造物主不快，所以又把睡衣脫了，就這樣光著身子祈禱。等祈禱完爬上床，因為太冷，有好一陣子他都睡不著，但一睡過去便鼾聲如雷，隔天早上瑪麗安送熱水上來時，還不得不把他搖醒。她一面拉開窗簾一面跟他說話，但他完全沒回話，因為他一醒就立刻想起來，現在就是奇蹟日的早晨。他心裡充滿了快樂和感激，第一個反應就是伸手摸摸那隻現在已經完好無缺的腳，但這麼做似乎是在懷疑上主的仁慈。他相信自己的腳已經好了。但最後還是下定決心，用好的那隻右腳腳趾碰了碰左腳，然後伸出手摸過去。

瑪麗安要進飯廳做晨禱時，他才一瘸一拐地下樓來，坐定準備吃早餐。

「你今天早上好安靜啊，菲利普。」過了一會兒，伯母對他說。

「他正在想明天早上學校裡會吃到的那頓豐盛早餐呢。」伯父說。

菲利普回答了，內容卻跟當下正在談的話題無關，這種回話方式經常惹火他伯父，他稱這種回話法為「心不在焉的壞習慣」。

「假如你請求上帝做一件事，」菲利普說，「而且你真的相信這件事會成真，我是說，就像挪開一座山這種事。而你也非常虔誠，但請求卻沒有實現，這代表什麼意思呢？」

「你這孩子真有意思，」伯母說，「你兩三個星期前就問過搬大山的事了。」

「只能說是你對主的信心還不足。」伯父回答。

菲利普接受了這個解釋。要是上帝沒有治好他，只因為他還不夠信，他實在不知道怎麼樣才算是更加相信上帝。但也許他給上帝的時間不夠，畢竟他只給了上帝十九天。這一兩天他又開始禱告了，這次他把時限訂在復活節，那是上帝之子光榮復活的日子，沉浸在喜悅中的上帝說不定會更加慈愛。為了達成自己的願望，菲利普又加了些別的手段——要是看見新月或看見一匹有斑點的馬，就立刻許願，此外也開始注意天上的流星。放短假[5]時，牧師宅邸裡吃雞，他和伯母一起拉開幸運骨[6]時也會再許一次願，每次許的願都是希望自己的腳能治好。他無意識地祈求起自己種族裡比以色列人的上帝更古老的神靈們。每天的空閒時間，只要他一想到，就不斷地用祈禱來轟炸全能的上主，翻來覆去地念那幾句話，對他來說，用一模一樣的字句向上主提出請求是很重要的事。但不久後，他又覺得這次的信心還是不夠大，沒辦法抵禦心底不斷襲來的懷疑。他把自己的經驗歸納成一條定律。

「我想這世上，沒有誰的信心會足夠的。」他說。

這就像保母曾對他說過的一個關於鹽的故事——只要在鳥的尾巴上灑一點鹽，就能抓住那隻鳥。有一次他真的帶了一小包鹽進了肯辛頓花園，但根本沒辦法靠近鳥，更別說想把鹽灑在鳥尾巴上。復活節還沒到，他就放棄了這次的努力。他對伯父隱隱有股怨氣，覺得他騙了他。那段挪走大山的經文也不過如此，說的是一件事，其實指的是另一件事。他覺得伯父其實一直在對他惡作劇。

5 傳統上，英國所有中小學的寄宿學生於每學期中段都有個長假期，稱為「Half Term Holidays」——第一個學期的假期在十月中，長達十五六天；之後兩個學期分別在二月及五月，各有九天。此外，當中大部分寄宿學校還另有短假，即每個學期有兩次為期兩天的週末，稱為「Exeat Weekends」。

6 幸運骨（lucky bone）：又稱許願骨，就是三叉骨，禽鳥的胸部骨頭呈現類似Y字型的形狀。兩人各執一端拉開，拿到比較大的骨頭的人願望會成真。

15

菲利普十三歲時正式進入特坎伯里國王公學，這所學校一向以它古老的歷史自豪。它的起源可追溯至一座修道院學校，早在諾曼人征服英國之前就已創立[1]，並由奧古斯丁修會[2]的修士教授基礎課程。它也像其他許多這類學校一樣，是由國王亨利八世[3]手下官員在破敗的修道院原址所重建，並由此得名。從那時開始，學校一直崇尚審慎莊重的教學方針，讓肯特郡的地方高層人士與專業人員的孩子獲得符合他們需求的教育。

有幾位學生走出校門後成了著名的文學家——首先聲名大噪的是位詩人，他耀眼的天分只有莎士比亞足堪比擬[4]；

---

1 指一〇六六年法國諾曼第公爵威廉（William I, 1028～1087）征服英格蘭，自此統治英格蘭直至過世。

2 奧古斯丁（St. Augustine, 354～430）：四至五世紀的拉丁教父，中世紀神學研究框架幾乎由他擬定。在他的間接影響下，形成一種修道主義的傳統，即「奧古斯丁修會」（Augustinian Order），馬丁・路德（Martin Luther, 1483～1546）在推行宗教改革以前，便是奧古斯丁修會的一分子。

3 亨利八世（Henry VIII, 1491～1547）：一五〇九年繼位，為了休妻另娶新皇后而與當時的羅馬教皇反目，推行宗教改革，並通過一些重要法案，容許自己另娶，並將當時英國主教立為英國國教會大主教，使英國教會脫離羅馬教廷，自己成為英格蘭最高宗教領袖，並解散教廷在國內的修道院，英國王室的權力因此達到頂峰。

4 這裡指的應該是克里斯多福・馬羅（Christopher Marlowe, 1564～1593），英國伊莉莎白年代的劇作家、詩人、翻譯家，莎士比亞的同時代人物。馬羅以寫作無韻詩（blank verse）及悲劇聞名，有學者認為他在世時比莎士比亞更出名。

最後一位則是散文作家，他對人生的看法深深影響了菲利普那一代人[5]。這所學校還造就了幾位傑出地律師（但傑出律師就沒什麼稀奇的了），另外還出了幾位知名的軍人。不過，在它自修道院獨立後的三百年間，主要培養的仍是神職人員、主教、教長、牧師，尤其是鄉村牧師。學校裡有很多學生的父親、祖父、曾祖父也曾在這兒受教育，後來成了特坎伯里主教區下各個教區的教區長，他們全都在進入這所學校時就已決定接受聖職。即使如此，仍有些徵兆顯示，儘管是這樣的一個地方，還是可看出將要改變的跡象。

有些學生不斷把他們在家裡聽到的話拿來學校講，說教會已經跟以前不一樣了。倒不是錢的問題，而是擔任聖職的人階層跟以前不同了。有兩三個學生認識一些父親是生意人的助理牧師，這些學生說他們寧願去殖民地（那時在英國找不到工作的人，都把殖民地視為最後希望），也不願在非紳士階層出身的人手下當助理牧師。在國王公學，大家對生意人的看法和布萊克斯泰伯牧師宅邸的人一樣，都認為他們是命不夠好，所以沒能擁有祖傳的土地（在這裡，擁有祖傳土地的富紳和一般土地擁有者之間，還是有很細微差別的），況且從事的職業又不屬於紳士階級的四大專業[6]。在非住宿生當中，約有一百五十個人是地方仕紳和駐地軍官的孩子，而那些父親是生意人的孩子，便被這種差別眼光弄得自覺階層低下，抬不起頭來。

學校裡的老師儘管也在《泰晤士報》和《衛報》上讀到一些現代的教育理念，但他們完全不能接受，只殷切希望國王公學能完全保持古老的教育傳統。那些早已僵死的語言在這裡教授得之徹底，足以讓畢了業的學生這輩子只要想起荷馬[7]和維吉爾[8]就打心底湧起一股厭惡。在學校公共餐廳吃飯時，即使有一兩個比較大膽的勇者提出數學現在越來越重要了，但大部分老師仍普遍認為數學沒有古典文學那麼高尚。這裡不教德文，也不教化學，法文只由班級導師教，畢竟他們比外國的專任老師更能維持班級秩序，況且所知的法文文法並不比法國人少，至於他們去到布洛涅的餐廳，若非侍者懂幾句英語、否則連咖啡也點不了這種事，相較之下似乎也就沒那麼重要了。地理課主要是讓孩子畫地圖，這很受老師歡迎，特別若那個國家地形多山，光畫安地斯山脈或亞平寧山脈就可消磨不少時間。老師們不是牛津畢業就是劍橋畢業，都擔任了聖職，而且沒有結婚。如果有誰心血來潮想結婚，就只能服從牧師會的安排，接受一份微薄的薪俸。但多年來，還沒有哪個人真的願意離開特坎伯里這個優雅有教養的社交圈，到鄉村教區去過單調無趣的生活，畢竟這裡除了宗教氣氛之外，還因有騎兵駐軍而多了幾分軍事色彩，然而這些老師現在也都步入中年了。

但另一方面，國王公學的校長卻必須是已婚身分，而且除非老邁得無法主持校務才可辭職。退休時將得到一份優厚的報酬，數字遠超乎下級教師想像，此外還會授予牧師會榮譽會員的稱號。

但在菲利普入學前一年，這所學校發生了一個巨大變化。擔任校長二十五年的弗萊明博士由於耳朵聾得太嚴重（持續了好一段時間），顯然已沒辦法繼續爲上主奉獻心力。當時，在城郊有個空缺，年薪六百英鎊，牧師會提出讓他接這個職位，暗示他已到了該退休的時候，有這樣一筆豐厚的薪俸，他可以舒舒服服地頤養天年。但當地有兩三個希望得到這個位置的助理牧師對自己的妻子說，教區工作需要年輕力壯、精力充沛的人擔任，如今卻交給一個對教區工作一無所知、荷包已經賺得飽飽的老傢伙，眞是太可恥了。但這些尚未領受聖職的神職人員所發的牢騷，

5以毛姆在國王公學就讀的年份（一八八四～一八八九）推測，這裡指的應該是沃爾特・佩特（Walter Horatio Pater, 1839～1894），他在國王公學就讀的年份是一八五三～一八五八。此人乃英國文學批評家及散文作家，研究歐洲文藝時期藝術及人文思想，以「為藝術而藝術」及印象主義思想知名。

6四大專業（four professions）：指需要受高等教育及特殊訓練的律師、建築師、醫師和牧師。請參見第三十三章內容。

7荷馬（Homer, 約9th b.c.～8th b.c.）：相傳為古希臘的吟遊詩人，生於小亞細亞，失明，創作了史詩《伊利亞特》和《奧德賽》，兩者統稱「荷馬史詩」。

8維吉爾（Vergil或Virgil, 70 b.c.～19 b.c.）：奧古斯都時代的古羅馬詩人。作品有《牧歌集》、《農事詩》、史詩《埃涅阿斯紀》三部傑作。

是傳不到大教堂牧師會耳朵裡的。至於那些教區居民，對這種事不會有什麼意見，自然也不會有人徵詢他們的看法。而循道宗和浸信會，在鄉下也都有自己的禮拜堂。

弗萊明博士的去處安排妥當後，接著就必須找一個繼任人選。從下級教師裡選校長繼任人是不合傳統的，全體教師一致希望推舉預校校長華特森先生，他不能算是國王公學的老師，大家也都認識他二十年了，不會有討人嫌的危險。但牧師會卻讓他們大吃一驚，選了一個叫柏金斯的人。一開始，沒人知道這個柏金斯是何方神聖，柏金斯這個姓也就沒讓任何人留下好印象。但驚嚇還沒過去，又聽說這個柏金斯就是亞麻布店老闆柏金斯的兒子。弗萊明博士在大家吃午餐前向老師們宣布了這個消息，從他的神態看來，也顯得很錯愕。老師們坐在那兒用餐，幾乎鴉雀無聲，直到工友離開，大家才開始議論這件事，他們後來吵了起來——在這件事裡，到底有誰在場不重要，但後來好幾屆學生替這幾位先生取了外號，分別叫做「嘆氣」、「柏油」、「打盹」、「噴水」和「拍拍」。

他們都認識湯姆．柏金斯。首先，他並非紳士階級出身，他們對他記得非常清楚，他是個矮矮黑黑的男孩，有一頭雜亂的黑髮和一對大眼睛，看起來像個吉普賽人。他是以非寄宿生的身分入學的，還拿下學校裡最豐厚的獎學金，因此整個求學過程一分錢也沒花。當然他確實也很出色，每年結業式他都領到一大堆獎品。他是學校的模範學生；他們至今都還記得，當他打算爭取另一所更大的公立學校獎學金時，他們有多擔心就此失去湯姆。弗萊明博士爲此還拜訪了他那開亞麻布店的父親（他們都記得那家店，店名叫「柏金斯與庫伯」，在聖凱瑟琳街），希望湯姆在上牛津大學前都留在國王公學別走。國王公學是「柏金斯與庫伯」最大的客戶，柏金斯先生自然萬分歡喜地答應了。湯姆．柏金斯繼續在學校大放光芒，他是弗萊明博士記憶中古典文學念得最好的學生，離開學校時也拿走了學校最高額的獎學金，這是他們之前的承諾。後來湯姆．柏金斯進了牛津大學莫德林學院[10]，拿到了另一份獎學金，在大學裡致力於取得各種卓越成就。國王公學每年的校刊都記錄著他所取得的榮譽，當他拿到兩門科目的第一名時，弗萊明博士還親自在扉頁寫了賀詞。他的成功讓學校裡的老師覺得分外滿意，因爲當時「柏金斯與庫伯」布店其實已陷入絕境，而他並未受影響。合夥人庫伯整天爛醉如泥，就在湯姆．柏金斯取得學位之前，兩位亞麻布店老闆遞出了破產申請書。

湯姆．柏金斯不久之後順利當上了牧師，這個工作非常適合他，接著又先後在威靈頓公學和拉格比公學[11]擔任過副校長。

但是樂見他在其他學校的成就，和在他手下被領導完全是兩回事。「柏油」以前常常罰他抄書，「噴水」還打過他耳光，他們沒法想像牧師怎能犯下過這種錯。大家都會記得他是個破產亞麻布商的兒子，庫伯的酗酒好像也讓他更加丟臉。教區長自然熱情支持他所提出的候選人，這可想而知；教區長也可能會請他吃飯，但在教堂周邊舉行的小宴會上要是有湯姆．柏金斯列席，氣氛還會一如往常地輕鬆愉快嗎？駐兵站又會有什麼反應呢？他根本不能期待那些軍官和仕紳會接受他成爲一分子，這對學校會是嚴重打擊。家長鐵定大爲不滿，就算有大批學生因此退學也不意外，最侮辱人的是，到時大家都得稱呼他柏金斯先生了！老師們考慮過集體辭職以示抗議，又擔心辭呈萬一一聲不響就被批准，只好按兵不動。

「目前唯一能做的，就只有小心應變了。」「嘆氣」說，他教五年級已經教了二十五年，教學糟得難以想像。

---

9 浸信會（Baptists）：又稱浸禮宗，基督教新教主要宗派之一。浸信會反對給嬰兒行洗禮，主張得救的信徒方可受洗，且受洗者需全身浸入水中，稱為「浸禮」。並主張獨立自主、政教分離，反對英國國教和政府干涉地方教會。

10 莫德林學院（Magdalen College）：牛津大學的一個學院，位於英國牛津，由溫徹斯特主教威廉創建於一四五八年。

11 威靈頓公學（Wellington College）：英國最頂尖的貴族學校，也是古老傳統的四大公學之一，由維多利亞女王於一八五三年創立。

拉格比公學（Rugby School）：位於英格蘭中部沃里克郡拉格比鎮上的一間男女兼收寄宿學校，也是英格蘭最古老的公學之一。拉格比學校以其為橄欖球運動發源地而聞名於世。

他們跟柏金斯碰面了，但並未因此覺得安心一點。弗萊明博士在午餐時請大家來跟他見面，他這時已經三十二歲了，又瘦又高，看起來還是他們記憶中那個狂野邋遢的小男孩——做工粗劣的衣服破破舊舊，胡亂地穿在身上。頭髮還是跟以前一樣又黑又長，顯然從來沒學會怎麼把它梳齊，頭髮亂七八糟地垂下來蓋住前額，他就用手迅速地一撩，把遮住眼睛的頭髮撥到後面去。他留著黑色的大鬍子，幾乎要長到顴骨上。他自在地跟老師們閒談，好像他離開國王公學才是一兩星期前的事（看到那些老師，他顯然非常高興）。似乎一點也沒有意識到這個職位對他來說有什麼奇怪，被稱呼「柏金斯先生」的時候也不覺得有什麼不對勁。

他跟老師們道別時，有位老師因還有話跟他說，便順口提到時間還很充裕，要趕火車絕對沒問題。

「那我想到處去走走，順便看看那家店。」他興沖沖地回答。

當下氣氛出現了一種奇特的尷尬，大家都在想他怎麼說話這麼不看場合，更糟的還在後頭，弗萊明博士因爲耳背聽不見他說了什麼，博士夫人便附在耳邊又大聲喊了一次。

「他想到處走走，順便看看他父親的那間舊店鋪！」

在場所有人都覺得丟臉至極，只有湯姆．柏金斯一無所覺。他轉向弗萊明夫人問：

「那間店鋪現在誰接了？你知道嗎？」

她簡直沒辦法開口回答，整個人氣壞了。

「就還是一家亞麻布店嘛，」她尖酸地說，「店名叫葛羅夫，我們從來沒去買過東西。」

「我在想，不知道他會不會讓我進去看看。」

「我想如果你說清楚你是誰的話，他會答應的。」

那天傍晚，晚餐都快吃完了，教師休息室裡還是沒人提這件事，大家都把話憋在肚裡。然後「嘆氣」開口了，他問：「這個嘛，大家覺得我們的新上司怎麼樣？」

他們想起午餐時的對話，那幾乎稱不上對話，而是獨白。柏金斯一直滔滔不絕，他說話速度非常快，聲音低沉宏亮，但用字淺顯易懂。他笑聲短促而古怪，一笑就露出一口白牙。他們幾乎跟不上他的說話內容，因爲他常常從一個主題跳躍到另一個主題，那之間的關係他們有時根本掌握不了。他談到了教學法，這個話題很自然，但接下來他卻說了一大堆他們聽都沒聽過的德國現代理論，聽得他們惴惴不安。他談到古典文學，但由於他去過希臘，於是又談起考古學，他曾經花了整整一個冬天在那裡挖東西，而這些老師完全看不出這對教導學生通過考試有什麼幫助。他又談起政治學，拿比肯斯菲爾德伯爵[12]跟雅典的阿爾西比亞德斯[13]做比較，聽起來真是太奇怪了。他還提到格萊斯頓[14]和地方自治，大家這才意識到他是個自由黨人[15]，心整個沉了下去。除此之外他還談了德國哲學和法國小說。他們總覺得，一個人的興趣這麼五花八門，學問是不可能有什麼深度的。

---

12 比肯斯菲爾德伯爵，班傑明・迪斯雷利（Benjamin Disraeli, 1st Earl of Beaconsfield, 1804～1881）：英國貴族、保守黨政治家、作家，曾兩次擔任首相，在保守黨的現代化過程中扮演了重要角色。時至今日，他仍然是唯一一位猶太裔英國首相。

13 阿爾西比亞德斯（Alcibiades, 450 b.c.～404 b.c.）：雅典政治家、演說家和將軍。他是其母系貴族家庭的最後一名著名成員，這個家族在伯羅奔尼撒戰爭之後衰敗。他在戰爭的後半段扮演重要角色，擔任戰略顧問、軍事指揮官和政治家。

14 威廉・尤爾特・格萊斯頓（William Ewart Gladstone, 1809～1898）：英國自由黨政治家，曾四度出任首相，以善於理財著稱。

15 自由黨（The Liberal Party）：成立於一八五九年，曾與保守黨並列英國國會兩大政黨，直至一九二二年被工黨取代，成為第三大黨，惟仍相當具有影響力。到了一九八八年和社會民主黨合併（兩黨數年前已結為政治聯盟），組成自由民主黨。相對於右派的保守黨，自由黨政治傾向偏左。

「打盹」總結了大家對湯姆・柏金斯的看法，做了結論，大家都覺得說得簡直太中肯了。「打盹」是高班三年級的導師，向來優柔寡斷，眼皮總是低低地垂著，他長得很高，體力卻不行，動作慢吞吞的，無精打采，給人一種懶洋洋的印象，他這個「打盹」的外號起得眞是貼切極了。

「他是個非常熱情的人。」「打盹」說。

「熱情」意思是教養不好，「熱情」表示沒有紳士風範，讓他們想起吹著號角狂擂戰鼓的救世軍[16]。「熱情」意味著改變，他們想到所有美好古老的舊習即將面臨生死存亡的危機，無不起了一身雞皮疙瘩，簡直不敢想像未來將變成什麼樣子。

「他看起來比以前更像個吉普賽人了。」眾人沉默了一會兒後，有個人開了口。

「我在想，教區長和牧師會選他的時候，到底知不知道他是個激進分子。」另一個人忿忿地說。

但對話就此停了下來。大夥心裡都一團亂，一時間竟不知該說什麼才好。

一星期後，「柏油」和「嘆氣」一起去牧師會大廳參加畢業典禮，向來說話刻薄的「柏油」對「嘆氣」說：

「說起來，我們在這裡也參加過不少次畢業典禮了，是吧？不知道還有沒有機會參加下一次啊。」

「嘆氣」看起來比平常更憂愁了：「只要生活能過得去，我什麼時候退休都無所謂。」

16

一年過去了，當菲利普進入這個學校的時候，那些老教師仍然待在原來的工作崗位上，儘管他們頑固地反抗，學校還是做了不少改變，但由於這些老師對新上司的想法一直陽奉陰違，實行起來依然相當困難。雖然低年級學生的法文還是由導師教，但另外來了一位老師，是海德堡大學語言學博士，而且在法國的中學有過三年教學經驗，他教高年級法文，還爲不想學希臘文的學生開了德文課。另外還聘了一位數學老師，讓他更有系統地教授數學，這在以前是大可不必。這兩位老師都沒有神職身分。這是一場眞正的革命，他們剛來的時候，老教師們對這兩個人絲毫不信任。接著學校設了實驗室，也開了軍訓課，大家都說學校的風格正在改變，天曉得柏金斯先生那頭亂髮底下還在翻轉什麼新花樣。以公學來說，這個學校的規模有點小，寄宿生只有兩百名不到，但要擴大規模也有困難，因爲學校緊鄰著大教堂，教堂周邊的土地除了一棟房子是學校老師的宿舍，其他地方都被大教堂的神職人員占住了，已經沒有可以蓋房子的空間。但柏金斯先生精心規劃了一個方案，要是能實行，就能弄到足夠的空地，足以將現有的學校規模擴大一倍。他希望吸引倫敦的學生來此就讀，他覺得讓這些學生和肯特郡的孩子多接觸是有好處的，而對鄉下孩子來說也有磨礪心智的效果。

「這可違背了我們所有的傳統啊。」當柏金斯先生告知這項提議時，「嘆氣」這麼說，「我們一直都非常努力，不讓倫敦的孩子污染我們的學生。」

「噢，簡直胡說八道！」柏金斯先生說。

在這之前，從來沒有人在這位導師面前說過他胡說八道，他努力在腦子裡構思，想回敬一句刻薄話，也許在裡頭加一點衣服襪子之類影射他出身的字眼。這時，柏金斯先生又用粗魯的口氣毫不留情地對他發動攻擊。

「教堂周邊的那棟房子，只要你結婚，我就請牧師會替它加高兩層，這樣我們就多出了可以做宿舍和書房的房

---

16 救世軍（The Salvation Army）：一八六五年在英國倫敦成立，以軍隊形式做為其架構和行政方針，並以基督教做為信仰基本的國際性宗教及慈善公益組織，以街頭佈道和慈善活動、社會服務著稱。

間，你也有了個太太可以照顧你。」

這位年長的神職人員倒抽一口氣。他爲什麼要結婚？他都五十七了，哪有人五十七歲還結婚的，他可不能到這把年紀了才開始照顧一個家庭，而且他也一點都不想結婚。如果硬要他在結婚和去鄉下生活之間選一個，他寧願立刻退隱鄉間。目前的他，只企求能平靜度過餘生。

「我目前完全沒考慮結婚這件事。」他說。

柏金斯先生用又黑又亮的眼睛看著他，要是他眼底有什麼閃爍了一下，可憐的「嘆氣」大概也看不出來。

「好可惜啊！你就不能爲了我去結個婚嗎？這樣我就能跟教區長和牧師會提議改建你的房子，你可就幫了我大忙啦。」

但柏金斯先生最不得人心的革新，就是他動不動就要求老師到其他班級上課。他提出這種要求時總說是拜託幫忙，但說到底，這種幫忙全然無拒絕餘地。就像「柏油」（也就是透納先生）說的，這麼做對任何一方來說都有失尊嚴。他會在晨禱後突然毫無預警地對某個老師說：

「我想今天十一點鐘請你去教一下六年級，你不介意吧？我們換一下，可以嗎？」

老師們不知道這種事在其他學校是不是常態，但在特坎伯里絕對前所未有，實行之後的結果也莫名其妙。透納先生是第一個犧牲者，他對班上學生宣布，校長先生會來教那天的拉丁文課，而且還故做緊張地告訴學生，校長上課時得問他幾個問題，這樣才不會顯得他們太笨，並特地在歷史課的最後十五分鐘，把校長上課當天預定要上的李維[1]那段文章的語法分析了一遍。然而，後來當他回到班上，看見柏金斯先生打的成績卻忍不住大吃一驚，因爲他班上成績最好的兩個學生這次看來表現非常糟，而向來並不突出的學生卻得了滿分。他問了班上最聰明的那個艾爾德里奇這是怎麼回事，學生鬱鬱地回答：

「柏金斯先生根本沒有讓我們分析語法，他只問我對戈登將軍[2]了解多少。」

透納先生驚訝地看著他，這孩子顯然覺得遭受了不公平的對待，他對孩子敢怒不敢言的反應感同身受，他也一樣看不出戈登將軍跟李維到底有什麼關係。之後他便大膽地去找校長了解了一下。

「因爲您問了戈登將軍那個問題，艾爾德里奇可是整個都呆掉了啊。」他對校長先生說，臉上努力地擠出笑容。

柏金斯先生倒是大笑出來，說：「我看他們都已經學到蓋約·格拉古[3]的土地法了，所以想知道他們對愛爾蘭的土地糾紛了解多少。沒想到他們對愛爾蘭的了解僅止於知道都柏林位於利菲河畔，所以想知道他們有沒有聽過戈登將軍。」

可怕的真相終於大白，這位新校長原來是個「常識迷」。他對目前填鴨式的考試效果十分懷疑，他要的是普通常識。

時間一個月一個月過去，「嘆氣」越來越擔憂，怎麼也沒辦法把「柏金斯先生會要他定下結婚日期」這件事丟到腦後，而且他也討厭這位上司對古典文學的態度。毫無疑問，柏金斯先生是個優秀的學者，而且正忙著寫一篇非常符合傳統的文章，那是一篇拉丁文學的譜系考證論文。但他談起這篇論文時的態度又很輕浮，好像這不過是個無

---

1 蒂托·李維（Titus Livius, 64 b.c.?～17 b.c.）：古羅馬歷史學家，出生於義大利北部的帕塔維（Patavium），即現在的帕多瓦（Padua，臨近威尼斯）。他寫過多部哲學和詩歌著作，但最出名的是巨著《羅馬史》。

2 查理·喬治·戈登（Charles George Gordon, 1833～1885）：英國軍官，一八八五年戰死蘇丹，戈登的死讓當時的英國首相格萊斯頓被逼下臺，並導致自由黨政府垮臺，開始保守黨的長期執政。

3 蓋約·格拉古（Gaius Sempronius Gracchus, 154 b.c.～121 b.c.）：羅馬政治家，過世前一兩年曾擔任保民官一職，試圖繼承他兄長的事業進行改革，導致了一次憲法危機，還有他本人的死。

足輕重的消遣，就像打場撞球，只是消磨閒暇，毋需太認眞以待。而與此同時，三年級導師「噴水」的脾氣也一天比一天更壞了。

菲利普入學時就是被分配在他班上。這位戈登牧師實在天生不適合當老師——他沒有耐心，脾氣又暴躁，因爲從來也沒有人追究過他的責任，因爲面對他的都是些小孩子，他早就喪失了所有的自制力，他的課總是從暴怒開始，以狂怒結束。他中等身高，身形臃腫，有一頭土色的頭髮，剪得很短，現已漸泛灰白，唇上留著一撮又短又硬的小鬍子。一張大臉，五官感覺不甚清晰，有對小小的藍眼睛，臉色本來是紅潤的，但在他頻繁的怒火摧殘下已變成泛紫的豬肝色。他的指甲都咬爛了，露出了指甲肉，因爲只要學生戰戰兢兢地站起來分析語法，他就坐在座位上被大傷精力的怒火燒得全身發抖，猛啃指甲。他對學生暴力相向的傳聞不少，但也許有些是誇大其詞。兩年前據說有個家長威脅要告他，在學校裡掀起一場風波，因爲他拿書狠狠甩了一個叫華特斯的孩子耳光，導致他聽力受損，不得不離開這個學校。這個學生的父親住在特坎伯里，城裡群情激憤，連地方報紙都登了這件事。但華特斯先生只是個釀酒商，所以在同情哪一方這件事情上也產生了分歧。至於班上的其他學生，雖然也很厭惡他們這位導師，卻都選擇站在老師這一邊，箇中理由只有他們自己最清楚。而且爲了表示他們對外界干涉校內事務的不滿，還對華特斯仍留在學校念書的弟弟百般刁難。但戈登先生因爲這件事險些被貶到鄉下去，從此他再也不打學生，老師們用藤條打學生手心的權利也自此取消。「噴水」再也不能拿藤條打書桌發洩怒氣了，現在他頂多只能抓著學生的肩膀猛搖。但是碰上頑皮或不聽話的孩子，他還是會讓他們伸長一隻手臂罰站十分鐘到半小時，罵人之凶狠毒辣也一如往常。

對於像菲利普這種羞怯的孩子，碰上戈登先生這種老師實在太不合適了。他升上國王公學的時候，已經不像初見華特森先生時那麼害怕了。有好多同學是他在預校時就認識的。他覺得自己長大了不少，也本能地意識到，置身在越大的群體裡，他的殘疾就越不引人注目。但從第一天開始，戈登先生就把他嚇壞了，這位導師很快就看得出哪個孩子懼怕自己，似乎也因爲這樣而特別不喜歡他。菲利普一向喜歡上課，現在卻開始視上課爲畏途。要是答錯，就會引來劈頭蓋臉的一陣臭罵，與其冒這種風險，他寧願呆呆坐在那裡什麼也不說。一輪到他站起來做語法分析，就開始想吐，嚇得臉色發白。只有柏金斯先生來代課時他最快樂。對這位「常識迷」校長，他頗得其歡心，畢竟他曾讀過一大堆不符年紀的奇怪雜書。當柏金斯先生提出一個問題，全班沒人答得出來時，他就會微笑地停留在菲利普的座位旁，這微笑簡直讓這男孩狂喜，然後他會說：

「現在，凱利，把答案告訴大家吧。」

他在這種情況下拿到的好成績，讓戈登先生的怒氣火上加油。有一天，輪到菲利普做課文翻譯，老師坐在那兒，怒氣沖沖地瞪著他，一面還狠狠地啃著自己的大拇指。他正在發火，菲利普開始越念越小聲。

「別念得不清不楚的。」老師吼了一句。

菲利普的喉嚨好像突然被什麼東西卡住了。

「繼續念，繼續念，繼，續，念。」他吼了三次，一次比一次大聲，菲利普腦子裡原本知道的東西突然變得一片空白，茫然地盯著書頁。

戈登先生沉重地喘起粗氣，說：「如果你不懂爲什麼不說？你到底懂還是不懂？上次語法分析你到底有沒有聽？你爲什麼不說話？說話啊，你這個笨蛋，給我說話！」

戈登先生死死抓著椅子的扶手，好像不這麼做，他就要往菲利普身上撲過去了。大家都知道，之前他經常掐住學生的喉嚨，直到他們快窒息才鬆手。他的額頭青筋暴跳，整張臉紅得幾乎發黑，充滿了凶惡的殺氣。這人根本瘋了。

菲利普前一天已經把這段文章完全弄懂了，但現在，他什麼也想不起來。

「我不懂。」他喘著氣說。

「你爲什麼會不懂？讓我們一個字一個字地看一次，馬上就知道你是不是眞的不懂。」

鼾。

菲利普安靜地站著，臉色死白，微微地發抖，把頭低低地埋在書裡。老師粗重的呼吸聲越來越響，簡直像在打

「校長說你聰明，我不知道他是怎麼看的。什麼一般常識。」他粗魯地放聲大笑，「我不知道他們把你放在這一班幹嘛。笨蛋！」

他很喜歡這個字眼，於是又用最大音量重複道：「笨蛋！笨蛋！瘸腿笨蛋！」

這樣連續罵了幾次後，他似乎稍稍解氣。他看見菲利普臉漲得通紅，便要他去拿違規記錄簿。菲利普放下手裡的《凱撒》，靜靜地走出教室。違規記錄簿是一本深色的大本子，學生要是行為不端，就要把名字和犯的錯記在上頭，一旦累計三次，就要挨藤條了。菲利普走到校長室，敲了他書房的門，柏金斯先生正坐在桌前。

「我可以拿違規記錄簿嗎？先生。」

「在那邊，」柏金斯先生一邊回答，一邊揚了揚頭告訴他本子的位置，「你做了什麼不該做的事啊？」

「我不知道，先生。」

柏金斯先生瞥了他一眼，但沒說什麼就又繼續工作。菲利普拿了本子出去。那節課結束了，幾分鐘後，他把本子送回來。

「讓我看看，」校長說，「我看到戈登先生在這上頭說你『傲慢無禮』，這是什麼意思？」

「我不知道，先生。戈登先生說我是個瘸腿笨蛋。」

柏金斯先生又看了菲利普一眼。他不知道這孩子的回答背後有沒有什麼諷刺意味，只見菲利普仍驚魂未定，臉色蒼白，眼神恐懼而痛苦。柏金斯先生站起身，放下手上的本子，同時拿出幾張照片。

「今天早上，我收到一個朋友寄來的雅典照片，」他口吻輕鬆，「看這張，那就是雅典衛城[4]。」

他一面讓菲利普看照片，一面向他解釋照片內容。那些廢墟在他說話之間漸漸鮮活起來。他給他看戴奧尼索斯

劇場[5]，解釋當時觀眾座位的順序，還有那些人如何從那兒眺望遠方的愛琴海。接著，他突然話鋒一轉：

「我記得以前在戈登先生班上的時候，他總是叫我『站櫃臺的吉普賽人』。」

菲利普的心思都在那些照片上，還沒來得及細想校長話裡的含意，柏金斯先生便又拿了薩拉米斯島[6]的照片給他看，還用手指比劃著告訴他，當年打仗時，希臘的船隻和波斯的船隻如何部署，那手指的指甲縫裡還帶著點黑泥。

17

之後又過了兩年，菲利普在這段時間中，日子過得自在而單調。跟其他個子差不多的孩子相比，他並不特別會受到欺負。而且因爲身體缺陷，他不必參與團體遊戲，也就因此成了個可有可無的人，菲利普對這點倒覺得慶幸。

---

4 雅典衛城（Acropolis）：位於希臘首都雅典，是最著名的衛城（頂端城市）之一。衛城由平頂岩構成，位於海拔一五〇公尺處。

5 戴奧尼索斯劇場（Theatre of Dionysus）：希臘雅典的一個露天劇場，這是世界上最古老的劇場之一。在節日，這裡會表演戲劇，獻給葡萄酒和農業之神暨戲劇保護神——戴奧尼索斯。

6 薩拉米斯島（Salamis）：希臘薩龍灣（Saronic Gulf）中最大的一個島嶼，西元前四八〇年，希臘曾在此大敗波斯軍隊。

他沒有人緣，也非常孤獨。他在「打盹」帶的高年級三班過了幾個學期，「打盹」總是一副萎靡不振、睜不開眼皮的樣子，看起來對什麼事都厭煩，但教學還算負責，只是上課時會有點心不在焉。他心地善良、個性溫和，就是有點蠢笨。他極度相信學生的誠實，他覺得要讓孩子學會誠實，首先你自己腦子裡就不要有「他們可能會說謊」的念頭。「求得多」，他引經據典地說，「成眞的也多。」」高年級三班的生活是很輕鬆的。你事先就知道哪一行課文會輪到你解釋，作弊用的參考書在大家手裡傳來傳去，不到兩分鐘就可以翻到答案。老師一個個問問題的時候，學生可以把拉丁文法書放在膝蓋上。就算十幾本練習簿裡出現一模一樣難以置信的錯誤，「打盹」也不會注意到這裡面有什麼古怪。他注意到學生考試的表現一直都沒有課堂上那麼好，所以他對考試其實也不太相信，雖然考不好有點讓人失望，不過也不是什麼太重要的事。反正時間一到，他們照樣升級，除了嘻嘻哈哈厚顏無恥地扭曲事實之外沒學到什麼東西，不過這種能力在他們往後的人生中，也許比學會一看見拉丁文就讀得出來更有用。

後來他們落入「柏油」手裡，由他來管教。他眞正的姓是透納，是那些老教師裡頭最有活力的一個，矮矮的身材，挺著個大大的肚子，原本黑色的鬍子已經花白了，膚色黝黑，穿上牧師服時還眞會讓人想到柏油鐵桶。雖然平常他要是無意中聽見哪個孩子喊他外號，就會讓這個學生罰寫五百行，但在教堂圍地舉辦的晚餐會上，他反而常拿自己的外號開點小玩笑。他是所有老師裡生活態度最世俗的一位，比其他人更常到外頭吃飯，社交圈也不侷限於神職人員。在學生眼裡，他就是個卑鄙的傢伙。只要放假，他的牧師服絕不上身，還有人在瑞士見過他穿著五彩繽紛的花呢衣服。他喜歡美酒佳餚，有次還在皇家咖啡廳被目擊和一位女士在一起，當然那很可能是他的親戚，自此，歷屆學生都認爲他只是個沉迷享樂之徒，各種加油添醋的細節都讓人深信人性的墮落。

透納先生認爲，這些學生在高年級三班待過之後，要把他們整頓得像個樣子，至少得花上他一學期的時間。他不時狡猾地在言語上暗示，他們在他同事的班上幹過什麼事他都一清二楚。他愉快地接下了這項任務。他把學生都當作小流氓，認爲要是他們很確定說謊都會被戳破，就會更傾向於說實話。他認爲學生有自己獨特的榮譽感，只是這種榮譽感在和老師打交道時完全不適用，當他們學會惹麻煩一點好處也沒有，才是他們最不會惹麻煩的時候。他以自己的班級爲傲，儘管已經五十五歲了，卻仍像剛到這所學校時一樣，非常渴望自己的班級能考得比別班好。他擁有胖子常有的那種易怒個性，但火氣來得快去得也快，他班上的學生很快就發現，雖然他老是痛罵他們，但在這個表象底下人倒是相當和善。他對笨蛋沒有耐性，但對那些表面任性、實際上卻可能聰明過人的孩子，他是一點也不怕麻煩。他很喜歡請學生喝茶，儘管學生們發誓跟他喝茶時從沒見過蛋糕或鬆糕之類的東西——之所以提到這個，是因爲當時大家普遍相信他胖是因爲貪吃，而他貪吃是因爲肚裡有蟲。雖然和他喝茶沒有蛋糕吃，但大家還是非常樂意接受邀請。

菲利普現在的生活過得更舒適了，因爲學校裡空間有限，所以只有高年級的學生有書房。在這之前，他一直在一間大廳裡活動，大家都在這裡用餐，還混著一些低年級的學生在這裡預習功課，這讓他隱隱覺得討厭。偶爾和一大群人在一起會讓他坐立難安，因此迫切地需要獨處，這時他就會動身，獨自散步到鄉間。那兒有一條小溪，兩岸都是修剪過的樹木，溪流從翠綠的田野中流過，他在溪岸邊隨意走著，心裡覺得非常快樂，雖然也不知道是爲什麼。他走累了，就趴在草地上，看著溪裡急匆匆游來游去的小魚和蝌蚪。在教堂附近漫步尤其讓他覺得愜意。夏天他們會在中央的草地上打網球，但其他季節時這裡都是很安靜的。孩子們總是挽著手在這裡閒逛，偶爾會有個認真的學生出神地慢慢踱著步，嘴裡念念有詞背誦著某一門非得記住的功課。一群白嘴鴉聚居在高大的榆樹上，哀鳴聲響徹天際。大教堂和宏偉的中心塔樓坐落在草地的另一邊，此時菲利普雖然對美還一無所知，但每當看著教堂塔

1 原文出自《馬太福音》第七章第七節，但文字與意義都有所不同。原文是：「Ask, and it shall be given you.」（你們祈求，就給你們。）但這裡，老師說的是：「Ask much, and much shall be given to you.」意思是，越想越可能發生，只要別想著孩子會說謊，他們就不會說謊了。

樓，總有種連他自己也不明白是什麼的喜悅之情在心裡滋生。等到他有了自己的書房（那是個正方形的小房間，面對著貧民區，四個學生分著用），他就買了一張大教堂的照片釘在自己書桌上方，而且發現從四年級教室的窗戶往外看，別有一番新趣味。從那裡可以看見一片古色古香、照顧得非常好的草坪，繁茂的樹林鬱鬱蔥蔥。他心中泛起一股奇特的感覺，辨不出是悲是喜。這是美感的第一道曙光。而與此同時，其他的變化也出現了。他開始變聲，嗓音再也不聽他指揮，喉嚨裡老是冒出怪聲來。

接著，他開始去校長的書房上課，那是在下午茶之後，專門為參加堅信禮的學生準備的課程。菲利普的虔誠經不起時間的考驗，他已經有很長一段時間沒有每天晚上讀《聖經》了。但現在，一方面由於柏金斯先生的影響，一方面從未經歷過的身體變化讓他感到不安，他對宗教的狂熱又重新點燃了，也嚴厲譴責自己之前的墮落。他彷彿看見地獄之火在他面前熊熊燃燒，要是他在那段和異教徒幾乎沒有兩樣的時期死去，肯定找不到上天堂的路。他深深相信痛苦永無窮盡，遠超過相信有永恆的幸福，想到自己險些就要下地獄，他忍不住戰慄起來。

有一次菲利普在班上被嚴重辱罵，讓他幾乎難以承受，心裡痛苦萬分，這時柏金斯先生溫言軟語地和他說了些話，從那之後，菲利普就成了校長忠實的崇拜者。他絞盡腦汁想討校長歡心，但總是徒勞無功。校長偶爾脫口而出的一句稱讚，不管多微不足道，他都視若珍寶。他到校長住處參加非正式的小型聚會時，簡直都準備要拜倒在他腳下了。他死死盯住柏金斯先生閃亮的黑眼睛，聚精會神地半張著嘴坐在那兒，頭部微微前傾，生怕漏聽了一個字。校長的住處環境平凡無奇，反而讓他們談論的內容顯得格外動人。連校長都經常沉醉在自己談論的奇妙主題裡，這時候他會把面前的書一推，雙手交握壓住心口，彷彿想克制那劇烈的心跳，嘴裡陳述著宗教的種種不可思議。有時菲利普聽不懂他在說什麼，但也不想弄懂，只隱隱覺得能感覺這種氣氛就夠了。在他看來，這位有著蓬亂黑髮和蒼白面容的校長，這一刻就像個當面斥責國王也毫無懼色的以色列先知。他又想到耶穌基督，祂也有著同樣的一對黑眼睛和蒼白的臉頰。

柏金斯先生接下這個課程時，態度是非常認眞的，他在這裡從不隨口說幽默話，讓其他老師有機會質疑他輕率。他會在忙碌的工作中擠出一點時間，每隔一陣子撥十五到二十分鐘給那些準備參加堅信禮的孩子。他希望他們能感覺到，這是他們人生中自覺而嚴肅邁出的第一步。他想探索這些孩子的靈魂深處，希望把自己熱烈的信仰灌輸給他們。他覺得，菲利普雖然看起來害羞，卻可能擁有和他一樣的熱情，這孩子具有宗教氣質。有一天他們正在說話，校長突然中斷了話題。

「你想過長大之後要做什麼嗎？」他問。

「我伯父希望我當牧師。」菲利普回答。

「那你自己怎麼想？」

菲利普望向別處。他心裡覺得自己不配事奉上主，但又不好意思說。

「我不知道世界上還有什麼生活能像我們這樣充滿幸福，我希望我能讓你體會到這是多麼神奇的恩典。各行各業的人都可以事奉上主，但我們是離主最近的人。我不想影響你，但是如果你已經下定決心，噢，你立刻，立刻就能感覺到那份讓人不願再放手的喜樂和慰藉。」

菲利普沒有回答，但校長從他的眼神看出，他已意會了自己話裡的意思。

「如果你照這樣繼續讀下去，總有一天你會變成這裡最頂尖的學生，畢業的時候拿獎學金應該也沒問題。你自己有什麼財產嗎？」

「我伯父說，等到我二十一歲的時候，我一年可以拿一百鎊。」

「到時候你算是有錢人了。我當年可是什麼都沒有。」

校長遲疑了一會兒，然後一面用鉛筆在他面前的吸墨紙上漫不經心地畫著線，一面繼續說：

「恐怕你將來的職業選擇相當有限。你天生沒有辦法從事任何需要體能的工作。」

菲利普的臉整個紅到髮際，每次有人提到他的跛腳，他的反應總是這樣。柏金斯先生神色凝重地看著他。

「我在想，你會不會對你的缺陷太過敏感了？你從來沒有為此感謝過上帝嗎？」

菲利普猛地抬起頭來，緊緊抿著嘴唇。他想起那幾個月，他是如何地相信別人告訴他的話，如何地懇求上帝治好他的腳，就像祂治好了痲瘋病患、還讓瞎子復明一樣。

「只要你接受這件事的時候心裡有一絲抗拒，你就只會感受到恥辱。但是如果你把它看成一具因為你夠堅強、才放在你肩上的十字架，一個神恩的象徵，它就不再是你的痛苦，而是你幸福的來源。」

他看得出來這孩子不想討論這件事，就讓他走了。

但其實菲利普反覆思索了校長說的每一句話，只是沒有多久，他的心思就完全被即將到來的堅信禮吸引，整個人沉浸在神祕的狂喜中。他的精神彷彿掙脫了肉體的束縛，過著全新的生活。他用盡所有的熱情追求至善至美，他要把整個自己完完全全地奉獻給上帝，他下定決心要當牧師，再也沒有一絲疑慮。當那偉大的一天來臨，他的靈魂將為他所做過的一切準備，為他念過的所有書籍，尤其是校長給他的重大影響，深深地感動，他將驚喜交集，難以自持。只有一個念頭還在困擾他。他知道那天他必須獨自走過聖壇，要讓跛腳暴露在眾人面前這件事讓他非常害怕，而且那天不只全校師生在場，還有城裡的民眾、來參加兒子畢業典禮的學生家長都會出席。但是當那個時刻來臨，他突然又覺得自己可以滿懷喜悅地接受這份屈辱了，當他一瘸一拐地走向聖壇，在大教堂巍峨的穹頂之下顯得那麼渺小，那麼微不足道，但這次他是有自覺的，他要將自己的殘疾當成一份獻祭，獻給那位愛他的上帝。

18

但是在山頂那種稀薄的空氣裡，菲利普是沒辦法過太久的。他第一次沉迷在狂熱宗教情懷中的情況現在又出現了。因爲他強烈地感受到信仰之美，因爲他自我獻祭的熱情在心中燃燒出寶石般璀璨瑰麗的光芒，他似乎變得力不從心。瘋狂的熱情把他整個人消耗得疲憊不堪，他的靈魂像是驟然碰上一場奇特的大旱，完全乾枯了。他開始忘記彷彿曾無處不在的上帝，儘管每個宗教儀式他都非常準時地進行，但已變得流於形式。一開始他還責備自己太不認眞，而且他也害怕地獄之火的懲罰，所以努力督促自己找回原有的熱情。但是熱情自此消失了，其他興趣漸漸分散了他的注意力。

菲利普沒有什麼朋友，他愛讀書的習慣讓他隔絕在人群之外，因爲只要跟人相處一陣子，他就覺得疲累不安，必須回到閱讀的世界裡才能靜下心來；而且他對自己大量閱讀獲得的廣博知識頗爲自負，頭腦靈活，又不懂得掩飾自己對愚蠢同儕的鄙視。大家都嫌他太驕傲，而且他厲害的那些東西，對他們來說根本不重要，於是也反唇相譏他所自負的那些知識。菲利普漸漸發展出一種幽默感，而且發現自己能掌握訣竅，用毒辣的字句擊中別人的痛處。他說那些話只是覺得好玩，很少意識到這些話有多傷人，而當他發現那些被他話傷害的人極討厭自己時，他又覺得很生氣。剛入學那段時間所受到的侮辱，讓他在和同學相處時始終有點畏縮，沒法完全擺脫當初的陰影，因而一直很羞怯、沉默。但儘管千方百計避開別人的同情，他還是打心裡希望能受同學歡迎，這種事對某些人來說輕而易舉。雖然離得遠遠的，他仍舊對這些人無比豔羨，儘管他譏諷他們來得比對其他人更厲害，儘管他還是會拿他們開點小玩笑，他仍願不惜一切代價跟他們交換位置。其實，就算是學校裡最笨的學生，他也樂意和他們對換，畢竟他們四肢健全啊。後來他出現一種怪癖，如果他特別喜歡哪個同學，他就把自己想像成他，就像是他把自己的靈魂丟進另一個身體，然後用自己的聲音說話，用自己的心靈大笑，他會想像自己用那個身體做的每一件事，想得如此逼眞，甚至有那麼一瞬間，他彷彿覺得自己再也不是自己。他用這種方式享受了許多神奇的幸福片刻。

堅信禮之後，聖誕節過後的新學期開始，菲利普發現自己被換到了另一個書房。與他合用書房的其中一個人叫羅斯，跟他同班，菲利普總是又妒又羨地看著他。雖然從他的一雙大手和大骨架看得出來將來會是個高個子，不過長得並不算帥，動作也不太靈活，卻有著一對迷人的眼睛，而且一笑起來眼周便擠滿了快活的皺紋（他是個愛笑的人）。他不聰明，但也不笨，應付功課綽綽有餘，運動方面也算拿手。老師和同學都喜歡他，他也喜歡每個人。

菲利普一被安置在這間書房，立刻就看出另外兩個人迎接他的態度很冷淡，在他來到之前，這間書房裡的人已經相處三個學期了。他覺得自己像個不速之客，心裡很緊張，不過他早就學會隱藏自己的感情，他們也發現他其實不太說話也不惹事。和羅斯在一起時，菲利普甚至比平時更羞怯、更僵硬，因爲他跟其他人一樣難以抵擋他的魅力。正是這位羅斯第一次把菲利普帶進了他的生活圈，至於他這麼做，是因爲菲利普對他的反應，讓他無意識地想施展自己的魅力，還是純粹一片好意，便不得而知了。有一天，他突然問菲利普願不願意跟他一起走去足球場，菲利普的臉刷一下紅了。

「我走不快，跟不上你的。」他說。

「胡說。走吧。」

他們正要出發，有個學生從書房門口探了探頭，問羅斯要不要跟他一起去。

「不行，」他回答，「我答應凱利了。」

「別擔心我，」菲利普很快地說，「我不會在意的。」

「胡說。」羅斯說。

他用那對和善的眼睛看著菲利普，笑了。菲利普心裡感到一股奇特的震動。

不久後，他們的友誼便以男孩子特有的速度飛快發展起來，到哪兒都形影不離。其他人對他們突然變得這麼親密覺得納悶，他們問羅斯到底看上菲利普哪一點。

「噢，我不知道，」他回答，「不過他這人確實還不錯。」

他們會搭著手臂走進小教堂，或在教堂附近閒逛聊天，很快大家就習慣了。不管在什麼地方發現其中一個，就一定會發現另一個。想找羅斯的人都會給凱利留話，好像承認羅斯非他莫屬似的。菲利普一開始仍有所保留，不願意讓自己徹底屈服在滿心的得意喜悅底下，但沒過多久，他對命運的不信任就被狂喜取代了。他覺得羅斯是他見過最棒的人，現在他的書已經不重要了，當某件事的重要性遠超過一切，占住他所有心思時，哪裡還有時間管那些書！羅斯的朋友找不到事做時就會到書房來喝茶閒坐（羅斯喜歡熱鬧，從不放過狂歡的機會），他們也發現菲利普是個相當好的人。菲利普非常快樂。

學期的最後一天，他和羅斯商議返校時要搭哪一班火車，這樣他們就能在車站碰面，然後在回學校前到鎮上喝個下午茶。菲利普心情沉重地回家了，整個假期都在想他，幻想著下學期他們要一起做的事。待在牧師宅邸裡的日子無聊至極，到了假期最後一天，他伯父照例開玩笑似地問了向來都會問的那個問題：

「噯，要回學校去囉，高興嗎？」

菲利普愉快地回答：「求之不得啊。」

爲了確保能在車站和羅斯碰面，他特地搭了更早一點的那班車，然後在月臺上等了快一個小時。從法弗舍姆[1]來的火車進站了，他知道羅斯在這一站換車，他興奮地跑上前去，但羅斯並沒有搭那班車。他問了月臺上的搬運工下一班車什麼時候到，又繼續等下去，但又再度失望了。他又冷又餓，最後只好穿越小巷和貧民區，抄了一條近路走回學校。他發現羅斯人已經在書房裡了，他腳翹在壁爐架上，正跟五六個到處閒坐的男孩天南地北地聊著。他熱情地跟菲利普握手，但菲利普垮著一張臉，因爲他知道羅斯根本把他們的約定忘得一乾二淨。

「我說，你爲什麼這麼晚才到啊？」羅斯說，「我還以爲你永遠不回來了。」

1 法弗舍姆（Faversham）：英格蘭肯特郡的一個城市，這裡自羅馬時代開始就有人居住。

「你四點半的時候就在車站了，」另一個男孩說，「我到的時候看見你了。」

菲利普有點臉紅。他一點也不想讓羅斯知道，他像個傻瓜一樣一直在車站等他。

「我親戚的朋友有點事，需要我去處理，」他毫不猶豫地編了幾句話，「他們要我去送她。」

但由於失望，他心裡還是有些惱怒。他靜靜地坐在那兒，不得不答話時也只用一個字應付。他打定主意，等到只有他和羅斯獨處時，一定要把這件事問清楚。但其他人一走，羅斯立刻過來，坐在菲利普那張椅子的扶手上。

「我說啊，我真高興這學期我們還是同一間書房。真是太棒了，對吧？」

他愉悅地望著菲利普，神情看上去那麼真誠，菲利普心裡的不痛快突然消失了。他們又熱烈聊起各種感興趣的話題，彷彿才剛分開不到五分鐘似的。

19

一開始，菲利普對羅斯的友情真是感激涕零，對他也就沒有任何要求。菲利普隨遇而安，也很享受當下的生活，但不久卻開始不滿羅斯那種對誰都好的態度。他要的是一種更專一、更獨占的感情，之前他把這份友誼當成恩惠接受，如今卻當成一種權利來要求了。只要看見羅斯跟別人在一起，他就妒火中燒，雖然也知道這樣不應該，但又忍不住要說幾句挖苦的刻薄話。要是羅斯去別的書房玩鬧個一小時，回到他們書房時，菲利普就擺臉色給他看。菲利普的臉一臭可以臭一天，羅斯不知道是沒注意到他心情不好，還是有意忽視這件事，不管是哪個原因，都讓他更加傷心。菲利普雖然很清楚弄成這樣分明是自己蠢，但還是常常硬找羅斯吵架，接下來又好幾天誰也不跟誰說話。但這麼長時間地跟羅斯生氣菲利普又受不了，就算他很確定自己有理，最後還是會卑微地低頭道歉，接著他們又會有一星期左右像是天下感情最好的朋友。但友誼中最燦爛的一段已經過去了，菲利普看得出來，羅斯現在還常跟他一起散步完全是出於習慣，不然就是因爲怕他生氣，他們也不再像一開始那樣永遠有說不完的話題，羅斯常常露出無聊的表情。菲利普覺得，現在連自己的瘸腿都開始讓他覺得不快了。

那學期快結束時，有兩三個學生患了猩紅熱[1]，學校裡出現許多要求送患者回家的聲音，以免傳染其他人，但生病的學生此時已被隔離，也未再出現新病例，因此大家覺得這場傳染病已經停止蔓延。菲利普也是患者之一，整個復活節假期他都待在醫院裡，夏季學期開學時，他被送回牧師宅邸，好呼吸一點新鮮空氣。儘管醫院方面保證他已經過了傳染期，但牧師去接他時仍半信半疑，他覺得醫生建議他這個姪子到海邊度過恢復期實在太欠考慮，而之所以答應讓他待在家裡只是因爲他沒別的地方可去罷了。

直到學期過了一半，菲利普才回到學校。之前和羅斯之間的那些齟齬他已經全忘了，只記得他們親密的友誼。他明白自己過去太鑽牛角尖，決定以後要更講道理一點。在他生病期間，羅斯曾寄來幾張便箋，結尾都寫著「早日康復，快點回來」，菲利普覺得羅斯一定也盼著他回學校，就像他盼著要見他一樣。

回來之後，菲利普發現，因爲六年級有個學生死於猩紅熱，所以六年級的書房做了一些調整，羅斯現在已經不和他同書房了，這件事眞令人失望。但他還是一到學校就直奔羅斯的書房。羅斯坐在書桌前，正和一個叫做杭特的男孩一起討論功課，菲利普進去時，他怒氣沖沖地轉過了頭：

1 猩紅熱（Scarlet fever）：一種由A屬（乙型溶血性）鏈球菌（Group A streptococcus）引起的急性傳染病。病原體侵入人體後，咽部引起化膿性病變，毒素入血引起毒血症，使皮膚產生病變；嚴重時，肝、脾、腎、心肌、淋巴結也會出現症狀。

「到底是誰突然闖進來？」他大吼一聲，然後看見了菲利普，「噢，是你啊。」

菲利普尷尬地停住腳步，「我想來看看你。」

「我們在討論功課。」

杭特插了一句話：「你什麼時候回來的？」

「五分鐘前。」

他們坐在那裡看著他，好似他的闖入打擾了他們，很顯然，他們希望他趕快走。菲利普臉又紅了。

「那我走了。如果你功課做完，可以到我書房來坐坐。」他對羅斯說。

「好。」

菲利普關上背後的門，一瘸一拐地回到自己書房。他非常傷心。羅斯看起來不但一點也不高興見到他，而且幾乎是在生氣。他們的關係，也許頂多就只是點頭之交。他在書房裡一直等，一步也沒離開過，就怕羅斯會在他剛好離開的片刻過來，但他這位朋友始終沒有出現。隔天早上禱告時，他看見羅斯和杭特兩人手挽手一起唱聖歌。他還從別人口中得知了自己沒看到的事情。他忘了在學生生活中，三個月是很長的，儘管這段時間裡他孤獨地隱居著，羅斯卻生活在熱熱鬧鬧的人世。杭特遞補了他空出來的位置。菲利普發現羅斯悄悄地躲著他，但是他並不是個什麼話都不說就逆來順受的人，他一直等，直到有天書房裡確定只有羅斯一人，這才走了進去。

「我可以進來嗎？」他問。

羅斯尷尬地看著他，這種尷尬讓他有點惱羞成怒，想對菲利普發火，「想進來就進來吧。」

「您眞好心，感激不盡。」菲利普尖酸地說。

「你想幹嘛？」

「我說啊，爲什麼從我回來以後，你就這麼一副討人厭的樣子？」

「噢，別傻了。」羅斯說。

「我眞不知道你看上杭特哪一點。」

「那是我的事。」

菲利普低低地看著地上。他沒辦法把心裡眞正想講的話說出來，害怕說出來會羞辱了自己。

羅斯站起來，說：「我得去體育館了。」

他走到門邊，菲利普終於逼自己開了口。

「我說，羅斯，別這麼蠻不講理。」

「噢，你見鬼去吧。」

羅斯一把甩上背後的門，把菲利普一個人留在書房裡。菲利普氣得發抖。他回到自己的書房，剛才的對話在他腦子裡翻騰，他現在已經痛恨羅斯了，想傷害他，他反覆思索著剛才原本有機會出口的毒辣字句。他鬱鬱地想著這段終結了的友誼，想像著其他人會怎麼議論這件事。在大家完全不在意這件事的時候，他敏感的心思就已經看見了別人的嘲笑和訝異，還暗自想像他們會怎麼說：

「他們反正不可能撐太久。我就納悶他怎麼受得了凱利，那個討厭鬼！」

爲了表示自己根本不在乎這件事，他很快就跟一個叫夏普的男孩打得火熱，其實菲利普很討厭他，也看不起他。夏普是從倫敦來的，舉止粗野，是個大塊頭，嘴唇上已經開始有點鬍子，兩道濃眉連在一起，像在鼻子上方搭了一座橋似的。他有一雙柔軟的手，態度世故得不合年紀，說起話來微微帶點倫敦東區的口音。有些學生懶散到連玩遊戲都不願意，他也是其中之一，他會編出各種千奇百怪的藉口規避必須參加的活動。同學和老師都不怎麼喜歡他，菲利普這時候跟他交朋友，純粹是爲了爭面子。再過兩個學期，夏普就要去德國待一年。他討厭學校，把上學看成一段長大進入社會前不得不忍耐的屈辱過程。他唯一喜歡的就是倫敦，說到放假回家做的事，他話匣子一開就關不上。他用輕柔低沉的聲音描述著倫敦夜晚的大小軼事，菲利普一聽就迷上了，但同時又覺得有些反感。在他鮮明的幻想中，菲利普彷彿看見了劇院玻璃門附近洶湧的人潮，廉價餐廳和酒吧裡燈光閃耀，半醉的男人坐在高腳凳上和酒吧女侍調笑，街燈下尋歡作樂的人群神祕來去。夏普還借給他一些從霍利維爾婁買來的廉價小說，菲利普帶著一種奇妙的恐懼感，躲在自己床位的隔間裡讀了起來。

羅斯曾經打算跟菲利普和好。他是個溫和的人，不想給自己樹敵。

「我說凱利，你爲什麼這麼傻？跟我絕交對你又沒有什麼好處。」

「我不懂你的意思。」菲利普回答。

「這個嘛，我不知道你爲什麼不跟我說話。」

「我一看到你就討厭。」菲利普說。

「那就隨便你了。」

羅斯聳聳肩，走了。菲利普臉色死白，他一激動起來就是這樣，心臟也怦怦狂跳。羅斯一走，他突然覺得悲傷難抑，他不知道自己爲什麼要用那種口氣說話，明明爲了當羅斯的朋友，他什麼都可以放棄。他恨自己跟他吵架，看到自己讓他難過，他覺得萬分抱歉，但在那個當下他又控制不住，像被魔鬼附了身，被逼說出違心的刻薄話。就算在這一刻，他也想握住羅斯的手，對他做更大的讓步。但他想傷害羅斯的慾望實在太強烈了，他想把當初自己承受的痛苦和侮辱完全報復回去。這是自尊，也很愚蠢，因爲他很清楚羅斯根本不在乎，而自己卻將狠狠地再受一次傷。他突然冒出一個念頭，他應該去找羅斯，然後說：

「嗯，我很抱歉，我太蠻橫了，我實在控制不住。我們和好吧。」

但他知道自己絕對做不到，怕羅斯會譏笑他。他越想越生自己的氣，沒多久，夏普回來，他立刻抓住機會跟他吵了一架。菲利普對發現他人痛處有一種殘忍的本能，而且說話一針見血，讓人難以承受，因爲說的都是事實。但這次說出決定性話語的人卻是夏普。

「我剛剛聽到羅斯跟梅洛講到你，」他說，「梅洛說：『你怎麼不乾脆踢他一腳？至少可以教他點規矩。』然後羅斯說：『我才不屑呢。該死的瘸子。』」

菲利普的臉突然漲紅了。他沒辦法答話，因爲喉頭突然被一團東西堵住，幾乎要窒息了。

20

菲利普升上了六年級，但他現在對學校厭惡至極，也不再有當初的大志，所以表現得是好是壞都不在乎。每天早上起床他都心情沉重，因爲又得面對乏味的一天。他現在做什麼都提不起勁，因爲那些事都是別人叫他做的。學校裡的各種規定讓他厭煩，並不是因爲那些規定不合理，而是因爲那是規定。他渴望自由，他厭倦一再重複已經懂得的東西，而且爲了某些頭腦遲鈍的傢伙，上課時會反覆講解他一開始就懂的內容，這也讓他煩得不得了。

柏金斯先生的課，愛聽不聽都隨你便。菲利普上他課的時候，一方面心情熱切，卻又心不在焉。六年級的教室位在一座修整過的老修道院裡，教室裡有一扇哥德式的窗戶，菲利普爲了消磨上課的無聊，就一遍又一遍地畫那扇窗。有時他也會把頭從窗戶探出去，改畫大教堂宏偉的鐘樓，或者那條通往教堂周邊地帶的小徑。他的畫畫得不錯。露意莎伯母年輕時也畫過水彩，她有幾本作品集，裡面都是教堂、老橋梁和別致農舍的素描，他們常常在牧師宅邸開茶會時拿出來給大家欣賞。她曾經送給菲利普一個顏料盒當作聖誕禮物，他學畫畫就是從臨摹她的畫作開始的。他臨摹得意外的好，不久便開始自己畫一些小幅的作品。伯母很鼓勵他畫畫，這是個讓他不搗蛋的好方法，而且以後他的素描也可以拿去義賣。有兩三幅作品還裱上了框，掛在他的房間裡。

但有一天，上午的課結束後，菲利普正懶懶地走出教室，柏金斯先生叫住了他。

「我有話跟你說，凱利。」

菲利普等著他開口，柏金斯先生一邊用瘦削的手指捋著鬍子，一邊看著他，似乎在考慮該怎麼說。

「你是怎麼回事，凱利？」他突然冒出這一句。

菲利普臉突然紅了，他很快地看了校長一眼，但現在菲利普已經很了解他，所以也沒應聲，只等著他把話繼續說下去。

「最近我對你很不滿意，你變得懶散又漫不經心，看起來好像對功課一點興趣都沒有，做什麼都馬馬虎虎，很糟糕。」

「我很抱歉，先生。」菲利普說。

「你要說的只有這個？」

菲利普看著地上，一肚子悶氣。他怎麼能告訴他，其實他對一切都厭煩得要死？

「你知道，這個學期你的成績不會進步，反而會退步。我是不會給你一份特優成績單的。」

菲利普在想，要是柏金斯先生知道成績單寄到家後的情況，不知道會說些什麼。成績單會在早餐時間送到，凱利先生漠不關心地瞥上一眼後，就把它遞給菲利普。

「這是你的成績單，你最好看看上頭寫了些什麼。」他伯父會這麼說，一面用手指拆著一份二手書目錄的包裝紙。

菲利普看完了成績單。

「成績好嗎？」伯母問。

「沒表現出我該有的分數。」菲利普會笑著回答，一邊把成績單交給她。

「待會兒我戴上眼鏡再看。」她會這樣說。

但是早餐之後，瑪麗安進來說肉店老闆來了，她也會很平常地忘了這件事。

柏金斯先生繼續說：「我對你很失望。我不懂爲什麼，我知道如果你願意，是可以做得很好的，但是你好像一點也不想努力了。本來我打算讓你下學期當班長，但現在我想最好等一陣子再說。」

菲利普一直紅著臉，想到自己當不了班長，他其實很不高興。他抿緊了嘴唇。

「另外還有件事。現在你得開始考慮一下獎學金的事了。如果你不開始努力用功，恐怕什麼獎學金都拿不到。」

菲利普被這些訓斥弄得火冒三丈。他很氣校長，更氣他自己。

「我想，我不打算去牛津了。」他說。

「爲什麼？我以爲你是想當牧師的。」

「我改變主意了。」

「爲什麼？」

菲利普沒有回答。柏金斯先生還是維持他一貫的古怪動作，就像佩魯吉諾[1]畫中的人物一樣，用手指若有所思地捋著鬍子。他看著菲利普，彷彿想弄懂他的心思，但隨後又突然告訴他，他可以走了。

伯金斯先生顯然對這個結果並不滿意，因爲一週後的某個晚上，菲利普到他書房交報告時，他又重新提起了這

1佩魯吉諾（Pietro Perugino, 1446?~1523）：義大利文藝復興時期畫家，活躍於文藝復興全盛期。最有名的學生是拉斐爾（Raphael）。

件事。但這次他用了不一樣的方式，不是以師長的身分跟一個學生說話，而是用平等的朋友關係和菲利普對談。這一次，柏金斯先生似乎不再關心菲利普的成績有多差，也不管他要跟勁敵爭奪上牛津必不可缺的獎學金機會有多渺茫，而把重點放在他改變了未來的生活目標上。柏金斯希望自己能讓菲利普重燃對聖職這條路的熱情，他用盡所有的談話技巧，從感情上加以打動，這很容易，因爲他自己就是個感情豐富的人。菲利普改變心意這件事讓他非常痛心，他眞的覺得這孩子莫名其妙丟掉了一個通往幸福人生的大好機會。他的語調非常有說服力，菲利普本來就很容易被他人情緒打動，儘管臉上不動聲色，心裡卻波濤洶湧，這一方面出於天性，另一方面也是多年學校生活養成了習慣，除了那張動不動就紅的臉之外，他很少洩露自己的感情。柏金斯先生的話深深打動了菲利普，他的關切之情讓菲利普非常感激，想到自己的所作所爲讓他這麼難過，自己也覺得良心不安。知道柏金斯先生在思考全校事務之餘還爲他傷神，他竟隱隱地有點得意，但同時，在他心中又有個聲音，就像另外一個人站在他手邊，死命地喊著：

「我不要，我不要，我不要，我不要。」

他覺得自己正在往下滑，他無力對抗自己的軟弱，就像一只沉在水盆裡的空瓶子，水一直往裡灌。他咬緊牙關，一次又一次地對自己重複著：「我不要，我不要，我不要。」

最後，柏金斯先生把手放在他肩上。「我不想影響你，」他說，「你必須自己決定。祈求全能的上主幫助你，指引你吧。」

菲利普走出校長室時，天空正下著微雨。他走在通往教堂周邊地帶的拱廊裡，那裡一個人也沒有，連榆樹上的白嘴鴉都闃無聲息。他慢慢地走著，覺得燥熱，下雨讓他覺得舒服了點。他把柏金斯先生說的話反覆想了一遍，他現在終於脫離了個性裡的那份狂熱，整個人冷靜下來了，也很感謝自己並未就此妥協。

在昏暗的夜色中，他只能隱隱看見大教堂巨大的輪廓。他現在好討厭它，因爲被逼著不得不參加的那些儀式實在冗長得令人膩煩，讚美詩一唱就沒完沒了，只能無聊地一直站著。嗡嗡響的佈道內容根本聽不清楚，坐太久想動一下的時候連身體都會抽筋。然後菲利普想起在牧師宅邸時每個星期天都要做兩次的儀式。教堂裡又空曠又寒冷，飄著一股男士髮油和漿燙過的衣服氣味。助理牧師先講一次道，接著他伯父再講一次。隨著他慢慢長大，也逐漸認清了伯父這個人。菲利普的個性直率、缺乏包容力，他沒法理解，爲什麼一個人可以神職人員的身分誠摯地說著大道理，卻從來不像個普通人一樣去實踐這些話。這種欺世盜名的行爲令他憤怒。伯父這個人既軟弱又自私，他的中心思想無他，純粹怕麻煩罷了。

柏金斯先生對他說過，獻身事奉上主的生活有多麼美好，菲利普卻知道在他家鄉英格蘭東邊的一隅，教士們過的是什麼樣的生活。距離布萊克斯泰伯不遠處，有個懷特斯通教區，那裡的牧師是個單身漢，爲了給自己找點事做，最近開起了農場，地方上的報紙總不斷有他在郡立法庭告完這個告那個的消息，像是他不想付薪資的工人，或者被他指控敲詐的商人，還有謠言說他讓養的母牛挨餓，人們都在商討該對他採取全面性抵制行動。另外還有個弗恩教區的牧師，留著一把大鬍子，是個體格很好的男人，妻子因不堪他暴力對待被迫離開，還讓左鄰右舍知道了一大堆關於他的邪淫事蹟。還有個叫蘇爾勒的地方，是個海邊的小村莊，那裡的牧師每天晚上都泡在離牧師宅邸沒幾步遠的酒吧裡，他們的教區委員還問過凱利先生該怎麼辦。除了農民和漁夫之外，這裡沒別的人可以說話，漫長的冬夜裡，寒風在葉片落盡的樹林間呼嘯，不管往哪兒看，四周都只有犁過的光禿田地，這裡太貧窮，找不到像樣的工作，人們個性裡各種千奇百怪的劣根性也自由發展、毫無節制，人心變得偏狹而古怪。這一切，菲利普都非常清楚，但他還年輕，沒辦法把這些事情當成藉口容忍過去。一想到將來要過這種生活他就全身發抖，他要闖出去，要去看外面的世界。

21

柏金斯先生很快就發現自己的話對菲利普沒產生任何效果，於是這學期剩下的時間也就沒再理他。他給了他一份評語尖銳的成績單。成績單寄到牧師宅邸時，伯母問菲利普成績如何，他用愉快的口氣回答：

「很糟。」

「眞的？」伯父說，「那我得再看一次。」

「您覺得我繼續待在特坎伯里有什麼好處嗎？我想，要是我去德國待一陣子，應該會更好。」

「你到底想到哪裡去了？」伯母說。

「您不覺得這是個不錯的點子嗎？」

夏普這時候已經離開國王公學了，也從漢諾威寫過信給他，他可是眞的展開了新生活，想到這點，就讓菲利普分外不安。要他在那所學校裡再關一年，他覺得實在受不了。

「但是那樣的話，你就拿不到獎學金了。」

「反正我本來就沒什麼機會。再說，我也不知道我是不是眞的非上牛津不可。」

「但你不是要當牧師嗎？菲利普？」伯母驚愕地喊出聲。

「我很久以前就放棄這個想法了。」

伯母訝異地看著菲利普，接著爲了克制自己的激動，又替菲利普的伯父倒了一杯茶。大家都沒有說話。過了一會兒，菲利普看見她臉上緩緩淌下兩行淚來，看到自己讓她這麼傷心，他心裡突然一陣絞痛。她穿著一件緊身的黑色連衣裙，那是街尾的裁縫做的，她臉上滿是皺紋，眼睛黯淡而疲倦，花白的頭髮還梳著年輕時流行的輕佻長鬈髮，看起來很滑稽，但又顯得異常悲哀。菲利普還是第一次發現這一點。

後來，牧師跟助理牧師關在書房裡談事情，菲利普過去抱住她的腰。

「呃，讓你這麼難過我很抱歉，露意莎伯母，」他說，「但是如果我真的勝任不了，硬去當個牧師也沒有什麼好處，不是嗎？」

「我很失望，菲利普，」她呻吟著說，「我一直都指望著這件事，覺得你可以當你伯父的助理牧師，等到我們走了——我們總是不可能一直活下去的，是吧？到那時，你說不定就能接替你伯父的位置了。」

菲利普覺得不寒而慄，整個人恐慌起來，心臟狂跳，就像掉進陷阱的鴿子那樣死命撲打著翅膀。他伯母把頭靠在他肩上，靜靜地流著淚。

「我希望您能說服威廉伯父，讓我離開特坎伯里。我對那裡厭惡透了。」

但布萊克斯泰伯這位牧師做下的安排並不是那麼容易改變的，菲利普十八歲以前待在國王公學，接著要去上牛津，這都是決定好的事。菲利普這時候就想離開學校一事，他連聽都不聽，因爲沒有事先通知學校，這學期的學費無論如何都是要繳的。

「那你願意幫我通知學校，讓我在聖誕節的時候離開嗎？」在一段非常長，時有激烈言詞的對話結束之後，菲利普說。

「我會寫封信給柏金斯先生，問問他的意見。」

---

1 漢諾威（Hanover）：位於萊納河畔，德國下薩克森邦的首府，位於北德平原和中德山地的相交處，是德國的汽車、機械、電子等產業中心。

「噢，天哪，眞希望我現在已經二十一歲了，什麼都得聽別人擺布眞是太可怕了！」

「菲利普，你不應該這樣跟你伯父說話。」伯母溫和地說。

「但是你看不出柏金斯會要我留下嗎？學校裡每個學生他都瞭如指掌。」

「爲什麼你不想去牛津？」

「如果我不想進教會，去牛津對我有什麼好處？」

「你沒辦法再『進教會』了，因爲你人已經在教會裡了。」伯父說。

「那我就算是擔任聖職了嘛。」菲利普不耐煩地說。

「你將來想當什麼？菲利普？」伯母問。

「我不知道，我還沒決定。但是不管我將來做什麼，懂外語總是很有用的。去德國待一年，學到的東西會比留在那個鬼地方多得多。」

他沒說出來的是，其實他覺得去牛津，生活就是目前學校生活的延續，不會好到哪裡去。他強烈希望能爲自己的人生做主。再說，老同學們多多少少都認識他，他不希望再和這群人有任何瓜葛。他覺得自己在國王公學的生活是一場失敗，他想要一個全新的開始。

菲利普想去德國的渴望，碰巧和近來布萊克斯泰伯居民議論的內容相合。有時，醫生的朋友到他那兒停留幾天，會帶來一些外界的新聞；八月來到海邊度假的訪客也會對某些事發表看法。凱利先生聽人說，有人認爲那些老派的教育方式如今已不像當年那麼有用了，而現代語言正一天比一天重要，這是他們年輕的時候從未有過的事。他的想法出現了分歧。而他本來還有一個弟弟，由於沒通過考試所以去了德國，也算開了先例，後來卻因傷寒死在那兒，所以這種嘗試不能說完全沒有危險性。他們經過無數次商談之後決定，菲利普還是要回特坎伯里再念一學期，然後就可以離開，對於這個協議，菲利普並不滿意。但才回學校沒幾天，校長就找他說話了。

「我收到你伯父的信了。信上說你要去德國，問我有什麼看法。」

菲利普大吃一驚，對自己的監護人說話不算話大為光火。

「我想這件事已經定案了，先生。」他說。

「還差得遠呢。我已經回信告訴他，我覺得讓你就這麼走了是極大的錯誤。」

菲利普立刻坐下來，寫給他伯父一封措辭激烈的信，完全未斟酌用字。那天晚上，他氣得直到很晚都睡不著覺，第二天早早醒來，又氣悶地反覆想著他們對待自己的種種行徑。他焦急難耐地等著回信，兩三天後信來了，是伯母寫的，口氣溫和，但十分傷心，她說他不該給伯父寫那樣的信，他伯父非常難過。他這樣太殘酷，太不像個基督徒了。他得明白大家都是為他好，他們年紀比他大這麼多，一定更能分辨什麼事情是真正對他有益的。菲利普握緊了拳頭，這種話他聽多了，完全看不出哪裡有道理。他的情況，他們絕對沒有他自己來得清楚，他們憑什麼理所當然地認為年紀就代表智慧呢？那封信最後提到——凱利先生已經把發出去的退學通知撤回了。

菲利普直到下個星期的半天假來臨氣都沒消，因為星期六下午必須去大教堂做禮拜，所以他們的半天假是在週二或週四放的。菲利普等著六年級的人都走光，一個人留下來。

「今天下午我可以回布萊克斯泰伯嗎，先生？」他問。

「不行。」校長的回答簡單明瞭。

「我有非常重要的事必須回去見我伯父。」

「你沒聽到我說不行嗎？」

菲利普沒再說話，退了出去。受到這種羞辱，他幾乎發起火來，必須卑微地求人已是一種羞辱，居然還被一口回絕，更讓他覺得羞辱至極。現在他恨透了這個校長。他這麼蠻橫，不給任何理由，菲利普卻得在這種專制作風底下被折磨。他憤怒得不得了。因為太生氣，他什麼也不顧了，午餐後便抄一條熟悉的小路去了車站，剛好趕上去布萊克斯泰伯的火車。他走進牧師宅邸時，發現伯父伯母都坐在飯廳裡。

「嗨，你打哪兒冒出來的？」伯父說。他顯然不那麼高興見到菲利普，看上去有一絲不自在。

「我想我應該回來一趟，跟您談談離校的事。我在家的時候您答應過我的事，一星期之後又變卦了，我想知道您究竟是什麼意思。」菲利普對自己的大膽有點吃驚，但是他已經決定好要怎麼說了，所以儘管心跳得亂七八糟，還是逼自己說了出來。

「你下午回家，得到離校許可了嗎？」

「沒有。我問過柏金斯，他拒絕了。如果你想寫信告訴他我回來過了，絕對可以讓我好好挨他一頓臭罵的。」

凱利太太坐在一旁織東西，手一直在抖。她不習慣見到這種場面，他們劍拔弩張的樣子讓她焦慮極了。

「如果我告訴他這件事，那麼你被臭罵一頓也是罪有應得。」伯父說。

「你眞的那麼愛告密的話，你就去告好了。反正你已經給柏金斯寫過信了，這種事你是完全幹得出來的。」

菲利普這樣的蠢話一出口，正好給了他伯父一個求之不得的脫身機會。

「我可不打算繼續坐在這裡聽你講這些無禮的話。」他擺出一副高高在上的姿態說。

他站了起來，快步走出飯廳，進了自己的書房。菲利普聽見他關上門，還上了鎖。

「噢，天哪，要是我現在二十一歲就好了。被束縛成這樣眞是太可怕了。」

伯母靜靜地哭了起來。

「噢，菲利普，你不應該這樣跟你伯父說話的。求求你，去跟他道個歉吧。」

「我一點都沒有錯，是他用卑鄙的手段占我便宜。當然讓我繼續待在那個學校就只是浪費錢而已，但是他有什麼好在乎的？那又不是他的錢。讓這種什麼都不懂的人來做我的監護人，眞是太過分了。」

「菲利普。」

菲利普正滔滔不絕發洩著自己的怒氣，卻因爲聽見伯母的聲音而突然停住，那聲音那麼悲痛欲絕，他一點都沒意識到自己說的話有多刻薄。

「菲利普，你怎麼能這麼無情？你知道我們費盡心思，都是爲了你好。我們也知道自己沒有經驗，如果我們有孩子，是不是就不會這樣了呢？這也是我們會去跟柏金斯先生商談的原因。」她的聲音都變了，「我努力像個媽媽一樣對待你，我愛你，我是把你當親生兒子看待的。」

她那麼瘦小、那麼衰弱，在她那副老處女似的神態底下有種說不出的東西，令人覺得心疼，菲利普被打動了。他的喉頭突然哽住，眼裡盈滿了淚水。

「我眞的很抱歉，」他說，「我不是故意要這麼凶的。」

他跪在她身邊，把她摟在懷裡，親吻她乾癟、淚濕的臉頰。她哭得好傷心，他突然感覺到那種虛度了一生的悲哀。她從未這樣放任自己流露情緒過。

「我知道我想爲你做的事並沒有做到，菲利普，但是我不知道該怎麼做。我沒有孩子，你沒有媽媽，其實是同樣可怕的事啊。」

菲利普忘了生氣，也忘了自己的事，只想著要怎麼安慰她，他一面結結巴巴地說著話，一面笨拙地輕撫著她。這時候，時鐘敲響了，他必須立刻動身，才能搭上那列讓他趕得及回特坎伯里參加晚點名的火車。當他坐在車廂角落裡，才發現自己什麼事也沒做成。他氣自己太軟弱，只因伯父的自大姿態和伯母的幾滴眼淚，就讓他偏離了自己的目標，這眞是太丟人了。但他還是不知道伯父伯母到底談了什麼，結果他們又寫了一封信給校長。柏金斯先生看著信，一面不耐煩地聳了聳肩。他把信拿給菲利普看，上面寫著——

親愛的柏金斯先生：

很抱歉，爲了我監護的那個孩子再次打擾您，但他伯母和我實在非常擔心他。看起來他非常急著要離開學校，他伯母覺得他很不快樂。因爲我們不是他的父母，對我們來說，要知道該怎麼做才恰當實在非常困難。他似乎覺得自己表現不好，繼續留在學校是浪費金錢，如果您願意跟他談談，我將感激不盡。如果他想法依舊，也許照我原來的決定，在聖誕節時讓他離校也好。

威廉・凱利敬上

菲利普把信還給柏金斯先生。他在這場勝利中感到一股自豪的激動，他終於能走自己要走的路，他滿足了。他的意志終於戰勝了別人的意志。

「如果他這次又接到你的信，然後又改變決定，我再花半個小時寫信給他也不會有什麼用。」柏金斯先生惱怒地說。

菲利普什麼也沒說，臉色平靜極了，但眼睛還是忍不住亮了一下。柏金斯先生注意到了，突然笑了幾聲。

「你算是贏了，是吧？」他說。

菲利普坦白地笑了，他再也掩飾不住心裡的狂喜。

「你眞的那麼急著要走？」

「是的，先生。」

「你在這裡不快樂嗎？」

菲利普臉紅了。他本能地厭惡所有對他情感深處的刺探。

「噢，我不知道，先生。」

柏金斯先生慢慢地捋著鬍子，若有所思地看著他，接著像是自言自語地說：「當然，學校是為一般程度的人設立，所有的洞都是圓的，不管你這根木樁是圓是方，也得硬塞進去，誰也沒時間為超出一般程度之外的學生多費心思。」然後突然對著菲利普說，「聽我說，我有個提議，現在馬上就要學期末了，再上一個學期你也死不了，如果你想去德國，復活節後走要比聖誕節後好，春天動身比起大冬天要好得多。如果到了下學期結束你還是想走，那我不會有任何意見。你覺得怎麼樣？」

「那就太謝謝您了，先生。」

菲利普對這三個月來爭得的結果已經非常高興，也不在乎再多一個學期了。知道自己到復活節就能永遠脫離這裡，得到自由，學校的一切看起來也沒那麼像監獄了。他歡欣雀躍，晚上在禮拜堂裡，環視著周遭那些按班級站在規定位置的同學，想到自己很快就不必再看見他們，忍不住滿意地輕笑出聲。在這種心情之下，他幾乎可以用一種友愛的感覺看待這些人。他的目光停在羅斯身上，羅斯當班長當得很認眞（他一心想在學校裡建立聲望），那晚正好輪到他念晚禱前的經文，他念得好極了。想到自己就要永遠擺脫這個人，六個月後，這個人不管長得多高，手腳多強健都跟自己沒關係，菲利普微笑了，就算他是班長、是足球隊長，又有什麼重要的呢？菲利普看著那些身穿禮袍的老師，戈登已經死了，兩年前死於中風，但其他人都還在。菲利普現在已經知道這群人有多可憐，也許透納例外，他多少還有點男子氣概。想到那些老師對他的壓迫，他覺得憤恨難耐，但六個月後，他們也跟他無關了。他們的稱讚對他不再有意義，聽見他們的指責，他也只是聳聳肩而已。

菲利普學會了不動聲色，不暴露自己的情緒，只是羞怯這件事仍非常令他苦惱，但他現在常常覺得心情亢奮，於是，儘管仍拘謹而沉默地瘸著走路，心裡卻像是在大聲歡呼。他自覺腳步變輕快了，各式各樣的點子在他腦子裡輕靈穿梭，幻想一個接著一個出現，快得他難以捕捉，但不管是來是去都讓他滿心興奮。現在他心情大好，已經可以用功了，那個學期剩下的幾週，他完全補上了之前長期荒廢的功課。他的頭腦運用自如，在腦力激盪中獲得了無上的快感。學期結束，他的期末考考得非常好，柏金斯先生對這個結果只說了一句話。那時他倆正在討論菲利普寫的一篇文章，在平常的評論之後，接著他說：

「所以，你已經下定決心不再做傻事了，是嗎？」

接著他微笑看著他，露出閃亮的牙齒，菲利普低頭看著地上，回了他一個尷尬的笑容。

五六個想在夏天這個學期結束時瓜分所有獎項的學生，本來已不視菲利普爲勁敵，此時也開始不敢對他掉以輕心。他沒跟任何人說自己復活節就要離開學校，不可能跟他們競爭的事，就讓他們去著急好了。他知道羅斯對法文很有自信，因爲他去法國度過兩三次假，還想拿下英文作文院長獎。菲利普看著他因爲這幾個科目都落後菲利普一大截而惶惶不安的樣子，心裡覺得非常滿足。另一個叫諾頓的學生，要是拿不到學校的獎學金，就上不了牛津大學。他問過菲利普，是不是也在爭取這些獎學金。

「你有什麼意見嗎？」菲利普反問。

想到別人的前途掌握在自己手裡，菲利普覺得很開心。先把各種獎項牢牢抓住，之後再因爲看不上這些獎而把它們都送給別人，想想還挺浪漫的。離校那天終於到了，他去跟柏金斯先生道別。

「你不會是眞的要走吧？」

校長掩不住臉上的驚訝，菲利普的臉垮了下來。

「你說你不會有意見的，先生。」他說。

「我以爲你只是一時興起，所以還是迎合你一下比較好，我知道你性子一向固執倔強。到底爲什麼非要現在走不可呢？不管怎樣，你都只剩下一個學期了，念完以後，你可以輕易拿到牛津莫德林學院的獎學金，我們學校要頒的獎你也可以拿到一大半。」

菲利普憤怒地看著他，覺得自己被騙了。但他畢竟得到過首肯，柏金斯先生必須遵守承諾。

「你在牛津一定會如魚得水的。你不需要現在就決定以後要做什麼，我只是不知道你能不能體會，一個有頭腦的人在那兒的日子有多快樂。」

「我現在就已經做好去德國的一切安排了，先生。」菲利普說。

「安排好了，就不能再變嗎？」柏金斯先生問，臉上帶著促狹的微笑，「要是失去你，我會很遺憾的。在學校裡，愚笨但用功的學生總是比聰明卻懶散的學生成績好，但如果聰明學生用功起來，那麼，他就會拿到你這個學期拿到的成績。」

菲利普整張臉紅透了，他很不習慣被人讚美，也沒人說過他聰明。

校長把手放在菲利普肩上，說：「你知道，往笨學生腦子裡硬灌東西，其實是件很乏味的工作，但要是偶爾有機會教到一個將來必然迎頭趕上自己的孩子（你的話才說了一半，他就能立刻領會），哎呀，那麼教書就是世界上最讓人興奮的一件事了。」

菲利普的心被校長慈愛的語言融化了，他從沒想過柏金斯先生是眞的在乎自己的去留。他深受感動，也覺得非常高興，如果能光榮地從學校畢業，接著再上牛津，其實也滿不錯的。他眼前閃現一幕幕大學生活場景，有些是從回來參加校友隊比賽的學長那兒聽來的，有些是書房裡有人朗讀大學校友來信時知道的。但他不好意思說出來。倘若現在放棄，他會鄙視自己的，伯父也會因爲校長詭計得逞而開心地笑出聲來。他本來就打算戲劇性地放棄那些獎項，因爲他根本沒把那些獎放在眼裡，現在要是又跟普通人一樣去爭取，就根本是屈辱了。其實這個時候，只要再多說服幾句，滿足他的自尊心，柏金斯先生希望菲利普做什麼他都會做，但這時菲利普內心的交戰，面上還是完全看不出來，只顯得平靜而陰沉。

「我想我還是要走，先生。」他說。

就像許多靠個人影響力做事的人一樣，當自己的影響力沒有立刻生效，柏金斯先生便有些失去耐性。他還有好多事要處理，沒有太多時間浪費在這個冥頑不化的孩子身上。

「那好吧，如果你眞的這麼決定，那我就答應你，我遵守我的承諾。你什麼時候去德國？」

菲利普的心撲通撲通狂跳，這一仗他贏了，但是不是其實輸了反而好，他也不知道。

「五月初走，先生。」他回答。

「那，要是你回國的話，一定要回來看看我們。」

他伸出手來準備跟菲利普握手道別。倘若柏金斯先生再給自己一次機會，菲利普會改變主意的，但他似乎覺得這件事已經定案了。菲利普走出校長室，他的學生生涯從此結束，他自由了，但他期待的那份狂喜心情並沒有出現。他在教堂圍地裡慢慢地走著，情緒極度低落。現在他眞希望自己沒做過這件傻事，他一點也不想走，但他知道自己絕不可能再回去見校長，告訴他自己會留下來，這種恥辱他受不了。他不知道自己究竟做得對不對，他對自己，對生活中的一切都不滿意。是不是當你終於可以隨心所欲了，反而會希望自己當初沒有成功呢？他鬱鬱地問著自己。

22

菲利普的伯父有位住在柏林的老朋友，名叫威爾金森小姐。她是牧師的女兒，父親是林肯郡一個村莊的教區長，凱利先生最後一次擔任助理牧師就是在那裡。威爾金森小姐的父親過世之後，她不得不自食其力，在法國和德國許多地方當過家庭教師。她和凱利太太一直保持書信往來，還到布萊克斯泰伯的牧師宅邸度過兩三次假，也跟那些難得來訪的客人一樣會付一點食宿費用。這時事情已經很清楚，順從菲利普的願望比對抗它要省事得多，於是凱利太太寫信問她的意見，威爾金森小姐推薦了海德堡，說那兒是學德文的好地方，而且可以住在厄林教授夫人家，那裡相當舒適。菲利普若住在那兒，住宿費是一星期三十馬克，而且在當地高中任教的教授還會親自指導他。

五月的某個早上，菲利普抵達海德堡。他把東西放在手推車上，跟著搬運工走出了車站。天空是亮藍色的，沿路的樹木蓊鬱濃綠，這裡的氣氛對菲利普來說有種新鮮感，他進入新的生活，周圍都是陌生的人，讓他感到極度興奮，但當中又混雜著羞怯。因爲沒有人來接他，他有那麼一點落寞，搬運工把他帶到一棟白色房子大門前，就留下他一個人自己走了，他覺得非常不安，不知道該怎麼辦才好。有個邋遢的小伙子開門讓他進去，把他帶進客廳，一大套綠色天鵝絨面的家具擠得整個客廳滿滿的，正中央是一張圓桌，桌上有一束花插在水裡，外頭包著一圈羊排似的裝飾紙，花旁邊細心放著幾本羊皮封面的書，整個客廳泛著一股霉味。

不一會兒，教授夫人帶著一股燒菜的油煙味走了進來，她是個矮胖健壯的女人，頭髮梳得一絲不亂，臉紅撲撲的，有著珠子一樣閃亮亮的小眼睛，態度有點殷勤過頭。她握著菲利普的雙手，問他威爾金森小姐的近況，她也曾經來過這裡兩次，住過幾星期。她說著德語和一口破英文，菲利普說了半天，她還是不懂他根本不認識威爾金森小姐。接著她的兩個女兒也來了，菲利普覺得她們似乎都不年輕，但也許都還不到二十五歲。年紀比較大的那位叫做特克拉，身材跟媽媽一樣矮，也跟她媽媽一樣帶著一種不眞誠的味道，但她有一張姣好的臉，還有一頭濃密的黑髮。她的妹妹叫安娜，長得比較高，相貌平平，但笑起來看了很舒服，菲利普對她立刻有了好感。講了幾分鐘客套話之後，教授夫人帶菲利普到他房間，然後就離開了。房間在角樓上，從這裡可以俯瞰他們所在那一區的整片樹頂。床是放在一個凹進去的小空間裡，所以坐在書桌前時，這房間看起來完全不像臥房。菲利普解開了行李，把書都擺好。他終於擺脫了別人的宰制，自己作主了。

下午一點鐘，房裡響鈴叫他去吃飯，他到了客廳，發現教授夫人的客人都到了。她向丈夫介紹菲利普，厄林教授是個高個子的中年人，頭很大，金色的頭髮有點花白，有一對溫和的藍眼睛。他用正確但已經過時的英語跟他說話，那些詞句是從英國古典文學學來的，而不是從日常對話，他用的那些口語詞彙，菲利普只在莎士比亞的劇作裡見到過，聽他用那些詞彙讓菲利普覺得很怪。教授夫人說他們這個地方是個家庭，而不是供膳宿的公寓，但要說出兩者之間究竟有什麼區別，可能得借重形上學家明察秋毫的眼力才行。客廳外有個狹長陰暗的房間，他們就在那兒用餐，菲利普看見席上總共有十六個人，覺得非常拘謹。教授夫人坐在長桌的一端，爲大家切肉，飯菜是由幫他開門的那個笨拙小伙子一道接一道乒乒乓乓地送上桌，儘管動作很快，但仍舊出現最後的人還沒拿到預定的餐點，而最早拿到的人已經吃完了的情況。教授夫人堅持大家都只能說德語，所以就算菲利普不是個靦腆的人，這時候也開不了口。他看著這些他即將共同生活的人——有幾位老太太坐在教授夫人旁邊，不過菲利普並未太注意她們。另外有兩位年輕女孩，都是金髮，其中一個非常漂亮，菲利普聽見別人稱呼她們海德維格小姐和凱西莉小姐。凱西莉小姐背後拖著一條長辮子，兩個人一直靠在一起說話，一面掩嘴笑著。她們不時瞟菲利普一眼，其中一人又低聲說些什麼，然後便一起吃吃地笑了起來，菲利普尷尬地紅了臉，覺得她們在取笑他。她們附近坐了一名中國人，黃黃的臉上掛著開朗的笑容，他在這裡的大學研究西方的社會狀況，說話很快，帶著奇怪的口音，那兩個女孩有時聽不懂就會爆出一陣笑聲，這位中國人也好脾氣地跟著一起大笑，笑起來一對杏仁似的眼睛便瞇成一條縫。還有兩三個美國人，都穿著黑外套，皮膚又黃又乾，他們是來念神學的學生。菲利普從他們的破德語裡聽出新英格蘭特有的鼻音，他疑心地看了他們一眼，因爲他一直被灌輸，美國人都是粗野而極端的野蠻人。

用過午餐後，他們在客廳那幾張綠天鵝絨硬椅子上坐了一會兒，教授夫人的么女安娜小姐問菲利普，願不願意跟他們一起散散步。

菲利普接受了邀請。這可是相當大的一群人，有教授夫人的兩個女兒，另外兩個女孩子，一個美國學生，再加上菲利普。菲利普走在安娜和海德維格小姐旁邊，有點心緒不寧。他從來沒認識過女孩子。在布萊克斯泰伯時，要說女孩子，就只有農家和當地生意人的女兒，他只知道她們的名字和長相，但是他太害羞了，而且覺得她們一定都在譏笑他的瘸腿。凱利夫婦認爲自己的身分地位比較高，不同於那些農夫，菲利普也很樂意地接受了這種差別觀點。至於醫生，他有兩個女兒，但她們的年紀都比菲利普大得多，菲利普還是個小男孩時，她們就已陸續嫁給醫生的助手。學校裡也有些同學認識兩三個作風較大膽的女孩子，接著便傳出一些聳動的故事，說他們之間有曖昧，當然這可能全來自男性的想像力。但菲利普總是用高傲的鄙視態度掩飾內心對這種事的恐懼，他的想像和他讀過的書都讓他渴望成爲拜倫那樣的人，他一方面神經過敏得有點病態，另一方面又覺得自己應該表現出騎士精神，因而總在兩者之中搖擺不定。他這時覺得自己應該開朗風趣一點，但腦子裡一片空白，怎麼也想不出一句跟自己相關的話。安娜小姐基於主人的職責還會跟他搭幾句話，但其他人都不怎麼跟他交談，她姊姊就幾乎不理他，只是不時用那對亮亮的眼睛看著他，有時還會放聲大笑，讓他有點心慌，菲利普覺得她想必認爲他很滑稽。他們沿著山坡在松林中漫步，松林清新宜人的氣味讓菲利普非常愉快。那天天氣和暖、萬里無雲，最終來到一片高地，從那裡可以看見陽光下的萊茵河從他們腳下一路流向遠方，綿延不斷的原野則在太陽下閃著金光，遠處的城市隱約可見，河流就像一條銀色的緞帶在當中蜿蜒流過。在菲利普熟悉的那個肯特郡小角落，難得有這樣廣闊的空間，只有到海邊才能看見一條長長的地平線，眼前這片遼遠無際的景色讓他感到一股奇特的、無以名狀的激動。他突然興高采烈起來，這是他完全不摻雜對異國的感情，第一次體驗到美的時刻，儘管他這時還不了解。他們三人坐在長椅上，其他人先走了，兩個女孩快速地用德語說話，菲利普完全不在意她們就近在咫尺，只專心享受著眼前的勝景。

「天啊，我好幸福。」他不自覺地自言自語。

23

菲利普偶爾還是會想起特坎伯里的國王公學，想到他們在一天內的某個特定時間正在做什麼事時，他就會暗自發笑。有時他會夢見自己還在學校，夢醒時意識到自己身在這個角樓，總讓他覺得分外滿足。他躺在床上，就可以看見蔚藍天空裡掛著大團大團的積雲。他爲自由而陶醉，他可以愛什麼時候睡覺就什麼時候睡覺，愛什麼時候起床就什麼時候起床，再也沒有人來命令他，他突然想到，以後再也不必說謊了。

他的課程已安排好，厄林教授會教他拉丁文和德文；有個法國人每天過來教他法文；另外，教授夫人爲他推薦了一個在大學念語言學學位的英國人教他數學。這個人叫華爾頓，菲利普每天早上都要去找他，他住在一棟破爛房子的頂樓，房間又髒又亂，裡面彌漫著各種不同異味混合出來的刺鼻臭氣。菲利普早上十點鐘到的時候他通常都還在睡，接著他會一躍而起，披上髒兮兮的晨褸，套上毛氈拖鞋，然後一面吃著簡單的早餐一面講課。他是個矮個子，因爲啤酒喝太多發胖了，長著濃密的大鬍子，還有一頭又長又亂的頭髮。他來德國已經五年了，幾乎已經成了條頓人[1]。他用蔑視的口吻談起劍橋，他是那裡畢業的，而一旦在海德堡拿到博士學位，就必須回英國教書，一說到這等在他面前的生活，口氣裡便多了幾分恐懼。他熱愛德國大學的生活，覺得自由自在，而且有許多令人愉快的好伙伴。他加入了學生聯合會[2]，還答應要帶菲利普去酒吧。他窮得要命，從不諱言自己幫菲利普上課，差別就在午餐是吃得起肉呢，還是只能嚼麵包和起司。有時候他經過一夜狂歡酒喝太多，隔天頭痛得連咖啡都喝不下去，替菲利普上課時也昏昏沉沉。爲了應付這種情況，他在床底下藏了幾瓶啤酒，只要有酒喝，有菸抽，就能讓他再度扛起生活的重擔。

時間。

「這就叫以酒解酒，以毒攻毒。」他一邊說，一邊小心翼翼地倒酒，不讓啤酒冒出太多泡沫，耽誤了他喝酒的時間。

接著他跟菲利普談起他們大學裡的事，像是各派系之間的爭論、鬥爭，以及各個教授的學術成就之類的事，菲利普從他那兒知道的生活片段比數學知識要多得多。

有時，華爾頓會往椅背上一靠，笑著說：「看，今天我們什麼事也沒做，你今天不用付我錢啦。」

「噢，沒關係的。」菲利普說。

這些話題有種新鮮感，而且都非常有趣，菲利普覺得華爾頓說的那些東西，比他怎麼也弄不懂的三角關係有意義多了。那些話就像一扇生活的窗，讓他有了個向窗外窺看的機會，他一邊看，一邊心臟不住地狂跳。

「不，你還是留著你的髒錢吧。」華爾頓說。

「那你的午餐怎麼辦？」菲利普微笑著說，因爲他很清楚這位老師的經濟狀況。

華爾頓甚至要求菲利普每週上每堂課時付兩先令，而不要一個月一次付清，這樣他處理起午餐問題會比較簡單。

---

1 條頓人（Teutonen）：古代日耳曼人當中的一個分支，西元前四世紀大致分布在易北河下游的沿海地帶，後來逐步和日耳曼其他部落融合。後世常以條頓人泛指日耳曼人及其後裔，或直接以此稱呼德國人。

2 學生聯合會（Burschenschaft）：學生社團，類似現今學生會，成立主旨是，消除當時大學中各德國邦聯成員國學生各自成立組織、各自為政的分裂狀況，而以學生社團做為共同的組織，成為當時校園裡一種要求變革的學生運動，以「榮譽、自由、祖國」（Ehre, Freiheit, Vaterland）為口號，要求德意志統一、領邦立憲、新聞自由與一般民眾參與政治的權利。

「噢，你不用擔心我的午餐，我拿一瓶啤酒抵一頓飯也不是第一次了，這樣做我的腦子反而更清楚。」

他鑽進床底（那張床單都變成灰色了，實在該洗了），又摸出另一瓶啤酒來。菲利普還太年輕，不懂得欣賞生活裡的好東西，拒絕了他共飲的邀約，於是他便一個人喝起酒來。

「你打算在這裡待多久？」華爾頓問。

他和菲利普兩人乾脆把上數學課這個藉口丟開，聊起天來。

「噢，我不知道，我想差不多一年吧。然後我家人希望我去牛津。」

華爾頓輕蔑地聳了聳肩。知道這世界上竟有人對這座高等學府毫無敬畏之意，對菲利普來說，還眞是件新鮮事。

「你去那裡幹嘛？去那個地方，也不過成了個被吹捧的學生罷了。你爲什麼不在這裡念大學？一年不夠的，至少要待五年。你知道，這裡的生活有兩大優點：思想自由，行動自由。在法國，你可以得到行動自由，你可以做一切你喜歡的事，沒有人會管你，但是別人怎麼想，你也得跟著想；而在德國，別人怎麼做，你也必須跟著做，但是你的腦子愛怎麼想就怎麼想。這兩件事都很棒，就我個人而言，我還是喜歡思想自由。但在英國，你兩件事都得不到，一大堆老套的成規把你壓得喘不過氣來，你不能想你愛想的東西，也不能做你想做的事，因爲這是個民主國家。我想美國的情況應該更糟。」

華爾頓小心地把身體往後靠，因爲他坐的那張椅子有條腿已經不太牢，要是突然摔倒在地，高談闊論因此被打斷，可就丟臉了。

「我應該今年就會回英國，但要是能攢到一點錢，勉強能讓我不餓死的話，我就會在這裡再待一年，但是到那時候我還是得走，就必須跟這裡的一切說再見……」他舉起手，在這間骯髒的閣樓裡到處指著——沒收拾的床、堆滿衣服的地板、牆邊一排啤酒空瓶、每個角落都堆滿散了裝訂的破書，「我會去某個省級大學試試能不能弄個語言學教職。然後我會開始打網球，參加茶會。」這時他突然停了下來，嘲弄地往菲利普乾淨整齊的服裝、清潔的領圈、和精心梳理過的頭髮看了一眼，說，「天哪，我該去洗臉了。」

菲利普臉紅了起來，覺得自己的一身光鮮遭到難以承受的譴責，因爲他最近開始注意打扮了，而且從英國出來時還精心挑選了好幾條漂亮的領帶。

夏天以一名征服者之姿君臨了這個國家，每天都是晴朗的好天氣。天空簡直藍出傲氣來，像根銳利的馬刺一樣刺激著人們的神經。整區的樹木濃蔭綠得瘋狂粗野，房屋映著豔陽亮得令人炫目。菲利普從華爾頓那兒下課回來，偶爾會在社區路邊樹蔭下的長椅上歇歇腳，享受難得的涼爽，一面看著枝葉間漏下的陽光在地上映出各種圖案，他的心靈也像那些陽光一樣歡快地起舞。他沉迷在這些忙裡偷閒的片段時間裡。有時他會在這座古老城市的街頭隨意閒逛，敬畏地看著各社團派系的學生，他們臉上帶著傷，但是紅撲撲的，戴著代表他們社團顏色的帽子，高談闊論。下午時分，他會和教授夫人家的幾個女孩到山坡上散步，有時也走到河的上游，在綠蔭覆蓋的露天啤酒店喝下午茶。到了傍晚，他們就在市立公園一圈又一圈地逛，聽樂隊表演。

不久，菲利普便把教授夫人家裡這群人之間的利害關係弄清楚了——教授的大女兒特克拉小姐跟一個英國人訂了婚，那人因爲學德語曾在這裡住過一年，本來今年年底就要舉行婚禮，但這個年輕人寫信來說他那住在斯勞[3]的橡膠商人父親不同意這門婚事，所以特克拉小姐常常想起這件事就掉眼淚。有時還會看見她與母親兩人眼神嚴肅、嘴唇緊抿，一字一句讀著那個身不由己情人寫來的信。特克拉畫水彩畫，有時會跟菲利普以及另外兩名女孩一起出外寫生。漂亮的海德維格小姐也有愛情方面的煩惱，她是柏林一位商人的女兒，有個風度翩翩的輕騎兵愛上了她，

3 斯勞（Slough）：英國英格蘭東南區域的二級行政區，南與伯克郡的溫莎—梅登黑德相鄰，北與白金漢郡的白金漢郡南區相鄰。

而且此人姓氏裡竟然有個「馮」。但他父母反對兒子娶她這種階層的人，於是她被送到海德堡來，好讓她能忘了他。可是她無論如何都沒法忘掉他，還是繼續跟他通信，他也用盡各種辦法想讓怒氣沖天的父親改變心意。她一面輕柔美麗地嘆著氣，一面把事情都告訴菲利普，說著說著臉就紅了，還把那位開朗帥氣軍官的照片拿給他看。在教授夫人家所有的女孩子當中，菲利普最喜歡她，大夥散步時他總想走在她旁邊。其他人取笑他偏心偏得太明顯，他一下臉就紅到耳根去。他人生第一次對異性示愛的對象就是海德維格小姐，但不幸的是，這件事純屬意外，事情是這樣的——平常，要是晚上大家不出門，年輕的女孩們就會在放著綠天鵝絨家具那個客廳唱唱歌，安娜小姐是個熱心助人的人，每次她們唱歌，她總是努力爲大家伴奏。海德維格小姐最喜歡的一首歌叫做〈Ich Liebe dich〉（我愛你）。有天晚上，她唱完這首歌，菲利普和她在陽臺上看星星，他突然想說一下這首歌的事，於是開口便說：

「Ich liebe dich.」

他的德語講完這三個字就卡住了，他努力想找出可表達自己意思的字，就在還沒能往下接話的極短暫停頓間，海德維格小姐發話了：

「Ach, Herr Carey, Sie müssen mir nicht “du” sagen（噢，凱利先生，你跟我說話是不能用『你』的）——你不可以用第二人稱單數跟我說話。」她先說了德文，又用英語講了一次。

菲利普覺得整個人都發燙了，因爲他從來沒敢做出這麼親暱的事，而且又不知道當下究竟該說些什麼。如果照實解釋自己並非陳述個人想法，純粹只是在說歌名，對女孩子未免也太欠體貼。

「Entschuldigen Sie,」接著他又用英文說了一次，「請原諒我。」

「沒關係的。」她輕聲地說。

她友善地笑了，很快地牽起他的手握了握，便轉身進了客廳。

隔天，他還是尷尬得沒法跟她說話，他覺得太羞恥了，只好想盡辦法避開她。其他人像平常一樣找他去散步，他說有功課要做拒絕了。但海德維格小姐還是找到了機會單獨跟他說話。

「爲什麼你要這樣呢？」她溫和地說，「你知道，昨晚你說那些話我一點都不生氣。如果你愛我，你其實也控制不了。我很榮幸。但是，雖然我並沒有眞的跟赫曼訂婚，我也沒有辦法再愛上別人了，我已經把自己當成他的未婚妻了。」

菲利普臉又紅了起來，卻裝出一副告白失敗的樣子，說：「祝你幸福。」

4 馮（von）：德國姓氏中，貴族的特殊標記。

24

厄林教授每天爲菲利普上一堂課，他開了一張書單，目標是讀完這些書之後可以讀《浮士德》[1]，同時，還匠

1 浮士德（Faust）：中世紀歐洲的著名傳說人物。可能是巫師或占星師，學識淵博，精通魔術，為了追求知識和權力，向魔鬼作出交易，出賣了自己的靈魂。有許多文學、音樂、歌劇、電影或動漫以這個故事為藍本加以改編，歌德的《浮士德》便是其中之一。

心獨具地讓他從莎士比亞劇作的德譯本入手學德文，這些劇本菲利普以前在學校都念過。這段時期，正是歌德[2]在德國聲望最高的時候，儘管他對愛國主義帶著一種居高臨下的態度，但社會大眾仍視他爲民族詩人，自普法戰爭[3]爆發後，他似乎更成爲國家統一最光榮的代表人物之一。熱情的人們聽著格拉維洛特[4]戰場上咻咻的砲火聲，就像在沃普爾吉斯之夜[5]那樣興奮發狂。但一個作家的偉大之處在於，不同思想的人可以從其作品中激發出不同的靈感。厄林教授討厭普魯士人，卻狂熱地崇拜歌德，因爲他的作品既威嚴又莊重，爲清醒的心靈提供了唯一能抵禦當代瘋狂攻擊的避難所。近來在海德堡常聽見某位劇作家的大名，去年冬天他寫的一齣戲在劇院上演，支持者歡呼喝采，正派人士卻噓聲一片。菲利普在教授夫人家的長桌上也聽到了相關討論，只要談到這些話題，厄林教授就失去了平時的冷靜，會用拳頭敲桌子，用優美低沉的聲音發出怒吼，壓過所有反對意見。他說那整齣戲就是胡說八道，而且是充滿污言穢語的胡說八道。他逼自己坐在那兒把戲看完，但不知道這麼做究竟是讓自己覺得更無聊還是更噁心。如果劇院以後都要變成這種樣子，那最好趁現在就讓警察接手，把劇院關了算了。他並非假道學之人，在皇家劇院看滑稽戲時，也跟其他人一樣被那些傷風敗俗的搞笑臺詞弄得捧腹大笑，但這齣戲除了亂七八糟的胡鬧之外就沒有別的了。爲強調自己的不滿，他捏著鼻子，從牙縫間發出噓聲——這是家庭的崩壞，道德的沉淪，也是德國的毀滅。

「Aber, Adolf（但是，阿道夫），」教授夫人從長桌另一端發話了，「你先冷靜一下。」

他朝她揮著拳頭。他原是個再溫和不過的人，任何事不先問過太太，絕不會冒險行動。

「不，海倫，你聽我說，」他喊著，「我寧願我女兒立刻死在我腳前，也不願意讓她們去聽那些無恥傢伙說的垃圾話。」

那齣戲叫做《玩偶之家》，作者是亨利克．易卜生[6]。

厄林教授把易卜生跟理查．華格納[7]歸在同一類人，但提到華格納他倒是不生氣，只是好脾氣地笑笑——他是個充內行的江湖騙子，卻是個很成功的騙子，單就這一點，就頗有喜劇精神，讓人看了高興。

「verrückter Kerl（一個瘋子）！」厄林教授說。

2歌德（Johann Wolfgang von Goethe, 1749～1832）：出生於德國法蘭克福，戲劇家、詩人、自然科學家、文藝理論家、政治人物；是一名偉大的德國作家，也是世界文學領域最出類拔萃的光輝人物之一。

3普法戰爭（Franco-Prussian War）：普魯士為了統一德國、並與法國爭奪歐洲大陸霸權而爆發的戰爭。戰爭由法國於一八七〇年八月發動，九月二日拿破崙正式投降，普魯士大獲全勝。

4格拉維洛特（Gravelotte）：普法戰爭中，一次重要戰役的所在地。

5沃普爾吉斯之夜（Walpurgisnacht）：又譯五朔節，或稱女巫之夜，是廣泛流行於中部和北部歐洲的一個傳統的春季慶祝活動，時間是四月卅日或五月一日。活動內容通常是篝火晚會及舞蹈演出，也有人認為莎士比亞「仲夏夜之夢」的背景時間正據此節日而來。

6《玩偶之家》（A Doll's House）：易卜生於一八七九年面世的劇作，又譯作《娜拉》。《玩偶之家》堪稱易卜生最有代表性的社會問題劇，因為它尖銳批評十九世紀的婚姻模式，故在出版初期極具爭議性。易卜生（Henrik Johan Ibsen, 1828～1906）：生於挪威希恩，是一位影響深遠的挪威劇作家，被認為是現代現實主義戲劇的創始人。他的許多劇作在當時被認為是醜聞，畢竟當時維多利亞式的家庭價值觀和禮儀是社會的標準，而任何對此標準提出疑義和挑戰的看法都被看做是不道德和可憎的。易卜生的作品顯示了在這個表面之下的實際情況，而當時的社會不願看到這個實際現象。

7理查・華格納（Wilhelm Richard Wagner, 1813～1883）：德國作曲家，以歌劇聞名。他不同於其他歌劇作者，不但作曲，還自己編寫歌劇劇本。他整合了詩歌、視覺藝術、歌劇及劇場，並在一八四九至一八五二年提出許多論述。華格納後來將這些概念放入由四部歌劇組成的系列歌劇《尼伯龍根的指環》（Der Ring des Nibelungen）中，共花了廿六年的時間才完成。

他看過《羅恩格林》[8]，還算可以，雖然很沉悶，但不算糟。可是《齊格菲》[9]啊！厄林教授一說到這部歌劇，便用手撐著頭，聲若洪鐘地大笑起來。這齣歌劇從頭到尾沒有旋律可言！他可以想像理查・華格納坐在包廂裡，看著全場觀眾認認真真地看戲，笑到肚子疼的樣子。這是十九世紀最偉大的一場惡作劇。厄林教授把啤酒杯舉到唇邊，頭一仰，一口氣把整杯酒喝光，然後用手背抹了抹嘴，說：

「我告訴你們這些年輕人，不用等到十九世紀結束，華格納就會被世人忘得一乾二淨。什麼華格納！我寧願拿他所有作品去換一部董尼才第[10]的歌劇。」

8《羅恩格林》（Lohengrin）：德國作曲家華格納創作的一部三幕浪漫歌劇，腳本由作曲家本人編寫。雖然劇中有歷史成分（十世紀前葉的布拉班特），但其性質屬於童話歌劇。歌劇於一八五〇年八月廿八日在魏瑪的大公爵宮廷劇院首演，由李斯特（Franz Liszt）指揮。

9《齊格菲》（Siegfried）：《尼伯龍根的指環》（Der Ring des Nibelungen）的第三部歌劇。

10董尼才第（Domenico Gaetano Maria Donizetti, 1797～1848）：又譯董尼采第，義大利著名的歌劇作曲家，代表作有《拉美莫爾的露琪亞》、《愛情靈藥》。

25

為菲利普上課的老師裡，最古怪的是法文老師。杜可洛斯先生是日內瓦公民，一位個子高高的老先生，膚色灰黃、雙頰凹陷，花白的頭髮已經稀疏，但留得很長。他穿著一身破爛的黑色衣服，外套的肘部破了洞，褲子也磨損得厲害。襯衫很髒，菲利普從沒見他的領圈乾淨過。他話很少，上課認真，但對教學一絲熱情也沒有，上課準時來準時走，收費也很低。他太沉默寡言，關於他的情況，菲利普都是從別人那裡聽說的。他好像曾經跟加里波底[1]一起對抗過教皇，付出一切努力追求自由，也就是建立共和國，但後來看清建立共和國不過是換了一副枷鎖，便心懷厭惡地離開義大利，後來不知又犯了什麼政治罪名，被日內瓦驅逐出境。菲利普看他的眼光既迷惑又驚奇，因爲他一點都不像自己心目中的革命黨人——他說話聲音很低沉，而且非常有禮貌；除非別人請他坐，否則絕不坐下；有時菲利普會在街上很罕見地遇見他，這時他會以正規道地的手勢拿下帽子行禮；他從不大笑，甚至連微笑都不曾有過。

假如有人的想像力比菲利普更豐富，也許能勾勒出一個滿懷希望的年輕人形象，因爲一八四八年[2]杜可洛斯先生一定剛成年，當時各國的國王一想起他們的法國兄弟，便惶惶不安地四處亂竄。也許席捲歐洲的那股追求自由的熱情，正掃蕩著它面前像專制主義和暴政這些二七八九年革命[3]後又重新抬頭的反撲勢力，但也已經無法在人們胸

1加里波底（Giuseppe Garibaldi, 1807～1882）：義大利將領、愛國者與政治家。他獻身義大利統一運動，親自領導了許多軍事戰役，被稱為義大利統一的寶劍。他與加富爾、馬志尼一起被稱為義大利建國三傑。此外，他與維托里奧・埃馬努埃萊二世、加富爾、馬志尼被共同視為義大利國父。

2一八四八年革命，也稱民族之春（Spring of Nations）或人民之春（Springtime of the Peoples），是在一八四八年歐洲各國爆發的一系列武裝革命。第一場革命於一八四八年一月在義大利西西里爆發，隨後的法國二月革命更是將革命浪潮幾乎波及到全歐洲。但這一系列革命大多很快以失敗告終。儘管如此，一八四八年革命還是造成了各國君主與貴族體制動盪，並間接導致德國統一及義大利統一運動。

3一七八九年發生了法國大革命，統治法國多個世紀的絕對君主制與封建制度，在三年內土崩瓦解。

中燃起更大的火焰了。讓他深信不疑的也許只有一件事，那就是對人類平等與人權理論的熱切追尋，他和人討論、爭辯，在巴黎的街壘後方戰鬥，在米蘭的奧地利騎兵隊前方飛奔，在這裡入獄，被那裡放逐，那始終賦予他希望、支撐他的，是彷彿有魔力的那個詞——「自由」。直到最後，他被疾病、貧窮和老邁壓垮了，沒有能填飽肚子的方法，只能替窮學生上幾節課，賺一點錢。他發現自己棲身的這座整潔小城鎮，個人統治的獨裁程度其實比任何一個歐洲國家都要嚴重。也許他的沉默，是爲了隱藏自己對人類的蔑視——這些人拋棄了他年輕時代的偉大夢想，沉溺在懶散的安逸生活中；也許三十年的革命歲月讓他明白，人類本來就不配擁有自由，他卻爲這個不值得追求的目標虛耗了一生。也許，他已經累了，只是冷漠地等待著，等待死亡給他一個解脫。

有一天，菲利普以他那個年紀才有的率直口氣，問杜可洛斯先生曾經跟加里波底在一起這件事是不是眞的。這位老先生似乎不覺得這個問題有什麼重要的，便用一貫低沉的嗓音平靜回答：

「是的，先生。」

「人家說你以前參加過巴黎公社[4]？」

「是嗎？我們是不是該開始上課了呢？」

他直接把書翻開，菲利普在他無聲的威脅下，只得開始翻譯一段已經準備好的課文。

有一天，杜可洛斯先生看起來身體很不舒服，而來到菲利普房間要走很多樓梯，他簡直是拖著一條命爬上來的，一進房間，他就重重地坐了下去，想讓自己緩一緩。那張凹陷的臉累得都垮了，汗珠大顆大顆地從額頭上滴下來。

「恐怕您是病了。」菲利普說。

「沒什麼大礙。」

但菲利普看他這麼難受，那堂課上完便問他接下來要不要先停課，等身體狀況好一點再開始。

「不，」老先生平靜低沉地說，「只要我還能上課就繼續吧。」

菲利普不得不提到錢的問題，這種時候他總有種病態似的緊張，臉也紅了。

「但是，不上課對您不會有什麼差別的，」他說，「學費我還是會付。如果您不介意的話，我可以提前把下週的錢先付給您。」

杜可洛斯先生一小時的課收十八便士，菲利普從口袋拿出一枚十馬克硬幣，有點不好意思地放在桌上，他不能直接塞錢給他，那就好像當他是乞丐一樣。

「那樣的話，我想就等我好點再來吧。」他收下那枚硬幣，跟平常一樣行了個規規矩矩的禮，沒做什麼其他表示就出去了。

「日安，先生。」

菲利普隱隱有些失望。想到自己做了這麼慷慨的事，還期待杜可洛斯先生會感激涕零呢，他很訝異這位老教師收下這筆餽贈的態度那麼理所當然。他還太年輕，還不懂得受惠者想報答的心情，其實比施惠者期待報答的心情淡薄得多。杜可洛斯先生五六天後又出現了，腳步比之前更蹣跚，身體非常衰弱，但看起來病情最危險的時期已經過了。他還是跟以前一樣沉默，還是那麼神祕、冷漠而邋遢。整堂課上完，提都沒提自己生病的事，然後就在要離開時，來到門邊，開了門，卻停下動作。他遲疑了一下，像是很難以開口似地說：

「如果沒有你給我的那筆錢，我就要挨餓了。我全靠那筆錢才活下來的。」

4巴黎公社（la Commune de Paris）：一個在一八七一年三月十八日（正式成立日期為三月廿八日）到五月廿八日的兩個月裡，短暫統治巴黎的政府。由於評價者的意識形態不同，對它的描述也存在著很大分歧，有人認為它是無政府主義，也有人認為它是社會主義的早期實驗，更有人認為它標誌著當代世界政治左翼運動崛起的光輝起始里程碑，影響極為廣大深遠。

他又照例嚴肅而卑躬屈膝地彎腰行禮，然後出去了。菲利普覺得喉頭有點哽咽，彷彿多少懂得了這個老人如何在絕望的痛苦中掙扎，當自己輕鬆愉快過著每一天的同時，生活對這個老人來說，是多麼艱難啊。

26

菲利普在海德堡住了三個月後，某天早上，教授夫人告訴他，有個叫海沃德的英國人即將入住，當天傍晚的餐桌上，他就見到了那張新面孔。這段日子以來，這個家一直處在一種興奮狀態裡。首先，不知道是卑微的祈禱感動了上天，或話裡隱含的威脅奏了效，總之，跟特克拉小姐訂婚的那位英國青年的父母，終於邀請他們到英國去了。她準備了一本水彩畫集，以表現自己的多才多藝，另外還帶了一紮那個年輕人寫來的情書，以顯示他的愛意有多深。一週之後，海德維格小姐也滿面春風地微笑宣布，她深愛的那位軍官即將和父母一起來海德堡，這個軍官的父母一方面被兒子糾纏得受不了，一方面也對海德維格小姐的父親提出的豐厚嫁妝動了心，終於同意來海德堡認識一下這位年輕小姐。會面結果令人滿意，海德維格小姐心滿意足地在城市花園，把愛人介紹給住在厄林教授家的所有人認識。幾位緊鄰著教授夫人坐在首席的老太太們沉默不語，一副心緒不寧的樣子。海德維格小姐說她將立刻回家舉行正式訂婚儀式，教授夫人聽了，立刻說她會不計成本地準備一缽五月雞尾酒[1]來慶祝。厄林教授對自己調這種溫和酒類飲料的手藝十分自豪，晚餐後，客廳的圓桌上便端正地放了一大缽萊茵白葡萄酒調蘇打水，裡面漂著清香的香草和野草莓。安娜小姐還拿菲利普取笑，說他的情人要走了，弄得他很不自在，但也不禁覺得有點惆悵。海德維格小姐唱了幾首歌，安娜小姐彈了結婚進行曲，教授也高歌了一曲〈守衛萊茵河〉[2]。

在歡樂的氣氛中，菲利普對那個新來的人沒有太留意，晚餐時，他和那人面對面坐著，但他忙著跟海德維格小姐說話，那個陌生人因爲不懂德語，就只是靜靜地吃著東西。菲利普注意到他繫了一條淺藍色的領帶，光這一點就讓他瞬間對此人沒有好感。這個人二十六歲，長得相當好看，動不動就無意識撥弄自己的一頭波浪長髮。他有對藍色的大眼睛，不過是很淺的藍，而且眼神裡已有相當的倦意。鬍子刮得很乾淨，嘴唇雖然很薄，形狀倒很漂亮。安娜小姐對面相很有興趣，她要菲利普以後留意一下此人的顱骨生得有多好，而臉的下半部又長得有多差。她說這個人的頭型是思想家的頭，但下顎太沒個性（這位注定要當一輩子老處女的安娜小姐顴骨長得很高，還有個又大又怪的鼻子，她最看重的就是個性了）。他們談論他時，他站在一邊，看著這鬧烘烘的一群人，表情輕鬆愉快，但隱隱帶著一絲傲氣。他身材修長，有意表現得優雅從容。美國學生裡有個叫維克斯的，見他一個人落單，便過去與他攀談。這兩個人形成了奇怪的對照——那個美國人穿得整整齊齊，黑外套，胡椒鹽色的長褲，人又瘦又乾，舉止中有種教會人士特有的故作熱忱；那個英國人卻穿著寬鬆的花呢套裝，四肢健壯，動作慢條斯理。

菲利普直到隔天才跟這個新來的人說上話。晚餐之後，他們發現客廳陽臺上只有他倆，海沃德先開了口。

「你是英國人，對吧？」

「是的。」

「這裡的食物一直都像昨晚那麼糟嗎？」

「一直都是那樣。」

---

1 五月雞尾酒（Maibowle）：亦稱May wine、Maitrank、Maiwein和Waldmeisterbowle，是使用香味酒做基底的一種德國飲品。這種酒一般在春天飲用，傳統上是在五朔節（May Day）期間。

2〈守衛萊茵河〉（Die Wacht am Rhein）：一首十八世紀德意志愛國歌曲。

「爛透了，是吧？」

「爛透了。」

菲利普其實一點都不覺得這裡的食物有什麼問題，事實上，那些飯菜還滿對他胃口的，他吃得很多，也很享受，但他不想讓別人看出自己吃不出好壞，人家覺得難吃的食物，他卻當成美食佳餚。

特克拉小姐去了英國，妹妹安娜就必須做更多家事，這麼一來，她便沒有太多時間散步。紮著一根金色長辮、鼻子有點塌的凱西莉小姐最近對社交活動也沒什麼興趣。海德維格小姐已經離開，平常會跟他們一起散步的美國人維克斯也到德國南部旅行了。菲利普大部分時間都是一個人，海沃德很想跟他交朋友，但菲利普有個很不可取的習慣——不知道是因爲害羞，還是因爲某種穴居人的返祖遺傳，他跟別人交朋友，最初總是從討厭對方開始，直到跟他們熟悉之後，才能拋掉一開始的壞印象。這讓他成了個難以接近的人。海沃德對他的友善示好讓他戒心重重，某天海沃德邀他一起散步時，他一時想不出什麼得體的藉口，只得答應下來。他的臉又紅了，很氣自己控制不了，他像平常那樣道了歉，想把這個尷尬的場面付之一笑。

「恐怕我走不快。」

「老天，我來散步又不是要賭誰走得快的，我喜歡閒逛。你還記得佩特在《享樂主義者馬利烏斯》[3]裡面有一章說過，輕鬆散步是交談最佳的助興劑嗎？」

菲利普是個很好的傾聽者，雖然他也常想到一些機敏妙句，卻總因爲錯過時機而講不出口。海沃德就不一樣了，他很健談，隨便一個比菲利普多點經驗的人，都看得出這個人喜歡自說自話。他目空一切的態度讓菲利普印象深刻，對許多在菲利普心中近乎神聖的事物都隱隱有鄙視之意，菲利普不禁對他佩服起來，甚至有些敬畏了——他看不起盲目崇拜運動之舉，還爲熱中各種運動的人取了個「獎盃獵人」的鄙視名號，菲利普並未意識到，海沃德只不過是以另一種對文化的盲目崇拜替代了運動而已。他們隨意地逛到古堡那兒，坐在臺階上可以俯瞰整個城鎮。山谷裡的小城依偎在宜人的內卡河畔[4]，有種舒適的親切氣氛。從各家煙囪冒出來的炊煙飄上天空，聚成一片淡藍色的薄霧，高高的屋頂和教堂尖塔為這座小城增添了賞心悅目的中世紀色彩，有股溫暖人心的樸素風味。海沃德談起了《理查．弗維賴爾的苦難》和《包法利夫人》，還提到魏爾倫、但丁和馬修．阿諾德[5]。當時，費茲傑羅翻譯的

3《享樂主義者馬利烏斯》（Marius the Epicurean）：唯美主義代表人物沃爾特．佩特（Walter Pater, 1839～1894）所創作的唯一一部完整小說。此書描寫古羅馬青年馬利烏斯對美與感受的追尋，借此表達作者的生活美學與宗教觀。雖名為小說，但此書更像是綺麗的哲理散文，被葉慈譽為「現代英國文學界唯一一部偉大的散文作品」。

4 內卡河（Neckar）：萊茵河的第四大支流（次於阿勒河、摩澤爾河和美因河），位於德國的巴登—符騰堡州，長三百六十七公里。

5《理查．弗維賴爾的苦難》（The Ordeal of Richard Feverel）：喬治．梅瑞狄斯（George Meredith, 1828～1909）第一部具代表性的小說，是個有著悲劇結局的浪漫喜劇故事，描寫男爵的兒子愛上了社會地位低下的女子，遭父親反對，父子之間於是有所衝突。這是作者最動人、也最廣受閱讀的小說，但在當時未受到廣泛歡迎。

《包法利夫人》（Madame Bovary）：福樓拜（Gustave Flaubert, 1821～1880）的長篇小說代表作。一八五六年開始在《巴黎雜誌》連載，一開始因內容太過敏感而被指控為淫穢之作，批評這部書「違反公共和宗教、道德及善良風俗」，並要求刪除一些片段，福樓拜堅持不刪改一字，一八五七年二月七日經法院審判無罪，福樓拜開始聲名大噪。

魏爾倫（Paul Verlaine, 1844～1896）：法國象徵派詩人。

但丁（Dante Alighieri, 1265～1321）：現代義大利語的奠基者，也是歐洲文藝復興時代的開拓人物，他的史詩《神曲》留名後世。

阿諾德（Matthew Arnold, 1822～1888）：四十歲之前以詩歌創作聞名，之後便轉向文藝、文化批評和神學創作，文筆秀麗、真誠。他的詩歌介於浪漫主義與現代主義之間；他的批評性文章則是以理性主義為主，並加入了諷刺成分，給予讀者更多思考空間，因而成為當代著名作家。

奧瑪・開儼詩集[6]還只有少數特權人士知道，海沃德便把裡頭的詩背給菲利普聽。他非常喜歡背詩，不管是自己的還是別人的，他都會用平板的調子吟誦出來。到了那天回家時，菲利普對海沃德的不信任感已轉成熱烈的崇拜。

他們每天下午都一起散步，菲利普不久之後也知道了海沃德的一些情況。他父親是位鄉村法官，不久前去世了，他繼承了一筆每年三百英鎊的遺產。他在查特豪斯公學的成績非常好，上劍橋大學時，連三一學院的院長都親自出來表示歡迎[7]。他準備幹一番轟轟烈烈的大事業，因而打進當時最頂尖的知識分子交際圈。他滿懷熱情地研讀布朗寧的作品，對丁尼生不屑一顧；他清楚雪萊對待赫莉埃特的所有細節，對藝術史也有涉獵（他房間牆上就掛著喬治・瓦茲、伯恩・瓊斯和波提切利的複製畫）[8]。他寫的詩有悲觀主義特色，又不失個人風格。朋友之間談到他，都說他是不可多得的優秀天才，海沃德也頗樂意聽這些人預言自己將來必定成就非凡。一段時間後，他成了藝術和文學的權威人物。

他深受紐曼《生命之歌》[9]的影響，羅馬天主教細緻如畫的信仰，與他敏銳的美感一拍即合，只是因爲擔心觸怒父親才沒有改宗（他父親是個思想狹隘、說話直來直往的普通人，喜歡讀麥考利[10]的文章）。

---

6 奧瑪・開儼（Omar Khayyám, 1048～1122）：波斯詩人、天文學家、數學家。一生研究各門學問，尤精天文學。開儼留下詩集《柔巴依集》（Rubaiyat，又譯《魯拜集》），英國作家愛德華・費茲傑羅（Edward FitzGerald, 1809～1883）於十九世紀中期將《柔巴依集》翻譯成英文，因譯文極為精彩，從此《柔巴依集》不再只是歷史筆記，而以著名詩集為整個世界所接受。

7 查特豪斯公學（Charterhouse School）：英格蘭一間學院制的獨立寄宿學校，屬於英國傳統公學，坐落於薩里郡的哥達明。

劍橋大學三一學院（Trinity College, Cambridge）：劍橋大學中規模最大、財力最雄厚、名聲最響亮的學院之一，擁有約七百名大學生、三百五十名研究生和一百八十名教授。同時，它也擁有全劍橋大學中最優美的建築與庭院。

8 羅勃特・布朗寧（Robert Browning, 1812～1889）：英國詩人、劇作家，主要作品有《戲劇抒情詩》、《環與書》，以及詩劇《巴拉塞爾士》。

丁尼生（Alfred Tennyson, 1st Baron Tennyson, 1809～1892）：林肯郡鄉村牧師之子，英國桂冠詩人，詩作題材廣泛，想像豐富，形式完美，詞藻綺麗，音調鏗鏘。其一百卅一首的組詩《悼念》被視為英國文學史上最優秀哀歌之一。

雪萊（Percy Bysshe Shelley, 1792～1822）：知名的英國浪漫主義詩人。一八一一年因散發無神論文章遭牛津大學開除，之後認識了他妹妹的同學赫莉埃特（Harriet），並與其私奔。他們在愛丁堡結婚，婚後住在約克。雪萊與赫莉埃特婚後感情不佳，雪萊另結新歡，赫莉埃特也搬回娘家，一八一六年十二月十日，懷著身孕的赫莉埃特誤以為遭到愛人麥斯威爾拋棄，留下遺書後自殺。雪萊則在赫莉埃特死後三個星期便與瑪莉・戈德溫舉行婚禮。

喬治・瓦茲（George Frederic Watts, 1817～1904）：英國維多利亞時代最神祕的藝術巨人之一，被譽為英國的米開朗基羅。他的繪畫有深刻的雕塑感，尤其是肖像畫。他認為藝術應該宣傳普遍的真理，應該「給人以德行上的啓示」，而非為了取悅人。他因此採取文學手段畫了許多深含人生哲理的寓意畫。

愛德華・伯恩・瓊斯（Edward Burne-Jones, 1833～1898）：受到拉斐爾前派（Pre-Raphaelite）靈魂人物羅賽蒂（Dante Gabriel Rossetti, 1828～1882）的藝術啓蒙，遂將全部注意力轉向藝術，其作品是當時統治英格蘭的浪漫主義流派代表。他畫水彩和油畫，作品有〈金色臺階〉、〈大海深處〉及〈野玫瑰〉。

波提切利（Sandro Botticelli, 1445～1510）：佛羅倫斯（今義大利）畫家，是歐洲文藝復興早期的佛羅倫斯畫派藝術家。

9 約翰・亨利・紐曼（John Henry Newman, 1801～1890）：原為聖公會牧師，一八四五年皈依羅馬天主教。他對羅馬天主教的影響相當大，尤其在第二次梵蒂岡會議上紐曼的思想深具影響力，所以又有人稱之為紐曼大會。著作《生命之歌》（Apologia Pro Vita Sua），直譯意為「為己辯論」，於一八六四年出版。

10 托馬斯・巴賓頓・麥考利（Thomas Babington Macaulay, 1st Baron Macaulay, 1800～1859）：英國詩人、歷史學家、政治家，經常發表評論英國歷史的散文。

他畢業時只拿到及格成績[11]，朋友都非常驚訝，但他聳了聳肩微妙地暗示，他是因爲不肯受主考官愚弄才變成這樣。這話一說，就讓人覺得那些拿第一優等的學生多少有些庸俗。他以一種豁達大度的幽默口吻描述了某次口試——有個穿了件領子古怪襯衫的傢伙，問了他邏輯問題，那過程眞是又臭又長，突然他發現那個主考官穿了一雙兩側有鬆緊帶的靴子，樣子古怪又滑稽，他的思緒飄遠了，從這裡聯想到國王學院禮拜堂那充滿哥德風味的美。

但是他在劍橋還是有過一些愉快時光，他請客的菜色比所認識的任何人都好，他房間裡的談天論地也常令人難以忘懷。他曾爲菲利普引了一句精闢的警句：

「赫拉克利特，他們告訴我，他們告訴我，你已經死了[12]。」

而現在，他再次提起那個關於主考官和靴子的有趣小故事時，他大笑起來。

「當然這件事很蠢，」他說，「但是在這種蠢事裡，也總能發現一些不錯的東西。」

菲利普心裡一陣激動，覺得能做這種事眞是太了不起了。

接著海沃德因爲想當律師去了倫敦讀書。他在律師協會下的克萊門特法律學院[13]裡有幾個漂亮的房間，牆壁是嵌板的，他想把這些房間布置得跟以前在學校宿舍裡的舊房間一樣。他的抱負多少有些政治色彩，他說自己是輝格黨人[14]，卻被舉薦進了一個自由黨的俱樂部，不過那個俱樂部的紳士氣息很濃。他的想法是先開業當律師（他選擇處理文祕署[15]的事務，就可少碰到些殘忍的事），等到各方答應幫助他的承諾都實現，他就想辦法在某個友善的選區當個議員。

同時他也經常上歌劇院，結識了一群氣味相投的風雅人士，還加入了某個座右銘是「求全、求善、求美」的聚餐俱樂部。他跟一位住在肯辛頓廣場、比自己年長幾歲的女士建立了柏拉圖式的友誼，幾乎每天下午都跟她在搖曳的燭光下喝茶，聊著喬治·梅瑞迪斯[16]和沃爾特·佩特。律師協會聲名狼藉，它的考試是任何笨蛋都通過得了的，因此他的功課也就這麼拖拖拉拉地應付著，結果他期末考試居然不及格，他把這件事當成針對他個人的侮辱。而同

11英國大學學位大略分為四等，第一優等稱為「First Class Honours」，通常約只有成績前百分之十的人拿得到；第二優等最普遍，稱為「Second Class Honours」，其中可再細分為兩種，一種是較高的「Upper Second Class Honours」，另一種是較低的「Lower Second Class Honours」；第三優等「Third Class Honours」，是這三種優等（Honour）中最不好的一個，但還是在優等的範圍內。至於普等，或稱及格等級「Ordinary degree」（Pass），意思是通過，但沒有優等表現。

12出自威廉・約翰遜・柯瑞（William Johnson Cory, 1823～1892）詩作〈赫拉克利特〉（Heraclitus）。柯瑞是英國教育家、詩人，曾任伊頓公學校長。

赫拉克利特（Heraclitus, 540 b.c.～480 b.c.）：古希臘哲學家，生於以弗所的一個貴族家庭。其文章只留下片段，愛用隱喻、悖論，致使後世解釋紛紜。

13克萊門特法律學院（Clement's Inn）：倫敦八所初級法律學校之一，提供事務律師訓練、執業與住宿。

14英國輝格黨（Whig）：英國歷史上的一個政黨。一六七九年，因約克公爵詹姆斯（後來的詹姆斯二世）具有天主教背景，而就詹姆斯是否有權繼承王位的問題，議會展開激烈爭論。一批議員反對詹姆斯公爵的王位繼承權，被政敵譏稱為「輝格」。「輝格」（Whigs）的名稱可能是「Whiggamores」（意為「好鬥的蘇格蘭長老會派教徒」）一詞的縮語，該黨大部分領導人都是依靠政治庇護在議會內結成家族集團的大地主。

15文祕署（Chancery）：一個古老的機構，起初是皇家文祕書記官日常工作所在地，十四五世紀，為修正普通法的一些不公正，以及減輕普通法的僵硬之處，行使這種特別司法管轄權變得必要起來、趨於日常化，文祕署由此逐漸具備法院的特徵。鑒於早期御前大臣的教士背景，御前大臣所主持的法院「看重實質甚於形式」，強調裁量權及注重個案公正的衡平觀念，迥異於普通法法院，而被稱為「衡平法院」（court of equity）。

16喬治・梅瑞狄斯（George Meredith, 1828～1909）：英國維多利亞時代詩人、小說家。他的詩歌多取材自現實和個人經歷，真誠表達自己的悲傷與快樂；小說則以結構嚴密、人物形象鮮明、對話精彩，獲得評論家和讀者的一致歡迎。

時，那位住在肯辛頓廣場的女士說她丈夫就要從印度回來了，自己丈夫雖然各方面都很受人敬仰，但思想平庸，對於一位年輕男子如此頻繁來訪，恐會產生誤解。

海沃德覺得生活裡充滿了醜惡，想到還得再被那個冷嘲熱諷的主考官羞辱一次，更是打心底反感，覺得不如把這些事當顆球一腳踢掉還痛快些。此時他也負債累累，一年三百英鎊要在倫敦活得像個紳士實在太困難了，他嚮往著約翰・拉斯金[17]生花妙筆下描繪的威尼斯和佛羅倫斯。覺得律師這個庸俗忙亂的行業不適合自己，也發現並非在門上掛個名字，就會有人來找你寫訴狀，況且現代政治界似乎也缺乏過去那種高尚感。他覺得自己應該是個詩人，於是退掉了克萊門特法律學院的房間，去了義大利，在佛羅倫斯和羅馬各過了一個冬天，現在在德國的這段日子，是他待在國外的第二個夏天，學會德文之後，他就能念歌德的原著了。

海沃德有種珍貴的天賦，他對文學的感受非常真切，而且能夠把自己的激情細緻流暢地表達出來。他能夠跟作者產生共鳴，看見作者內心最精華的部分，在全盤理解的基礎上談論這個人的作品。菲利普雖也讀過不少書，但是缺少這種鑑別能力，總是碰上什麼讀什麼，現在遇見一個能在這方面引導自己的人真是太好了。他從城裡的小圖書館把海沃德說過的那些精彩書籍都借回來開始讀，讀的時候並不全然覺得享受，但始終勤奮不懈地讀下去。他熱切希望自己能有些進步，覺得自己真是太無知、太卑微了。到了八月底維克斯從德國南部旅行回來時，菲利普已完全被海沃德影響了。海沃德不喜歡維克斯，說這個美國人的黑外套和胡椒鹽色長褲實在應該拿出來譴責一番，維克斯的新英格蘭道德觀念更是讓他一面說一面輕蔑地聳肩。當海沃德辱罵那個曾有心跟他交好的人時，菲利普幸災樂禍地聽著，但換成維克斯批評海沃德時，菲利普就發脾氣了。

「你的新朋友看起來是個詩人哪。」維克斯憂鬱而刻薄的嘴掛著淡淡的微笑。

「他確實是個詩人。」

「他這樣跟你說的？在美國，這種人我們叫他道道地地的廢物。」

「我們又不在美國。」菲利普冷冷地說。

「他幾歲了?二十五了嗎?就這樣整天待在寄宿公寓裡寫詩,什麼事也不幹。」

「你不了解他。」菲利普很生氣。

「噢,不,我了解得很,他這種人我見過一百四十七個了。」

維克斯的眼睛促狹地閃了閃,但不懂美式幽默的菲利普卻收緊了嘴,眼神嚴肅地看著他。在菲利普看來,維克斯已經是個中年人了,但事實上他才剛剛過三十歲。他身材高瘦,像個學者般駝著背,頭型又大又醜,髮色淺而稀疏,皮膚帶著土色,有張薄薄的嘴和細長的鼻子,前額骨突出一大塊,讓他看起來有點粗野。他的態度冷淡而古板,沒什麼生氣,也不熱情,他本能地和嚴肅的人混在一起,但又有一種奇怪的輕浮特質,讓那些跟他在一起的人很為難。他在海德堡念神學,但同樣從美國來的神學生看他總帶著懷疑的眼光。他的離經叛道讓他們害怕,而他那種古怪的幽默感也讓他們不以為然。

「你怎麼可能認識一百四十七個跟他一樣的人?」菲利普認真地問。

「我在巴黎的拉丁區見過他,在柏林和慕尼黑的寄宿公寓也見過他。他住在佩魯賈和阿西西[18]的小旅社裡,他在佛羅倫斯跟十來個人一起站在波提切利的畫前面,他在羅馬坐遍了西斯汀禮拜堂[19]的每一條長凳。他在義大利多

17 約翰·拉斯金(John Ruskin, 1819~1900):英國維多利亞時代的藝術評論家,此外還是一名藝術贊助家、製圖師、水彩畫家、傑出的社會思想家及慈善家。

18 佩魯賈(Perugia)和阿西西(Assisi):義大利翁布里亞佩魯賈省境內的兩座城市。

19 西斯汀禮拜堂(Sistine Chapel):一座位於梵蒂岡宗座宮殿內的天主教小堂,緊鄰聖伯多祿大殿,以米開朗基羅所繪〈創世紀〉穹頂畫,及壁畫〈最後的審判〉而聞名。

喝了點紅酒，在德國豪飲了一大堆啤酒。他總是讚美正確的東西，不管那正確的東西到底是什麼，而總有一天，他要寫出一部偉大的鉅作。想想看，有一百四十七部驚世之作，正在一百四十七個人的胸中醞釀，然而不幸的是，這一百四十七部鉅作卻沒有一部眞的寫出來，而這世界還是照常運轉。」

維克斯說得一本正經，但說完這長長的一段話之後，他的灰眼睛微微閃了一下，菲利普這才知道這個美國人在開他玩笑，臉突然紅了。

「你在胡說八道。」他憤怒地說。

27

維克斯在教授夫人的房子後方租了兩個小房間，其中一間布置成客廳的樣子，邀客人來坐坐也算夠舒適的了。晚餐之後，也許是他惡作劇式的幽默作祟，常邀菲利普和海沃德到自己的小客廳聊天，這種個性連他麻州劍橋市那些朋友都拿他沒轍。他中規中矩地接待他們，還堅持讓他們坐客廳裡僅有的兩張舒服椅子。雖然他自己不喝酒，但還是在海沃德手邊準備了兩瓶啤酒，這種禮數在菲利普看來頗有幾分嘲弄意味；而且在爭論太激烈、海沃德的菸斗來不及吸而熄了火時，他也堅持一定要替他劃火柴。

這兩個人剛認識時，海沃德因爲來自一所大名鼎鼎的大學，對哈佛畢業的維克斯總擺出一副紆尊降貴的樣子。有一次，話題正好轉到希臘悲劇作家身上，這是個海沃德覺得自己可以發表權威性評論的題目，於是說話態度彷彿在替別人上課似的，而不是在交換意見。維克斯臉上帶著謙虛的微笑，禮貌地聽完海沃德的長篇大論，接著提出一兩個表面上看起來很單純、卻暗藏陷阱的問題，海沃德沒看出其中蹊蹺，不假思索就回答了。維克斯非常禮貌地提出異議，先引用某位不太知名的拉丁評論家的話，又提到某個德國權威人士的說法，糾正了剛才的錯誤，用事實證明他是個貨眞價實的學者。維克斯輕鬆地笑著，一面連連抱歉，一面把海沃德剛剛說的東西駁得體無完膚，彬彬有禮地將海沃德學識上的膚淺全都暴露出來，用委婉的字句暗諷他。連菲利普都忍不住覺得海沃德完全像個大笨蛋了，偏偏他自己還沒意識到該住嘴，在盛怒之下更是充滿莫名的自信，打算繼續爭辯下去。他講得雜亂無章，維克斯就友善地糾正他；他推論有誤，維克斯就對荒謬處提出證明。維克斯最後承認自己其實在哈佛教過希臘文學，海沃德不屑地笑了。

「我早就料到了。顯然你是用一種學校老師的方式在讀希臘文學，」他說，「而我是用詩人的方式在讀。」

「當你不是很懂一樣東西究竟在講什麼的時候，是不是覺得它變得更有詩意了呢？我還以為只有在天啓教[2]裡，誤譯這件事才會讓信徒更有感覺。」

最後海沃德喝光了啤酒，怒氣沖沖，頂著一頭亂髮離開了維克斯的房間，邊憤怒地揮著手，邊對菲利普說：

「那傢伙很顯然就是個書呆子，他對美沒有眞切的感受。精確是屬於辦事員的美德，但我們要追求的是希臘文學的精神。維克斯就像那種去聽魯賓斯坦[3]彈琴、卻一直抱怨人家彈錯音符的傢伙，彈錯音符！如果他彈得那麼出

1劍橋（Cambridge）：緊鄰美國麻薩諸塞州波士頓市西北方的一個城市，與波士頓市區隔查爾斯河相對，是哈佛大學、麻省理工學院這兩所世界著名大學的所在地。

2天啓教（revealed religion）：指直接受上天啓示而產生的宗教，如天主教、基督教和猶太教。

3魯賓斯坦（Arthur Rubinstein, 1887~1982）：美籍波蘭裔猶太人，著名鋼琴演奏家，生於波蘭羅茲，是廿世紀最傑出、也是「藝術生命」最長的鋼琴家之一，常被世人尊稱為「魯賓斯坦大師」，被認為是蕭邦作品的最佳演繹者。

神入化，錯幾個音又有什麼關係？」

菲利普不知道有多少無能的人從這種錯誤的論調裡得到安慰，但當時他確實對這個說法印象深刻。

為了奪回上次丟掉的面子，海沃德從不放棄維克斯提供的任何一次機會，因此維克斯輕輕鬆鬆地又把他拉來討論。儘管海沃德清楚知道自己的才學確實比不上這個美國人，但他骨子裡那股英國人的執拗和受傷的虛榮心（也許這兩者其實是同一件事），卻不容許他就此放棄。海沃德簡直像以顯示自己的無知、自負和死不認錯為樂似的。但不管海沃德什麼時候說了不合邏輯的話，維克斯總是只用少少幾個字指出他的推論謬誤，接著停一陣子，彷彿在享受自己的勝利，然後便迅速轉向另一個主題，彷彿基督徒的仁心迫使他饒恕被自己打敗的敵人。菲利普有時也想插幾句話幫幫朋友的忙，也總是被維克斯溫和地解決掉，但他對菲利普說話的方式非常和善，和回答海沃德時截然不同，即使是菲利普這種敏感過頭的人，也毫無受傷的感覺。偶爾，海沃德因為覺得自己越來越像個傻瓜而惱羞成怒、開始謾罵，也多虧了這美國人客氣的笑臉，才沒讓爭論變成吵架。

每次，海沃德在這種情況下離開維克斯的房間時，總要生氣地咕噥一句：「該死的美國佬！」然後事情就這麼解決了。這句話就是對一個看似無解的爭議最完美的答案。

雖然他們在維克斯的小客廳裡討論的主題一開始五花八門，最後總會轉向宗教。神學生對這個話題一向有職業性的興趣，這種話題海沃德也歡迎，因為內容都是確鑿的事實，他不需要太驚慌失措。如果個人感受是衡量一切的標準，你自然可以不把邏輯放在眼裡，而假若你邏輯方面正好很弱，討論這種題目當然再樂意不過。海沃德發現，要是不費一番口舌，很難向菲利普解釋自己的信仰，但他顯然是在正統國教的教育下長大的（因此，菲利普對事物自然規律的想法與他一致），儘管現在已放棄成為羅馬天主教徒，但對這個教派仍然懷抱同情。他對羅馬天主教的崇拜方式有好多話可以說，它們豪華盛大的儀式讓他倍加讚賞，相較之下，英國國教的儀式顯得太過簡單。他拿了紐曼的《生命之歌》給菲利普看，菲利普覺得這本書很枯燥，卻還是努力把它讀完。

「讀這本書，不要管內容，要看的是它的文字風格。」海沃德說。

他興致高昂地談起禮拜堂裡悠揚的聖樂，還提到焚香和虔誠之間各種神妙的聯繫。維克斯臉上掛著特有的冷淡笑容聽他高談闊論。維克斯問：

「所以你覺得，紐曼那一手漂亮的英文，和紅衣主教曼寧俊美的外表，都是羅馬天主教眞理的明證嗎？」

海沃德暗示，其實自己也經歷過靈魂的種種磨難，過去一年，他泅過了人生的黑暗海洋。他一面用手指撩著波浪金髮，一面說就算現在給他五百英鎊，他也不願再承受那種精神折磨。幸運的是，他終於抵達了平靜的水域。

「但是，你到底信什麼呢？」菲利普問，模稜兩可的答案向來不能滿足他。

「我相信『求全、求善、求美』。」

海沃德說這話時，他舒展的修長四肢和頭部的美麗神態，看起來非常帥氣，說起話來更是氣派非凡。

「你在人口調查表上就是這樣塡寫你的宗教嗎？」維克斯口氣很溫和。

「我最痛恨刻板的定義，那太醜陋、太淺白了。如果您不見怪的話，我會說，我信的是威靈頓公爵和格萊斯頓先生的教會[4]。」

「那就是英國國教啊。」菲利普說。

「哇，多聰明的年輕人啊！」海沃德臉上帶著淡淡的笑容，譏嘲地反擊了一句。

菲利普臉紅了，因爲他突然意識到自己用大白話說出來的東西，正是對方用另一種措辭所說的內容，他覺得自己眞是太庸俗，太不風雅了。

---

4 第一代威靈頓公爵阿瑟・韋爾斯利（Arthur Wellesley, 1st Duke of Wellington, 1769~1852）：英國軍事家、政治家，十九世紀軍事、政治領導人物之一。曾在滑鐵盧戰役中擊敗拿破崙，人稱鐵公爵。

海沃德繼續說：「我屬於英國國教會，但是我喜歡羅馬神父身上金線和綢緞製的法衣，還有他們的禁慾、告解和煉獄，在昏暗的義大利大教堂裡，香煙繚繞，氣氛神祕，我全心相信彌撒的奇蹟。在威尼斯，我親眼見到一個漁婦赤腳走進教堂，把魚簍丟在一邊，雙膝一跪，就向聖母瑪利亞祈禱起來，我覺得這才是眞正的信心，我和她一起祈禱，也和她一樣相信。但我也信阿芙蘿黛蒂、阿波羅和偉大的潘神[5]。」

他有一副迷人的好嗓子，說話時字斟句酌，語調抑揚頓挫。他還想往下說，但維克斯又開了第二瓶啤酒。

「讓我再爲您倒點酒。」

海沃德轉向菲利普，帶著些高高在上的施恩姿態，這讓菲利普印象深刻。

「現在你滿意了嗎？」他問。

菲利普有點不知所措，只好表示自己已經滿意了。

「我倒是有點失望你沒再加一點佛教進去，」維克斯說，「我承認我其實還滿同情穆罕默德[6]的，你竟然把他丟在一邊不理，眞是令我遺憾。」

海沃德哈哈大笑，那天晚上他心情很好，他自己說的那些如珠妙語彷彿還在他耳際清脆地響著。他把啤酒一口喝乾。

「我並不期待你能理解我，」他回應道，「就你們美國人那種冷冰冰的理解力，對事情也只能採取批評態度了，比如愛默森[7]之流。但批評是什麼呢？批評是純破壞性的，要摧毀，任何人都會，但可不是每個人都能創造。親愛的朋友，你就是個書呆子。建設才是最重要的，我是有建設性的，我是個詩人。」

維克斯看著海沃德，眼神很嚴肅，但同時又彷彿開朗地笑著。

「我想，如果您不介意我直說的話，您有點醉了。」

「這點酒不値一提，」海沃德愉快地說，「要讓我醉到辯輸你，這點酒還遠遠不夠呢。好啦，我都已經完全坦白了，現在換你跟我們說說你的宗教是什麼吧。」

維克斯偏著頭，看起來像一隻站在樹枝上的麻雀。

「我尋找這個答案好多年了。我想，我是個一神論[8]者。」

「那就是非國教派啊。」菲利普說。

那兩個人同時爆出笑聲，海沃德捧腹大笑，維克斯則滑稽地格格笑著，菲利普被笑得莫名其妙。

---

5 阿芙蘿黛蒂（Aphrodite）：希臘神話中，代表愛情、美麗與性慾的女神。在羅馬神話中與阿芙蘿黛蒂相對應是維納斯（Venus）。但與維納斯不同的是，阿芙蘿黛蒂不只是性愛女神，也是司管人間一切情誼的女神。

阿波羅（Apollo）：希臘神話中的光明之神、文藝之神，以及羅馬神話中的太陽神，其希臘名與羅馬名相同。他是最高神祇宙斯和黑暗女神勒托（Leto）的兒子。

潘神（Pan）：希臘神話中司羊群和牧羊人的神，被描繪為半羊半人的形象。他有人的身體，頭上長角，長耳朵，下半身及腳長得像是羊的腳。潘神也是森林之神，性好女色，放縱情慾，有時被詩人視為仙女們的統管者。

6 穆罕默德（Muhammad, 571～632）：伊斯蘭教創始人，同時也是一位政治家、軍事家和社會改革者。他成功地使阿拉伯半島的各部落在伊斯蘭一神教下統一。穆斯林認為他是「真主」派遣給人類的最後使者、先知和天啓宗教復興者。

7 愛默森（Ralph Waldo Emerson, 1803～1882）：生於波士頓，美國思想家、文學家。愛默森是美國文化精神的代表人物，美國總統林肯稱他為「美國的孔子」、「美國文明之父」。以愛默森思想為代表的超驗主義（Transcendentalism）是美國思想史上一次重要的思想解放運動，被稱為「美國文藝復興」。

8 一神論派（unitarianism）：或稱一位論派、神體一位論、唯一神論、獨神論、一位論、獨神主義，是否認三位一體和基督神性的基督教派別。此派別強調上帝只有一位，並不如傳統基督教相信上帝由三個位格（即聖父、聖子和聖靈）組成。

「在英國，非國教派就不是有教養的紳士，對吧？」維克斯問。
「嗯，如果你要我直說的話，的確不是。」菲利普生氣地回答。
他最痛恨被人笑，而現在他們又笑了。
「那，你可以告訴我，紳士是什麼嗎？」維克斯問。
「噢，這我不知道怎麼說，但這是每個人都知道的事。」
「你是個紳士嗎？」
這一點，菲利普心裡從來沒有懷疑過，但他也知道這種事是不該自己說的。
「如果有個人對你自稱紳士，那麼你就能確定，他絕對不是。」他反擊。
「那我是紳士嗎？」
菲利普很誠實，對他來說這個問題太難回答了，但他向來很有禮貌。
「噢，這個嘛，你不一樣，」他說，「你是個美國人，不是嗎？」
「我想也許我們可以這麼認爲——只有英國人才算是紳士。」維克斯嚴肅地說。
菲利普沒有反駁。
「你能不能再跟我解釋得詳細一點？」維克斯問。
菲利普臉紅了，可是他一旦氣起來，就不在乎自己會不會丟臉了。
「我可以舉一大堆例子給你。」他還記得伯父說的，要成就一個紳士，得花三代的時間，這是句不管對有錢人或貧寒之家都適用的諺語。「首先，他必須是個紳士的兒子，上過公學，而且念過牛津或劍橋大學。」
「我想，愛丁堡大學就不行了吧？」維克斯問。
「而且他談吐要像個紳士，穿戴要夠得體，還有，如果他是個紳士，他就能分辨出其他人是不是紳士。」

菲利普越講越覺得自己站不住腳，但事情就是這樣，就跟他說的字面意義一樣，而且每一個他所認識的人也都是這麼說的。

「很顯然我不是紳士，」維克斯說，「但我不知道為什麼我說我是非國教派，會讓你那麼驚訝。」

「我並不清楚什麼是一神論者。」菲利普說。

維克斯那個古怪的偏頭姿勢又出現了，讓人幾乎以為他就要吱吱喳喳地唱起歌來。

「一神論者幾乎不相信其他人相信的任何東西，卻對自己不清楚的東西擁有熱烈而持久的信仰。」

「我不知道為什麼你要這樣取笑我，」菲利普說，「我是真的想知道。」

「親愛的朋友，我並不是在取笑你。我是經過了多年努力，殫精竭慮、絞盡腦汁研究，才下了這樣的定義。」

當菲利普和海沃德起身告辭時，維克斯交給菲利普一本紙封面的小書。

「我想你現在法文應該夠好了，也許你會喜歡這本書。」

菲利普謝謝他，接過書，看了一下書名，那本書是勒南寫的《耶穌傳》[9]。

28

9 勒南（Joseph Ernest Renan, 1823~1892）：法國研究中東古代語言文明的專家、哲學家、作家，以有關早期基督教及其政治理論的歷史著作而著名。其《耶穌傳》（Vie de Jésus）出版於一八六三年，主張應當將耶穌視為歷史上的偉人而非神，《福音書》也應視為歷史文獻，必須受到批判檢視，此一觀點觸怒了許多基督徒。

海沃德和維克斯都沒想到，他們拿來消磨無聊夜晚的那些談話，會在菲利普活躍的腦子裡掀起翻天覆地的變化。在此之前，他從沒想過宗教這件事是可以討論的。對他來說，宗教指的就是英國國教，不信仰國教教義就是任性的表現，不管在今世或來生都必然要受懲罰。但對於不信國教的人就要遭受懲罰這件事，他心裡其實也有些懷疑。說不定會有這麼一位仁慈的審判者，把地獄之火都留給異教徒，像是相信穆罕默德的人、佛教徒和信奉其他宗教的人，而特別饒恕非國教派的基督教徒和羅馬天主教徒（儘管不知他們得承受多大的羞辱，才能理解自己的錯誤）。上帝也可能會憐憫那些過去沒有機會認識眞理的人（這也很合理，雖然傳教士協會一直在進行這種活動，但範圍畢竟不夠廣），但如果他們明明有機會認識眞理，卻存心忽視它（羅馬天主教徒和非國教派顯然就屬於這一類），那麼懲罰就是必然的了，是他們咎由自取。只要是異教徒，就置身於危險之中，這件事再清楚不過。也許沒有人教過菲利普這麼多，但他確實日久形成了這種難以動搖的印象——唯有英國國教派的信徒，才眞有希望獲得永恆的幸福。

有一點菲利普倒是很明確地聽人提過，那就是不信奉國教的人，都是邪惡而墮落的傢伙。但是像維克斯，雖然菲利普信的東西他幾乎都不信，他卻過著一種基督徒的純淨生活。菲利普長到現在沒受過多少善意對待，卻被這個美國人的助人熱忱打動了。有一次他因爲感冒，在床上躺了三天，維克斯像媽媽一樣地照顧他。在維克斯身上，沒有邪惡，也沒有墮落，只有眞摯和仁愛。一個人不信國教，卻道德高尚，這件事顯然是可能的。

而同時，有些人也給菲利普一種感覺，他們之所以死死抓住其他信仰不放，只不過是因爲固執，或是有私利可圖，其實他們心裡很清楚那些信仰是假的，卻仍處心積慮地矇騙別人。爲了學德語，他本來已經習慣在主日早上參加路德教會[1]的敬拜儀式，但自從海沃德來了之後，他就改跟他一起參加天主教的彌撒了。他注意到，新教教堂裡幾乎沒什麼人，會眾就算出席了也無精打采。但另一方面，天主教耶穌會[2]卻座無虛席，來敬拜的人好像都在虔誠地祈禱，他們看起來一點也不僞善。

這種對比讓菲利普十分驚訝，當然他知道路德教會的教義跟英國國教比較接近，正因如此，自然也比羅馬天主教更接近眞理。在座的大部分男性（來做禮拜的會眾多數是男性）都是德國南部人，他不禁暗想，要是他也在德國南部出生，那麼他必然要成爲一個羅馬天主教徒。他也可能出生在一個信奉羅馬天主教的國家，就像他出生在英國一樣；而在英國，他也可能出生在衛理宗、浸信會或循道宗家庭，就像他幸運地降生在一個正統國教家庭一樣。想到這一路處處都有投錯胎的危險，菲利普有點喘不過氣來。菲利普跟那個一天要同桌兩次的矮個子中國人交情不錯，他姓宋，總是謙虛有禮地微笑著。倘若只因爲他是個中國人，就必須下地獄受焚身之苦，那也太奇怪了。但是，假若不管一個人的信仰是什麼，都有可能獲得救贖，那麼身爲英國國教派的一員，似乎也沒有什麼特別的好處。

菲利普這輩子從來沒有這麼困惑過，爲此他去探詢維克斯的想法。去問他必須非常小心，因爲菲利普自己是個敏感得出奇的人，這個美國人說起英國國教那種尖酸的幽默口氣，總是讓他不知該怎麼對應才好。結果維克斯讓他覺得更糊塗了，他讓菲利普承認一件事實——他在天主教耶穌會看見的那些德國南部人，對於羅馬天主教眞理的堅定信仰，和他對英國國教的堅定信仰是完全一樣的；而由這點出發，又讓他承認伊斯蘭教徒和佛教徒，對他們宗教

1路德宗（Lutheranism）：或稱信義宗，也稱信義會、路德會、路德教派，為新教宗派之一，源自十六世紀德國神學家馬丁・路德（Martin Luther, 1483～1546）為革新天主教會所發起的宗教改革運動。信義宗教會強調「因信稱義」，認為罪人單單藉上帝所賜的信心信靠耶穌基督而得救，是完全出於上帝恩典，而非出於人的善功、行為。另外，信義宗認為《聖經》是信徒信仰生活的唯一權威，否定了天主教等關於《聖經》與教會傳統具同等地位的教導。與很多新教改革宗教會不同，信義宗保留了許多大公教會禮儀和習俗，更強調教會聖餐和洗禮的重要性

2耶穌會（Jesuit）：天主教會的主要男修會之一。耶穌會是為了對抗宗教改革風潮所創的修會，故在天主教會中，耶穌會可說是維新派，專向年輕人傳教，重視神學教育，發誓守貞、神貧，以軍事化管理，並要求會員對修會和教廷的命令絕對服從。

認定的眞理信仰也同樣堅定不移。由此看來，「認爲自己是對的」這件事毫無意義，因爲所有人都認爲自己是對的。維克斯不打算破壞這個年輕人的信仰，他只是對宗教很有興趣，覺得宗教是個很吸引人的話題而已。當他說自己「幾乎不相信其他人相信的所有東西」時，已經很精確地說明了自己的觀點。菲利普問過維克斯一個問題，是有關他還在牧師宅邸時曾聽伯父提到的一部溫和的理性主義[3]著作，當時在報紙上掀起了一陣激烈討論。

「爲什麼你就是對的，而像聖安瑟倫和聖奧古斯丁那些人[4]卻是錯的呢？」

「你的意思是，他們都那麼聰明、那麼博學，而你強烈懷疑我眞的能跟他們相提並論嗎？」維克斯問。

「是的。」菲利普含糊不清地回答，因爲覺得自己剛剛問問題的方式有點失禮。

「聖奧古斯丁相信地球是平的，而且太陽繞著地球轉。」

「我不知道這證明了什麼。」

「嘿，這證明了你只是跟著同代人信仰而信仰。你心目中的聖人活在一個信仰的年代，今天對我們來說絕對不會相信的事，在當時卻幾乎是不可能質疑的。」

「那麼，你怎麼知道我們現在相信的就是眞理呢？」

「我不知道。」

菲利普思考了一陣子，然後說：

「我不明白爲什麼我們現在絕對相信的事情，就不會和過去他們相信的事情一樣出錯。」

「我也不明白。」

「那你怎麼還能相信任何事物呢？」

「我不知道。」

菲利普問維克斯，對海沃德的宗教有什麼想法。

「人們總是按照自己的形象，形塑他們心目中的神，」維克斯說，「漂亮別致才是他相信的東西。」

菲利普沉吟了一會兒，然後說：

「我完全看不出來，爲什麼人應該信上帝。」

這話一出口，他馬上意識到自己不能再說下去了。這句脫口而出的話，讓他彷彿掉進了冷水裡，連呼吸都突然停了。他用驚嚇的眼光看著維克斯，突然害怕起來。他趕緊從維克斯身邊離開，他要一個人靜一靜。這可說是他有生以來最震驚的一次體驗了，他想把這件事想個透徹，他非常激動，因爲這件事似乎關係到他整個人生（他覺得他在這件事上的決定，對未來的人生方向絕對有非常重大的影響），要是出了差錯，可能從此萬劫不復。但是他思考得越多，就越確信自己是對的。儘管在接下來的幾個星期裡，爲了了解懷疑主義，他飢渴地讀了幾本相關的書籍，結果只是更堅定了自己本能感覺到的東西。

事實是，他已經不再相信上帝了，並不是出自這樣或那樣的理由，而是他本來就沒有宗教氣質，信仰這件事，是外力強加在他身上的。這是環境和榜樣的問題，如今新的環境和新的榜樣給了他一個尋找自我的機會。他輕而易舉擺脫了兒時形成的信仰，就像脫掉一件從此不再需要的披風。一開始，沒有信仰的生活似乎有點怪，也有點寂

---

3 理性主義、歐洲理性主義（Rationalism）：一種建立在「承認人的理性可以做為知識來源」的理論基礎上的哲學方法，高於並獨立於感官感知。

4 聖安瑟倫（St. Anselm, 1033～1109）：中世紀義大利哲學家、神學家，被尊稱為最後一位教父與第一位經院哲學家。他認為理性的思考必須符合信仰的原則——「我絕不是理解了才能信仰，而是信仰了才能理解。因為我相信，除非我信仰了，我絕不會理解。」

聖奧古斯丁（St. Augustine, 354～430）：羅馬帝國末期北非的柏柏爾人，早期西方基督教的神學家、哲學家，提出三位一體論，強調一神真理，認為神是三位一體，父、子、聖靈雖有別，但共有一體，本質上是一。

寞，儘管以前從未意識到這一點，但信仰一直是他最可靠的支柱。他覺得自己像個本來拄著枴杖、卻突然被迫扔了它自己走路的人。拋掉信仰後，白晝似乎添了幾分寒意，深夜也分外孤單，但心中有股興奮支撐著他，生活彷彿變成一場驚心動魄的冒險，只要再過一陣子，那被他扔在一旁的枴杖和從他肩上滑下的披風，都會有如難以忍受的重擔自此從他身上卸去。多年來強加在他身上的那套宗教儀式，已經成了他宗教信仰的一部分。他想起被要求背誦的短禱文和使徒書信，還有大教堂裡冗長的禮拜儀式，那些儀式坐得他四肢發麻，好希望能活動一下筋骨；他想起夜裡在泥濘的路上走向布萊克斯泰伯教堂的情景，想起那棟荒涼的建築裡有多陰冷，他坐在那兒，雙腳凍得像冰塊，連手指都僵了不聽使喚，四周彌漫著髮油噁心的氣味。噢，他對這一切曾經如此厭煩！一想到自己從這當中掙脫了，心情就忍不住激動起來。

他這麼輕易就不再有信仰，其實自己也很驚訝，他不知道會有這樣的感覺，是因為他內心深處某種天性微妙地作祟，他把這件必然要發生的事歸功於自己聰明，興奮得飄飄然。出於年少氣盛，對於和自己不同的生活態度缺乏同理心，令他完全看不起維克斯和海沃德，因為他們只滿足於那種被稱為上帝的模糊情感，不肯再往前跨一步，而這一步在菲利普看來是非跨不可的。

有一天，他獨自爬上某座小山，在那裡可以飽覽腳下風景，不知道為什麼，這樣的景色總令他充滿狂喜。那時已是秋天，但白天依然常常萬里無雲，天空的光線變化比夏季更璀璨，彷彿大自然有意將更為飽滿的激情一口氣傾注在這所剩無幾的好天氣裡。他看著眼前那一大片在陽光下微微顫動的廣闊平原，遠方曼海姆的建築屋頂隱隱可見，更遠處是朦朧的沃爾姆斯[5]，最耀眼奪目的，是波光粼粼的萊茵河，寬闊的河面閃著厚重鮮亮的金光。菲利普站在山頂，心臟因純粹的喜悅而跳動著，他想到撒旦如何與耶穌一起站在山巔，讓祂一覽天下萬國。對沉醉在美景中的菲利普來說，眼前展現的這片風光彷彿就是全世界，他迫不及待飛奔下山，投身其中盡情享受。他擺脫了那羞辱人的恐懼，也擺脫了偏見，他能夠走自己想走的路，不再害怕那嚇人的地獄之火。突然間，他意識到自己同時也脫下了責任的重負，那讓他在生活中做每件事都受到後果箝制的重負，現在他可以在更輕盈的空氣裡自由自在呼吸，只需對自己做的事負責。自由！他終於成了自己的主人。他不自覺按照舊習慣感謝了上帝，那位他已不再信仰的上帝。

菲利普爲自己的才智和大無畏精神心醉，也認眞地開始了新生活。但失去信仰並未如所預期那樣，對他的言行舉止造成巨大的影響。雖然他已把基督教的教條扔到一邊，卻從未想過要批判基督教的道德觀。他接受基督教認定的美德，而且深深覺得，如果只是因爲美德本身而身體力行，而不是爲賞罰所驅使，那麼其實也是件好事。在教授夫人家，能展現這些優良行爲的機會不多，但他仍努力表現得比過去更眞誠一點，也逼自己對那些偶爾會找他說話的乏味老女人更體貼一點。文雅的詛咒、激烈的形容詞，這些向來是英語中的典型特色，過去菲利普一直把它們當成男子氣概的象徵，用心培養過這方面，現在也小心翼翼地避而不用了。

圓滿解決了整個宗教問題後，他打算把這件事丟到腦後，但說來容易，要做可不簡單，他沒辦法不後悔，也沒辦法克制那不時冒出來折磨自己的不安。他還太年輕，朋友也太少，靈魂永生這件事對他沒有特殊吸引力，放棄信仰在他心裡不是什麼困難的事。但有件事還是讓他覺得悲傷，雖然他也告訴自己這麼想太不理智，想把這些哀愁情緒付之一笑，但每當想起再也見不到美麗的母親，就忍不住熱淚盈眶，從她過世後，隨著時間流逝，他越來越感到母愛的珍貴。有時候，好像有無數敬畏上帝、虔誠得不得了的祖先一直在潛移默化地影響他，讓他突然陷入恐慌，說不定這一切確實是眞的，在這藍色的天幕之外，確實有一個生性好妒的上帝存在，會用永不熄滅的烈火懲罰無神

5曼海姆（Mannheim）：德國巴登—符騰堡州的第三大城市，人口約卅一萬。曼海姆是一座大學城，也是歐洲都市圈萊茵—內卡三角洲（Rhein-Neckar-Dreieck）的經濟和文化中心。
沃爾姆斯（Worms）：德國萊茵蘭—普法爾茨州東南部的一座直轄市，位於萊茵河西岸。

論者。碰到這種時候，理智也幫不了什麼忙，他想像著永無休止的肉體折磨產生的巨大痛苦，嚇出了一身冷汗，幾乎要暈過去。

最後，他絕望地對自己說：「這畢竟不是我的錯。我不能逼自己去信。如果眞的有上帝存在，而且要因爲我誠實地不信祂而懲罰我，那我也沒辦法。」

29

冬天來了。維克斯去柏林聽包爾生[1]講學，海沃德也開始考慮去南部的行程。城裡的劇院開演了，菲利普和海沃德一星期會去兩三次，目的是爲了讓德語更進步，這倒也頗值得嘉許。菲利普發現，若想讓自己的語言說得更道地，看戲比起聽佈道要有趣得多。他們也發現自己正處於戲劇復興的浪潮之中。當時易卜生有幾齣戲已成了冬季的保留劇目，蘇德曼[2]的《榮譽》還是一齣新戲，這齣戲上演後，在這個寧靜的大學城掀起了相當大的騷動，有捧得太過火的讚譽，也有尖刻的攻擊。其他劇作家也在這股現代思想的衝擊下，跟著寫出類似風格的作品。此一系列劇作菲利普都看了，這些作品在他眼前展現了人類的卑劣。在這之前，菲利普從未看過話劇（偶爾會有些粗陋的巡迴劇團到布萊克斯泰伯的會議廳演出，但凱利先生一方面因爲自己的職業限制，一方面認爲這種東西一定很粗俗，所以從來也沒去看過），舞臺上的喜怒哀樂深深吸引著他，他一走進那狹小破舊、光線黯淡的劇場，就感到一陣激動，沒多久，就弄清楚了他看戲的這個小劇團的特色，只要一看到這齣戲的演員名單，就能立刻說出劇中人物的性格特徵，但這對他看戲並不造成任何影響。

對他來說，戲就是眞實的生活，一種陌生、黑暗而煎熬的生活，戲裡的男男女女把內心的邪惡暴露在觀眾冷酷無情的眼光下，美麗的面容掩蓋了墮落的靈魂，清高的人把美德當成隱藏祕密惡行的假面，表面強大的人因爲內心的軟弱而怯懦不堪，誠實的人墮落，貞潔的人淫蕩。你彷彿待在一個前夜才狂歡宴飲過的房間，到了清晨窗戶也沒打開，空氣裡飄著殘餘的啤酒味、陳舊的菸味和燃燒的煤氣燈氣味。劇場裡沒有人大笑，最多是偷偷取笑著戲裡的僞君子或傻瓜，劇中人自我表述時所用的殘忍臺詞，一字一句都像用羞恥和痛苦從心裡狠狠逼出來的聲音。

菲利普被戲裡極端的卑鄙無恥迷住了。他彷彿用另一種方式重新審視這個世界，而這個世界也是他渴望了解的。散戲之後，他和海沃德一起去了小酒館，坐在明亮溫暖的地方，吃著三明治，喝著啤酒。四周都是一群群的學生，說說笑笑。全家一起來小酒館的也處處可見，爸爸媽媽帶著幾個兒女，女兒說了一句機智妙語，就看見那位爸爸往椅背上一靠，仰天大笑起來，笑得那麼開懷，情景既親切又純眞，充滿了愉快樸實的氣氛。但菲利普視而不見，他的心思還縈繞在剛才看的戲上。

「你不覺得這就是生活嗎？」他激動地說，「你知道，我想我不能在這裡久待了，我要去倫敦，這樣我才能眞正開始。我想擁有實際的體驗。一直爲生活做準備實在太讓人厭倦了，我現在就想開始生活。」

1包爾生（Friedrich Paulsen, 1846～1908）：亦譯為保爾遜、泡爾生等，德國著名哲學家、倫理學家、教育家，一八七八年起任柏林大學教授直至去世，思想上屬康德派，是當時所謂「形上學泛心論」的代表。

2保留劇目（repertory）：指某個演出團體或演員因演出成功，被保留下來經常演出的戲劇。例如《歌劇魅影》，就是紐約百老匯劇院的保留劇目。

蘇德曼（Hermann Sudermann, 1857～1928）：德國小説家、劇作家，是德國自然主義運動的主要作家之一，他擅寫鄉土風俗，著有《憂愁夫人》、《貓徑》、《榮譽》、《故鄉》等。

有時候海沃德會讓菲利普自己回去。菲利普一再詢問他爲什麼不跟自己一起走，海沃德從不正面回答，只給菲利普一個快樂的傻笑，暗示自己正忙於一段風流韻事；他引用了羅塞蒂[3]的幾行詩句，有次還拿了一首十四行詩給菲利普看，那首詩充滿了激情和華麗，淒婉哀絕，主題緊扣著一位名叫特魯德的女士。海沃德爲自己下流齷齪的所謂「小冒險」套上了一圈詩歌的光環，彷彿使用了「hetaira」（名妓）這個希臘字，而不用更直接貼切的英語詞彙去形容他在意的那個對象，就可以跟伯里克里斯和菲迪亞斯[4]相提並論了。菲利普因爲好奇，曾經在白天去過那條老橋邊的小街，街邊有幾棟裝著綠色百葉窗的整潔白屋，據海沃德說，特魯德小姐就住在那兒。但是從那些門裡跑出來的女人個個面貌奇醜，濃妝豔抹，還喊著叫他過去，他怕得要死，甩開想攔住他的那雙粗魯的手，沒命地跑了。他其實萬分渴望體驗一次，也覺得自己到了這個年紀，還沒享受過所有小說裡都說是「人生最重要的那件事」，實在太可笑。只是他擁有一種不幸的天賦，總能看見事物的眞面目，而他看見的眞實，和他夢中的理想比起來，差別實在太大了。

他還不知道，一個旅人在跨入現實的國度之前，要越過多大一片乾旱險惡的荒原。說年輕就是幸福，這是一種幻想，一種不再年輕的人才有的幻想。只有年輕人知道自己有多悲慘，因爲他們腦子裡被灌滿了不切實際的理想，每次接觸現實，總要撞得頭破血流。他們看起來就像一場陰謀下的犧牲品，他們讀的書（由於經過必須的揀選，留下的都是理想之作），和長輩的談話（他們總是透過玫瑰色的健忘煙霧回顧往昔），都爲他們備好了一個不眞實的生活。他們必須自己發現，所有讀過的書與所有的教誨，都是謊言、謊言、謊言；而每一次發現，都是在那具已經釘在生活十字架上的身軀再釘進一根釘子。奇怪的是，每個經歷過那種痛苦幻滅的人，一旦輪到他來教導人，也會被體內一股比自身更強大的力量驅使，不自覺加入說謊的行列。對菲利普來說，和海沃德成爲朋友可能是世界上最糟糕的事——他看什麼東西都不肯親身觀察，全靠文學氣氛去感受，他非常危險，因爲他騙自己，說自己是個眞誠的人。他認眞地把自己的肉慾誤認成浪漫的感情，把猶豫不決誤認成藝術家氣質，把虛度人生誤認成哲學家的超脫。他的心靈庸俗，卻努力附庸風雅，他總是透過多愁善感的金色薄霧看世界，於是每個東西都罩著一層模糊的邊，看上去都比實物要大些。他說謊，卻從未意識到自己在說謊，要是有人指出來，他就說謊言是美麗的。他是個理想主義者。

30

菲利普開始煩躁不安，覺得事事都不滿足。海沃德詩意的暗示撩撥著他的想像，他的心靈渴求浪漫戀情的滋潤。至少他是這麼對自己說的。

就在此時，教授夫人家發生了一樁意外事件，讓菲利普對性這件事的關注又添了幾分。有兩三次他上山散步，都碰見凱西莉小姐正巧也獨自在那兒閒逛。他向她彎腰行了個禮，卻在幾碼外瞥見了那個中國人。當時他沒有多

3羅塞蒂（Dante Gabriel Rossetti, 1828～1882）：英國畫家、詩人、插圖畫家和翻譯家，是前拉斐爾派的創始人之一。

4伯里克里斯（Pericles, 約495 b.c.～429 b.c.）：雅典黃金時期有重要影響力的領導人。他在希波戰爭後的廢墟中重建雅典，扶植文化藝術，現存的很多古希臘建築都是在他的時代所建。尤為重要的是，他培育當時被看作非常激進的民主力量。他的時代也被稱為伯里克里斯時代，是雅典最輝煌的時代，產生了蘇格拉底、柏拉圖等一批知名思想家。

菲迪亞斯（Phidias或Pheidias, 約480 b.c.～430 b.c.）：雅典人，是古希臘雕刻家、畫家和建築師，被公認為最偉大的古典雕刻家。雅典人。其著名作品為世界七大奇蹟之一的宙斯巨像，以及巴特農神殿的雅典娜巨像。

想，但有天晚上天色已暗，他正要回去時，在半路上經過兩個走得非常近的人。那兩人一聽見他的腳步聲，立刻迅速分開，雖然因為太黑看得不是很清楚，但他幾乎可以確定那就是凱西莉和宋先生。他們快速分開的動作顯示剛才他們是手挽著手走的。菲利普又迷惑又驚訝，他從來也沒注意過凱西莉小姐，她實在不算漂亮，一張臉方方的，五官很平凡。因為總是梳著一根長辮子，所以年紀應該不超過十六歲。那晚在餐桌上，他一直好奇地打量她，雖然最近她在吃飯的時候不太說話，這會兒倒是跟他攀談起來。

「凱利先生，你今天去哪兒散步了？」她問。

「噢，我往『國王寶座』那個方向走了一段。」

「我沒出門，」她主動說，「我今天頭有點痛。」

坐在她隔壁的那個中國人轉過身來。

「聽到你不舒服眞讓人遺憾，」他說，「希望你現在好點了。」

凱西莉小姐顯然很不安，因為她又說：

「路上碰到很多人吧？」

菲利普明明白白地扯了個謊，一邊說，一邊忍不住紅了臉。

「不，我一個人影都沒看見。」

他覺得她眼裡彷彿掠過一絲放鬆的神色。

但是很快地，大家就確定這兩個人之間一定有點什麼，其他住在教授夫人家的人也看見他們在暗處鬼鬼祟祟。坐在桌首的老女人們開始議論這件現成的醜聞。教授夫人很生氣，也很煩惱。她盡可能裝作一切都沒發生。冬天馬上就要到了，要像夏天這樣讓房間都住滿不是件容易的事。宋先生是個好顧客，他在一樓租了兩個房間，而且每餐飯都要喝一瓶摩塞爾白酒，教授夫人每瓶酒收他三馬克，利潤很不錯。其他房客都不喝葡萄酒，有些甚至連啤酒都不喝。同樣地，她也不想失去凱西莉小姐這位房客，她父母現在在南美洲做生意，爲了讓女兒受到教授夫人母親般的照顧，付的錢相當豐厚。她也知道，假如寫信給凱西莉住在柏林的伯父，他一定會立刻來把她帶走。教授夫人只能在餐桌上給這兩人幾個嚴厲的眼神，這樣也就滿足了。雖然她不敢對那個中國人出言不遜，卻會對凱西莉說話無禮，藉此出氣。但那三個老女人並不滿意，這當中有兩個人是寡婦，另一個是荷蘭人，是個看起來很像男人的老姑婆。她們交的住宿費少得不能再少，惹出來的事卻一大票，只是礙於她們是長期房客，才不得不忍受下來。她們跑去找教授夫人，說事情一定得處理，這太丟人了，公寓會因此蒙羞。教授夫人堅守立場，又發火又掉淚，但最後還是敵不過那三個老女人的攻勢，擺出一副義憤填膺的樣子說自己絕對會出手制止這件事。

吃過午飯之後，她把凱西莉帶到自己房裡，開始嚴肅地談話。但令她驚訝的是，這個女孩採取了厚臉皮對應法，說自己愛去哪兒就去哪兒，就算她選擇跟那個中國人散步，她也看不出除了自己之外還礙得著誰。於是教授夫人威脅她，說要寫信給她伯父。

「那樣的話，赫恩里奇伯父就會在柏林替我找個寄宿家庭過冬，這個安排對我來說就更好了，而且宋先生也會到柏林去的。」

教授夫人哭出來了，淚水從她粗糙發紅的胖臉頰上滾下來，凱西莉繼續嘲笑她。

「意思就是，會有三個房間整個冬天都空著喔。」她說。

接著教授夫人打算改變計畫，從凱西莉小姐個性比較好的部分下手，畢竟她善良、理智，也很有忍耐力。教授夫人不再當她是孩子，而把她當成年女人看待。她跟她說，事情本身沒那麼糟，但問題是，對象是個中國人，他那

---

1 國王寶座（Königsstuhl）：位於海德堡的亞斯蒙德國家公園（Nationalpark Jasmund），地處德國東北部最遙遠的高緯度地帶。國王寶座周圍的白堊岩崖（Kreidefelsen），則是該國家公園最著名景點。

黃黃的皮膚、塌塌的鼻子，還有那小得跟豬一樣的眼睛！這就是把一切搞砸的最大原因，光是想到他的樣子就讓人噁心。

「別說了、別說了，」凱西莉急促地吸著氣，「什麼批評他的話我都不要聽。」

「你不是認眞的吧？」教授夫人倒抽了一口氣。

「我愛他。我愛他。我愛他。」

「我的天哪！」

教授夫人震驚地看著她，之前她總以爲這不過是孩子的淘氣舉動，是場無知的胡鬧，但她語氣中的熱情說明了一切。凱西莉憤怒地看了看她，接著便聳聳肩膀，離開了房間。

教授夫人沒把這次會面的細節告訴任何人，一兩天後，她就把餐桌座位調整了一下。她問宋先生願不願意坐到她這頭來，向來溫文爾雅的他欣然接受。凱西莉對這次換座並不在乎，但似乎兩人的關係在公寓曝光之後，他們的行爲就更不知羞恥了。現在他們不但一起散步毫不遮掩，每天下午上山閒逛也是光明正大，顯然已完全不在乎旁人怎麼說。最後，連一向穩重的厄林教授也沉不住氣了，他堅持要自己的太太找那個中國人談。這次她把他拉到一邊，苦口婆心地勸他，說他正在毀壞這個女孩的名譽，也傷害了這棟公寓的名聲，他得明白自己的行爲錯得多離譜、多邪惡。但宋先生微笑否認了，說自己不知道她在說什麼，他一點也沒注意過凱西莉小姐，更沒跟她散過步。至於外面的傳言，沒有一句是眞的。

「噢，宋先生，你怎麼能這麼說呢？人家看見你們在一起也不是一次兩次了。」

「不，你搞錯了，那都不是眞的。」

他始終滿臉微笑地看著她，露出一排平整的小白牙。他非常冷靜，對一切矢口否認，溫和而恬不知恥地百般抵賴，到最後教授夫人也火大了，說那個女孩已經承認愛他。他絲毫不爲所動，仍然平靜地微笑著。

「胡說！胡說八道！全都不是眞的。」

她從他嘴裡完全逼問不出什麼來。天氣越來越壞，又是雪又是霜，接著雪融了，漫長而陰鬱的日子卻像永遠不會放晴似的，在這種天氣散步就不是什麼愉快的事了。有天傍晚，菲利普剛上完厄林教授的德文課，在客廳站著跟教授夫人聊了一會兒，這時安娜急急忙忙地跑進來。

「媽媽，凱西莉在哪兒？」她說。

「我想在她房間吧。」

「她房間燈沒亮。」

教授夫人驚叫一聲，慌張地看著女兒。安娜腦子裡所想的也在夫人的腦子裡閃了過去。

「按鈴叫埃米爾來。」她啞著嗓子說。

埃米爾是個傻笨的粗人，一向都在餐桌邊伺候，大部分家事也都是他做的。他進了客廳。

「埃米爾，到樓下宋先生房裡去一趟，直接進去，不必敲門。如果裡頭有誰在，就說你是進去檢查爐子的。」

埃米爾冷淡的臉上一點驚訝的表情都沒有。

他慢慢下了樓，教授夫人和安娜留在客廳，開著門仔細聽著動靜。

沒多久她們聽見埃米爾又上樓了，於是她們叫住他。

「有誰在那兒嗎？」教授夫人問。

「有，宋先生在。」

「他一個人嗎？」

他抿著嘴，微微綻出一絲狡猾的微笑。

「不，凱西莉小姐也在那兒。」

「噢，太丟人了。」教授夫人叫出來。

埃米爾直接笑開了。

「凱西莉小姐每天晚上都在那裡，一次都待好幾個小時呢。」

教授夫人開始不安地搓著手。

「噢，可惡！但是，你爲什麼不跟我說？」

「那又不干我的事。」他一邊回答，一邊慢慢地聳了聳肩。

「我想是他們給了你不少錢吧。給我滾，滾！」

他笨拙蹣跚地出去了。

「他們非走不可，媽媽。」安娜說。

「那房租誰來付？繳稅的時間就快到了。他們非走不可，你這話說得輕鬆，他們走了我就付不出帳單了。」她臉上帶著淚水，轉向菲利普，「噢，凱利先生，請你不要把你聽見的事情說出去。如果佛斯特小姐——」佛斯特小姐就是那個老姑婆，「如果佛斯特小姐知道這件事，一定會立刻搬走的。如果他們都走了，我這公寓就一定要關門了，我維持不下去。」

「那是當然，我什麼都不會說的。」

「如果她繼續待下去，我可不會理她。」安娜說。

那天晚餐的餐桌上，凱西莉小姐的臉看起來比平常要紅一點，表情帶著一股執拗，準時地坐在自己的座位上。但宋先生卻沒有出現，過了好一陣子，連菲利普都覺得他大概是打算逃避現實了。最後他姍姍來遲，臉上笑容滿滿，爲自己的遲到向眾人道歉，那對小眼睛裡卻神采飛揚。他堅持按照慣例把自己的摩塞爾白酒給教授夫人斟上一杯，接著又給佛斯特小姐也斟了一杯。飯廳裡很悶熱，因爲火爐整天燒著，窗戶也不太開。埃米爾跌跌撞撞地跑來跑去，總算還能迅速有序地把每個人的餐點都打理好。三個老女人靜靜地坐在那兒，一臉不以爲然的神色。教授夫人臉上還看得出剛哭過，她丈夫一言不發，悶悶不樂。餐桌上沒什麼人說話。菲利普覺得，在這群常常跟他同坐一張桌子的人身上，似乎帶著某種令人毛骨悚然的東西，在兩盞吊燈映照下，他們看起來似乎跟之前不太一樣，他心底湧起一股模糊的不安。有一次，他偶然和凱西莉小姐視線相接，覺得她看他的眼神充滿了憎惡與不屑。飯廳裡的空氣令人窒息，彷彿這兩人野獸似的激情折磨著每一個人，有種東方的墮落氛圍，一股似有若無的線香味兒，一種隱藏的不道德氣息，每個人的呼吸好像都跟著濁重起來。菲利普可以感覺自己前額的動脈在突突地跳著，他不知道是什麼奇怪的感情弄得他心煩意亂，他好像感覺到某種具有強烈吸引力的東西，然而他卻非常排斥，而且覺得恐怖。

這種狀態持續了好幾天，每個人都感覺到他們兩人那種不正常的情慾，氣氛令人作嘔，小公寓裡的人好像都繃緊了神經。只有宋先生絲毫不受影響，他笑容不減，而且比之前更加謙虛有禮。沒有人知道他這種態度究竟是代表文明的勝利，還是東方征服西方之後的某種鄙視。凱西莉則是得意洋洋，一副憤世嫉俗的樣子。最後連教授夫人也受不了了，她突然變得焦躁不安，因爲厄林教授嚴厲而坦白地指出接下來的可能後果，這件見不得光的事已經人盡皆知，她會眼睜睜看著自己在海德堡的美名和公寓的聲望，被這件蓋不住的醜聞毀於一旦，而不知道爲什麼，她居然被利益蒙了眼，從沒想過事情可能變成這樣。現在一想到，她的腦子就被巨大的恐懼弄得完全無法思考，只想立刻把那個女孩趕出去。幸虧安娜頭腦清楚，建議寫封措辭謹慎的信給她在柏林的伯父，請他把凱西莉帶走。

但決定放棄兩名房客之後，教授夫人壓抑已久的壞脾氣便再也控制不住，非發洩到滿足不可，現在她想對凱西莉說什麼就說什麼，再也不需要顧忌了。

「凱西莉，我寫信給你伯父了，請他帶你走，我不能再讓你住在我這兒了。」

她注意到女孩的臉突然發白，小小的圓眼睛得意地閃了閃。

「你太不要臉了。不要臉。」她繼續說，還用髒話罵了她一頓。

「教授夫人，你跟赫恩里奇伯父說了什麼？」女孩問著，洋洋自得的態度瞬間消失了。

「噢，他會自己告訴你的，我想明天他的信就到了。」

隔天，爲了當眾羞辱凱西莉，她更是在餐桌上大聲嚷嚷。

「凱西莉，我收到你伯父的信了。你今晚把東西收一收，我們明天早上就送你上火車，他會親自在柏林中央車站接你。」

「眞是太好了，教授夫人。」

宋先生對教授夫人還是一如既往地微笑著，而且不顧她反對，依舊硬倒了杯酒給她。教授夫人這頓飯胃口很好，但是她高興得太早了。上床之前，她把僕人叫來。

「埃米爾，如果凱西莉小姐的箱子收好了，你最好今晚就把它搬到樓下來，搬運工明天早餐之前就會來拿。」

僕人離開了，沒多久又回來。

「凱西莉小姐不在房間裡，包包也不見了。」

教授夫人大叫一聲，急忙跑到凱西莉的房間。箱子放在地上，已經捆好上鎖，但手提包不在，帽子和斗篷也不見了，梳妝臺上空蕩蕩的。教授夫人喘著粗氣狂奔下樓，往那個中國人的房間跑去，她已經二十年沒跑這麼快了，埃米爾在後頭喊著要她當心別摔跤。她門也顧不得敲了，直接衝進房裡，房間空了，行李不見了，通往花園的門開著，顯然他們就是從這裡走掉的。桌上有個信封，裡面裝著一疊鈔票，是當月的食宿費和其他雜支。教授夫人呻吟著，剛才那陣突然的忙亂把她累垮了，她像坨肥肉一樣頹然陷進沙發裡。事情再明白不過，這對戀人已經遠走高飛。而埃米爾還是無動於衷地站在那兒。

31

海沃德一個月來總是說自己隔天就要動身去南邊，卻因遲遲無法下定決心整理行李，也不想忍受旅途的漫長無聊，就這麼一星期一星期地拖了下來，最後在聖誕節前，他終於被準備過節的氣氛趕走了。他對條頓人的狂歡方式實在不能苟同，一想到節日期間那種毫無節制的瘋狂場面，他就全身起雞皮疙瘩。爲了不引人注意，他決定在聖誕前一天出發。

菲利普爲他送行時，心裡一點不捨的感覺都沒有。他其實是個直率的人，要是有人不了解他的心思總會讓他發火。雖然他受海沃德影響不小，但從不覺得優柔寡斷算什麼迷人的敏感特質，而且海沃德對他的直來直往也總是語帶嘲諷，這點也讓他暗地裡有些不滿。他們開始通信，海沃德很會寫信，也清楚自己在這方面有天賦，寫起信來就更嘔心瀝血地全力以赴。他的氣質讓他在接觸美的事物時特別有感受力，那些從羅馬寄出的信都融進了義大利淡淡的幽香。

他覺得古羅馬時期的城市有點庸俗，只有在帝國衰落時才看得出特色，但教皇統治的羅馬卻讓他非常認同，從他選擇的那些精緻華麗用字裡，洛可可式[1]的美彷彿躍然紙上。他寫到古老的教堂音樂和阿爾巴諾丘陵[2]，寫到焚香

1洛可可風格（rococo style）：起源於十八世紀的法國，最初是為了反對宮廷的繁文縟節藝術而興起的。洛可可風格雖保有巴洛克風格之綜合特性，卻去除了以往藝術的儀式性與宗教性，改以輕快、奔放、易親近和日常性，取代王權思想與宗教信仰的氣息，藉以強調精美柔軟的氣氛，又大量使用光線，表現出一種裝飾性風格。

2阿爾巴諾丘陵（Albano Hills）：位於義大利羅馬拉齊奧（Lazio）區的死火山區。阿爾巴諾湖（Lake Albano）與內米湖（Lake Nemi）為火口湖。有古羅馬道路、廟宇、別墅和劇場遺跡。

時的裊裊青煙令人昏昏欲睡，還有入夜後街道的迷人景象，在雨中，人行道閃閃發光，街燈顯得格外神祕。這些信，說不定他其實抄了好幾封一模一樣的分寄眾好友，卻不想因此擾動了菲利普平靜的心。相較之下，自己的生活實在平凡單調到了極點。

隨著春天到來，海沃德信上的口氣也越來越狂熱，他建議菲利普應該到義大利來，待在海德堡是浪費時間，德國人那麼粗野，生活又平淡無奇，在那樣一個古板的地方，靈魂要怎麼得到舒展呢？而在托斯卡納的春天，滿山遍野的鮮花正在綻放，菲利普已經十九歲了，他要他快到義大利來，然後他們就可以遊遍溫布利亞[3]的山城。這些地名在菲利普心中不斷迴響著。凱西莉和她的愛人也去了義大利，一想到他們，他就感到煩躁不安，自己也說不出為什麼。他怨恨命運不公，因為他沒錢旅行，他也知道伯父每個月除了當初答應的十五英鎊，就不可能再多給了。他又不太會精打細算，付掉食宿費和課程費之後便所剩無幾。他發現跟海沃德到處遊玩很花錢，海沃德常動不動提議來個短程旅行、去看場戲，或者喝瓶紅酒，而那時菲利普一個月的生活費早就用光了。偏偏出於年輕人的愚蠢自尊，又不願承認這種奢侈的生活他實在過不起。

所幸海沃德的信並不常來，在沒有信的這段期間，菲利普總算還能回復他原本勤儉的生活。他去了海德堡大學聽了一兩門課——當時，庫諾．費雪[4]的聲望如日中天，那年冬天開了一系列以叔本華[5]為主題的精彩講座，這是菲利普接觸哲學的開端。他的思考方式比較實際，碰上抽象思維簡直茫然失措，不知該往何處去。但他發現聽形上學講座有股意想不到的魅力，讓他透不過氣來，有點像看著舞者在一根綳緊的鋼絲上展現驚險的技藝，而底下就是萬丈深淵，緊張的同時，又覺得興奮刺激。悲觀主義這個主題非常吸引年輕的菲利普，他相信自己即將進入的這個世界，正是一個冷酷悲傷、充滿黑暗的地方，但即使如此，也絲毫不減他踏入社會的渴望。就在這時，凱利太太代筆傳達了自己那監護人的意見，認為他也該回英國了。他欣然同意。將來究竟要做什麼，他現在必須做個決定。如果他在七月底離開海德堡，他們就能在八月好好商量清楚這件事，這倒是個安排未來的好時機。

他離開德國的時間就這麼定下了，接著凱利太太又來了一封信，信裡提到威爾金森小姐，這次全因爲她好心幫忙，才讓他順利住進海德堡的厄林夫人家。信上說她已安排好要到布萊克斯泰伯跟他們住幾個星期，她會在某日從法拉盛[6]搭船到英國，假如他也同時啓程，那麼到布萊克斯泰伯這一路他就可以照看她，兩個人一起回來。菲利普因爲害羞，立刻寫信告訴伯母，說他得在威爾金森小姐出發日期之後一兩天才能走。他想像著自己照顧威爾金森小姐的樣子，想像自己尷尬地走向她，問她是不是威爾金森小姐的情景（而且還很可能因爲問錯人，被對方冷冰冰地回絕），再說，他也不知道在火車上他是應該跟她說話呢，還是應該讀自己的書不要理她。

他終於離開了海德堡。三個月來他什麼也沒想，只全心全意思索著自己的未來，走的時候沒有一點遺憾，他從

---

3 溫布利亞（Umbria）：位於義大利中心，首府是佩魯賈（Perugia）。這是義大利面積第五小的大區，也是義大利唯一不臨海、也不與外國接壤的大區。

4 庫諾・費雪（Kuno Fischer, 1824～1907）：德國哲學史家，將康德哲學的批判理論加以整理提倡，並在一八六五年與特恩德林保（Adolf Trende-lenburg）辯論，闡明了康德的空間學說（Kant's Theory of Space）。

5 叔本華（Arthur Schopenhauer, 1788～1860）：德國哲學家，唯意志主義的開創者。他繼承了康德對物自體和表象之間的區分，認為它是可以透過直觀而被認識的，並將其確定為意志。叔本華認為，意志獨立於時間和空間之外，它同時包括所有的理性與知識，我們只能透過沉思來擺脫它。叔本華將其著名的悲觀主義哲學與此學說聯繫在一起，認為被意志所支配，最終只會帶來虛無和痛苦。

6 法拉盛（Flush）：原指荷蘭西南方一個名為弗利辛恩（Vlissingen）的城市，如今法拉盛的拼寫「Flushing」是弗利辛恩（Vlissingen）的英語音譯，紐約著名的法拉盛地區命名亦源自於此。當時，弗利辛恩市是荷蘭西印度公司的主要港口。

來也不覺得待在那兒的日子有什麼愉快。安娜小姐送了他一本《賽金根的號手》[7]，他回贈了一本威廉．莫里斯[8]的著作。他們兩個都是聰明人，誰都沒去翻過對方送的書。

32

見到伯父伯母時，菲利普非常驚訝，之前從不覺得他們有這麼老。伯父還是一如以往，用一種不冷不熱的平淡態度接待他。他比之前又胖了點，更禿了點，頭髮也更花白了點。菲利普看得出來，他是多麼微不足道的一個人，那張臉看起來既懦弱又任性。伯母則把他摟進懷裡，不住地親吻他，忍不住流下快樂的淚水。菲利普很感動，也很不好意思，他從來不知道她居然這麼愛自己。

「噢，你走了以後，時間過得好慢哪，菲利普。」她哭著說。

她一邊拍著他的手，一邊喜悅地端詳著他的臉。

「你長大了，現在完全是個大人了呢。」

他上唇已經長出一些細軟的鬍子，他買了一把剃刀，不時要小心翼翼地把鬍子刮掉，保持下巴光潔。

「你不在，我們都很寂寞。」接著她用有點嘶啞的聲音，羞怯地問：「你回家了，很高興吧？」

「是，我很高興。」

她看上去那麼瘦，瘦得彷彿都要透明了，環在他脖子上的那雙手枯瘦如柴，讓人想到雞骨頭，憔悴的臉上布滿令人驚訝的皺紋，髮式完全沒變，還是她年輕時流行的鬈髮，但花白的髮色讓這個髮型看起來格外古怪，讓人覺得可憐。她瘦小乾癟的身體就像一片秋天的黃葉，只要凜冬第一陣寒風颳起，就要被吹得無影無蹤。菲利普意識到，這兩個安靜的小人物，他們的生命歷程其實已經結束了，他們屬於過去的一代，正在那兒耐心地、甚至有點愚蠢地等待死亡；而他，卻正是活力充沛的時候，他的年輕讓他渴求刺激、渴求冒險，這種浪費生命的活法讓他驚駭莫名。他們什麼也沒做過，一旦他們走了，就跟他們從來沒存在過一樣。他對伯母萬分憐憫，因為她愛他，他突然覺得自己也很愛她。

威爾金森小姐知道凱利夫婦在歡迎自己姪兒歸來，一直沒過來打擾。這時候，她終於進來了。

「菲利普，這是威爾金森小姐。」凱利太太說。

「浪子回頭了，」她邊說邊伸出手來，「我替浪子的外套扣眼帶來一朵玫瑰花。」

她帶著愉快的笑容，把那朵剛從花園摘下的花別在菲利普的外套上。他臉紅了，覺得自己像個笨蛋。他知道威爾金森小姐是威廉伯父前任教區長的女兒，神職人員的女兒菲利普也認識不少，她們總是穿著剪裁糟糕的服裝和肥大粗笨的靴子，衣服通常是黑色。菲利普待在布萊克斯泰伯的頭幾年，手工紡織花布還沒有傳到東英格蘭，況且神職家庭的女性也不喜歡花衣服。她們的髮型亂七八糟，身上總有股刺鼻的漿燙內衣味兒。她們認為女性打扮自己是不適當的，因此無論老少看起來都一個樣。她們靠著宗教這塊招牌驕傲自大，而她們和教會之間的密切關係，更讓她們對待其他人的態度多了幾分盛氣凌人的味道。

7《賽金根的號手》（Der Trompeter von Säckingen）：約瑟夫・舍菲爾（Josepn Scheffel, 1826～1886）於一八八四年發表的話劇作品。

8 威廉・莫里斯（William Morris, 1834～1896）：英國藝術與工藝美術運動的領導人之一，也是世界知名的家具、壁紙花樣和布料花紋的設計者兼畫家。他同時是一位小說家和詩人，也是英國社會主義運動的最早發起者之一。

威爾金森小姐就完全不同了。她穿著一件白細布長衣裙，上頭印著鮮亮的小花束，腳上一雙尖頭高跟鞋，還穿著網格長襪。在閱歷不深的菲利普看來，她的穿著十分令人刮目相看，但他卻看不出她身上的衣服其實是便宜貨，而且也太招搖了。她的頭髮梳得相當用心，前額正中留著一綹整齊的鬈瀏海，又黑、又亮、又硬，彷彿怎麼樣也弄不亂。她有對黑色的大眼睛，微微有點鷹勾鼻，從側面看起來有幾分像食肉猛禽，但從正面看還是滿有魅力的。她很愛笑，但由於嘴大，所以笑起來總努力遮掩那一口又大又黃的牙齒。不過最讓菲利普覺得窘迫的，還是她臉上搽的厚粉，他對女性舉止的看法非常嚴格，總覺得有教養的女士是不化妝的。但當然，威爾金森小姐是有教養的女士，因爲她是牧師的女兒，而牧師屬於紳士階層。

菲利普決定絕對不要喜歡上她。她說話帶點法國口音，菲利普不知道爲什麼會這樣，因爲她根本是英國本地土生土長的。他覺得她笑得很做作，輕浮扭捏的樣子看了就有氣。有兩三天時間，他一句話也不跟她說，對她抱著敵意，但威爾金森小姐顯然沒注意到這件事。她很親切，幾乎只對他一人說話，而且不斷在某些事上徵求他明智的判斷，這種作法自然不無諂媚之意。她也會逗他笑，菲利普對這種人向來無法招架，他不時能說出讓人拍案叫絕的話，這是他的天賦，如今這份天賦有了個能欣賞的聽眾，也是件令人高興的事。凱利夫婦都沒什麼幽默感，不管他說什麼都不會笑。他和威爾金森小姐慢慢熟了起來，他也不像一開始那麼害羞，開始有點喜歡她了。他發現她的法國腔其實別有風味，在醫生開的花園派對上，她的穿著打扮是最出色的。她穿了件藍底大白點的薄綢長衣裙，單是這件衣服，就讓菲利普覺得有什麼感覺被撩撥起來了。

「我敢說，他們那些人一定覺得你有失身分。」他笑著跟她說。

「當個放蕩女子可是我的畢生心願呢。」她回答。

有一天，趁她在自己房裡時，他問了伯母威爾金森小姐幾歲。

「噢，親愛的，要記得，永遠不要去問一位女士的年齡。不過可以確定的是，以她的年紀，要跟你結婚的話是太大了。」

他伯父肥胖的臉上緩緩浮出一個微笑。

「她可不是小姑娘了，露意莎，」他說，「我還在林肯郡的時候她就不小了，那可是二十年前的事。那時候她背後總是拖著條辮子。」

「那時候說不定她還不滿十歲。」菲利普說。

「超過十歲了。」伯母說。

「我覺得那時候她都快二十了。」伯父說。

「噢，沒那麼大啦，威廉，看起來十六七歲吧。」

「也就是說，她現在至少也三十幾了。」菲利普說。

就在這個時候，威爾金森小姐輕快地走下樓梯，一面還哼著一首班傑明．戈達[1]的曲子。因爲她要跟菲利普一起去散步，已經戴好了帽子，接著她向菲利普伸出手，要他幫她把手套上的扣子扣起來。他尷尬地照做了，雖然覺得不好意思，又覺得幫她扣扣子的自己很有騎士風度。

現在他們說起話來已經很自在了，他們一面閒逛，一面天南地北地聊，她告訴菲利普關於柏林的事，他就跟她說自己待在海德堡那一年的生活。原本無足輕重的小事，經他一說，彷彿就多了種新的趣味。他描述厄林夫人公寓裡每個人的樣子，還有海沃德和維克斯之間的對話，那些當時對他意義重大的話，現在都被他略加扭曲，好讓它聽起來更荒謬好笑。威爾金森小姐果然笑個不停，讓他覺得非常得意。

---

1 班傑明．路易．保羅．戈達（Benjamin Louis Paul Godard, 1849～1895）：法國作曲家、小提琴家，堅決抵制華格納的風格。作品數量很多，旋律雖優美但缺乏特色。

「我還眞被你嚇著了，」她說，「沒想到你講話這麼酸。」

接著她開玩笑似地問他在海德堡有沒有什麼風流韻事。菲利普不假思索，很坦白地回答沒有，但她一點也不相信。

「你嘴巴太緊了！」她說，「像你這種年紀，怎麼可能沒有？」

他紅了臉，也笑起來。

「你想知道的事太多了。」他說。

「啊，我就知道，」她勝利似地大笑，「看你，臉都紅啦。」

她居然把他當成了一個放蕩男子，這點倒讓他滿開心的，於是他刻意轉移了話題，好讓她相信自己確實隱瞞了許多浪漫情事。他一直很氣自己沒有這些經驗，他根本一點機會都沒有。

威爾金森小姐對自己的命運十分不滿，她怨恨自己必須自謀生計，還告訴菲利普一個長長的故事，是關於她母親的一位叔父。他本來要給她一筆遺產，但後來娶了自己雇的廚娘，就把遺囑改了。她暗示她家原本有多奢華，還說以前住在林肯郡時有馬騎有車坐，相較之下，現在只能卑微地寄人籬下。後來菲利普跟露意莎伯母提到這件事，伯母卻告訴他，當年據她所知，威爾金森家只有一匹小馬、一部雙人座的單馬馬車，除此之外就沒別的了。至於那位有錢叔父的事，露意莎伯母確實聽過，但他早在愛蜜莉．威爾金森出生前就結婚生子了，繼承他遺產的事，她本來就沒有太大希望。這些話讓菲利普很困惑。

對於柏林這個她目前工作的地方，威爾金森小姐幾乎沒有一句好話。她抱怨德國人的生活太庸俗，還很不厚道地拿柏林和光鮮亮麗的巴黎相比，她曾經在巴黎住過幾年（不過她沒說到底是幾年），在一個時髦的肖像畫家家裡當過家庭教師，那個畫家娶了個有錢的猶太妻子，在他們家她見過不少知名人物。她說出來的名字，個個都讓菲利普驚歎不已。法蘭西劇院的演員就常常去他們家作客，喜劇演員科克蘭[2]吃飯時就坐在她旁邊，而且還跟她說從沒看過一個外國人法語說得這麼好。阿爾封斯・都德[3]也來過，還送了她一本莎孚[4]的詩集，他答應要替她在書上寫上她的名字，只是她後來忘了提醒他了。那本書她一直珍藏著，哪天有機會可以借給菲利普看看。然後還有莫泊桑[5]，威爾金森小姐一面輕輕地笑著，一面用一種覺得菲利普一定能意會的眼神看著他，多麼棒的男人，又是多麼出色的一位作家啊！海沃德曾經提過莫泊桑，菲利普對他的花名在外也略知一二。

「他追求你了？」他問。

說來奇怪，這些話像哽在他喉嚨裡一樣難以出口，但終究還是問了。現在他非常喜歡威爾金森小姐，她剛才說的那些話讓他很激動，但他也很難想像有誰會追她。

---

2 科克蘭（Benoît-Constant Coquelin, 1841～1909）：法國著名喜劇演員兼戲劇理論家，著有《藝術與演員》和《喜劇演員與喜劇》等。

3 阿爾封斯・都德（Alphonse Daudet, 1840～1897）：法國寫實派小說家，風格獨特，他的短篇小說〈最後一課〉、〈柏林之圍〉等作品都已成為世界文學的珍品。

4 莎孚（Sappho，約612 b.c.～約570 b.c.）：西元前七世紀的希臘女詩人，一生寫過不少情詩、婚歌、頌神詩、銘辭等。著有詩集九卷，大部分已散佚，現僅存一首完篇、三首幾近完篇的詩作，以及若干斷句。莎孚是女同性戀者，西方語言中「女同性戀者」一詞（例如德語Lesbe，法語lesbienne，英語lesbian），即源自其居住地萊斯博斯島（Lesbos）。

5 莫泊桑（Henry-René-Albert-Guy de Maupassant, 1850～1893）：法國作家，作品以短篇小說為主，被譽為「短篇小說之王」，作品有《脂肪球》等。他縱情聲色，據美國作家弗蘭克・哈里斯（Frank Harris, 1856～1931）在《我的生活與愛情》（My Life and Loves）一書的描述：「莫泊桑多次跟我說，只要是他看上的女性，就一定能擁入懷中。」

「問得眞好！」她叫出來，「可憐的居伊，[6]碰到哪個女人他都追，這是他改不了的毛病。」她輕輕嘆了口氣，彷彿正深情款款地緬懷往事。

「他是個有魅力的男人。」她喃喃自語。

這些話，如果是一個比菲利普有經驗的人聽了，應該猜得出來當時見面場景應該是這樣的——名作家應邀參加家庭午宴，這位家庭教師端莊地帶著她教的兩位身材修長的女學生進來，主人介紹道：

「Notre Miss Anglaise（這位是我們家的英國小姐）。」

「Mademoiselle（小姐您好）。」

接下來，名作家和男女主人在席上交談時，英國小姐就默默地坐在旁邊。

但對菲利普來說，她的話卻激發了比這多得多的浪漫想像。

「把跟他有關的事都告訴我吧。」他興奮地說。

「其實也沒有什麼好說的。」她這話是事實，但說話的神態，卻彷彿他們之間的風流豔事寫上三大本書都寫不完似的。「你不要這麼好奇嘛。」

她開始說起巴黎。她喜歡那兒的林蔭大道和樹木，每條街道都有它的美，香榭麗舍大道上的那些樹更是別具一格。他們現在坐在大路邊的臺階上，威爾金森小姐輕蔑地看著他們前面那些高大的榆樹。還有劇院，威爾金森小姐繼續說，那裡演出的戲眞是精采萬分，演員的演技更是無與倫比。她還常跟福約夫人，也就是她教的那兩個女孩的母親，一起出門去試衣服。

「噢，沒錢眞是太痛苦了！」她叫道，「那些漂亮的衣服啊，只有巴黎人最懂穿衣服，偏偏我買不起！可憐的福約夫人，她根本沒有身材可言。有時候，裁縫會偷偷在我耳邊講：『啊，小姐，要是她有您這樣的身段就好了。』」

菲利普這時才注意到她有一副結實粗壯的身材，而她還頗為自豪。

「英國男人都太蠢了，只會看臉。法國人才是對戀人有深刻了解的民族，知道身材比臉重要得多。」

菲利普以前從沒想過這種事，但現在他才注意到威爾金森小姐的腳踝又粗又醜。他趕緊移開了目光。

「你應該去法國才對。為什麼不去巴黎待一年呢？你還可以學法語，法語可以讓你變得『déniaiser』[7]。」

「那個字是什麼意思？」菲利普問。

她狡猾地笑起來。

「這你得去查查字典了。英國男人都不懂怎麼對待女人，他們太害羞了，男人還害羞實在太荒謬了。他們也不懂怎麼追女人，就算在稱讚一位女士迷人的時候，也免不了要露出一副傻樣。」

菲利普覺得自己很可笑。威爾金森小姐顯然期待他的表現跟她口中的那些英國男人不同，要是自己這時候能說出一些向女性獻殷勤或妙趣橫生的話，絕對很討人喜歡。但他一個字也想不出來，就算真的想出來了，也因為太擔心丟臉而說不出口。

「噢，我真愛巴黎啊，」威爾金森小姐嘆息，「但是我又不得不去柏林。我在福約夫人家一直待到她兩個女兒出嫁，接下來就找不到工作做了。後來在柏林有了現在這個工作機會，是福約夫人的親戚，我就接受了。我住在布雷達街的一間小公寓裡，在cinquième（五樓），一點都不體面。你也知道布雷達街那個地方，那些女士們，你知道的。」

---

6 居伊是莫泊桑的名字，威爾金森小姐在這裡刻意用名字稱呼他而不用姓氏，是要表示自己跟他有特別的親暱關係。

7 「Déniaiser」這個字，意思是成熟、懂事，另有失去童貞的意味。

菲利普點點頭，雖然他完全不懂她指的是什麼，但隱約也能猜到一點，要是不點頭做點反應，很擔心她會覺得他太無知。

「不過我不在乎。Je suis libre, n'est-ce pas（我很開明，對吧）？」她很愛動不動就來幾句法文，確實她法文是說得不錯。「我在那裡還有過一次奇遇。」

這時她停住了口，菲利普催她繼續說。

「你也不肯把你在海德堡的生活告訴我啊。」她說。

「因爲眞的太平淡了，沒什麼好說。」他辯解。

「凱利太太要是知道我們聊天的內容，不知道會說什麼。」

「別擔心，我不會跟她說的。」

「你保證？」

他做了保證之後，她就告訴他，在她住處的樓上有個念藝術的學生——但說到這兒，她又突然轉了話題。

「你爲什麼不念藝術？你畫得很好啊。」

「也沒那麼好。」

「畫得好不好，自己說是不準的。je m'y connais（我很清楚），我相信你有成爲大藝術家的資質。」

「要是我突然告訴威廉伯父，說想要去巴黎念藝術，他那張臉會有什麼表情你猜不出來嗎？」

「你的人生要自己作主，不是嗎？」

「別存心拖時間了，繼續講你的故事吧。」

威爾金森小姐哈哈一笑，便繼續說下去。那個學藝術的學生好幾次在樓梯跟她錯身而過，她也沒太注意他，只看到他有一對漂亮的眼睛，還很客氣地向她脫帽致意。有天，她發現門底下塞進來一封信，是他寫的。他說他愛慕她好幾個月了，總是一直在樓梯那兒等著她走過。噢，多令人高興的一封信啊！她自然沒有回信，但世界上有哪個女人受得了這樣的奉承？到了隔天，又是一封信！信寫得那麼精彩、那麼熱情，又那麼動人，隔天她在樓梯上遇見他的時候，眼睛簡直都不知道要往哪兒看了。信每天都會來，而這次，他求她見他，他說晚上會過來，vers neuf heures（大約九點鐘到），她不知道怎麼辦。不過當然，見面是不可能的，他可能會一直按門鈴，但是她絕對不會開門。到了他說的時間，她緊張兮兮地等著門鈴響起時，他卻突然出現在她面前，因爲她進屋的時候忘記關門了。

「c'était une fatalité（這就叫在劫難逃啊）。」

「那接下來，發生了什麼事？」菲利普問。

「故事就這麼結束囉。」她輕輕地笑著回答。

菲利普好一陣子沒說話，但心跳得厲害，各種奇怪的情感一個接一個在他心裡翻騰。他看見那道黑暗的樓梯，那些不期而遇的場景，他佩服寫信那個人的膽量（噢，他一輩子也不敢這麼做），還有那寂靜無聲，幾近神祕的闖入，對他來說，這才是浪漫的精華所在。

「他長得怎麼樣？」

「噢，他很帥。Charmant garcon（迷人的小伙子）。」

「你現在還跟他來往嗎？」

問這句話的時候，菲利普覺得自己微微有點惱意。

「他簡直對我壞透了。男人都是一樣的，你們這些人全都沒肝沒肺，你們都一樣。」

「這我就不知道了。」菲利普略有點尷尬。

「我們回家吧。」威爾金森小姐說。

33

威爾金森小姐的故事一直在菲利普的腦子裡縈繞不去。雖然她沒把故事整個說完，但意思也夠清楚了。他有點吃驚，這種事對已婚的女士來說沒什麼，他讀過不少法國小說，知道這種事在法國司空見慣，但威爾金森小姐是英國人，而且未婚，她父親還是個牧師。接著他突然意識到，那個念藝術的學生說不定不是她第一個情人，甚至也不是最後一個，他倒抽了一口氣，之前他從未把威爾金森小姐當成那樣的人，而且她居然有人追，這似乎很難想像。出於天眞單純，他幾乎對她說的那個故事沒有一絲懷疑，就像他也從不懷疑所讀過的那些書一樣，這種美妙的事情竟然從未發生在自己身上，他想到就火大。要是威爾金森小姐仍堅持要聽他說海德堡的豔遇，而他又沒東西可講，那就丟臉丟大了。編故事的能力他確實有，但他也不確定自己能不能讓她相信當時他有多麼拈花惹草無惡不作。女人的直覺很強的，這他在書上讀到過，說不定她輕輕鬆鬆就揭穿了他的謊言。一想到她暗暗竊笑的樣子，他的臉又紅透了。

威爾金森小姐一面彈琴，一面用疲憊慵懶的聲音唱著歌，但她唱的那些曲子，像是馬斯奈、班傑明・戈達，以及奧古斯塔・奧爾梅斯的作品[1]，菲利普都沒聽過，他們在鋼琴邊一待就是幾個小時。有天，她想知道他聲音怎麼樣，堅持要他唱唱看。她聽了之後，說他有一副聽起來很舒服的男中音嗓子，她可以替他上課。他因爲害羞，一開始是拒絕的，但她堅持要教，於是接下來每天早上吃過早餐，若是方便她就會替他上一小時課。她很有教學天分，顯然確實是個優秀的家庭教師。她教導有方，要求也很嚴格，儘管法語腔還是一樣濃重，但一上起課來，那些甜蜜嬌嗔的舉止便一掃而空。她講課時沒有一句廢話，口氣也變得有點專制，要是發現學生漫不經心或馬虎，她就會本能地開口制止。她很清楚自己要做的，就是讓菲利普學會音階和練唱。

但只要課一結束，她那誘人的微笑就又毫不費力地回來了，聲音也回復原本的溫柔可愛。但菲利普就沒辦法輕鬆地拋開學生身分，這種教師的印象和她的故事在他心裡勾起的感覺格格不入。他仔細看了看她，和早上相比，他比較喜歡晚上的她。她早上看起來皺紋總是特別多，脖子的皮膚也顯得比較粗糙，他很希望她把脖子遮起來，但那時天氣熱，她便老是穿低領上衣，她又酷愛白色，早上穿白色特別不適合她。但到了晚上，她看起來總是風情萬種。她穿著長裙，幾乎算是正式的晚宴服。脖子上戴一條石榴石項鍊，胸口和手肘的蕾絲讓她添了幾分令人喜歡的溫柔感，還有她那充滿異國氣氛、讓人心旌神搖的香水味（在布萊克斯泰伯，人們頂多用古龍水，而且只在主日上教堂或頭痛得厲害時才用），這時候，她看起來眞的很年輕。

她的年紀還是讓菲利普很困擾。他把二十和十七相加，怎麼也加不出一個令他滿意的數字。他不只一次問露意莎伯母，爲什麼她會覺得威爾金森小姐已經三十七歲了，她看起來根本不超過三十歲啊，而且大家都知道外國人比英國女人老得快，威爾金森小姐在國外住了那麼久，幾乎也算是外國人了。就他而言，他根本不相信她超過二十六歲。

「她比二十六歲大多了。」伯母說。

菲利普一點也不相信凱利夫婦這些話的準確性。他們唯一記得清楚的，就是最後一次在林肯郡見到威爾金森小姐時，她的頭髮還是未成年少女的辮子，沒有盤成髻。是嘛，所以那時候她也可能只有十二歲啊，時間都過了那麼

---

1 馬斯奈（Jules Émile Frédéric Massenet, 1842～1912）：法國作曲家，音樂教育家。

奧古斯塔・奧爾梅斯（Augusta Holmes, 1847～1903）：法國女音樂家。她曾拒絕嫁給聖桑（Charles Camille Saint-Saëns, 1835～1921），但是和小說家卡圖爾・芒戴斯（Gatulle Mendes, 1841～1909）育有三個私生子。

久，伯父的記憶力又一向靠不住。他們說那是二十年前的事，但人們都喜歡取整數，實際上說不定是十八年或十七年，若是十七加十二，就只有二十九歲啦，那，天殺的，這歲數算老嗎？對吧？安東尼爲了克麗奧佩脫拉捨棄天下時，這位埃及豔后都四十八歲了[2]。

這年夏天天氣特別好，日復一日地晴朗炎熱、萬里無雲，但由於靠近海邊，熱度降低不少，空氣裡有股宜人的清爽氣息，讓人覺得精神振奮，不至於被八月的驕陽曬得太難受。花園裡有個小池塘，當中有個噴泉，池塘裡睡蓮綻放，金魚映著陽光在水面悠游。菲利普和威爾金森小姐總在飯後帶著毯子和靠墊到這裡來，躺在有高高的玫瑰花籬笆遮蔭的草地上。他們閒聊、讀書，一待就是一下午。他們還抽菸，凱利先生不准他們在房子裡抽菸，認爲那是個討人厭的習慣，而且他常說，不管是誰，要是成了習慣的奴隸就是丟人的事，他忘了自己其實也是下午茶的奴隸。

有天，威爾金森小姐給了菲利普一本《波希米亞人》[3]，是她在他伯父書房裡翻書時意外找到的。這本書自從被凱利先生跟其他書成捆買回來後，十年了都沒人發現它的存在。

菲利普一開始讀繆傑這本動人心魄、文筆拙劣又荒誕不經的傑作，就立刻被迷住了。這本書把挨餓描述得那麼平心靜氣，把邋遢描寫得那麼別致，把下流的戀情寫得那麼浪漫，把陳腐的情節寫得那麼動人，畫面躍然紙上，他簡直連心靈都歡躍地舞動起來。魯道夫和咪咪，穆賽塔和舒奧納！他們在拉丁區灰暗的街頭流浪，穿著富有古意的路易腓力時代[4]服裝，今天在這個閣樓，明天又在另一個閣樓棲身。他們時而落淚，時而歡笑，無憂無慮，從不考慮後果，這樣的他們有誰抵擋得了？只有等到鑑別力健全了再回頭看這本書，才能看出他們的歡樂有多粗俗，心靈有多平庸。你會發現，無論做爲一個藝術家或一個人，這些放蕩不羈之人都一無可取。但菲利普卻對他們著迷得不得了。

「你不覺得，現在其實你比較想去巴黎，而不是倫敦嗎？」威爾金森小姐看他對這本書如此熱中，微笑著問他。

「就算我現在這麼想，也太遲了。」他回答。

從德國回來的這兩個星期，他一直在跟伯父討論自己的未來。他堅決不去牛津，再說現在也不可能再拿獎學金，這麼一來，就連他伯父都得出了結論，上這所學校菲利普是負擔不起的。他所有的財產只有兩千英鎊，雖然這筆錢已經拿去做抵押投資，有百分之五的利息可拿，但單靠利息是活不下去的。現在這筆錢又少了一些。要供他上大學，生活費一年至少要兩百英鎊，在牛津待三年之後，也不見得立刻就能養活自己，假如這麼貿然把錢花下去，那就太荒唐了。

他急著想直接去倫敦。他伯母認爲紳士階級只有四種職業領域能做，那就是陸軍、海軍、法律和教會。她又在後面加上醫療業，因爲菲利普的爸爸是做這一行的（但可別忘了，在她年輕的那個時代，還沒有人認爲醫生算是紳士呢）。前兩種職業就別提了，菲利普又堅決不肯擔任神職，那麼就只剩下法律這條路了。鎮上的醫生曾經建議，現在有不少紳士走工程技術方面，但凱利太太立刻表示反對。

「我不希望菲利普去做生意。」她說。

2克麗奧佩脫拉七世（Cleopatra, 69 b.c.～30 b.c.）：世稱「埃及豔后」，古埃及托勒密王朝末代女王。在今日文藝作品或電影中，她被認為是為了保護國家免受羅馬併吞，而色誘凱撒大帝及其手下馬克・安東尼（Marcus Antonius, 約83 b.c.～30 b.c.）。

3《波希米亞人》（Scènes de la vie de Bohème）：法國劇作家亨利・繆傑（Henri Murger, 1822～1861）的小說。後由普契尼作曲，改編成歌劇《波希米亞人》（La Bohème），又譯作《藝術家的生涯》。

4路易菲利浦一世（Louis-Philippe Ier, 1773～1850）：法國國王（1830～1848），又稱「路易腓力」。

「可是他總要有個工作啊。」他伯父回答。

「為什麼他不能像他爸爸一樣當個醫生？」

「我討厭那個職業。」菲利普說。

他不想當醫生，凱利太太並不覺得遺憾。律師看來也不成，因為他不想去牛津，而凱利夫婦總有這樣的印象，要想在法律領域成功，學位還是少不了的。最後他們建議他去律師那兒當學徒，將來也可以當個律師。他們寫信給家庭律師亞伯特·尼克森，此人跟凱利先生是已故亨利·凱利遺囑的共同執行人，他們想問他願不願意收菲利普為徒。一兩天後回信就來了，他說他那兒沒有缺，而且對這個計畫大加反對——這個行業已經飽和了，要是沒有資金、沒有人脈，頂多只能當個辦事員。不過他建議，菲利普可以去當會計師。凱利夫婦對這個職業一無所知，菲利普也沒聽說過有誰是當會計師的。但律師又來信解釋，隨著現代商業發展和公司行號增加，許多會計師事務所應運而生，他們為客戶審核帳目、管理財務，這是老式財務管理很欠缺的一部分。幾年前這個行業也取得了皇室頒發的許可證，一年比一年受人尊敬，有利可圖，也越來越重要了。為亞伯特·尼克森管理了三十年財務的有照會計師事務所正好有個學徒缺，願意一年以三百英鎊學費收菲利普，其中一半將在契約存續的五年間，以薪水方式歸還。儘管這前景看起來不怎麼吸引人，但菲利普覺得自己也該下個決定了，而且想在倫敦生活的想法也壓過了他心底的那點畏縮。凱利先生又寫了封信問尼克森先生，這個職業究竟適不適合紳士階級。尼克森先生回信，說因為有了皇家許可證的關係，打算投入這個行業的人，都是上過公學和大學的。再說，假若菲利普不喜歡這個工作，一年之後想離開，那位叫赫伯特·卡特的會計師也願意按契約歸還半數的錢。事情就這麼定下來了，依照安排，菲利普將在九月十五日開始工作。

「那我還有一整個月的時間。」菲利普說。

「到時候你就自由了，而我又得回牢籠。」威爾金森小姐這麼回應。

她總共有六週假期，會比菲利普早一兩天離開布萊克斯泰伯。

「不知道我們還有沒有機會再見。」她說。

「我看不出爲什麼沒有機會。」

「噢，你不要用這麼實際的口氣說話。從沒見過像你這麼不動感情的人。」

菲利普臉紅了。他很怕威爾金森小姐覺得他是個膽小鬼，她畢竟還算是個年輕女人，有時候看起來還滿漂亮的，而他也快二十歲了，但荒唐的是他們除了藝術和文學之外什麼也不談。他應該跟她談戀愛的。他們談過那麼多跟愛有關的事，像是布雷達街那個學藝術的學生，還有後來那個巴黎的畫家，她曾經在他家住了好一陣子，他要她給他當模特兒，還開始瘋狂地追求她，逼得她不得不找了個藉口，不再當他的模特兒了。事情很明顯，威爾金森小姐對這種事早就司空見慣。這會兒她戴著一頂大草帽，看起來非常美，那天下午很熱，是他們碰過最熱的一天，她的上唇微微沁著汗珠。他突然想起凱西莉小姐和宋先生，過去他想到凱西莉小姐時從來也沒有動心的感覺，因爲她長得實在太平凡了，然而現在回頭想想，他們的私奔事件卻顯得分外浪漫。他也有浪漫的機會了。威爾金森小姐實際上根本算是法國人，這又爲接下來可能的豔遇多添了幾分情趣。當晚上躺在床上或坐在花園裡讀書時想起這件事，他總忍不住心情激盪。可一旦眞的見到威爾金森小姐，那種詩情畫意的感覺似乎就淡薄了許多。

無論如何，在她跟他說過那些故事之後，就算他眞的追她，她也絕對不會驚訝。他覺得自己至今沒有任何表示，她一定覺得很奇怪。也許只是他的幻覺，但這一兩天，他已經不只一次在她的眼神裡感覺到鄙夷的意味了。

「你在想什麼啊。」威爾金森小姐微笑看著他。

「我不想告訴你。」他回答。

他在想，他應該吻她，就在這兒，就是現在。他不知道她是不是期待他這麼做，但終究，他還是不知道在完全沒有任何預備步驟之下，要怎麼做才好。她可能會覺得他瘋了，說不定會甩他一巴掌，搞不好還會跑去跟他伯父告狀。他很想知道宋先生對凱西莉小姐的第一步是怎麼做的。如果她告訴了他伯父，那就糟了，他很了解伯父是什麼樣的人，他伯父一定會告訴醫生和喬西亞・葛拉夫斯，然後他就會被人當成十足十的笨蛋。露意莎伯母還是堅持威爾金森小姐至少三十七歲了，他只要想到萬一事態敗露將遭受到的恥笑就全身發抖，他們一定會說，她都老得夠當他媽了。

「你現在又在想什麼啊。」威爾金森小姐還是微笑著。

「在想你。」他大著膽子回答。

無論如何，這句話還不至於眞的讓人抓到把柄。

「在想我什麼？」

「噢，你想知道的又太多了。」

「淘氣的孩子！」威爾金森小姐說。

又來了！每次他成功地讓自己鼓起一點情緒，她就會說出一些讓他想起她家庭教師身分的話。他練唱讓她不滿意時，她就會玩笑似地叫他淘氣男孩，但這次，他是眞的生氣了。

「我希望你別老是把我當小孩子。」

「你生氣啦？」

「很氣。」

「我不是故意的。」

她朝他伸出手，他握住了。最近有一兩次他們晚上握手道別時，他恍惚感覺到她輕輕捏了捏他的手，但這次是千眞萬確的。

他不太清楚接下來應該說什麼才好。冒險的機會終於來了，他要是不好好抓住，那就眞是個傻瓜了。但這個場面實在有點平淡，他想像中的場景要更浪漫誘人一點。他讀過很多對於愛情的描寫，他覺得自己一點也沒有小說家描寫的那種情感湧動的感覺，沒有被激情弄得暈頭轉向，威爾金森小姐也不算是個理想對象。他常常自己想像一個可愛的女孩，有著紫羅蘭色的大眼睛，和石膏般雪白粉嫩的肌膚，他想像自己把頭埋在她濃密的波浪褐髮裡的樣子。若是威爾金森小姐的頭髮他就沒辦法想像，總是意識到她抹了髮膠的頭髮有點黏人。但儘管如此，有場私通還是很令人滿意的，想到自己就要享受到手的獵物，他理所當然地自豪起來，覺得非常激動。她可是靠他自己的力量勾引來的。他決定要吻威爾金森小姐，不是現在，而是晚上，在黑暗中做這件事比較容易成功，而且親了她之後，其他事也會接著發生。他當天晚上就要吻她，他發誓。

他擬妥了作戰計畫。晚餐之後，他提議去花園走走，威爾金森小姐答應了。兩人並肩走著，菲利普緊張得不得了，他也搞不清楚爲什麼，但就是沒辦法把話題引到正確的方向上。他決定要做的第一件事，就是摟住她的腰，但是在她一直聊著下週要舉辦的划船賽時，他實在不知該如何突然出手摟腰。他狡猾地引她走到花園裡最暗的地方，但是一到那裡，他的勇氣又消失了。他們坐在長凳上，這會兒他眞的下定了決心要把握機會，但這時威爾金森小姐又說，她確定這裡有蚰蜒[5]，堅持要離開。他們又繞著花園走了一圈，菲利普對自己說，他們再次走到那張長凳之前，他一定會採取行動。但他們經過屋子時，卻看見凱利太太站在門口。

「你們兩個年輕人該進來了吧？我想夜裡的冷空氣對你們沒什麼好處。」

「也許我們進屋去比較好，」菲利普說，「我不希望你著涼。」

他說這話時，自己也鬆了一口氣，看來今晚是一事無成了。但之後他待在自己房間時，卻又火大得不得了——

---

5 蚰蜒：讀作「由延」，一種昆蟲，節肢動物，與蜈蚣同類，長約一二寸，黃黑色，腳細長，共十五對，以捕捉害蟲為食，有益農事。

他根本就是徹頭徹尾的大笨蛋。他很肯定威爾金森小姐也期待他吻她，否則不會答應他去花園。法國小說菲利普也讀過，假如他是法國人，就會一把將她摟進懷裡，熱情如火地說他愛她，然後就把嘴唇深深地貼在她的nuque（脖子）上。他不懂為什麼法國人總是喜歡親吻女士的nuque，他自己就看不出後頸有什麼吸引力。當然，對法國人來說，要做這些談情說愛的事情是容易得多，法文實在是幫了大忙，菲利普總覺得用英語說這些激情的話聽起來有點好笑。現在他眞希望自己沒有對威爾金森小姐的貞潔動過進攻的念頭，前兩個星期，日子過得那麼愉快，如今他卻這麼悲慘。但他決定不放棄，要是放棄了，連他都會看不起自己。他鐵了心，明天晚上，他要吻威爾金森小姐，絕對不能失敗。

隔天早上起床時，他發現外面在下雨，他第一個反應是晚上去不了花園了。早餐時間他還是興致勃勃，威爾金森小姐卻差了瑪麗安來，說她頭痛不下床了。她直到下午茶時間才下樓，身上穿著一件很適合她的長衣，臉色蒼白，但到了晚餐時分就恢復得差不多了，晚餐也吃得不錯。做過晚禱之後，她說她要直接去睡，便親吻了凱利太太說晚安，接著她轉向了菲利普。

「天哪！」她叫了出來，「我剛剛差點連你也親了。」

「為什麼不親下去呢？」他說。

她大笑著伸出手來跟他握手道別，這次確實捏了他的手。

到了隔天，天空連一絲雲都沒有，下過雨後，整個花園變得甜美清新。菲利普去海邊游泳，回家之後大吃了一頓。下午他們在牧師宅邸有一場網球派對，威爾金森小姐把她最漂亮的衣服都穿上了。她確實很會穿衣服，菲利普忍不住要注意她，和她身邊助理牧師的太太、醫生已婚的女兒相比，她的打扮是多麼優雅。她在腰際別了兩朵玫瑰，坐在草坪邊的一張花園椅上，還在頭上打了一把紅陽傘，透下來的光線映在她臉上明暗恰恰好。菲利普很喜歡網球，發球發得很好，但因為跑起來不方便，所以打球時離網前很近。儘管他跛腳，速度還是很快，要讓他接不到球不是那麼容易的事。那天他非常高興，因爲他每場球都贏了。到了下午茶時間，他已經又熱又喘地躺在威爾金森小姐腳前。

「法蘭絨衣服很適合你，」她說，「今天下午你好看極了。」

他高興得紅了臉。

「我也誠實地把這句讚美交還給你，你看起來眞是太迷人了。」

她微笑著，用那對黑眼睛凝視著他。

晚餐之後，他堅持要她出來走走。

「你打了一整天球還不累嗎？」

「今天晚上花園一定很美，星星都出來了。」

他興致高昂。

「你知道凱利太太爲了你罵過我嗎？」威爾金森小姐說，那時他們正穿過菜園。「她要我不准跟你調情。」

「你跟我調過情？我從來沒注意到。」

「她只是開玩笑而已。」

「昨天晚上你不肯吻我，眞是狠心哪。」

「你也不看看我說我做了什麼事的時候，我伯父看我的那個表情！」

「就因爲這樣，你就不吻我？」

「我親吻的時候不喜歡被人看見。」

「現在沒有人。」

菲利普摟住她的腰，從她唇上吻了下去。她只是輕輕笑著，並沒有掙脫的意思。一切如此自然，菲利普非常自豪，他說要做，就一定做得到。這眞是世界上最容易的一件事了，他要是早點行動就好了。他又吻了她一下。

「噢，你不可以再親了。」她說。

「爲什麼？」

「因爲我喜歡。」她笑了起來。

34

隔天吃過午飯，他們又帶了毯子和靠墊到噴泉那兒，他們還帶了書，但是誰也沒看。威爾金森小姐把自己舒舒服服地安頓好，還撐起了她那把紅陽傘。菲利普現在一點也不怕羞了，但一開始她還是不肯讓他吻她。

「昨晚我犯了大錯，」她說，「我整晚睡不著，我覺得我錯得離譜。」

「胡說八道！」他大叫，「我確定你根本睡得香極了。」

「要是你伯父知道了，你覺得他會怎麼說？」

「他不可能知道的。」

他身子朝她貼過去，心臟撲通撲通直跳。

「爲什麼你要吻我？」

他知道自己應該回答：「因爲我愛你。」但不知道爲什麼就是說不出口。

「你覺得是爲什麼呢？」他反問她。

她眼裡帶著笑意看著他，一邊用指尖輕輕碰著他的臉。

「多光滑的一張臉啊。」她低聲說。

「我的臉還真得常刮才行。」他說。

他很驚訝要說浪漫的情話居然這麼困難，他覺得沉默對他來說反而比說話更有用，他可以用眼神表達那些難以言傳的情感。威爾金森小姐嘆了一口氣。

「你到底喜不喜歡我？」

「當然，非常喜歡。」

他又打算去親她，這次她不再拒絕了。他虛張聲勢地裝出一副熱情如火的樣子，在他看來，自己這個多情種子的角色演得還滿成功的。

「我開始怕你了。」威爾金森小姐說。

「晚飯以後你也會出來的，對吧？」他央求她。

「除非你保證不亂來。」

「什麼我都保證。」

這半眞半假撩起的一團火，現在眞的把他整個人都點燃了。下午茶時間裡，他興奮得難以控制，威爾金森小姐緊張地看著他。

「你眼睛發亮的樣子實在太明顯了，」後來她這麼跟他說，「要是你伯母看見了，她會怎麼想？」

「我才不在乎她怎麼想。」

威爾金森小姐愉快地笑了笑。晚餐剛吃完，他就對她說：

「你願意跟我一起出去抽根菸嗎？」

「你怎麼都不讓威爾金森小姐休息一下?」他伯母說,「你別忘了,她可沒你那麼年輕了。」

「噢,我正想出去走走呢,凱利太太。」她說著,口氣相當酸。

「午飯後走一里,晚飯後歇一陣。」凱利先生說。

「你伯母是個好人,就是有時候讓人心煩。」威爾金森小姐一關上背後的門就抱怨。

菲利普把剛點的菸扔了,猴急地把她摟在懷裡。她想把他推開。

「你答應我會規矩的,菲利普。」

「你不會眞以爲我會遵守那種承諾吧?」

「別這樣,離房子太近了,菲利普,」她說,「要是有人突然從房子裡出來怎麼辦?」

他帶她去了菜園,那裡不太有人去,威爾金森小姐這次就沒再想到什麼蚰蜒了。他激情地吻著她。有件事他一直百思不解,早上他通常對她沒什麼好感,中午會稍微好一點,但到了晚上,光碰到她的手都會激動得顫抖。他說著連自己都想不到自己說得出來的情話,如果是大白天肯定說不出口。他聽著自己說著那些甜言蜜語,心裡又驚訝又滿意。

「你的情話說得眞好啊。」她說。

他自己也這麼覺得。

「噢,如果我可以把我心底燃燒的一切都說出來就好了!」他激情地低語著。

眞是太棒了,這是他玩過最讓人激動的遊戲。最妙的是他說出來的那些話幾乎都是他眞實的感覺,只不過略加誇張而已。看到這些話在她身上產生的明顯效果,讓他覺得非常有意思,令人興奮。最後,她顯然用了好大力氣才開得了口,說他們該進屋了。

「噢,還不要。」他叫。

「我一定得走，」她低聲說，「我被嚇著了。」

他突然直覺自己接下來該怎麼做。

「我還不能走，我需要待在這裡好好想想。我的臉頰在發燙，我需要這夜晚的空氣讓我冷靜冷靜。晚安。」

他認眞地伸出手來，她沉默地握住了，他覺得她正克制著自己不要哭出聲來。噢，眞是太美妙了！他一個人在漆黑的菜園無聊地待了一陣子，覺得時間差不多說得過去了才進屋，發現威爾金森小姐已經先去睡了。

在發生這些事情之後，他們之間的關係和過去大不相同。第二天和第三天，菲利普都表現得像個飢渴的情人。他發現威爾金森小姐已經愛上他了，因爲她用英語說了一次，又用法語說了一次，這件事讓他萬分得意。她不斷地讚美他，以前從來沒有人說過他的眼睛有多迷人，嘴唇又有多肉感，他自己也從不關心自己的外表，但現在只要一有機會，他就滿意地在鏡子前顧影自憐一番。他吻她的時候，可以感覺到那股令她心靈震顫的激情，這眞是妙不可言。他常常吻她，因爲他發現比起說情話，親吻要簡單得多，雖然他本能地覺得她很期待聽見那些甜蜜的話，但是要把那些捧她的話講出來，還是會讓他覺得自己像個笨蛋。他眞希望身邊有個能讓他稍微吹噓一下這件事的人，他會很樂意跟他討論自己行動上的種種細節的。有時候她說的話他完全不能理解，整個人被搞迷糊了，他眞希望海沃德在這裡，這樣他就能問他，他覺得她是什麼意思，接下來他該怎麼做比較好。他拿不定主意現在應該要加速進攻，還是順其自然。時間只剩下三個星期了。

「一想到我們只剩三星期，我就受不了，」她說，「我心都要碎了，之後，我們可能永遠都見不到面了。」

「要是你眞有那麼一點在乎我，就不會對我這麼狠心了。」他在她耳邊輕聲地說。

「哎，我們一直保持這樣的關係有什麼不好？爲什麼你就不能滿足呢？男人都是一樣的，貪得無厭。」

他還是步步進逼，這時候她就會說：

「你看不出來這種事是不可能的嗎？在這個地方，怎麼做得到呢？」

他提出各式各樣的方案，但她什麼都不接受。

「我可不敢冒這個險，要是被你伯母發現，一切都完了。」

一兩天後，他又有了個看起來很不錯的點子。

「聽我說，如果你星期天晚上說你頭痛，說你願意待在家裡看房子，那我伯母就會去教堂了。」

星期天晚上凱利太太通常會留下來看家，好讓瑪麗安去教堂，但如果有機會參加晚禱，她是絕不會錯過的。

菲利普在德國時，對基督教的看法已經改變了，但他覺得這件事沒必要讓親人知道。他也不期待他們了解，似乎靜靜地繼續上教堂是最省麻煩的方式。但他只參加早上那一次，把這當成對社會偏見的一種優雅讓步；晚上那次他就不去了，算是對自由思想的某種捍衛。

他提出這個建議時，威爾金森小姐好一會兒沒說話，接著她搖了搖頭。

「不，我不要。」她說。

但是到了主日的下午茶時間，她卻讓菲利普大吃一驚。「我想我晚上不去教堂了，」她突然說，「我的頭眞的痛得要命。」

凱利太太非常擔心，堅持要讓她喝幾滴自己慣用的藥水。威爾金森小姐謝過她，下午茶一結束，就說要回自己房間躺下。

「你確定你什麼都不需要？」凱利太太焦慮地問。

「非常確定，謝謝您。」

「因爲，如果這兒沒事的話，我就要去教堂了，我不太有機會參加晚禱。」

「沒問題的，您去吧。」

「我會在家啊，」菲利普說，「如果威爾金森小姐需要什麼，叫我一聲就是了。」

「你最好開著客廳的門，菲利普，這樣威爾金森小姐搖鈴的時候你才聽得見。」

「那是當然。」菲利普說。

於是六點鐘之後，整棟房子就只剩下菲利普和威爾金森小姐在了。他心裡很害怕，怕得全身都不舒服，眞希望自己當初沒有提出這個計畫，但現在已經太遲了，他自己製造的機會，不抓住也不行了。要是他臨陣退縮，不知道威爾金森小姐會怎麼想！他到走廊上聽了一下，一點聲音也沒有。他在想威爾金森小姐會不會是眞的頭痛，搞不好她早就忘了他的提議。他的心臟跳得都快痛起來了。他盡可能放輕腳步上了樓梯，樓梯每吱嘎一聲他都嚇得收住腳。到了威爾金森小姐房間外，他站在外頭聽著動靜，手放在球形門把上，他等待著，感覺至少也有五分鐘，彷彿在努力讓自己下定決心，連握著門把的手都在發抖。他很想拔腿就跑，但又害怕自己會後悔，他知道自己一定會後悔。就像爬上了游泳池最高的跳水板，從底下看沒什麼，但從上頭往下看著腳下的水，就讓人整顆心都往下沉；在那一刻，逼著你往下跳的，是你從剛才一階階爬上來的那座階梯灰頭土臉往下走的恥辱。菲利普鼓起勇氣，輕輕扭動門把走了進去，覺得自己抖得像一片風中的樹葉。

威爾金森小姐背對著門站在梳妝臺前，聽見開門聲，她迅速地轉過身來。

「噢，是你啊。你來幹嘛？」

她已經把裙子和上衣都脫掉了，穿著襯裙站在那兒。襯裙有點短，長度只到她的靴口，上半部是黑色，是某種會發亮的料子，鑲著紅色的荷葉邊，上身卻是一件短袖白棉布襯衣，看起來怪裡怪氣。菲利普看著她，整顆心都涼了，她從來沒有這麼不吸引人過，不過現在一切都太遲了。他關上背後的門，然後上了鎖。

35

第二天早上，菲利普很早就醒了。這一夜他睡得很不安穩，但是他看著陽光透進百葉窗在地上映出的光影，伸了伸腿，還是滿足地舒了一口氣。他對自己的表現很滿意。他想起威爾金森小姐，她要求他以後叫她愛蜜莉，但不知道爲什麼就是叫不出口，他總覺得她就是威爾金森小姐。既然用姓氏稱呼她會被罵，他乾脆什麼都不叫了。他小時候常聽人說露意莎伯母有個妹妹，是個海軍軍官的遺孀，大家都稱她愛蜜莉伯母，現在要他拿這個名字稱呼威爾金森小姐，總讓他覺得彆扭，但也想不出其他更適合的叫法。她從一開始就是威爾金森小姐，這個名字和她的形象似乎沒有辦法分開。

他微微皺著眉頭，不知道爲什麼，他現在只看見她最糟糕的地方了。他沒法忘記看見她穿著襯衣襯裙轉過身來那一刻，自己有多沮喪，他還記得她略顯粗糙的皮膚，和她脖子側邊又長又深的皺紋。他的勝利感只有短短的一瞬，便煙消雲散了。他重新想了一下她的歲數，怎麼也想不出她有任何低於四十歲的可能，這個歲數讓整件事突然變得很荒謬。她長相那麼普通、年紀又大，他敏銳的想像力立刻在腦中勾出了她的形象——滿臉皺紋，形容憔悴，濃妝豔抹，身上的衣服以她的身分來說太招搖，以她的年齡來說又太裝嫩。他打了個寒顫，突然覺得再也不想見到她，光是想到要吻她都受不了。他覺得自己的所作所爲眞是太可怕了。這是愛嗎？

爲了拖延見到她的時間，他盡可能磨磨蹭蹭地換衣服，等到終於踏進飯廳那一刻，他心情沉到谷底。早禱已經結束，大家都在吃早餐了。

「大懶鬼。」威爾金森小姐歡快地大喊。

他看著她，如釋重負地舒了口氣。她背對窗戶坐著，樣子其實相當漂亮，他也不知道剛才自己爲什麼會那樣想。這會兒他又再度沾沾自喜起來。

才過了一夜，她的改變令他吃驚。早餐一吃完，她立刻迫不及待地說愛他，聲音因爲太激動，微微有點發顫。過了一會兒，他們到客廳去上唱歌課，她坐在琴凳上，一段音階才彈到一半，她就仰起頭，說：

「Embrasse-moi（吻我）。」

他彎下腰，她猛地抱住他脖子，她用這種姿勢抱他他並不舒服，反而有種要窒息的感覺。

「啊，je t'aime. Je t'aime. Je t'aime（我愛你，我愛你，我愛你）。」她用濃重的法國口音喊著。

菲利普眞希望她能用英語說話。

「哎，不知道你有沒有想到，花匠可是隨時都可能從窗戶前面經過的。」

「噢，je m'en fiche du jardinier. Je m'en refiche, et je m'en contrefiche（我才不在乎那個花匠，我不在乎，我一點也不在乎）。」

菲利普覺得這些話實在太像法國小說人物才會說的臺詞，不知道爲什麼有點惱怒起來。

最後他說：

「那個，我想到海邊走走，順便泡泡水。」

「噢，你就非得在今天早上離開我嗎？不能一整個早上都陪我？」

菲利普不是很懂，爲什麼今天早上不能去海邊，不過，這也沒什麼關係。

「你要我留下？」他微笑著說。

「噢，親愛的！不，你去吧，去。我要想著你駕馭那帶鹹味的海浪，在廣闊的大海裡洗浴你四肢的樣子。」

他拿了帽子，悠閒地走了。

「淨是女人的蠢話！」他心想。

但是他很滿意、很高興，也有點飄飄然，她顯然完全被他迷住了。他一瘸一拐地走在布萊克斯泰伯的大街上，帶著些目空一切的眼光看著經過的行人。他向不少認識的人點頭致意，當微笑著向他們打招呼時，心想，多希望他們也知道自己有了這麼一樁浪漫美事。他眞的好想找個人講這件事。他覺得應該寫信給海沃德，同時在心裡構思起信件內容。他會提到花園和玫瑰，還有那位嬌小的法國家庭教師，在花園的群芳之中，她就像一朵異國的花，芬芳馥郁，卓爾不群。他會說她是法國人，因爲，呃，她都在法國住了那麼久，也算是法國人了，再說，把整件事原原本本地照實講出來，也太不風雅了，對吧？他還要告訴海沃德，他第一次見到她時，她身上那一襲薄紗衣裙，還有她給他的那朵花。他把這一切寫成了優雅的田園詩，陽光和海洋賦予它熱情和魔力，星辰爲它添上詩意，而古老的牧師宅邸花園正是浪漫愛情最適合、也最精美的場景。事件本身頗有幾分梅瑞狄斯小說的味道，儘管女主角比不上露西．費弗雷爾，也比不上克拉拉．密道頓[1]，但仍有不可言傳的迷人之處。菲利普心跳得好快，這些幻想讓他充滿喜悅，因此當他游回岸上又濕又冷地鑽進更衣車後，忍不住又繼續幻想下去。他想著他愛慕的那個人，她擁有世界上最可愛的小鼻子和大大的棕眼睛（他會這樣跟海沃德說的），還有一頭濃密柔軟的褐色髮絲，把臉埋在這樣的頭髮裡眞是美妙無比，她的肌膚潔白如象牙，耀眼如日光，而她的雙頰就像最豔最紅的玫瑰。至於她幾歲呢？十八歲吧，也許，他會喊她慕賽特[2]，她的笑聲就像淙淙小溪，她的聲音那麼溫柔，那麼舒緩，那是他聽過最甜美的樂音。

「你到底在想什麼啊？」

菲利普突然停住了腳步，他正慢慢地走回家。

「我在四百公尺外就開始跟你招手了，可是你完全心不在焉。」

威爾金森小姐站在他面前，正在取笑他驚訝的樣子，

「我想我應該來接你。」

「你太好了。」他說。

「嚇到你了？」

「有點。」他承認。

他還是給海沃德寫了信，整整八頁。

剩下的兩週很快就過去了，雖然每天晚上他們吃過晚飯去花園散步時，威爾金森小姐都會提一句「又過去了一天」，但菲利普一直興致高昂，絲毫沒有因爲這種想法影響心情。有天晚上，威爾金森小姐提議，如果她可以把柏林的工作辭了，到倫敦另謀新職，那就太好了，那樣他們就可以常見面了。菲利普嘴上應著這樣再好不過，但這個前景並沒有勾起他絲毫熱情，他期待在倫敦展開美妙的新生活，不想多個累贅。他說起未來要做的那些事口氣實在太無拘無束，威爾金森小姐看得出來，他已經準備遠走高飛了。

「你如果愛我，就不會說那種話了。」她哭著說。

他吃了一驚，接著便沉默不語。

「我眞傻啊。」她喃喃自語。

看見她哭了他大驚失色，他向來心軟，就怕看到別人難過。

「噢，我很抱歉，我說了什麼不該說的話嗎？別哭。」

「噢，菲利普，別離開我。你不知道你對我有多重要。我這一生這麼悲慘，是你讓我嘗到了幸福的滋味。」

---

1 露西・費弗雷爾（Lucy Feverel）是梅瑞狄斯小說《理查・費弗雷爾的苦難》中的女主人翁，克拉拉・密道頓（Clara Middleton）則是他另一部小說《利己主義者》的女主人翁。

2 慕賽特（Musette），意為小風笛。

他默默地吻著她。

她說話的聲調裡確實蘊含著極大的痛苦，他嚇著了。他從來沒想過她說的那些話，居然句句都是認眞的。

「我眞的非常非常抱歉。你知道，我眞的很喜歡你，我希望你也能到倫敦來。」

「你知道我沒辦法去的。那裡幾乎找不到工作，而且我又討厭英式生活。」

他被她的悲痛打動了，幾乎沒意識到自己是在扮演角色，他抱著她，越抱越緊，她的淚水讓他隱隱有些得意，他吻了她，這回倒是眞心的。

但一兩天後，她就貨眞價實地大鬧了一場。牧師宅邸辦了一場網球派對，有兩個女孩也來參加，她們是某位印度軍團退休少校的女兒，最近才剛在布萊克斯泰伯定居。兩人都長得很漂亮，其中一個和菲利普同年，另一個小一兩歲。她們很習慣和年輕男子交朋友（她們有一大堆關於印度山間避暑小鎭的故事可以說，當時魯德亞德・吉卜林[3]的小說正風靡一時），和菲利普也愉快地互相開起玩笑來。菲利普覺得這種事很新鮮，心裡也很高興，因爲布萊克斯泰伯的年輕女士對牧師的姪子態度向來都有點正經八百。也不知道是著了哪裡的魔，他竟開始瘋狂地跟這兩個女孩調起情來，他是在場唯一的年輕男子，她們也相當樂意迎合他。正巧她們網球都打得很不錯，而菲利普跟威爾金森小姐打那種拙劣的初學者網球也已經打膩了（她是到布萊克斯泰伯之後才開始打網球的），因此下午茶之後他安排對打的陣容時，便提議讓威爾金森小姐和助理牧師一隊，跟助理牧師太太對打，他等一下再跟新來的人打。他在那位年紀大些的歐康納小姐旁邊坐下，低聲跟她說：

「我們先等這幾個笨蛋累垮，接下來我們就可以好好玩上幾場了。」

但顯然這話讓威爾金森小姐聽見了，因爲她把手上的球拍往地上一丟，說她頭痛，接著扭頭就走。大家都知道她在生氣。她這麼把事情鬧開，菲利普也很火大。她不在，隊伍只好重新安排，但沒多久，露意莎就來叫他了。

「菲利普，你傷了愛蜜莉的心，她回房去了，現在在哭呢。」

「哭什麼？」

「噢，說是什麼笨蛋隊伍之類的事。去看看她，說你不是故意的，這才是個好孩子。」

「好吧。」

他敲了敲威爾金森小姐的房門，沒等裡頭回應就自己進去了。他發現她趴在床上哭，過去碰了碰她的肩膀。

「嘿，到底怎麼回事？」

「你走開，我再也不要跟你說話了。」

「我做了什麼嗎？如果我傷了你的心，那我非常抱歉，我不是故意的。嘿，起來吧。」

「噢，我眞不幸。你怎麼能對我這麼殘忍？你知道的，我根本就討厭那愚蠢的球賽，我只是因爲想跟你一起打，才參加的。」

她從床上起來，走向梳妝臺，往鏡子裡瞥了一眼之後，又癱坐在椅子上。她把手帕揉成一團，輕輕地揩著眼角。

「一個女人能給男人的最珍貴的東西，我都給了你，我該有多傻啊，可是你卻一點都不感激。你一定是個沒心肝的人，你怎能這麼殘忍，跟那兩個賤貨公然調情折磨我？我們也只剩下一星期左右了，你就不能在這段時間裡好好陪我嗎？」

菲利普悶著一肚子氣站在那兒。他覺得她這種行爲簡直太幼稚了，竟然當著生人的面亂發脾氣，他很火大。

3魯德亞德・吉卜林（Joseph Rudyard Kipling, 1865～1936）：生於印度孟買，英國作家及詩人。由於吉卜林所生活的年代正值歐洲殖民國家向其他國家瘋狂地擴張，他的部分作品也被有些人指責為帶有明顯帝國主義和種族主義色彩。

「但是你也知道我對歐康納姊妹一點意思都沒有，你到底為什麼硬要覺得我有？」

威爾金森小姐放下手帕，眼淚把她的妝都弄花了，頭髮也有點凌亂，這時候那身白衣服看起來就跟她不太搭了。她飢渴而激情地看著菲利普。

「因為你才二十歲，她也是。」她嘶啞地說，「而我已經老了。」

菲利普臉紅了，他移開視線。

她悲痛欲絕的語調讓他感到奇特的不安。他真希望自己跟威爾金森小姐從來沒有過任何關係。

「我不希望讓你不高興，」他尷尬地說，「你還是下去關照一下你朋友吧，她們都不知道你怎麼了。」

「好吧。」

他很高興自己總算從她那兒脫身了。

他們很快就和好了，但接下來幾天，菲利普偶爾還是會覺得心煩。他除了未來之外什麼都不想談，但是只要一談未來，威爾金森小姐就哭。一開始她的眼淚還能打動他，他覺得自己真是畜生，也竭力向她表示自己的熱情永不改變。但到了現在，她的哭泣只會讓他升起無名火，如果她是個小女孩也就算了，這麼一個成年女人動不動哭哭啼啼實在太愚蠢。她不斷提醒他，他欠她的感情債永遠也償還不了，她這麼重視這一點，他也很樂意承認，但他就是不太懂，為什麼他對她的感激，必須比她對他的感激還要多才行。她還期待他用自己很討厭的方式表達感激之情——其實他很習慣獨處，偶爾甚至是一種需求，但要是他沒有隨時在她身邊等候差遣，威爾金森小姐就認定他無情無義。歐康納姊妹曾邀他倆一起去喝茶，菲利普也願意去，但威爾金森小姐說她只剩下五天了，希望他在這五天內完完全全只陪著自己。這聽起來還滿讓人飄飄然，但做起來就很無聊了。威爾金森小姐還跟他說了好多法國男人的故事，說他們一旦和美女相戀（就像他跟她相戀一樣），表現有多麼敏銳細膩。他們的殷勤、他們自我犧牲的熱情，還有他們完美的機智，都讓她讚不絕口。威爾金森小姐的要求似乎非常高。

菲利普聽她數著完美情人必備的種種特質，不禁暗自慶幸她住在柏林。

「你會寫信給我的，對吧？每天都要寫，我想知道你每天做了什麼。你什麼事都不准瞞我。」

「我應該會忙得要命，」他回答，「不過我會盡量寫。」

她猛地伸出雙臂，熱情地摟住他脖子，有時她這種露骨的情感表現會讓他很尷尬，他還是希望她能稍微被動一點。她給的暗示這麼明顯，讓他有點震驚，這跟他觀念中端莊羞怯的女性氣質大不相同。

威爾金森小姐離開的日子終於到了，下樓吃早餐時，她臉色蒼白，一副悶悶不樂的樣子，身上穿著一套實穿的黑白格子旅行裝，看起來像個稱職的家庭教師。菲利普也沒說話，因爲實在不知道這種場合該說些什麼，而且他也很害怕，要是說了什麼不該說的，惹得威爾金森小姐當著他伯父的面發作，再大鬧一場，那就不好了。他們昨晚已在花園裡道別過，菲利普很慶幸現在沒有獨處的機會。他吃過早餐後仍一直待在飯廳，以防威爾金森小姐堅持要在樓梯上吻他。他不想讓瑪麗安抓到這種不體面的事——瑪麗安現在已經是個中年婦人了，說話很刻薄。她不喜歡威爾金森小姐，總稱呼她「老貓」。露意莎伯母不太舒服，沒法親自到車站送行，但這對叔姪都去了。就在列車要開動時，她探出身來，吻了凱利先生一下。

「我也得親你一下，菲利普。」她說。

「好吧。」他邊說邊紅了臉。

他踏上列車階梯，她很快地吻了他一下。火車開動了，威爾金森小姐頹然地坐進車廂角落，落寞地哭了起來。而菲利普在回牧師宅邸的路上，已明顯如釋重負。

「欸，你們平安送她上車了嗎？」他們進門的時候，露意莎伯母問。

「是，她看起來好傷心哪，還堅持要吻我和菲利普。」

「噢，不過她那個年紀也沒什麼危險了。」伯母指了指餐具櫃，「菲利普，有封你的信，跟第二批郵件一起來的。」

是海沃德的信，內容如下——

親愛的老弟：

我立刻就給你回信了。我大膽地把你的信念給我一位好朋友聽，她是一位非常迷人的女士，她的幫助和同情對我非常珍貴，而且她也是一位對藝術和文學具有眞正鑑賞力的女子，我們一致同意你的信寫得很動人。你的文字句句發自肺腑，你自己都不知道，你字裡行間充滿了天眞的愉悅。因爲你沉浸在愛情之中，所以下筆時也宛如詩人。哎，親愛的老弟啊，這一切再眞切不過，我感覺到你青春的熱情正在閃耀，你的文字因你眞摯的情感而化爲悠揚的樂章。你一定很幸福吧！當你們兩人像達夫尼與克羅伊[4]那樣挽著手在花間漫步，我多希望自己也能藏身在那迷人的花園裡。我可以看見你，我的達夫尼，你的雙眸中閃著年輕的愛情、溫柔、迷醉又熾烈，而你懷裡的克羅伊，那麼年輕、柔順、嬌嫩欲滴，正在發誓她絕不答應——最後還是答應了。你們身邊百花圍繞，玫瑰、紫羅蘭和忍冬花！噢，我的朋友，我好嫉妒你，一想到你的初戀這麼像一首純純的詩，我就覺得眞是太好了。珍惜這寶貴的時光吧，不朽的眾神已經把這至高無上的禮物送給你了，它將成爲一份甜蜜而悲傷的記憶，直到你撒手人寰爲止。這種無憂無慮的狂喜，一生不會再有第二次。初戀的愛情是最美的，她正在最美麗的時刻，而你正年輕，全世界都屬於你們。當你以令人崇敬的坦白告訴我，你把臉埋在她那一頭長髮裡的時候，我覺得脈搏都跟著加快了。我敢說，那一定是一頭細緻的栗色長髮，微微泛著金光。我希望你們能並肩坐在濃蔭的樹下，一起讀《羅密歐與茱麗葉》[5]，接著我希望你能跪下來，爲我一吻那留著她足印的土地，然後告訴她，這是一個詩人對她鮮亮的青春、對你給她的愛情，所致上的敬意。

「完全是一派胡言！」菲利普看完信之後說。

奇特的是，威爾金森小姐確實提議過一起讀《羅密歐與茱麗葉》，不過他堅定地拒絕了。接著，當他把信收進口袋裡時，心裡突然感到一陣奇怪的痛楚，因爲——理想和現實的差距，實在是太大了。

4《達夫尼與克羅伊》（Daphnis and Chloe）：西元二世紀的古希臘作家朗格斯（Longus）的小說作品。達夫尼與克羅伊從小便相識相愛，但不明白何謂「愛」。儘管男主角達夫尼在後來明白性愛為何，而歷經諸多波折之後，仍然堅持到結婚之後才行成人之禮，最後兩人終白頭偕老。

5《羅密歐與茱麗葉》：莎士比亞（William Shakespeare, 1564~1616）的戲劇作品。故事描述分屬義大利兩個世仇家族的男女主角，因相愛而結婚；故事最後，原本計畫私奔的兩人因計畫出錯而雙雙自盡。

36

幾天後，菲利普啓程去了倫敦。助理牧師替他推薦了巴恩斯[1]的幾個房間，於是菲利普寫信去訂房，一星期房

1巴恩斯（Barnes）：倫敦郊外的一個地區。在行政區劃上，屬英國大倫敦西南邊，一個叫做「泰晤士河畔里奇蒙」（Richmond upon Thames）的倫敦自治市。

租十四先令。他是晚上到的，房東是個有趣的小老太太，身材乾癟，臉上滿是深深的皺紋，她幫他準備了傍晚茶[2]。起居室光是一個餐具櫃和一張方桌就幾乎占去大半空間，靠牆的位置放著一張馬毛布面的沙發，火爐邊放著一張成套的扶手椅，椅背上套著一個白色椅套，由於椅面的彈簧已經斷了，所以在上頭放了一個硬墊子。

吃過傍晚茶之後，菲利普就打開行李，開始整理帶來的書，接著他坐下想看看書，卻覺得有點悶悶不樂。外面的街道靜得他有點難受，覺得自己好孤單。

隔天他很早就起床了。他穿上燕尾服，戴上高禮帽，那頂帽子是他在學校就戴的，現在已經很破舊了，他決定在前往事務所的路上停一下，找家商店買頂新的。買了帽子後，他發現時間還早，便沿著河岸街[3]一路往下走。赫伯特・卡特先生公司的事務所位在法院巷[4]附近的一條小街上，爲了找到那兒，還得問兩三次路。他覺得人們老盯著他看，他還把帽子拿下來檢查了一次，看看是不是有標籤沒拿掉。到了事務所，他敲了門，但沒人回應，他看了看錶，發現才九點半，他想自己應該是來得太早了。他先離開了一陣，過了十分鐘再回來，發現有個事務所雜工正在開門，那人有個長長的鼻子，滿臉痘子，一口蘇格蘭腔。菲利普問他赫伯特・卡特先生在不在，結果他還沒來。

「他什麼時候會到？」

「大約十到十點半之間。」

「我還是等他一下好了。」菲利普說。

「你有什麼事嗎？」那個雜工問。

菲利普很緊張，卻打算用詼諧的方式掩飾。

「這個嘛，如果你不反對的話，我打算在這裡工作。」

「噢，你就是那個新來的實習辦事員？你進來吧，古德沃西先生一會兒就到。」

菲利普走進事務所，一面看著那個雜工，他跟他年紀相仿，自稱是下級辦事員，菲利普發現他在看自己的腳，他臉一紅，趕緊坐了下來，把畸形的腳藏到正常腳後頭去。他環顧了整個房間，這兒又陰暗又骯髒，只靠天窗透進來一道光照明。屋裡擺著三排辦公桌，旁邊靠著高凳子，壁爐架上放著一幅髒兮兮的職業拳賽版畫。沒多久來了一個辦事員，接著又來了第二個，他們瞥了菲利普一眼，便低聲問那個雜工（菲利普此時已經知道他叫麥克道格）他是誰。這時響起一聲口哨，麥克道格站了起來。

「古德沃西先生來了。他是主任辦事員。我去告訴他你來了好嗎？」

「好的，拜託你了。」菲利普說。

那個雜工出去了，一會兒後又回來。

「請這邊走。」

菲利普跟著他穿過一條走道，被請進一個房間，那房間很小，幾乎沒有任何陳設，一個瘦小的男人背對火爐站在房間裡。他身材矮得連中等身高都稱不上，卻長了個大頭，看起來鬆垮垮地接在他身體上，有種奇怪的笨拙感。五官又大又平，唯一突出的是那對黯淡的眼睛。頭上土色的頭髮已很稀薄，臉上的落腮鬍長得濃淡不均，某些讓人覺得應該鬍鬚茂密的地方卻寸草不生，臉色白裡泛黃。他向菲利普伸出手，一笑起來就露出蛀得很厲害的牙。他以

2工人階級在下午五時至七時的餐飲在英國被稱為傍晚茶（High tea），通常由熱菜、糕點、麵包、奶油、果醬組成，有時會出現如火腿沙拉之類的肉類冷盤。「High tea」這一說法在一八二五年左右即已出現，其中「high」指的是時間更晚，表示傍晚茶時間比下午茶更晚。

3河岸街（Strand）：或名「河岸」，街道名。行政區劃上，屬英國大倫敦轄下，一個叫做「西敏市」（Westminster）的倫敦自治市。河岸街，西起特拉法加廣場，東至聖殿關處與弗利特街交會。

4法院巷（Chancery Lane）：英國倫敦市市中心的一條單行道。法院巷的歷史可以追溯至一一六一年。在歷史上，法院巷曾和法律界關係密切，如今這裡仍有不少諮詢公司。

一種居高臨下的態度跟菲利普說話，同時又帶著膽怯的味道，彷彿很想擺出一副大人物的派頭，卻也明白自己撐不起似的。他說希望菲利普會喜歡這個工作，儘管有很多單調乏味的事要做，只要一旦習慣，就會從中發現樂趣，而且這一行很賺錢，能賺錢才是最重要的，對吧？他帶著一種混合著優越感和羞澀的古怪神情笑了起來。

「卡特先生一會兒就來，」他說，「他星期一早上有時候會晚點到，他來的時候我會叫你的。在這段時間裡我得給你點事情做。你懂記帳或報帳嗎？」

「完全不懂。」菲利普回答。

「我想也是。在商業上很有用的東西，學校裡是從來不教的。」他考慮了一下，「我想我可以給你找到點事做。」

他走進隔壁房間，再出來時，手上捧著一個大紙箱，裡頭裝著一大堆亂七八糟的信件，他要菲利普把那些信按照寄件人姓氏的字母順序分類排好。

「我帶你到實習辦事員平常辦公的房間去，那邊有個很不錯的小伙子在，姓華森，是湯普森釀酒廠老闆克雷格・華森的兒子，他要在我們這兒學一年業務。」

古德沃西先生帶著菲利普穿越昏暗的辦公室，那裡有六到八個人在工作，然後他們進了辦公室後頭的一個小房間，那是個用玻璃隔板隔出來的一個獨立空間，他們看見華森仰靠在椅子上，正在看一份《運動家報》。他是個魁梧粗壯的年輕人，穿著優雅入時。古德沃西先生進來時，他抬眼看了他一下，直接喊這位主任辦事員古德沃西而不加稱謂，以表示自己身分不同。主任辦事員對他這種裝熟的叫法並不苟同，毫不猶豫地稱呼他華森先生，但華森不認為這是種指責，還把這當成對他紳士氣派的恭維，理所當然地接受了。

「我發現他們讓里格雷托退賽了。」房裡一剩下他們兩個人，他就迫不及待地對菲利普說。

「是嗎？」菲利普說，他對賽馬實在一竅不通。

他用驚嘆的眼光看著華森那一身華服。他的燕尾服完美合身，寬大的領帶中間巧妙別著一枚價值不菲的別針。壁爐架上放著他的高禮帽，式樣非常時髦，是上窄下寬的鐘形，還閃閃發亮，相較之下，菲利普覺得自己實在太寒酸了。華森開始聊起打獵（在這個鬼地方浪費時間簡直無聊透頂，他只有星期六才能去打獵）和射擊（全國各地的邀請函如雪片般飛來，他只能一一婉拒）。待在這裡眞是倒了八輩子楣，但是他也不打算在這裡太久，只會在這鬼地方待一年，然後就進入商界，接下來他就可以一星期打獵四天，每一場射擊比賽都參加了。

「你得在這裡待五年，是嗎？」他一邊說，一邊在這個小房間裡揮動著手臂。

「我想是的。」菲利普說。

「我敢說，將來我會常常見到你的。卡特管我們家的帳，你知道的。」

菲利普有點被這位年輕紳士紆尊降貴的態度懾服了。在布萊克斯泰伯，人們雖不明說，對釀酒商總是普遍有點看不起，連他伯父都常拿釀酒業開玩笑。而現在菲利普發現，華森竟是這樣一個舉足輕重的大人物，讓他非常驚訝。華森讀過溫徹斯特公學[5]和牛津大學，言談間總是反覆提及，讓人印象深刻。當他知道菲利普受教育的各種細節後，態度就更不可一世了。

「當然，要是一個人沒上過公學，那類學校也是次一級當中最好的了，不是嗎？」

菲利普問了辦公室裡其他人的情況。

「噢，我不太管那些人的，你知道，」華森說，「卡特人還不壞，我們偶爾會去吃飯。剩下的全是糟透了的無

---

5 溫徹斯特公學（Winchester College）：英國第一所培養神職和公職人員的學校，由溫徹斯特主教（Bishop of Winchester）威廉・威克姆（William of Wykeham）於一三八二年創建。威克姆在創辦溫徹斯特公學的同時，也建立了牛津大學新學院，讓公學畢業生能進入大學深造。

賴。」

不久，華森做起自己手頭上的事，菲利普也開始整理信件。接著古德沃西先生進來，說卡特先生已經來了。他帶著菲利普走進他辦公室隔壁的一個大房間，裡面有張大辦公桌、幾張大大的扶手椅，地板上鋪著土耳其地毯，牆上掛著各種運動圖片。坐在辦公桌前的卡特先生站起身來跟菲利普握手，他穿著一件長大衣，看起來像個軍人，鬍子上了蠟，灰白的短髮修剪得整整齊齊；他昂首挺胸，說起話來非常風趣，住在恩菲爾德[6]。他熱愛體育運動，也喜歡鄉間生活的各種好處。他是哈德福郡義勇軍的軍官，也是保守黨協會主席。有人告訴他，地方權貴曾說沒人把他當商人看，令他覺得今生已無憾。他跟菲利普愉快地隨口閒聊——古德沃西先生會照顧他的。華森是個不錯的小伙子，是個完美的紳士，也是個很棒的運動員——菲利普打獵嗎？真可惜，那可是紳士的運動呢。現在他也沒多少機會打獵，全讓給兒子啦。他兒子讀劍橋，以前念的是拉格比公學，拉格比是個好學校啊，裡面全是頂尖的好學生，幾年後他兒子也會來這裡實習，那時候菲利普就有伴了，菲利普會喜歡他兒子的，他兒子是個十足十的運動員。他希望菲利普能過得愉快，而且喜歡這份工作，千萬不要錯過他講的課，他們正努力拉高這個行業的格調，希望有更多紳士加入。好啦，就是這樣，有古德沃西先生在，如果菲利普有什麼問題，古德沃西先生都會幫忙解答。菲利普字寫得漂亮嗎？啊，好，古德沃西先生會再看看怎麼安排比較好。

菲利普完全拜倒在這副氣勢逼人的紳士氣派之下。在東英格蘭，大家都知道誰是紳士，而誰又不是，但紳士是絕對不談這個的。

---

6 恩菲爾德（Enfield）：英國大倫敦最北邊的一個倫敦自治市。

37

一開始，出於工作的新鮮感，菲利普覺得興味盎然。卡特先生口述信件要他筆錄，還必須謄寫財務報表。卡特先生希望事務所能走紳士路線，他完全不跟打字機之類的東西沾邊，也不喜歡速記（那個雜工是懂速記的，但只有古德沃西先生懂得利用他的長才）。偶爾菲利普會跟一位資深辦事員去商家查帳，也漸漸摸清哪些顧客必須恭敬以待，哪些顧客財務狀況不妙，還不時有一長串數字要他總計。他為了準備第一次考試特地去聽課，古德沃西先生還是一再對他說這工作一開始很枯燥，但慢慢會習慣的。菲利普六點鐘離開事務所，走過河去到滑鐵盧區，等回到住處，晚飯已等著他了，接著他會讀一整晚的書。星期六下午他會去國家美術館[1]，海沃德曾推薦他一本從藝評家拉斯金著作中摘要編輯而成的導覽書，他捧著這本書勤奮地在每間展覽廳裡繞來繞去，仔細閱讀批評家對每幅畫的評論，接著不從畫裡看出和評論相符的東西絕不罷休。

到了週日就很難捱了，他在倫敦沒有認識的熟人，週日總是一個人度過。家庭律師尼克森先生曾邀他到漢普斯特德[2]過星期天，菲利普在一群活力十足的陌生人當中度過了愉快的一天，他大吃大喝，還在長滿了石南花的原野

1國家美術館（National Gallery）：又譯為國家畫廊、國立美術館、國家藝廊等，是一座位於英國倫敦市中心特拉法加廣場北側的美術館，成立於一八二四年。國家美術館收集了從十三至十九世紀、多達兩千三百件的繪畫作品。由於其收藏屬於英國公眾，因此美術館以免費參觀方式向大眾開放，但偶爾也有要收費的特展。

2漢普斯特德（Hampstead）：一個人文薈萃的區域，亦擁有倫敦地區最昂貴的一些住宅，據說這裡的百萬富翁數目之多居全英之首。在行政區劃上，此區隸屬大倫敦一個叫做「康登」（Camden）的倫敦自治市。

上散步。散場時主人禮貌地邀他，說他隨時可以再去玩，但他對這種話總有種病態的擔心，所以一直在等人家正式邀請。當然，他再也沒接過正式邀請，尼克森先生的朋友那麼多，哪裡會想到這個孤獨沉默、而且也不怎麼要求別人款待自己的年輕人呢？因此每到週日他總是起得很晚，起床後便沿著河岸的縴路[3]散步。巴恩斯那一段的泰晤士河又濁又髒，隨著潮汐上上下下，既沒有水閘上游那段的優美風光，也沒有倫敦橋下激流奔騰的浪漫景致。下午他在公共區域閒逛，那裡也是又灰暗又骯髒，不算鄉村，卻也稱不上市鎮，荊豆花一副營養不良的樣子，到處都是文明世界丟出來的垃圾。

他每個星期六晚上都會去看戲，興致勃勃地在票價最低的頂層樓座門口站上一個多小時——博物館關門之後，要去ABC咖啡館[4]吃飯太早，又不值得浪費時間回一趟巴恩斯，這段時間真不知該怎麼消磨才好。這時候他就會到龐德街或伯靈頓拱廊街[5]閒逛，走累了就在公園坐坐，要是碰上下雨，就到聖馬丁路的公共圖書館。他看著路上熙來攘往的行人，不由得嫉妒起他們來，因爲他們有朋友。有時這種嫉妒甚至會轉爲憎惡，因爲他們是那麼幸福，自己卻這麼悲慘。他從未想到身處大城市中，竟然這麼孤單。當站在頂層樓座門口看戲時，身旁偶爾也會有人想跟他攀談，但菲利普一直抱著鄉下男孩對陌生人的戒心，講起話來總是拒人千里，讓人難以深交。戲看完了，有什麼感想也只能自己吞進肚裡，然後匆匆過橋到滑鐵盧區。待回到那個爲了省錢連火都不生的房間時，他也整顆心都涼了。生活陰鬱得可怕，他開始厭惡起這個宿舍，厭惡在這裡度過的那些孤單夜晚。有時甚至寂寞到連書都讀不下，那時他就淒苦地坐在火爐前，一小時又一小時地望著那火發呆。

這時他已在倫敦待了三個月，除了在漢普斯特德那個星期天，他沒有跟同事以外的人說過話。有天晚上，華森請他上餐廳吃飯，之後又一起去了雜耍劇場[6]，但他覺得很害羞，也很不自在。華森從頭到尾一直在講話，講的都是他不感興趣的話題，在他眼裡，華森是個沒有文化氣息的人，但又讓人忍不住羨慕。他很生氣，因爲華森顯然沒把他的文化修養看在眼裡，而他的自我評價是建立在別人如何看待他之上，在這之前，他一直以爲自己的學識舉足輕重，現在卻連自己也看不起自己了。他第一次感受到貧窮的恥辱。他伯父每個月給他十四英鎊，但他必須添購很多衣服，光是那套晚禮服就花了他五畿尼[7]。他不敢跟華森說那套衣服是在河岸街買的，華森總說全倫敦只有一家合格的裁縫店。

「我想你不跳舞吧。」有一天華森這麼對他說，一面瞟了一眼他那隻畸形的腳。

「不跳。」菲利普說。

「真可惜。有人要我帶幾個會跳舞的人去舞會，我本來可以介紹你幾個討人喜歡的女孩子的。」

有一兩次，菲利普實在不想回巴恩斯，就一直留在城裡，夜裡很晚了還在西區遊蕩。後來他發現有棟住宅正在

---

3 縴路（tow-path）：在岸上拉船前進的縴夫，所走的路。

4 ABC咖啡館（A. B. C. shop）：蓬鬆麵包公司（Aerated Bread Company Ltd.）所開設的連鎖咖啡館。

5 龐德街（Bond Street）：有時譯作邦街，英國倫敦市中心一條著名購物街。

伯靈頓拱廊街（Burlington Arcade）：倫敦一個有棚蓋的購物廊，位於龐德街後面，地處皮卡迪利街到伯靈頓花園。它是十九世紀中期的歐洲購物廊和現代購物中心的先驅之一。

6 雜耍劇場（Music hall）：英國娛樂表演劇場的一種，約自一八五〇年英國維多利亞時代初期開始流行，直到一九六〇年左右為止。表演內容混合了當時的流行歌曲、喜劇、特殊表演等各種娛樂節目。英國的雜耍劇場與美國的歌舞雜耍表演（vaudeville）相似，都有著讓群眾興奮不已的歌舞與喜劇表演。不過，「vaudeville」這個字在英國代表的是更接近工人階級的娛樂形式，而相對於美國，類似的形式則叫做「滑稽歌舞劇」（burlesque）。

7 畿尼（Guinea）：英格蘭王國，與後來的大英帝國及聯合王國，在一六六三年至一八一三年間發行的貨幣。它是英國首款以機器鑄造的金幣，原先等值一英鎊，亦等於廿先令；金價上漲也會讓畿尼價值上升，在一七一七年至一八一六年，其價值等於廿一先令。

辦派對，他站在一群衣衫襤褸的人中間，在門房背後看著賓客陸續抵達，聽著從窗戶傳來的悠揚樂聲。儘管天氣很冷，偶爾還是會有一對男女在陽臺上駐足透氣。菲利普一面想像他們是彼此相愛的戀人，一面心情沉重地轉身，一瘸一拐地沿著街道離開。陽臺上那個男人的地位，是他永遠也無法得到的，他覺得世界上沒有一個女人會正眼看他卻不厭惡他的殘疾。

這讓他想起了威爾金森小姐，他一想到她心裡就不舒服。他們分開之前已經說好，在他有地址能寄信給她之前，她可以先把信寄到查令十字路的郵局，他去郵局領信時，發現她已經來三封信了。她的信都是用紫羅蘭色的墨水寫在藍色的信紙上，而且用法文寫，菲利普實在很納悶，為什麼她不能像個通情達理的女人一樣用英文寫信。信中熱情的措辭勾不起他一點情緒，因為老是讓他想起法國小說。她責怪他不寫信給她，他回信辯解，說自己這段時間一直很忙。他不知道信一開頭該怎麼寫才好，他沒辦法讓自己寫出「最親愛的」或「寶貝」這樣的字眼，也不喜歡稱呼她愛蜜莉，最後用的是「親愛的」。這個詞孤伶伶地掛在第一行，看起來很怪，而且很蠢，但他還是用了。這是他這輩子寫的第一封情書，他自己也知道寫得平淡乏味。他明白自己應該把各種熱情高漲的字眼都用上，應該寫自己一整天裡如何地每分每秒都在想念她，他有多渴望親吻她美麗的雙手，又如何一想到她的紅唇就激動得顫抖，但出於某種難以解釋的羞怯，他沒有這樣寫，只是描述了一下自己新住處和事務所的情況。回信來了，她對這封信的反應是憤怒、心碎，接著是責罵——他怎能對她這麼冷淡？他難道不知道她有多期待他的來信嗎？她把女人能給的一切都給了他，這就是她獲得的回報！他是不是厭倦她了？然後，因為他幾天沒有回信，威爾金森小姐的信件就像火砲攻擊似地不斷飛過來。她受不了他的絕情寡義，她痴痴等待他的信，等來的卻是一場空；她夜夜哭著入睡，看上去一臉病容，每個人都在談論這件事：如果他真的不愛她，為什麼不明說呢？她又說，要是沒有他，那她也活不下去，唯一的一條路就是去自殺。她說他冷血、自私、忘恩負義。信是用全法文寫的，菲利普知道她這麼做是為了賣弄法文能力，但還是被她弄得很擔心，他並不想讓她難過。過了一陣子，她寫信來，說再也受不了這種兩地分隔的日子，聖誕節時會到倫敦一趟。菲利普回信說那再好不過，只是他已經跟朋友約好去鄉下過聖誕節，沒有理由失約。她回信說她也不想強人所難，很顯然他一點也不想見她，她實在太傷心了，她對他這麼好，眞沒想到他會這麼殘忍地回報她。她的信寫得很動人，菲利普覺得自己彷彿看見了她落在信紙上的淚痕。他一時衝動之下，寫了封回信說自己萬分抱歉，懇求她到倫敦來，但收到的回信卻又說她抽不開身，這倒讓菲利普鬆了口氣。接下來一段時間，只要收到她的信，他的心就往下沉。他拖著不想拆信，因爲他知道信裡會寫什麼，不外乎憤怒的責備與可憐兮兮的哀求，這些內容總讓他覺得自己是個徹頭徹尾的畜生，然而他又看不出自己到底哪裡該被譴責。他不回信，一天拖過一天，她就會再來一封信，說她病了，說她好孤單、好不幸。

「天哪，要是我跟她沒有任何瓜葛就好了。」他說。

他很羨慕華森，因爲他處理這種事簡直輕而易舉。華森曾釣上一個在巡迴劇團演戲的女孩，他描述了這件風流韻事，聽得菲利普又驚又羨。但華森沒多久就變心了，有天他跟菲利普聊到他們分手的經過。

「我覺得，這種事情拖拖拉拉沒好處，所以我就只是開門見山跟她說，我膩了。」他說。

「她沒有大吵大鬧嗎？」菲利普問。

「那自然會有，你也知道。但是我跟她說，來這一套對我沒用的。」

「她哭了嗎？」

「就開始哭了啊，但是女人一哭我就受不了，所以我叫她最好滾遠一點。」

隨著年紀增長，菲利普的幽默感也越發敏銳。

「她眞的就滾了？」他笑著問。

「不然她留在那裡能幹嘛，是吧？」

聖誕節快到了。凱利太太整個十一月都在生病，醫生建議他們夫婦在聖誕節前後到康沃爾住幾週，好恢復元氣，結果菲利普就沒地方去了，聖誕節只能待在宿舍裡。受到海沃德影響，他早就說服自己隨著聖誕而來的一切歡慶活動全是庸俗野蠻之事，他決定完全不理會這一天。但等到這一天眞的來臨，周遭的歡樂氣氛還是奇特地感染了他。房東夫婦要跟已經嫁人的女兒一起過節，菲利普爲了不給他們添麻煩，說自己會在外面吃飯。他快中午才出門去倫敦市區，一個人在加蒂餐廳吃了一片火雞肉和一些聖誕布丁，飯後因無事可做，就到西敏寺做午禱。街上空蕩蕩的沒什麼人，就算有行人，也都是心事重重的樣子。他們並不是閒逛，而是爲了某個確定的目標往前走，而且很少見到落單的人。在菲利普眼裡，他們都好幸福，他覺得他長到這麼大，沒有比今天更孤單的了。他本來打算在街上隨便消磨掉這一天，然後再找家餐廳吃晚飯，但他實在沒法再面對一次眼前那些興高采烈的人們聊天說笑、盡情玩樂的樣子，於是折回滑鐵盧，經過西敏橋路時，買了些火腿和碎肉派，就這樣回到巴恩斯。他在那個孤單的小房間裡吃著買來的食物，靠讀書度過那一晚，心情低落得幾乎忍不下去了。

聖誕節後，他回到事務所上班，聽華森說著短短幾天假期裡的種種，心裡很不舒服——有幾個可愛的女孩子跟他們一起共度，晚餐後，他們把客廳裡的家具都搬開，幾個人開起了舞會來。

「我一直到半夜三點才上床，怎麼到床上去的我自己都不知道，應該是喬治扶我上床的，我醉了。」

菲利普終於忍不住了，他絕望地問：

「在倫敦，究竟要怎麼認識人呢？」

華森驚訝地看著他，好笑的神情裡帶著一絲輕蔑。

「噢，我不知道，就是認識了啊。如果你去跳舞，很快就會認識很多人，你能認識多少就有多少。」

菲利普討厭華森，然而要是能和他交換位置，要他付出什麼都願意。在學校裡有過的那種感覺又回來了，他好想把自己塞進另一個人的身體裡，想像著如果自己是華森，將擁有什麼樣的生活。

38

到了年末，事務所有一大堆事要處理。菲利普跟著一個叫湯普森的辦事員到處跑，整天單調地把帳本上的各項支出喊出來，好讓另一個人核對，有時人家還會給他長長一張全是數字的單子，要他全部加總。他一向沒有數學頭腦，只能慢吞吞地算，湯普森看他算得錯誤百出，總忍不住要發火。這位搭檔辦事員是個瘦高的四十歲男人，臉色蠟黃，一頭黑髮，鬍子長得亂七八糟，兩頰凹陷，鼻子旁邊有兩道深深的法令紋。他不喜歡菲利普，因爲他是個實習辦事員，更因爲他付得出三百幾尼的實習費，能保證在這裡做個五年，將來說不定在這一行還有飛黃騰達的機會。而他這麼一個有經驗又有能力的人，這輩子卻只能當一個一星期拿三十五先令薪水的辦事員。他脾氣向來暴躁，肩上又扛著一大家子的生計，總覺得菲利普態度傲慢，所以心懷怨恨。他總是找機會譏笑菲利普，由於菲利普的學歷比自己好，而且講話沒有倫敦東區土腔，所以跟菲利浦說話時總故意把「H」音發得特別誇張[1]。一開始湯普森的態度還只是有點粗暴、讓人反感，但等到發現菲利普眞的沒有會計天分時，就開始以羞辱他爲樂了。湯普森攻擊人的方式又粗俗又愚蠢，卻足以使菲利普受傷，而爲了自衛，菲利普也擺出一副從未有過的自大態度來。

「你今天早上洗澡了？」菲利普上班遲到，湯普森這麼問。最近，菲利普已經不像之前那樣守時了。

1倫敦東區土腔，或稱考克尼（Cockney），意指英國倫敦的工人階級，並尤指倫敦東區及當地居民使用的考克尼方言（即倫敦方言）。這個腔調的英語常常把「T」和「H」音省略不發，而菲利普因屬紳士階級，是會發「H」音的，所以湯普森誇張地模仿他，是想諷刺他自視太高。

「是啊，你沒洗嗎？」

「沒洗啊，我又不是紳士，只是個辦事員，我只在星期六晚上洗澡。」

「我想，這大概就是你在星期一比平常更讓人討厭的原因吧。」

「不知道今天能不能勞駕您加幾筆簡單的帳目呢？我擔心，對一位懂拉丁文和希臘文的紳士來說，這個要求太高了。」

「你諷刺人的技巧實在不太高明啊。」

但菲利普也不得不承認，那些薪資微薄、舉止粗俗的辦事員確實比自己管用得多。有一兩次，連古德沃西先生都對他不耐煩起來。

「現在你實在也該有點長進了，」他說，「你甚至還沒有那個雜工伶俐。」

菲利普悶悶地聽著，他不喜歡被人責備。有時候他交上去的謄清帳古德沃西先生不滿意，又交給別人重做，這對他來說是種侮辱。一開始因為新鮮，這個工作還算可以容忍，但現在越來越讓人厭煩，加上發現自己實在不是這塊料，更是憎恨起這份工作來。明明手上有許多交辦的工作，他卻常浪費時間在事務所的信紙上畫畫。他替華森畫了各種不同姿勢的素描，華森對他的才華大為驚豔。有一次，把他的畫帶回家，隔天上班時帶回了他們全家人的稱讚。

「我在想，為什麼你不去當畫家，」他說，「當然，那一行是賺不了什麼錢啦。」

過了兩三天，卡特先生碰巧去華森家吃飯，也拿了那些素描給他看。隔天早上他把菲利普叫去，菲利普很少見到他，對他有點敬畏。

「聽我說，年輕人，你不上班的時候想幹什麼我管不著，但是我看到你畫的素描了，是畫在事務所的信紙上的。古德沃西先生也跟我說過你很懶散。要當一個有特許證的會計師，這樣下去是不會成功的，除非你現在就振作起來。這是個好職業，我們正在招攬頂尖人才加入，但是要做這一行你就必須……」他想找個貼切的字眼結束這場談話，一時之間又找不到，最後平淡無味地收了場，「振作起來。」

要不是合約明白寫著，假如不喜歡這份工作，一年後可以離職，還能拿回一半的錢，或許他也就認命地撐下去了。他覺得自己適合做比加總帳目更好一點的工作，但連這麼低微的工作都做得這麼糟，實在太丟人，而跟湯普森之間粗俗野蠻的爭吵更是讓他心煩。到了三月，華森的一年實習結束了，菲利普雖然不太喜歡他，但看他走了還是有幾分遺憾。事實上，其他辦事員對他們兩個人一樣討厭，因爲他倆所屬的階層比他們要高，這也是他倆交上朋友的原因。菲利普一想到還要跟這群乏味的人共事四年，簡直心都涼了。他曾對倫敦有過許多美好的期待，如今卻一無所獲。現在他痛恨倫敦，他一個人也不認識，也不知道要怎麼認識人，他已經厭倦了到哪兒都是自己一個人的日子。他開始覺得無法忍受這種生活。夜裡他會躺在床上想，要是再也見不到那間陰暗的事務所、見不到裡頭那些人，從此離開這間單調無趣的宿舍，該有多好。

春天時發生了一件令他大失所望的事。海沃德本來說好要來倫敦度過這個春天，菲利普也非常期盼再見到他。最近他讀了很多書，也思考了很多，腦子裡充滿各式各樣的想法想找人討論，但在他認識的人裡頭，沒有人對這些抽象的東西感興趣。一想到能跟某個人盡情談論這些就讓他非常興奮，也因此，當海沃德來信，說今年義大利的春天比所見過的任何一年都明媚宜人、實在離不開時，菲利普也格外沮喪。他接著問爲什麼菲利普不來義大利，這世界如此美麗，他卻在辦公室裡浪費青春，爲的是什麼呢？接著他寫道：

「我眞納悶，你居然受得了。現在我一想到艦隊街和林肯律師學院[2]就噁心得發抖。這個世界上，只有兩樣東

2艦隊街（Fleet Street）：這裡直到一九八〇年代都是傳統英國媒體的總部。即使最後一家英國主要媒體「路透社」的辦公室在二〇〇五年搬離，今日艦隊街依舊是英國媒體的代名詞。現在的艦隊街與司法界更為相關，街上更多的是法院和律師事務所。

林肯律師學院（Lincoln's Inn）：英國倫敦四所律師學院之一，負責向英格蘭及威爾斯的大律師授予執業認可資格。

西值得人活下去，就是愛與藝術。我沒有辦法想像你坐在一間被帳本淹沒的辦公室裡，你是不是還頭戴高禮帽，拿著一把傘和一個黑色的小包包？我覺得，人應該把人生當作一場冒險，應該燃起寶石般斑斕的熊熊烈火，應該不懼風險，迎難而上。為什麼你不去巴黎念藝術呢？我一直覺得你有這方面的才華。」

這個建議，正好和菲利普這段時間以來隱約想著的事情不謀而合。一開始他嚇了一跳，之後腦子裡卻沒法不去想，經過反覆思索，他發現這是逃離眼前困境的唯一辦法。大家都認為他有才華；在海德堡，他的水彩畫人人稱讚；威爾金森小姐也一再告訴他，他的畫有抓住人心的力量；就算是華森那樣不熟的人，也被他的素描打動了。《波希米亞人》讓他印象深刻，他也把那本書帶來了倫敦，在心情極度低落時，只要看上幾頁，心思就能被帶到那些迷人的小閣樓，在那裡，魯道夫和他的朋友們舞著、愛著、歡唱著。他開始嚮往巴黎的生活，就像他當初嚮往倫敦一樣，他對可能的第二次幻滅毫無所懼。他渴望浪漫，渴望美，更渴望愛，巴黎似乎是個能提供這一切的地方。他有繪畫的熱情，憑什麼他不能畫得跟別人一樣好呢？他寫信給威爾金森小姐，問她覺得他在巴黎需要多少錢才活得下去；她跟他說，一年八十英鎊就能輕鬆應付了，她熱烈贊成他的計畫。說他資質那麼好，不該浪費在一間小小的事務所裡，她還戲劇性地問——要是一個人有成為大藝術家的才能，還會當辦事員嗎？她力勸菲利普要相信自己，這是最重要的。但菲利普天性謹慎，對海沃德來說，他當然可以說什麼冒風險之類的話，他的金邊證券[3]一年有三百鎊收益，而菲利普所有的財產加起來也不到八百鎊。他遲疑了。

說起來也算機緣巧合，有天古德沃西先生突然問他願不願意去一趟巴黎，事務所要為一家在聖奧諾雷郊區的旅館結算帳目，這家旅館屬於一家英國公司，每年古德沃西先生都要跟一名事務員去那裡兩次。但平常一起去的那位事務員突然病了，其他人又忙得走不開，古德沃西先生便想到了菲利普，因為他是事務所裡最閒的人，而且他的契約也規定，他有權挑選事務所業務中他感興趣的工作。菲利普喜出望外。

「白天你得忙一整天，」古德沃西先生說，「但是到了晚上，時間就由我們自己支配了，巴黎畢竟是巴黎嘛。」他意有所指地微笑著，「在旅館裡，他們招待得非常周到，所有餐點全包，所以一分錢也不用花。這就是我去巴黎最喜歡的方式，讓別人付錢。」

他們抵達加萊港[4]時，菲利普看見港邊滿是比手畫腳的搬運工，他激動得心跳不已。

「這才是眞實的生活啊。」他對自己說。

火車在鄉野間奔馳，他目不轉睛地看著窗外的一切。他特別喜歡沙丘，那些沙丘的顏色是他看過最可愛的，那些運河、還有一排排連綿不絕的白楊樹，都讓他看得入迷。他們出了巴黎北站，吱嘎作響的破馬車走在鵝卵石路面上，他就像呼吸到全新的空氣，整個人心醉神迷，幾乎忍不住要大聲歡呼。他們抵達旅館時經理已在門口恭候，那是個矮胖親切的男人，英語還算過得去。他跟古德沃西先生是老朋友了，接待他們分外殷勤，他招待他們在私人貴賓室用餐，還讓自己的妻子作陪。眼前美食羅列，菲利普從未吃過像馬鈴薯牛排這般美味的菜，也從沒喝過家常紅酒這麼香醇的佳釀。

對古德沃西這位令人尊敬、做人非常有節操的大家長來說，法國首都就是個淫穢逸樂的天堂。隔天早上他問經理，有沒有什麼「夠味」的玩意兒可以看——他總是盡情享受巴黎行，說這樣可以防止腦子生鏽。晚上工作結束，

---

3 金邊證券（gilt-edged securities）：「Gilt」，指英國、南非與愛爾蘭等國家所發行的債券，一般指低風險、獲利低但穩定的債券。

4 加萊（Calais）：法國加萊海峽省的一個城市，人口約七萬五千。英吉利海峽中最狹窄的臨多夫—加萊海峽僅卅四公里寬，距加萊最近的英國城市則是多佛（Dover），加萊與多佛是法國與英國最近的渡口。

吃過晚餐，他就帶菲利普去了紅磨坊和女神遊樂廳[5]。要是他看見了什麼色情場面，一對小眼睛便閃閃發光，臉上也泛出狡猾的淫笑。那些專爲外國人準備的遊樂場所他一個都沒錯過，事後又說容許這種東西存在的國家，將來是沒有好下場的。有次在看滑稽歌舞劇表演，有個女人幾乎一絲不掛，他不但特地用手肘推了推菲利普，還把那些在劇場裡到處閒逛的體態豐腴高級妓女一一指給菲利普看。他讓菲利普看的是粗俗下流的巴黎，菲利普卻看不見這一切，只看見自己心中的幻想。他大清早就急著離開旅館，往香榭麗舍大道去，或者站在協和廣場[6]上。那時是六月，在柔軟清新的微風裡，整個巴黎明亮如銀。菲利普覺得自己的心好像也飛了出去，和那些人待在一起。這裡才是他日思夜想的浪漫之地。

他們在那裡待不到一週，星期天就離開了，菲利普深夜回到他在巴恩斯那個骯髒的房間時，他終於做下決定——他要解除契約，去巴黎讀藝術。但爲了不讓人覺得他不明事理，他決定在事務所待滿一年再走。他準備在八月底休兩個星期的假，度假前就會告訴赫伯特・卡特，說自己不打算再回來了。但就算菲利普能逼自己每天去事務所，卻怎麼也裝不出對工作有興趣的樣子。他的心思全被對未來的預想占滿了。過了七月中旬，事務所變得比較清閒，他以聽講座準備第一次考試爲名義常蹺班，然後就待在國家美術館消磨時間。他閱讀關於巴黎和繪畫的書，專心研究藝評家拉斯金的著作，還讀了不少瓦薩里[7]寫的畫家傳記。他特別喜歡科雷吉歐[8]的故事，他想像著自己站在某一幅名畫前面高喊「Anch'io son' pittore（我也是個畫家）」的樣子。如今他已不再有一絲猶豫，他非常確信自己擁有這樣的才能，他會成爲一個偉大的畫家。

「總之，只能放手一搏了，」他對自己說，「人生最重要的事，就是冒險。」

八月中旬終於到了。卡特先生整個月都待在蘇格蘭，事務所的事由古德沃西先生全權負責。巴黎行之後，古德沃西先生似乎對菲利普友好了些，而菲利普知道自己很快就要遠走高飛，對眼前這個滑稽的小個子也多了幾分容忍。

「凱利，你明天就要去度假了是嗎？」傍晚下班時，古德沃西先生對他說。

那一整天，菲利普都在跟自己說，這是他最後一次待在這個可厭的辦公室裡。

「是的，我實習滿一年了。」

「恐怕你表現不算太好啊，卡特先生對你很不滿意。」

「我對他的不滿恐怕比他對我要多得多吧。」菲利普愉快地回答。

「我覺得你不應該這樣說話，凱利。」

「我度完假就不回來了。我簽的契約上說，如果我不喜歡會計工作，卡特先生就會退還我一半的實習費用，而且我做滿一年就可以不幹了。」

「你不應該這麼倉促地下決定。」

---

5 紅磨坊（Moulin rouge）：位於法國巴黎十八區皮加勒紅燈區，靠近蒙馬特，是建於一八八九年的一個酒吧。紅磨坊的夜晚最主要的特色就是表演。因做為傳統法國康康舞的發源地而聞名世界，至今康康舞仍然在這裡上演。

女神遊樂廳（Folies Bergères）：巴黎一家咖啡館兼音樂廳（Cabaret），位於第九區。一八六九年以「Folies Trévise」為名開張，三年後改為現名，演出以華麗的服裝、堂皇的排場及異域風情著名，並時有裸體表演。在一八九〇至一九二〇年代達到鼎盛，與黑貓夜總會（Le Chat noir）齊名。

6 協和廣場（Place de la Concorde）：法國巴黎市中心塞納河右岸的一個大廣場，面積約八萬四千平方公尺。

7 喬爾喬・瓦薩里（Giorgio Vasari, 1511～1574）：文藝復興時期義大利畫家和建築師，以傳記《藝苑名人傳》留名後世。該書全名是《由契馬布埃至當代最優秀的義大利建築師、畫家、雕刻家的生平》（Le vite de' più eccellenti architetti, pittori, et scultori italiani, da Cimabue insino a' tempi nostri），嚴格意義上來說，是西方第一本藝術史著作。

8 科雷吉歐（Antonio Correggio, 1489～1534）：義大利畫家。他的畫風醞釀了巴洛克（Barpque），而其優美的風格又影響了十八世紀的法國。

「十個月來，我已經對這裡的一切厭惡透頂，我厭惡這個工作、厭惡這個事務所、厭惡倫敦。我寧願去掃大街也不願意在這裡浪費生命。」

「那我也得說，我覺得你確實不怎麼適合會計這一行。」

「再見了，」菲利普伸出手來，「謝謝你對我的照顧，如果我給你們添了什麼麻煩，那我很抱歉。我幾乎從一開始就知道自己不行。」

「如果你心意已決，那就祝你一路順風。我不知道接下來你打算做什麼，但是如果你到這附近來，隨時歡迎你來看看我們。」

菲利普微微一笑，說：「恐怕這話說出來很不中聽，但是我打心底希望，今後再也不要見到你們任何一個人了。」

39

對於菲利普提出的計畫，他伯父一點也不同意——他的想法非常崇高，覺得一個人不管做什麼事都必須有始有終，他跟世上所有意志薄弱的人一樣，都過分強調「人不可改變心意」的重要性。

「當初選會計可是出自你的自由意志，沒人逼你。」他說。

「我之所以選會計，是因爲我知道那是我去大城市唯一的機會。現在我討厭倫敦、討厭那份工作，說什麼也不可能再讓我回去了。」

對於菲利普想當畫家的想法，凱利夫婦難掩震驚。他們要他別忘了自己的雙親都是上流人士，而畫家根本就不是個正經職業。幹畫家的人都生活放蕩、聲名狼藉、道德敗壞，再說，去的還是巴黎！

「只要我還有對這件事表達意見的餘地，我就不會讓你住在巴黎那種地方。」他伯父堅決地說。那裡是罪惡的淵藪，妖豔的女人和巴比倫的蕩婦在那兒公然炫耀她們的下流惡俗，這世上再也找不到比它更邪惡的城市了。

「你自小接受紳士和基督徒的教育長大，如果我放任你暴露在那種誘惑之下，我就辜負了你死去父母對我的信任。」

「這個嘛，我知道我不是個基督徒，現在我也開始懷疑自己到底是不是紳士了。」菲利普說。

雙方的爭論越來越火爆。菲利普還要再等一年才能拿到他那筆爲數不多的遺產，他伯父表示，這段時間除非他繼續待在事務所，否則就不再給他生活費。而菲利普很清楚，如果他不打算繼續走會計這行，一定要現在離開，這樣他才能拿回契約上付出的半數金額。但他伯父什麼也不肯聽，菲利普終於克制不住，脫口說了讓人受傷又憤怒的話。

「你沒有權利這樣浪費我的錢，」最後他說，「那終歸是我的錢，對吧？我已經不是小孩子了，如果我決心要去巴黎，你也阻止不了。你不能逼我回倫敦。」

「那麼我能做的就是一塊錢也不給，除非你做的是我覺得合適的事。」

「這樣嗎？我不在乎，我已經決定要去巴黎了。我會把我的衣服、我的書，還有我父親留下來的珠寶首飾全部賣掉。」

他伯母靜靜地坐在一旁，又焦急又難過。她知道菲利普已經氣昏頭，現在說什麼都是火上加油。最後，他伯父宣布再也不想聽見跟這件事有關的一切，擺出一副高高在上的樣子便離開了客廳。接下來三天，兩人一句話都沒說。菲利普寫信給海沃德問巴黎的情況，決定一有回音就出發。凱利太太不斷翻來覆去地思索這件事，她覺得菲利普因爲厭惡他伯父，連帶地也一起討厭她了，這個想法讓她非常痛苦。她眞的是全心全意地愛他。最後她去跟菲利普談，當他傾訴在倫敦經歷的幻滅與對未來的雄心壯志時，也仔細地傾聽。

「也許我做不出什麼成就，但至少讓我試試看啊。怎樣都不會比待在那個可怕的事務所失敗得更慘。而且我眞的覺得我能畫，這一點我心裡已經很明白了。」

她並不像自己丈夫那樣確定竭力阻撓菲利普是對的。她也讀過不少畫家傳記，父母反對他們學畫，而事實證明那些人有多愚蠢。而且說到底，一個畫家跟一個有執照的會計師一樣，過循規蹈矩的生活，榮耀上主，這種事並非不可能。

「我很擔心你要去巴黎的事，」她同情似地說，「要是你在倫敦學畫，說不定還沒那麼糟。」

「如果我要學畫，就要學得徹底，學得通透。只有在巴黎，才能學到眞本事。」

凱利太太接受了菲利普的提議，寫了封信給家庭律師，說菲利普不滿意在倫敦的工作，想問問他對這項改變有什麼看法。尼克森先生的回信如下——

親愛的凱利太太：

我見過赫伯特・卡特先生了，恐怕我必須告訴您，菲利普的表現並沒有預期得那麼好。假使他不喜歡那個工作，也許現在解約另覓機會也未嘗不是件好事。我自是感到失望，但正如您所知，您可以帶一匹馬到水邊，卻沒辦法逼牠喝水。

亞伯特・尼克森敬上

凱利先生看了這封信，不但沒有改變心意，反而更固執了。他願意讓菲利普換個職業，還建議他繼承父業，去當個醫生，但倘若菲利普執意去巴黎，他就不付生活費。

「什麼學畫，那完全就是自我放縱和耽於逸樂的藉口。」他說。

「聽到你罵別人自我放縱，還眞是有意思啊。」菲利普尖酸地反駁。

這時海沃德的回音來了，他給了他一家旅館的名字，菲利普可以用一個月三十法郎的價格在那裡租到一間房，還附了一封給某間美術學校女助教的介紹信。菲利普把信念給伯母聽，還告訴她，他打算九月一日出發。

「但是你身上一點錢都沒有啊？」她說。

「我今天下午想到特坎伯里去一趟，把珠寶首飾賣了。」

他有一支帶錶鍊的金錶、兩三枚戒指、幾條鍊扣和兩支別針，都是他父親的遺物。其中一支別針鑲著一顆珍珠，應該可以賣個不錯的價錢。

「一件東西值多少和能賣多少是兩回事。」伯母說。

菲利普笑了，因爲這句話是他伯父的口頭禪。

「我知道，但我想這些東西最少也能賣到一百英鎊，這樣就能支撐我過到滿二十一歲了。」

凱利太太沒有說話，靜靜地上了樓，戴上那頂小小的黑色無邊帽去了銀行。一小時後她回來了，菲利普正在客廳看書，她走向他，交給他一個信封。

「這是什麼？」他問。

「是給你的一個小禮物。」她回答，笑得很羞澀。

他打開信封，發現裡面有十一張五英鎊鈔票，和一個裝滿了一英鎊金幣的小紙袋。

「我不能讓你賣掉你父親的珠寶。這些錢是我存在銀行裡的，也差不多有一百鎊了。」

菲利普漲紅了臉，而且不知道爲什麼，突然淚水盈眶。

「噢，親愛的伯母，這筆錢我不能收，」他說，「你對我太好了，但是我眞的不能拿這筆錢。」

凱利太太結婚時，帶了三百英鎊的嫁妝，這筆錢她一直小心翼翼地守著，只有碰上什麼意外開支，像是緊急救濟，或替丈夫和菲利普買聖誕節和生日禮物時才會用一點。經過這麼多年，這筆錢也遺憾地少了很多，但它一直是丈夫拿來開玩笑的對象，他總稱呼妻子是「闊太太」，也老提到她那筆「棺材本」。

「噢，請收下吧，菲利普。很抱歉，以前我太浪費，現在只剩這麼多了。如果你願意收下，我會很高興的。」

「但是你會需要這筆錢的。」菲利普說。

「不，我想我不需要了。我留著這筆錢，本來是爲了萬一你伯父先我而去準備的，有筆錢總是有用，如果有個什麼小東西需要用錢立刻就拿得出來，但現在，我覺得我活不了那麼久了。」

「噢，親愛的伯母，別說這種話。你當然會長命百歲的，我可不能沒有你啊。」

「噢，聽到你這麼說，我死而無憾了。」她聲音嘶啞，雙手蒙住自己的眼睛，但是過了一會兒，她擦乾眼淚，又勇敢地笑了。「一開始，我總是向上帝祈禱，希望不要讓我先離開，因爲我不想讓你伯父一個人孤伶伶留在世上，不希望他承受所有的痛苦。但是現在我明白了，我是很希望他不要受苦，但你伯父對於我受不受苦卻沒有那麼在意。他比我更想活下去，我從來就不是他心目中理想的妻子，我敢說，如果哪天我有個萬一，他一定會再娶的，所以現在我希望自己能先走。你不會認爲我這樣很自私吧，菲利普？但如果他先去了，我是承受不了的。」

菲利普在她布滿皺紋的瘦削臉頰親了一下。不知道爲什麼，當他看見這種勝過一切的愛，心裡竟升起了一股奇特的羞愧感。她居然這樣深愛著一個冷漠、自私又粗俗任性的男人，眞令人難以理解。他隱隱察覺，其實她心裡是清楚的，知道自己的丈夫有多冷漠、多自私，但即使如此，她還是一樣卑微地愛著他。

「你會收下這筆錢的，對吧？菲利普？」她一邊輕撫著他的手，一邊說，「我知道你沒有這些錢也行，但是如果你願意收下，會讓我非常快樂。我一直想要為你做些什麼，你知道，我自己沒有孩子，我把你當我自己的孩子一樣疼。你還是個小孩子的時候，雖然我知道這樣想很卑鄙，但是我幾乎愛你愛到希望你生病，這樣我就可以日夜守護著你。但是你只生過一次病，接著就上學去了。我很希望幫助你，這是我絕無僅有的一次機會。也許哪一天你成了大畫家，就不會忘記我，你會記得這一切的開始，是我給你的。」

「您真是太好了，」菲利普說，「我萬分感激。」

她疲憊的眼裡泛出笑意，是帶著純粹幸福的笑，「噢，我好高興。」

40

幾天後，凱利太太到車站送菲利普。她站在車廂的門邊，努力忍住眼淚。菲利普的心情既不安又渴望，一心想遠走高飛。

「再親我一次。」她說。

他從窗戶探出身子親了她。火車開動了，她站在那個小車站的木頭月臺上不斷揮著手帕，直到火車消失在她的視線裡。她的心情無比沉重，車站距離牧師宅邸只有幾百公尺不到，這時卻感覺好遠好遠。他會那麼想走是很自然的事，她想，他是個年輕孩子，有大好前程召喚著他，而她呢——她咬緊了牙，不讓自己哭出來。她在心裡默默祈禱，希望上帝能保護他，讓他免於誘惑，並且賜他幸福和好運。

但菲利普在車廂裡安頓好之後，不一會兒就把她拋到腦後了，心裡只想著未來的事。他已經寫信給奧特女士，也就是海沃德為他寫了介紹信的那位女助教，現在他口袋裡有一份奧特女士邀他隔天去喝茶的邀請函。抵達巴黎，他將行李搬上一部出租馬車，慢慢離開了車站，穿過熱鬧的大街，過了橋，進了拉丁區窄窄的小路。他在杜伊可萊旅社租了一個房間，旅社位於蒙帕納斯大道[1]附近一條破落街道上，從這兒前往他上課的阿米特拉諾美術學校還算方便。

侍應提著他的箱子爬上五樓，帶菲利普進了一個小小的房間，窗戶沒開，房裡悶著一股霉味，一張木床占去房裡大半空間，床上撐著紅稜紋平布帳幕，厚重的窗簾也是同樣質料，但已經很髒了，有個兼作臉盆架的櫥櫃，還有個巨大的衣櫥，風格令人聯想到賢明君主路易腓力。牆紙年長日久，都褪了色，看上去只剩一片深灰，不過原本的褐色葉子花環圖案依稀可辨。菲利普覺得這個房間非常有古意，也很迷人。

雖然時間已經很晚了，他卻因為太興奮，睡不著覺。於是出了旅社，找到蒙帕納斯大道，往燈光明亮的方向走去。他一路走到火車站，火車站前方是個廣場，在弧光燈照耀下亮如白晝，黃色的有軌電車轟隆隆地彷彿從四面八方開進廣場，他開心得放聲大笑。周圍到處都是咖啡館，他正好也渴了，另外也想近距離看看人群，便在凡爾賽咖啡館外的露天小桌坐了下來。這天晚上天氣很好，每張桌子都坐滿了，菲利普好奇地看著這些人——這裡坐的是一小家子，那裡坐著一群頭戴怪帽的大鬍子男人正比手畫腳地大聲聊天；他身邊坐著兩個看起來很像畫家的人，還帶著女人同座，菲利普暗自希望她們的身分不是合法妻子，這樣會浪漫得多；他還聽見背後有美國人大聲爭執著藝術問題。他連靈魂都激動得顫抖，在那兒待到很晚，雖然累壞了，卻因為太高興而捨不得離開。最後回到旅社上床休息，卻還是興奮得睡不著，他細聽著巴黎的眾聲喧譁。

隔天接近午茶時間，他出發去找貝爾福獅像[2]，從拉斯巴爾大道走出來之後，在一條沒去過的街道裡找到了奧特女士家。她三十多歲，是個不起眼的小人物，帶著鄉下氣質，卻硬要裝出一副貴婦舉止。她向自己的媽媽介紹菲利普，沒聊幾句，菲利普就知道她已經在巴黎學了三年畫，接著又知道她跟丈夫分手了。她小小的客廳裡掛著一兩幅她畫的肖像畫，在菲利普這個外行人看來，這些畫真是才華橫溢、精采絕倫。

「真不知道我有一天能不能畫得跟這些畫一樣好。」他對她說。

「噢，我想會的。」她回答，口氣中不無自滿之意。「當然，不管做什麼事，你都不能冀望一步登天。」

她人很好，給了他一家店的地址，可以買到畫冊、畫紙和炭筆。

「明天我大約九點鐘會到阿米特拉諾，如果你在那兒，我會幫你找個好位置，順便幫你安排一下其他事。」

她問他想做什麼，菲利普心想，千萬別讓她看出來他其實對整件事毫無頭緒。

「這個嘛，我想先學素描。」他說。

「聽你這樣說我真高興。一般人做事總是急於求成。我也是進學校兩年後才碰油彩，看看這練習的結果。」

她朝鋼琴上方那幅看起來黏乎乎的油畫瞄了一眼，畫裡的人是她母親。

「還有，如果我是你，對於要認識的人一定格外當心，我絕不跟外國人混在一起，我對自己是非常注意的。」

菲利普對她的建議表示了感謝，但他總覺得有點怪。他不知道自己有什麼需要特別注意的。

「我們的生活，就跟在英國沒兩樣。」奧特女士的媽媽幾乎全程沒說話，現在終於開口，「我們來這裡的時候，也把所有的家具一起帶來了。」

菲利普環顧了一下屋裡，這兒被一套笨重的家具塞得滿滿的，窗戶上還掛著一幅白色蕾絲窗簾，跟露意莎伯母

1蒙帕納斯大道（Boulevard du Montparnasse）：法國巴黎蒙帕納斯地區的一條大道，跨巴黎第六區、巴黎十四區和巴黎十五區。

2貝爾福獅像（Lion de Belfort）：位於丹費爾羅什洛廣場（Place Denfert-Rochereau），是該廣場地標，法國巴黎十四區蒙帕納斯（Montparnasse）地區有七條道路於此交會。

夏天時在牧師宅邸掛的一模一樣，鋼琴上鋪著李伯提印花絲綢[3]，火爐架上也有一條。奧特女士的眼光也跟著菲利普在屋裡轉了一圈。

「到了晚上，我們拉上百葉窗以後，還眞的會讓人以爲自己在英國呢。」

「而且我們吃飯也完全跟當初在家鄉一樣。」她媽媽補充，「早餐有肉，中午那頓是正餐。」

從奧特女士家出來之後，菲利普就去買繪畫用具。隔天早上九點鐘準時出現在學校，他盡可能讓自己看起來一副有自信的樣子。奧特女士已經到了，帶著友善的笑容朝他走來。菲利普一直很擔心周圍的人對新生會有什麼反應，因爲他讀過很多新生剛到畫室時被無禮捉弄的故事。但奧特女士消除了他的擔憂。

「噢，這裡沒有這種事。」她說，「你看，半數學生是女士，她們決定了這個地方的風氣。」

畫室很大，空蕩蕩的，有四面灰色的牆，得獎的習作都釘在牆上。有個模特兒坐在椅子上，身上裹著一件寬鬆的罩袍，十來個男女隨意站著，有些在閒聊，有些還繼續畫著素描。現在是模特兒的第一次休息時間。

「你一開始最好不要試太難的東西。」奧特女士說，「把畫架擺在這邊，你會發現這個角度最好畫。」

菲利普把畫架放在她指示的地方，接著奧特女士把他介紹給坐在隔壁的一位女士。

「這位是凱利先生，這位是普萊斯小姐。凱利先生以前沒有學過畫，你願意在一開始的時候稍微幫他一下嗎？」接著她轉向那位模特兒，「La Pose（擺姿勢吧）。」

模特兒把正在讀的《小共和國報》[4]扔到一邊去，丟開身上的罩袍上了臺，一臉悶氣。她雙手交扣放在腦後，叉開雙腿站在那兒。

「這姿勢眞蠢。」普萊斯小姐說，「眞不知道他們爲什麼要選這種姿勢。」

菲利普剛到的時候，畫室裡的人都好奇地看著他，模特兒也淡漠地看了他一眼，但現在已經沒有人注意他了。他把那張漂亮的畫紙在面前擺好，尷尬地看著模特兒，不知該從哪兒開始下筆。他以前從沒看過裸體的女人，她已不年輕了，胸部也有點乾癟，色澤黯淡的金髮蓬亂地垂在前額上，臉上滿是大片雀斑。他看了一眼普萊斯小姐的畫，她這畫才畫了兩天，看起來不太順利，紙上到處是橡皮擦擦得亂七八糟的痕跡，菲利普覺得那個人體看起來有種怪異的扭曲感。

「要畫到她那種程度，我想我也行的吧。」他暗暗對自己說。

他從頭部開始，打算慢慢往下畫，但是他不懂爲什麼，他發現畫眞人模特兒的頭遠比畫想像中的人像要困難得多。他被難住了，他看了普萊斯小姐一眼，她正聚精會神拚命地畫著，眉頭專心得都皺起來了，眼神也顯得有點焦慮。畫室裡很熱，她額頭滲出了汗珠。她今年二十六歲，有一頭濃密的暗金色頭髮，髮質非常好，只可惜沒有用心打理，只是從前額往後一梳，在腦後草草盤個髻。她臉很大，五官寬而扁，還有一對小眼睛。臉色青白，有種奇特的病態感，雙頰毫無血色。整個人看起來彷彿從不梳洗，讓人忍不住要想，她晚上是不是也穿著這一身衣服就睡了。她很嚴肅，也很沉默。第二次休息時間到了，她退了幾步，端詳著自己的畫。

「不知道爲什麼，這幅畫特別不順手。」她說，「但是我會把它改到好。」她轉向菲利普，「你進展如何？」

「完全不行。」他苦笑回答。

她看了一下他的畫。

「你這樣畫，什麼也別想畫出來。你得先測量，然後要在紙上打格子。」

她乾淨俐落地爲他示範了一次，菲利普對她認眞的態度印象深刻，但由於她缺乏魅力，感覺瞬間又淡薄了幾

3李伯提印花絲綢（Liberty silk）：亞瑟・拉森比・李伯提（Arthur Lasenby Liberty）於一八七五年創辦了李伯提公司。成立後，運用版木（wooden blocks）手工染製從印度進口的絲，印花飽滿濃郁，大受歡迎。

4《小共和國報》（La Petite République）：法國社會黨左派的機關報。

分。他謝謝她的指點，重新開始畫。這時又有一群人進來了，大部分是男的，因爲女士們通常會先到，畫室在一年之中的這個時期總是人滿爲患（雖然現在其實還很早）。沒多久進來了一個年輕人，有一頭稀薄的黑髮，一個大得出奇的鼻子，還有一張長得令人聯想起馬的臉。他在菲利普旁邊坐下，隔著他，向普萊斯小姐點頭打了個招呼。

「你好晚啊。」她說，「你剛起床嗎？」

「這麼好的天氣，我覺得我應該躺在床上，好好想想外頭的景色有多漂亮。」

菲利普笑了出來，但普萊斯小姐卻把這個玩笑當了眞。

「這樣做也太好笑了，我覺得，趕緊起床出門享受這個好天氣才更合理一點吧。」

「想當個有幽默感的人還眞不容易啊。」那個年輕人嚴肅地說。

他似乎沒有要動筆的意思，只看了看自己的畫布，他已經到了上色階段，模特兒的姿勢素描他前一天就已經畫好了。他轉向菲利普。

「你剛從英國來？」

「是的。」

「你怎麼會到阿米特拉諾這個學校來？」

「這是我唯一知道的美術學校。」

「希望你別抱著什麼奢想，以爲在這裡至少能學到一點有用的東西。」

「這是巴黎最好的美術學校了。」普萊斯小姐說，「也是唯一認眞看待藝術的學校。」

「藝術一定得認眞看待嗎？」那個年輕人問，但因爲普萊斯小姐沒有回應，只是不屑地聳了聳肩，所以他又接下去說，「但重點是，沒有哪一家美術學校是好的，都太學院派了，這很明顯。待在這裡的傷害性之所以比其他地方小，是因爲這裡的教學比其他地方更拙劣，你什麼也學不到……」

「那你為什麼還來這裡？」菲利普打斷他。

「我雖然看見了更好的道路，卻不遵循它。普萊斯小姐是一位有文化素養的人，一定記得這句話的拉丁文該怎麼說。」

「我希望你說話別把我扯進去，克勞頓先生。」普萊斯小姐口氣很不好。

「學畫唯一的方式，」他泰然自若地繼續，「是找間畫室，雇個模特兒，自己找出自己的路來。」

「聽起來很簡單嘛。」菲利普說。

「就是需要錢。」克勞頓回答。

他開始畫了，菲利普用眼角偷偷看著他。他很高，而且瘦到極點，粗大的骨架彷彿要從身體裡穿出來似的，手肘很尖，簡直快把那件破外套的袖子撐破。長褲的臀部部位已經磨爛了，兩隻靴子上都有縫得很差勁的補丁。普萊斯小姐站起來，走到菲利普的畫架邊。

「如果克勞頓先生肯閉嘴一會兒，我就會稍微幫你一下。」她說。

「普萊斯小姐不喜歡我，因為我太有幽默感了。」克勞頓一邊說，一邊若有所思地看著自己的畫布，「但是她之所以痛恨我到這個地步，是因為我太有才華。」

他認眞嚴肅地說著，但配上他那個大而畸形的鼻子，讓他的話變得非常古怪。菲利普忍不住笑了出來，普萊斯小姐卻氣得一張臉漲成了豬肝色。

「你是這裡唯一一個抱怨自己有才華的人。」

「我也是唯一一個，覺得自身的看法沒什麼價値可言的人。」

普萊斯小姐開始批評起菲利普剛畫好的畫。她滔滔不絕地說著人體解剖和結構、平面和線條，還有許多菲利普完全不懂的東西。她在這個畫室已經很久了，清楚那些老師強調的重點，但雖然她能指出菲利普畫中的缺失，卻說不出該怎麼修正它們。

「你人太好了，這樣不厭其煩地幫我。」菲利普說。

「噢，這沒什麼。」她回答，不好意思地紅了臉。「我剛來的時候，其他人也是這樣幫我，所以不管是誰，我都會幫忙的。」

「普萊斯小姐想說的是，她傳授你這些知識，純粹出自責任感，而不是因爲你有什麼魅力。」克勞頓說。

普萊斯小姐狠狠瞪了他一眼，就回去畫自己的畫了。

時鐘敲了十二下，模特兒如釋重負地大叫一聲，從臺子上走了下來。

普萊斯小姐把自己的畫具收拾好。

「我們有些人會去格拉維亞餐廳吃午飯。」她對菲利普說，一面看了克勞頓一眼，「但是我向來是自己回家吃。」

「如果你願意的話，我可以帶你去格拉維亞。」克勞頓說。

菲利普謝了他，決定跟他一起去，半途碰到奧特女士，她問他進展如何。

「芬妮．普萊斯有幫你嗎？」她問，「我把你安排在她旁邊，就是因爲我知道，如果她願意的話可以給你一點幫助。她不太好相處、脾氣壞，也完全沒有獨立創作的能力，但是她對繪畫訣竅很熟，如果她不怕麻煩的話，對新手倒是可以幫上不少忙。」

他們走上大街，克勞德對他說：

「看來芬妮．普萊斯對你印象不錯，你最好注意點。」

菲利普大笑，他還眞沒碰過讓他這麼不想留下好印象的人呢。他們來到一家廉價小飯館，裡面已經有幾個學生在吃飯。克勞頓找了張桌子坐下，那裡已經坐了三四個人。在這裡，付一塊法郎，可以吃到一個蛋，一盤肉，起司，和一小瓶葡萄酒，咖啡要另外收費。他們的桌子就在戶外人行道上，黃色的電車不斷叮叮噹噹地在大馬路上穿梭。

「說起來，你貴姓啊？」他們坐下的時候，克勞頓問。

「凱利。」

「請讓我向大家介紹一位值得信賴的老朋友，他姓凱利。」克勞頓一本正經地說，「這位是福拉納根先生，這位是勞森先生。」

大家哈哈一笑，又繼續各自的話題。他們聊的話題天南地北無所不包，大家都同時在說話，誰也不理誰說了什麼。他們聊著夏天去了哪些地方，聊畫室，聊各式各樣的流派，他們提到許多菲利普不熟悉的名字，像是莫內、馬奈、雷諾瓦、畢沙羅和竇加[5]。菲利普聚精會神地聽著，雖然覺得有點懵懂，卻狂喜得心跳不已。時間很快地過去，克勞頓站了起來，對他說：

「假如你願意，我很期待你今晚到這兒來，你一定能在這裡找到我。你會發現這裡是全拉丁區最棒的一家餐廳，只要一點點錢就能吃得你消化不良。」

---

5 莫內（Claude Monet, 1840～1926）：法國印象派畫家代表人物和創始人之一。實際上，印象派的「印象」一詞即來自其名作〈印象・日出〉。

馬奈（Edouard Manet, 1832～1883）：寫實派與印象派之父，代表作為〈草地上的午餐〉，現藏於奧塞美術館。

雷諾瓦（Pierre-Auguste Renoir, 1841～1919）：法國畫家，也是印象派發展史上的領導人物之一，代表作為〈煎餅磨坊的舞會〉，現藏於奧塞美術館。

畢沙羅（Camille Pissarro, 1830～1903）：法國印象派畫家，代表作為〈紅屋頂〉，收藏於奧塞美術館。

竇加（Edgar Hilaire Germain de Gas, 1834～1917）：印象派畫家、雕塑家，代表作為〈舞蹈課〉，收藏於奧塞美術館。

41

菲利普沿著蒙帕納斯大道一路往下走，這個巴黎，跟他春天來聖喬治旅館查帳時看見的那個巴黎完全不一樣，他一想起那幾天的生活就不寒而慄，但眼前的景象，卻讓他想起自己心目中地方城鎮該有的樣子。這裡的氣氛輕鬆悠閒，陽光燦爛的廣闊視野邀請你的心靈一起自由地做白日夢。修剪得整整齊齊的樹木、漆得亮白的房屋，還有寬敞的街道，一切都是那麼舒適宜人，他覺得自己就像在家裡一樣自在。他一路閒逛，觀察路上的行人，在他眼裡，不管他們的穿著如何普通（比如繫著寬寬的紅腰帶、穿著寬褲子的工人，或者制服已有些褪色卻依然很迷人的小兵），看起來都是那麼優雅。不久他走到了天文臺大街，面對壯觀又高雅的林蔭大道，他愉快地嘆了一口氣。接著他來到盧森堡公園[1]，到處都是孩子們在玩耍，保母們繫著長長的緞帶緩緩地結伴走著，忙碌的男人手臂下夾著公事包行色匆匆，年輕人奇裝異服。公園裡的風景整齊而雅致，大自然經過人工修整，變得井然有序，卻又極其精巧，相比之下，沒有修整過的大自然反倒顯得粗野。站在這個在書裡不知讀過多少次的地方，菲利普簡直心醉神迷，對他來說，這裡是個古典聖地，他既敬畏又滿心喜悅，彷若一個初見明媚的希臘斯巴達平原老學者。

他隨意逛著，卻正巧看見普萊斯小姐獨自坐在長凳上。他遲疑了一下，因爲這時候他實在不想見到熟人，而她粗魯的舉止和他身邊幸福的氣氛也很不搭調，但他直覺她是個敏感易怒的人，而且她也看見他了，不去跟她打個招呼似乎有點不禮貌。

「你來這兒幹嘛？」他走近的時候，她問。

「就是來輕鬆一下啊，你呢？」

「噢，我每天四點到五點鐘都會來這兒的。我覺得一個人整天拚命工作沒啥好處。」

「我可以在這裡坐一下嗎？」他說。

「隨便你。」

「這話聽起來可不太友善。」他笑起來。

「我本來就不是會說好聽話的人。」

菲利普覺得有點尷尬，默默地點了一支菸。

「對我的畫，克勞頓說過什麼嗎？」她冷不防問了一句。

「不，我想沒有。」菲利普說。

「他這個人不會成功的，你知道。他以為自己是個天才，但是他根本不是。光說一件事就好，他太懶了，天才要有超乎常人的吃苦能耐，唯一的方法就是堅持不懈。如果一個人下定決心要做某一件事，那他是忍不住的，一定非做不可。」

她說得慷慨激昂，模樣非常引人注目。她戴著一頂黑色草編水手帽，穿著一件不怎麼乾淨的白上衣，一條褐色的裙子，沒有戴手套，那雙手實在需要洗一洗了。她看起來一點都不吸引人，菲利普眞希望自己沒來找她說話。但他現在也搞不清楚她到底是希望他留在這裡還是走開。

「我會盡全力幫你的。」她突然冒出這句話，和前面的話題完全無關。「我知道一開始有多困難。」

1 盧森堡公園（Jardin du Luxembourg）：一座位於巴黎第六區「拉丁區」中央的公園，於一六一二年在瑪麗・德・梅地奇（Maria de' Medici, 1575～1642，法國國王亨利四世的王后）的統治下建成。園內還有一座盧森堡美術館，經常展出十八世紀經典畫作。

「眞的非常謝謝你。」菲利普說，過了一會兒，他問，「你願意跟我一起喝杯茶嗎？」

她迅速瞟了他一眼，臉突然紅了。她臉一紅，原本白裡泛青的皮膚便呈現古怪的斑駁感，像是發霉的奶油跟草莓拌在一起似的。

「不，謝了，你想，我幹嘛喝茶呢？我剛剛才吃過午飯。」

「我只是覺得這樣可以消磨時間。」菲利普說。

「如果你閒得發慌，不需要管我，你知道，我不在乎一個人待在這兒。」

這時有兩個男人經過，身上都穿著褐色棉絨上衣、寬大的褲子，還戴著一頂巴斯克扁帽。兩個人都很年輕，但都留著一臉大鬍子。

「欸，他們是美術學校的學生嗎？」菲利普說，「他們一定是從《波希米亞人》裡頭走出來的。」

「他們是美國人。」普萊斯小姐不屑地說，「那種衣服，法國人三十年前就不穿了，但是那些從遠西[2]來的美國人一到巴黎就去買這些衣服，然後就穿了去照相，這大概是他們這輩子最接近藝術的時候吧。不過他們也不在乎，這些人都很有錢。」

菲利普對那些美國人大膽別致的裝扮倒很欣賞，覺得展現了浪漫精神。此時，普萊斯小姐問他現在幾點了。

「我得到畫室去了，」她說，「你要去上素描課嗎？」

菲利普根本不知道有素描課，於是她告訴他，每天傍晚五點到六點鐘，畫室都有一個模特兒在，想去的人只要付五十生丁[3]就可以進去畫。他們每天都會換不同的模特兒，是個非常好的練習機會。

「但我覺得你程度還不到，最好等一陣子再去。」

「我看不出爲什麼我不能去試試看，反正我也沒別的事要做。」

於是他們站起來，往畫室走去。從普萊斯小姐的態度，他看不出她到底是希望他跟她一起走，還是比較喜歡自己走。他之所以還跟在她旁邊，純粹出於尷尬，因爲不知該怎麼跟她分道揚鑣才好。可是她也不想說話，不管他問什麼，她回答的態度總是愛理不理。

畫室門口站著一個男人，手上端著一個大盤子，每個人進門時都要往裡面丟半法郎。畫室裡的人比早上多得多，不再是英國和美國人居多數，女性也少了些，菲利普覺得這樣一群人更符合他想像中學畫者的形象。畫室裡很暖，空氣很快就混濁起來。這次的模特兒是個老人，一臉花白的大鬍子，菲利普想把今天早上學到的技巧用在這幅素描上，卻畫得一塌糊塗，這時他才意識到，自己的繪畫能力遠不如想像中那麼好。他羨慕地看著附近一兩個人的素描，心想自己不知道有沒有用炭筆用得那樣熟練的一天。時間很快過去了，因爲不想依賴普萊斯小姐，所以特意坐在離她有一段距離的位置。課程結束，他準備離開畫室、經過她身邊時，她突然粗魯地開口問他畫得怎麼樣。

「不怎麼樣。」他微笑。

「如果您願意屈就一下，坐到我旁邊來，我就可以稍微指點你了。不過我想你太驕傲了，覺得可以自己來。」

「不，不是那樣的。我只是擔心你嫌我麻煩。」

「如果我嫌你麻煩，我會明說的。」

菲利普看得出來，在粗魯的舉止底下，她確實是想幫助他的。

「那，明天我就讓自己坐你旁邊了。」

「我不介意。」她回答。

離開畫室後，菲利普想不出到晚餐之前這段時間該做什麼。他很想做點特別的事。苦艾酒！這是必須的，於是

2 若以英國為中心，亞洲稱為遠東，而美洲稱遠西。

3 生丁（centime）：法國貨幣單位，幣值是百分之一法郎。

他信步走向車站，在一家咖啡店外坐下，點了杯苦艾酒。他喝下那杯酒，覺得作嘔，但又覺得很滿足，他發現那酒的味道雖然很噁心，對於精神方面卻效果驚人，現在他感覺自己已經是道道地地的美術學校學生了，而且因爲空腹喝酒，不一會兒他就情緒高昂起來。他看著往來的人群，覺得所有人都是自己的兄弟，覺得好開心。

他走到格拉維亞餐廳，克勞頓坐的那張桌子已經坐滿了人，但他一看見菲利普一瘸一拐地走過來，立刻大聲招呼，騰了個位置給菲利普。晚餐還是很簡約，一碟湯、一盤肉，再加上一點水果、一點起司，還有半瓶葡萄酒，但菲利普的心思完全不在食物上，只注意著同桌的人。福拉納根又來了，他是美國人，個子不高，長著個獅子鼻，還有張愉快的臉和一張總是笑著的嘴。他穿著一件花紋醒目的諾福克夾克，脖子上圍著藍色硬領巾，頭上戴著一頂怪模怪樣的花呢帽。

在當時，拉丁區已是印象派當道，然而它全面戰勝了舊流派還是最近的事。卡羅勒斯·杜蘭和布格羅[4]這些人被捧出來對抗馬奈、莫內和竇加，欣賞前者的作品在當時仍是高尚的象徵。惠斯勒[5]對英國人及其美國同胞影響很大，他整理的那套日本版畫集也頗具洞見。古典大師的作品受到了新標準的檢驗，幾世紀以來人們對拉斐爾的推崇，此時成了聰明年輕人口中的笑柄，說寧願把所有他的作品拿去換國家美術館裡維拉斯奎茲畫的那幅費利佩四世頭像[6]。菲利普發現在座的人一討論起藝術就唇槍舌劍。他前一天午餐見到過的那個勞森就坐在他對面，是個瘦瘦的年輕人，滿臉雀斑，一頭紅髮，還有一對非常明亮的綠眼睛，菲利普一坐下，那對眼睛就一直盯著自己看。

突然，勞森開了口：「拉斐爾只有在臨摹別人作品的時候還算可以，他畫佩魯吉諾與平特利吉歐[7]的畫都相當不錯，但是當他想畫出自己的作品時，他就——」他不屑地聳了聳肩，「只是拉斐爾而已。」

勞森說話口氣這麼大，菲利普有點吃驚，但還不勞他回答，福拉納根就不耐煩地插了話。「噢，跟你的藝術一起見鬼去吧！」他大叫，「讓我們大喝一場杜松子酒才是正經。」

「你昨晚就已經大喝一場了，福拉納根。」勞森說。

「那不相干，我現在說的是今晚。」福拉納根回答，「想想，我們明明身在巴黎，卻整天只想著藝術。」他一口濃重的西部口音。「哎呀，人生多麼美好啊。」他打起精神，用拳頭重重地捶了一下桌子。「所以我說，叫藝術

4卡羅勒斯・杜蘭（Carolus-Duran, 1837～1917）：法國肖像畫家、藝術導師，曾獲得榮譽軍團勛章，也是法蘭西藝術院的成員。

布格羅（William Adolphe Bouguereau, 1825～1905）：十九世紀末法國學院派畫家。做為那個時代沙龍畫家中的佼佼者，布格羅成為後來崛起的印象派等前衛藝術首要攻擊對象。

5惠斯勒（James McNeill Whistler, 1834～1903）：著名印象派畫家。惠斯勒曾就讀西點軍校，之後自選畫家為職業。惠斯勒的畫作不太重視輪廓和素描，而注重色彩和音樂的效果，尤其喜歡為畫作的命名加上音樂的術語，例如〈母親的畫像〉又名〈灰色與黑色的交響〉。

6拉斐爾（Raffaello Sanzio, 1483～1520）：義大利畫家、建築師。與達文西（Leonardo da Vinci, 1452～1519）、米開朗基羅（Michelangelo, 1475～1564）合稱「文藝復興藝術三傑」。

維拉斯奎茲（Diego Rodríguez de Silva y Velázquez, 1599～1660）：文藝復興後期西班牙畫家，對印象派的影響也很大。

費利佩四世（Felipe IV, 1605～1665）：西班牙哈布斯堡王朝（Habsburg Spain）國王，在位期間為一六二一年至一六六五年。他同時也是南尼德蘭的領主，並兼任葡萄牙國王，直至一六四〇年。

7佩魯吉諾（Pietro Perugino, 1446?～1523）：義大利文藝復興時期畫家，活躍於文藝復興全盛期，他的學生當中最有的是拉斐爾。

平特利吉歐（Pinturicchio, 1454～1513）：義大利文藝復興時期畫家，原名「Bernardino Betto di Biagio」，平特利吉歐是其綽號，意為「小畫家」，這是因為他身材矮小，他自己也以此做為幾部作品的簽名。據聞，平特利吉歐是佩魯吉諾（Pietro Perugino, 約1446～1523）的學生，兩人同是溫布利亞畫派（Umbrian School）代表畫家。

見鬼去吧。」

「問題是你不只是說，還是煩死人地一直說。」克勞頓口氣很嚴厲。

同桌的還有另一個美國人，穿著就跟菲利普下午在盧森堡花園看見的那兩個服裝別致的傢伙一樣。他長得很英俊、很瘦，是苦行僧那種瘦，一對黑眼睛、一身奇特的服裝，讓他看上去像個闖蕩江湖的海盜。他有一頭濃密的黑髮，動不動就掉下來蓋住眼睛，於是他總出於習慣戲劇性地把頭往後一揚，把頭髮甩回後頭去。他談起了馬奈的〈奧林匹亞〉[8]，當時這幅畫正在盧森堡美術館展出。

「今天我在那幅畫前面整整站了一個小時，我告訴你們，那實在不是幅好畫。」

勞森放下手上的刀叉，綠眼睛裡冒著火，他憤怒得連呼吸都重了，看得出他正努力克制自己。

「聽聽沒讀過書的野蠻人有何見解，其實也滿有趣的。」他說，「您可以告訴我們，爲什麼那幅畫不好嗎？」

這個美國人還沒來得及回答，另一個人就口氣激動地插了話。

「你的意思是說，你居然能看著那樣一幅精彩的裸體畫，卻說它畫得不好？」

「我沒說它全都不好，我覺得那右乳房畫得相當不錯。」

「去你的右乳房，」勞森大叫，「那整幅畫就是個奇蹟。」

他開始詳述那幅畫的絕美之處（但在格拉維亞的這張桌子上，人人都在長篇大論抒發自己得到的啓發，誰也沒在聽他講），那個美國人生氣地打斷他。

「你的意思該不會是，你覺得那顆頭畫得好吧？」

勞森激動得臉都白了，開始爲那個頭部辯解。

克勞頓原本一直靜靜地坐著，臉上帶著一股輕鬆而不屑的神情，這時也突然發話了。

「就把那顆頭給他吧，我們不需要，就算沒那顆頭，也不影響那幅畫的美。」

「沒問題，那顆頭就給你啦，」勞森大喊，「拎著那顆頭，見你的鬼去吧。」

「那，那條黑線又是怎麼回事？」那個美國人也大吼，一邊得意洋洋地把一綹差點掉進湯裡的頭髮甩到後面去，「在自然界，你可見不到框著黑線的物體。」

「噢，上帝啊，趕緊降下天火燒死這個瀆神者吧，」勞森說，「這跟自然界到底有什麼關係？沒有人知道自然界究竟有什麼或者沒有什麼！世人是透過藝術家的眼睛去看自然的。幾個世紀以來，人們發現馬跳過籬笆的時候，四條腿總是伸得直直的，上帝爲證，先生，馬腿確實是伸直的。而人們一直認爲影子是黑的，直到莫內出現，他們才發現影子也可以用彩色表現，但上帝爲證，先生，影子本身還是黑的啊。如果我們選擇在物體外頭框上黑線，世人就會看見那條黑線，黑線也就因此而存在了。如果我們把草畫成紅色，把牛畫成藍色，人們就會看見紅色的草和藍色的牛，而上帝爲證，它們也會以紅色和藍色的形象存在。」

「什麼藝術什麼的，都見鬼去吧，」福拉納根還在咕噥，「我就是要大喝一場。」

勞森完全沒理他，繼續說：「現在，聽好，當〈奧林匹亞〉在落選者沙龍展出的時候，面對一群俗人的嘲笑，還有守舊派、藝術院院士和公眾的噓聲，左拉說：『我期待有一天，馬奈的畫會掛在羅浮宮裡，就在安格爾的〈大宮女〉正對面，相形之下，〈大宮女〉將黯然失色。』〈奧林匹亞〉絕對會掛進羅浮宮的，我每天都看著這一天

8〈奧林匹亞〉（Olympia）：法國寫實派畫家馬奈（Édouard Manet, 1832～1883）創作於一八六三年的油畫，現藏於巴黎奧塞美術館。馬奈展出這幅畫時，受到大眾批判，大眾認為這不僅僅是思想自由的問題，而認為描繪女性裸體是非常侮辱性的表現。

9落選者沙龍（Salon des Refusés）：或譯為「被拒絕者的沙龍」，自一八六三年起，經時任法國皇帝的拿破崙三世（Napoléon III）批准成立。落選者沙龍是針對當時由學院藝術占主流的官方藝術的一次對抗，而做為一種新藝術流

越來越近，不出十年，〈奧林匹亞〉絕對進得了羅浮宮。」

「絕對不會。」那個美國人大吼一聲，一邊雙手猛一下把頭髮全都撥到後面去，好像想一勞永逸解決這個問題。「十年內，這幅畫就會完全被人遺忘了，它不過是一時風潮下的產物而已。一幅畫要是缺乏了某種東西，是不可能長久存活下去的，那幅畫就是在這點上頭差了十萬八千里。」

「你說的『某種東西』是什麼？」

「偉大藝術的存在，都不可能脫離道德因素。」

「我的天哪！」勞森怒吼，「我就知道是這麼回事，他要的是道德感。」他合起雙手高舉向天，做出祈求的樣子。「噢，哥倫布、哥倫布啊，你發現新大陸的時候究竟做了什麼好事啊？」

「拉斯金說……」

那美國人還沒來得及把整句話說出來，克勞頓就蠻橫地拿餐刀柄敲了幾下桌子。

「紳士們，」他口氣嚴峻，連那個大鼻子都激動得皺起來了，「有人提到了一個名字，我真沒想到在這個正派社會裡還會再聽見。言論自由是很好，但是也必須遵守起碼的規矩。如果你願意，你可以談談布格羅，就算這個讀起來聲音很好笑的名字裡帶著讓人噁心的感覺也沒關係，但就是別讓J・拉斯金、G・F・瓦茲或E・B・瓊斯[10]這幾個名字弄髒了我們潔淨的嘴唇。」

「這個拉斯金到底是什麼人？」福拉納根問。

「他是維多利亞時代的文豪，也是非常具有英國風格的大師。」

「拉斯金風格，就是一種由破碎華麗的詞句拼湊出來的東西。」勞森說，「再說，去他的維多利亞時代文豪。我不管什麼時候在報上看到維多利亞時代文豪過世的消息，都要感謝上帝，那些傢伙終於又少了一個。他們唯一的才能就是長壽，藝術家就不該活過四十歲，到了這個年紀，他們最顛峰的作品都已經完成了，這之後做的就只是一再複製而已。你不認爲濟慈、雪萊、波寧頓[11]和拜倫的早夭，對他們來說是世上最大的幸運嗎？如果斯溫伯恩[12]在他《詩歌與民謠》第一系列出版後就死了的話，在我們眼中他會是怎樣的一個天才啊！」

派的「印象派」，也在這次沙龍中嶄露頭角。

法蘭西藝術院（Académie des Beaux-Arts）：法蘭西學會五個院之一，是法國藝術界的權威機構。法蘭西藝術院的院士共分為八組：第一組繪畫，第二組雕塑，第三組建築，第四組版畫，第五組音樂作曲，第六組不能分類，第七組電影和聲像藝術，第八組攝影。

左拉（Émile Zola, 1840～1902）：十九世紀法國最重要的作家之一，自然主義文學的代表人物，亦是法國自由主義政治運動的重要角色。

安格爾（Jean Auguste Dominique Ingres, 1780～1867）：法國畫家，新古典主義畫派的最後一位領導人，安格爾把持的美術學院對新出現的各種畫風嗤之以鼻，形成學院派風格。〈大宮女〉是他一八一四年的作品，現藏於法國巴黎羅浮宮。

10 J・拉斯金：指約翰・拉斯金，請見第廿六章，第十七條注釋。

G・F・瓦茲：指喬治・瓦茲，請見第廿六章，第八條注釋。

E・B・瓊斯：即愛德華・伯恩・瓊斯（Sir Edward Burne Jones, 1833～1898），英國畫家、圖書插畫家、彩色玻璃和馬賽克設計師，其作品是當時統治英格蘭的浪漫主義流派代表。

11 濟慈（John Keats, 1795～1821）：傑出的英詩作家，也是浪漫派的主要成員。廿五歲因肺結核病歿。

波寧頓（Richard Parkes Bonington, 1802～1828）：英國浪漫主義畫派的風景畫家。廿五歲因肺結核病歿。

12 斯溫伯恩（Algernon Charles Swinburne, 1837～1909）：英國詩人、劇作家和文學評論家，以音調優美的抒情詩聞名。在早期作品中，斯溫伯恩因無神論和淫穢的故事情節而震驚全國。然而，他對傳統的背叛和對自由的支持，使他在十九世紀的年輕人之中非常受歡迎。隨著年齡增長，他的政治觀點開始變得保守，作品也更加傳統。

這些話大家聽了都很開心，因爲在座的人沒有一個超過二十四歲，他們立刻興致勃勃地投入這個話題，只有這次大家意見是完全一致的。

他們挖空心思想點子，有人提議把四十歲以上的法蘭西藝術院院士作品集中起來生一個巨大的篝火，維多利亞時代的文豪凡是滿四十歲的，都一個個抓起來往火裡扔。

這個提議得到眾人的一致喝采。

卡萊爾和拉斯金、丁尼生、布朗寧、瓦茲、瓊斯、狄更斯和薩克萊都應該趕快燒掉，格萊斯頓、約翰・布萊特和科布登[13]也得燒，喬治・梅瑞狄斯讓大家討論了一會兒，但馬修・阿諾德和愛默森被愉快地赦免了。最後說到沃爾特・佩特。

「沃爾特・佩特就算了吧。」菲利普低聲說。

勞森用那對綠眼睛凝視了他一陣子，點了點頭。

「你說得很對，沃爾特・佩特是唯一幫〈蒙娜麗莎〉[14]辯護過的人。你知道克朗蕭嗎？他以前跟佩特很熟。」

「克朗蕭是誰？」菲利普問。

「克朗蕭是個詩人，就住在這附近。那我們去丁香園[15]吧。」

丁香園是一家咖啡館，他們常在晚飯後到那裡去，晚上九點到半夜兩點這段時間，絕對可以在那裡找到克朗蕭。但福拉納根聽了一晚上飽含智慧的高談闊論已倒盡胃口，聽到勞森的建議轉頭對菲利普說：

「嘿，我們還是找個有女孩子的地方吧，去蒙帕納斯雜耍劇場好了，還可以大喝一場。」

「我比較想清醒著見克朗蕭。」菲利普笑著說。

13卡萊爾（Thomas Carlyle, 1795～1881）：蘇格蘭評論家、諷刺作家、歷史學家，作品在維多利亞時代影響甚鉅。狄更斯（Charles John Huffam Dickens, 1812～1870）：維多利亞時代英國最偉大的作家，以反映現實生活見長。狄更斯的作品在他生前就已有空前的名聲，廿世紀時，他的文學作品更受到評論家和學者廣泛的認可。薩克萊（William Makepeace Thackeray, 1811～1863）：維多利亞時代英國小說家，最著名作品是《浮華世界》。約翰・布萊特（John Bright, 1811～1889）：英國政治家、棉紡廠主、自由貿易派領袖和反穀物法聯盟創始人；一九六〇年代初開始，為自由黨（資產階級激進派）左翼領袖，曾多次任自由黨內閣大臣。理查・科布登（Richard Cobden, 1804～1865）：英國政治家，被稱為「自由貿易使徒」（Apostle of Free Trade），是英國自由貿易政策的主要推動者。他領導一群商人成立了反穀物法聯盟（一八三九年），最終成功促使國會在一八四六年廢除《穀物法》（規定穀物價格和供應的法律）。

14〈蒙娜麗莎〉：文藝復興時期重要畫家李奧納多・達・文西（Leonardo da Vinci, 1452～1519）所繪的肖像畫。

15丁香園咖啡館（la closerie des lilas）：開設於一八四七年，位於巴黎蒙帕納斯大街一七一號，眾多學者文士在此創作或聚會，畢卡索（Pablo Ruiz Picasso, 1881～1973）、貝克特（Samuel Beckett, 1906～1989）、王爾德、沙特（Jean-Paul Sartre, 1905～1980）是其中幾位代表人物。與此同時，丁香園咖啡館豐富的夜生活，在當時也是美國文人如海明威（Ernest Miller Hemingway, 1899～1961）、費茲傑羅（Francis Scott Key Fitzgerald, 1896～1940）、亨利・米勒（Henry Miller, 1891～1980）等人的最愛，由此使其所處的蒙帕納斯區蜚聲海內外。當年，費茲傑羅讓海明威讀《大亨小傳》手稿的地方，正是在丁香園咖啡館的屋頂平臺上。

42

一陣混亂之後，福拉納根和兩三個人去了雜耍劇場，菲利普則和克勞頓、勞森慢慢往丁香園咖啡館走去。

「你一定得去蒙帕納斯劇場看看，」勞森跟他說，「那是巴黎最美的幾個地方之一，我這幾天也會去那裡寫生。」

菲利普因爲受了海沃德影響，對雜耍劇場這種地方總有些看不上眼，然而他這次來到巴黎，卻正好碰上世人初次發現雜耍劇場藝術魅力的時刻——燈光的奇特效果、大量使用暗紅色與暗金色的設計，以及劇場內沉重的陰影和裝飾線條，都爲藝術創作提供了新主題。拉丁區有半數左右的畫室都陳列著這類地方劇場的素描，文人緊追著畫家的腳步，也突然不約而同探討起雜耍劇場的藝術價值。於是，那些紅鼻子的丑角因角色演技精湛被捧上了天，默默無聞哭號了二十年的肥胖女歌手，也被人發現她們無與倫比的詼諧風格。有些人從小狗雜耍中看出了美的喜悅，另一些人則窮盡所有華麗詞藻讚揚魔術師和飛車演員的純熟技藝，影響所及，連觀眾也成了同情關心的對象。菲利普和海沃德一樣，對一般大眾的人性有點蔑視，採取一種潔身自好的態度，厭惡地看著俗人們的古怪行爲。但克勞頓和勞森卻對群眾的一切津津樂道。他們描述著巴黎各種市集裡鬧烘烘的人群，彷彿千萬張面孔聚成的海洋在乙炔燈的照耀下半明半暗，喇叭聲、口哨聲、低語聲在市集的空氣裡交會。他們說的這些，對菲利普來說是全新而陌生的。他們還對他提到克朗蕭。

「你讀過他的詩嗎？」

「沒有。」菲利普說。

「他的詩都登在《黃皮書》[1]上頭。」

他們對克朗蕭的態度，就像一般畫家對作家常有的那樣——一方面因爲他對繪畫是個門外漢，所以對他有幾分輕視；但因爲他從事的也是藝術活動的一種，又對他有幾分寬容；而因爲他使用的藝術媒介是他們難以駕馭的，於是又對他多了幾分敬畏。

「他這個人非比尋常。一開始你會覺得他有點令人失望，他只有在喝醉的時候才能展現出最佳狀態。」

「但麻煩的是，」克勞頓補充，「他得喝上好久才會醉。」

到了咖啡館，勞森對菲利普說，他們還得往裡頭去。秋天的微風一點寒意也沒有，但克朗蕭對穿堂風有病態的恐懼，就算是最暖的天氣也一定要坐在最裡頭。

「只要是值得認識的人，他都熟，」勞森解釋，「像佩特和王爾德，還有馬拉美[2]那群人。」

他們尋找的對象坐在咖啡館裡擋風擋得最嚴密的一個角落，他穿著外套，領子豎起來，帽子壓得低低的，這樣就不怕著涼。他是個大個子，身材壯實但不肥胖，有一張圓圓的臉、一撮小鬍子，和一對呆笨無神的小眼睛。他小小的頭與魁梧的身材完全不搭，像雞蛋上危危顫顫地頂著顆豆子。他正在跟一個法國人玩多米諾骨牌，對他們幾個新來的人只是靜靜笑了一下表示歡迎。他沒說話，只把桌上的一小疊杯托推開，像在爲他們幾人騰位置，從那些杯

1《黃皮書》（The Yellow Book）：著名文學雜誌，一八九四年由約翰・萊恩（John Lane, 1854～1925）創辦，比亞茲萊（Aubrey Beardsley, 1872～1898）擔任美編。一八九五年四月五日，王爾德因「有傷風化」被捕，當時他腋下夾了一本黃色封面的書，隨後報端即以「王爾德被捕，腋下夾了《黃皮書》」當作標題，刊登此新聞。

2馬拉美（Stéphane Mallarmé, 1842～1898）：十九世紀法國詩人，文學評論家。與阿蒂爾・蘭波（Jean Nicolas Arthur Rimbaud, 1854～1891）、魏爾倫（Paul Verlaine, 1844～1896）同為早期象徵主義詩歌代表人物。

托就可知道他喝了多少杯酒。他們向他介紹菲利普，他對他點了點頭，接著繼續玩他的骨牌。菲利普的法語雖然懂得不多，但也聽得出來克朗蕭儘管在巴黎居住多年，那口法語還是一樣糟糕。

最後他終於身子往後一靠，露出勝利的微笑。

「Je vous ai battu（我贏啦）。」他說，那口法語的腔調糟到極點。「Garçong（侍者）！」

他喊了侍者之後，轉向菲利普。

「剛從英國來？看板球賽了嗎？」

菲利普有點被這個突如其來的問題問糊塗了。

「二十年來每個一流板球選手的出賽數據，克朗蕭都瞭若指掌。」勞森笑著說。

那個玩牌的法國人離開了這一桌，到別桌去找朋友了。克朗蕭以特有的緩慢語氣懶洋洋說起肯特與蘭開夏兩支板球隊的優劣。他說起所看的最後一場國際板球錦標賽，還一球一球詳述了整場比賽。

「這是我在巴黎唯一懷念的事，」他一邊說，一邊喝光了侍者端來的黑啤酒。「在這裡一場板球也看不到。」

菲利普難掩失望，勞森更是不耐煩，這也難怪，他是那麼想炫耀一下這位拉丁區的名人。克朗蕭當天晚上一直很清醒，儘管身邊的杯托數量顯示，他是眞的想把自己灌醉。克勞頓一直饒富興味地看著整個場面，他感覺克朗蕭擺弄那點微不足道的板球知識，多少有點裝腔作勢，他喜歡故意講無聊的話題逗弄人。這時克勞頓突然插話，問了他一個問題。

「你最近跟馬拉美見過面嗎？」

克朗蕭的眼神慢慢轉向他，好像在思索這個問題。他沒有馬上回答，而先拿了個杯托敲了敲大理石桌面。

「把我那瓶威士忌拿來，」他喊，又轉向菲利普。「我在這裡寄存了一瓶威士忌，那麼一小杯酒就要我五十生丁，我可付不起。」

侍者把酒瓶拿來，克朗蕭拿起瓶子，迎光仔細看著。

「有人喝了我的酒。侍者，誰偷喝了我的威士忌？」

「Mais personne, Monsieur Cronshaw（沒人喝過，克朗蕭先生）。」

「我昨天晚上才做的記號，你看看。」

「先生是做了記號沒錯，但是做完記號又繼續喝，先生這樣做記號根本是浪費時間。」

侍者是個開朗的小伙子，跟克朗蕭很熟。克朗蕭目不轉睛地看著他。

「如果你像貴族和紳士那樣向我擔保，除了我之外沒人喝過我的威士忌，我會接受的。」

這句話被克朗蕭一個字一個字從英文翻成蹩腳的法文，聽起來非常滑稽，站在櫃臺裡的女侍忍不住笑了出來。

「Il est impayable（太爆笑了）。」她低聲說。

克朗蕭聽見了，那是個粗壯肥胖的中年婦女，他靦腆地把視線轉向她，一本正經地給了一個飛吻。她不置可否地聳了聳肩。

「別害怕，女士，」他緩慢地說，「我已經過了會對四十五歲女人感興趣的年紀了，非常感謝你。」

他替自己倒了點威士忌，兌了水，慢慢地喝著，然後用手背抹了抹嘴巴。

「他口才很好。」

勞森和克勞頓明白，他這話是在回答剛才關於馬拉美的問題。克朗蕭常在週二晚上參加聚會，主人馬拉美會接待不少文人和畫家，而且對別人提出的各種主題進行巧妙的辯論。克朗蕭顯然最近才去過那兒。

「他口才非常好，但是內容全是廢話。他聊起藝術的樣子，就彷彿那是世界上最重要的事似的。」

「如果不是的話，那我們到這兒來做什麼呢？」菲利普問。

「你到這兒來做什麼我不知道，那不干我的事。但藝術是種奢侈品，人類最看重的還是自我保護和繁衍後代，只有在這些本能滿足之後，才會讓自己投入作家、畫家和詩人提供的那些娛樂裡。」

克朗蕭停了停，喝了口酒。

究竟他愛喝酒是因爲酒精有助談興，還是他太愛說話需要喝酒解渴，這個問題他已經想了二十年了。

然後他說：「昨天我寫了首詩。」

他也不等人請求，就自己背誦起來。他念得非常慢，一面伸出食指打節拍。也許這是首非常好的詩，但這時正巧有位年輕女郎進來，她嘴唇塗得猩紅，雙頰上鮮豔的顏色顯然非她平庸的面貌所能駕馭，睫毛和眉毛都畫得濃黑，眼皮抹著醒目的藍色，而且直抹到眼角，成了個藍色三角形，看起來古怪又好笑。她黑色的頭髮梳著一種蓋住耳朵的髮型，這種髮型因克萊奧・德・梅洛德小姐[3]而風行一時。菲利普的視線一直跟著她，克朗蕭念完了詩，帶著寬容的笑意看著他。

「你沒有在聽。」他說。

「我有。」

「我不怪你，因爲你的反應恰恰對我的詩做出了例證，要是沒有愛，有何藝術可言？你凝視著那位妖豔的年輕女子，卻無視我的好詩，我向你的舉動致敬，而且拍手叫好。」

這位女郎正好經過他們坐的這桌，克朗蕭抓住了她的手臂。

「過來坐在我旁邊，小可愛，我們來演一齣神聖的愛情喜劇吧。」

「Fichez-moi la paix（放開我）。」她用力推開他，又繼續閒逛去了。

「藝術，」他揚了揚手，接著說，「不過是聰明人在塡飽肚子、玩夠女人之後發明的一個避難所，以此逃避漫長無趣的人生。」

克朗蕭又倒滿了一杯酒，開始長篇大論起來。他說起話來風格誇張，卻字斟句酌。他把精闢的警句和無聊的廢話用令人驚嘆的方式揉合在一起，這一刻還一本正經地拿聽眾打趣，一轉眼又嘻嘻哈哈地提出明智建議。他談藝術、談文學，也談到人生。他時而虔誠，時而淫穢，時而歡天喜地，時而引人淚下。他顯然眞的醉了，接著又開始吟詩，他自己的和彌爾頓[4]的，他自己的和雪萊的，還有他自己的和馬羅的。

勞森終於累壞了，起身告辭。

「我也該走了。」菲利普說。

克勞頓是幾個人裡頭話說得最少的，他唇邊掛著一絲譏嘲的微笑，繼續留下來聽克朗蕭的胡言亂語。勞森送菲利普回到旅社，向他道了晚安。菲利普上床後卻睡意全無，今晚猛然呈現在他面前的所有新思想一直在腦子裡翻騰，他興奮至極，覺得自己擁有無比的力量，他從來沒這麼有自信過。

「我知道我會成爲偉大的藝術家，」他對自己說，「我知道我可以。」

另一個念頭湧現，他覺得全身一陣震顫，但即使對自己，他也不願把這個想法化成言詞說出來：「沒錯，我相信我是天才。」

他確實醉了，其實他連一杯啤酒都沒喝完，讓他酩酊不辨現實的，只能歸咎於另一種比酒精更危險的麻醉劑了。

3克萊奧・德・梅洛德（Cléo de Mérode, 1875～1966）：法國芭蕾舞明星，她的臉曾是二十世紀初巴黎「美好年代」的象徵，是當時巴黎仕女的流行指標。巴黎社交界男男女女都熱中談論有關她的一切，包括服飾、髮型，還有代表當時上流社會審美極致的細腰。

4約翰・彌爾頓（John Milton, 1608～1674）：英國詩人、思想家，在英格蘭共和國時期曾出任公務員。因史詩作品《失樂園》，以及反對書報審查制的《論出版自由》而聞名於世。

43

每週二和週五都有老師在阿米特拉諾畫室待一個上午，指導學生所完成的作品。在法國，畫家除非替人畫肖像畫，或有富裕的美國人資助，否則賺不了什麼錢，因此知名畫家也很樂於在數不清的畫室中挑上一家，每星期待兩三個小時，好增加點收入。星期二來阿米特拉諾的，是一位叫做米歇爾．羅林的畫家，他年紀很大了，大鬍子全白，臉色紅潤，曾經為政府畫過很多裝飾畫，但這點反而被他的學生當作笑柄。他是安格爾虔誠的追隨者，在藝術發展的潮流中完全不為所動，而且聽見馬奈、竇加、莫內和希斯里[1]「那群小丑」的名字就發火，不過他倒是個非常不錯的老師，很樂於幫助學生，態度有禮，也很會鼓勵人。相較之下，週五來的那個弗內就難相處得多。他身材矮小乾癟，一口爛牙，肝火很旺，長著一大叢花白蓬亂的鬍子，總是目露凶光，聲音高亢，用字尖酸刻薄。盧森堡美術館買過他幾幅畫作，二十五歲時就有青雲直上之勢，但他的才華是因為他年輕，而不是因為他有什麼特別的個性，因此二十年來，他除了重複著讓他早年成名的那些風景畫之外一事無成。別人抨擊他的畫作千篇一律，他答道：

「柯洛[2]可以一輩子只畫一種畫，為什麼我就不行？」

所有人的成功他都嫉妒，對印象派畫家尤其有種特殊而個人化的憎惡，因為他認為自己之所以失敗，都是這股瘋狂時尚吸走了大眾的注意，是這幫「該死畜生」造成的。米歇爾．羅林對他們的鄙視還算溫和，他稱呼他們為「騙子」，弗內的回應就不堪入耳了，「惡棍」和「流氓」還算是最客氣的字眼。他以詆毀他們的私生活為樂，用尖酸的幽默、侮辱性的言詞和猥褻的細節描述加以攻擊，說他們是誰生的都不知道，丈夫不忠妻子不貞，還用一種東方的比喻方式和強調語氣，特意突出他下流言語中的蔑視。他檢查學生作品時也從不隱藏對人的藐視，學生對他都敢怒不敢言，女士常被他惡劣的刻薄話逼哭，結果又因此招來一頓奚落。儘管學生因爲他罵人罵得太過分而反抗，他卻仍舊留在畫室，因爲他確實是巴黎最好的大師之一，這點毋庸置疑。有時那位老模特兒會冒險提出抗議，他也是維持畫室運作的重要人物，但他的規勸在這位畫家的蠻橫無理之前很快就消失無蹤，只剩下卑躬屈膝的道歉。

菲利普首先碰上的就是這個弗內，菲利普到畫室時他已經在裡頭了，正一個畫架一個畫架地巡視，助教奧特女士跟在他身邊，爲不懂法文的學生做口譯。芬妮·普萊斯坐在菲利普旁邊，正在奮力作畫。她氣色欠佳的臉上表情緊繃，焦慮得雙手冒汗，只好畫一畫就停下來用上衣擦手。這時她突然焦躁地轉向菲利普，看起來悶悶不樂，似乎想掩飾自己的緊張。

「你覺得我畫得好嗎？」她問，一邊用頭朝著自己的畫點了點。

菲利普站起來看她的畫，看了卻大吃一驚，他想她一定沒長眼睛，她畫的那個東西根本走樣到完全無可救藥。

「眞希望我能有你畫的一半好。」他回答。

「你也不能這樣期望，畢竟你才剛來，想畫得跟我一樣好是有點期待過高了。我在這裡已經待兩年了呢。」

菲利普眞弄不懂芬妮·普萊斯，她自負到令人驚嘆的地步。菲利普這時已發現畫室的人都打心裡不喜歡她，其

---

1 希斯里（Alfred Sisley, 1839～1899）：法國印象派創始人之一，出生於法國巴黎的一個英國人家庭，之後恢復英國國籍，但大部分時光都在法國度過。希斯里主要創作風景畫，主要作品有〈楓丹白露河邊〉、〈魯弗申的雪〉、〈馬爾利港的洪水〉、〈洪水泛濫中的小舟〉等。其畫作在生前並不被人看重，死後才獲好評。

2 柯洛（Jean-Baptiste Camille Corot, 1796～1875）：法國抒情風景畫家。畫風自然、樸素，充滿迷濛的空間感。

實這不意外，因為她似乎總愛隨意出口傷人。

「我向奧特女士抱怨過弗內，」這會兒她說，「這兩個星期，我的畫他看都沒看過一眼，卻花了快半小時跟奧特女士說話，就因為她是助教。說到底，我付的錢跟其他人一樣多，我想我的錢跟別人的錢也沒什麼不同。我就不知道為什麼我不能受到跟其他人一樣的重視。」

她再度拿起炭筆，不一會兒又呻吟一聲，放下了筆。

「我畫不下去了，我緊張得要死。」

她看了看弗內，他正和奧特女士一起朝他們這邊走來。奧特女士舉止溫順、見識平庸，卻又相當自滿，一副不可一世的神氣。弗內在一位邋遢矮小的英國女士畫架前坐下，她叫露絲・查萊斯，有對漂亮的黑眼睛，乍看無精打采，卻又飽含熱情；臉很清瘦，像個苦行僧，卻有性感肉慾的味道；肌膚像久經歲月的老象牙，當時在伯恩・瓊斯的影響下，切爾西區的年輕女士都在追求這種膚色。弗內似乎心情不錯，沒跟她多說什麼，只是迅速而果斷地拿起她的炭筆揮了幾筆，指出她的錯誤，他站起來時，查萊斯小姐高興得喜笑顏開。接著他走向克勞頓，這時菲利普也緊張起來，不過奧特女士答應過他，會幫他多擔待著點。弗內在克勞頓的畫前站了一會兒，靜靜地咬著自己的大拇指，然後心不在焉地把啃下來的一小塊死皮吐在畫布上。

「這條線畫得不錯，」他終於開口，一邊用拇指指著他欣賞的地方。「你有點開竅了。」

克勞頓沒有應聲，只是用他一貫橫眉冷對世間評論的譏諷神情，看著這位老師。

「我開始覺得，你多少有幾分才華了。」

奧特女士向來不喜歡克勞頓，聽了這話只是噘了噘嘴，她根本看不出他的畫有何獨到之處。弗內坐了下來，繼續指點一些技術方面的細節，奧特女士已經站得很累了，克勞頓還是什麼都沒說，只是不時點點頭。弗內很滿意，覺得他能理解他在說什麼，也能理解他為什麼這麼說，大部分人對他的話都只是聽，卻顯然從來沒有聽懂過。接著弗內站起來，走向菲利普。
「他才剛來兩天，」奧特女士趕緊解釋，「還是個新手，以前從來沒學過畫。」
「看得出來，」這位老師說，「誰都看得出來。」
他繼續往前走，這時奧特女士低聲地說：
「這就是我上次跟您提到的那位小姐。」
他盯著她，彷彿她是頭可憎的動物，聲音也變得越發刺耳。
「顯然你覺得我不夠注意你，還特地找助教抱怨，好，現在就把你希望我多注意的這幅大作拿出來看看吧。」
芬妮．普萊斯的臉突然變了色，血液在她不健康的膚色底下奇特地泛紫。她沒說話，只是指了指面前那幅星期一就開始畫的畫。弗內坐了下來。
「好啦，那你希望我跟你說什麼呢？說這眞是幅好畫？不，不是好畫。跟你說這畫畫得眞好？不，畫得不好。說這畫有它的優點？不，它沒有優點。希望我告訴你它毛病在哪兒？整幅畫都是毛病。要我告訴你該怎麼做才好？撕了它。你現在滿意了嗎？」
普萊斯小姐氣得臉色死白，她非常火大，因爲他居然當著奧特女士的面說這些話。她雖然在法國待了很久，聽懂法語沒問題，要說法語，卻說不出幾個字來。
「他沒有權利這樣對我，我付的錢價值跟別人一樣。我付錢給他，是要他來教我的，這樣根本不算教我。」
「她說什麼？她在說什麼？」弗內問。
奧特女士遲疑著不知該不該翻譯，普萊斯小姐便自己用蹩腳的法語把話重複了一遍。
「Je vous paye pour m'apprendre（我是付錢請你來教我的）。」
他的眼裡閃現了怒火，提高聲量，揮著拳頭。

「Mais, nom de Dieu（混蛋），我教不了你，教一頭駱駝還容易點。」他轉向奧特女士，「你問她，她來學畫是當消遣，還是期望靠這個賺錢？」

「我打算當畫家謀生。」普萊斯小姐回答。

「那麼我有責任告訴你，你在浪費時間。你沒有才華，這倒不打緊，如今有才華的人也不是到處都碰得到，但是你連一點起碼的能力都沒有。你來這裡多久了？一個上過兩堂課的五歲孩子畫得都比你好。我只跟你說一句，趁早死了這個心吧。你要謀生，去當個打雜女僕比當畫家更適合你。看好。」

他抓起炭筆，才在紙面上畫第一筆就斷了。他咒罵了一句，繼續拿著那枝斷筆畫出蒼勁的線條，他畫得非常快，邊畫邊講，不斷冒出惡毒的字眼。

「你看，這兩條手臂不一樣長，還有這膝蓋，奇形怪狀的。我告訴你這個五歲小孩，你看看，她根本不是靠她這兩條腿站著。還有那隻腳！」

他每說一個字，那枝憤怒的炭筆就在紙上畫下一個記號，轉眼間，芬妮・普萊斯花了好長時間畫出來的畫被塗滿亂七八糟的線條和污漬，面目全非了。最後他扔下炭筆，站了起來。

「請接受我的勸告，小姐，去學個裁縫吧。」他看了一下錶。「十二點了。À la semaine prochaine, messieurs（各位，下星期見）。」

普萊斯小姐慢慢地收拾畫具，菲利普故意落在其他人後頭，想說幾句安慰她的話，但又想不出該說什麼，最後只說出一句：

「噯，我很難過，那人眞是太糟糕了！」

她猛地回頭。

「你等在這兒就是爲了要說這個？我如果需要同情，會跟你討的。請不要擋住我的路。」

她從他身邊經過，走出了畫室，菲利普聳聳肩，便一瘸一拐地走到格拉維亞去吃午餐了。

「她活該，」菲利普告訴勞森發生什麼事的時候，勞森這麼說，「壞脾氣的邋遢女人。」

勞森對別人的批評非常敏感，爲了避免被批，弗內來的那天他從不去畫室。

「我才不需要別人對我的畫指指點點，」他說，「畫得是好是壞，我自己清楚。」

「你的意思，其實是不想聽見別人說你的畫不好吧。」克勞頓冷冷地說。

那天下午，菲利普覺得應該去盧森堡美術館看看畫，走過花園的時候，又看見芬妮·普萊斯坐在習慣坐的那個位置。他之前一片好心想安慰她幾句，卻被她粗魯的態度弄得很不舒服，這次他便直接從她身旁經過，當作沒看見她。但她卻立刻站起來走向他。

「你是想當作沒看見我？」她說。

「不，當然不是。我只是想，說不定你不想被人搭話。」

「你要去哪兒？」

「我想去看看馬奈那幅畫，我聽到太多關於它的故事了，想親眼看看。」

「那我陪你一起去好嗎？盧森堡美術館我很熟的，我還可以指一兩幅好作品給你看。」

菲利普明白，她這麼做是爲了賠罪，因爲她沒辦法直接說出對不起。

「你眞好，我求之不得。」

「如果你喜歡一個人去，不需要硬逼自己說好。」她有點懷疑。

「我才不會逼自己。」

他們朝美術館走去，最近那兒正在展出卡耶博特[3]的私人收藏，學生們第一次有機會這麼自在地仔細觀賞印象派畫家作品。在這之前，只有在拉斐特街上杜朗魯耶的畫廊[4]才可能看見這些畫（這位藝術商和那些自以爲高畫家一等的英國同行不同，總是很樂於讓窮學生欣賞那些畫，想看什麼就給他們看什麼），不然就是去他的私人寓所，他的寓所每週二對外開放，要弄到入場券不難，在那兒可以看見世界知名的畫作。普萊斯小姐帶著菲利普直接走到馬奈的〈奧林匹亞〉前面，菲利普看著那幅畫，驚訝得說不出話來。

「你喜歡嗎？」普萊斯小姐問。

「我不知道。」他茫然地回答。

「相信我，這整個美術館裡，除了惠斯勒爲他母親畫的肖像之外，也許這幅就是頂尖之作了。」她讓他在這幅傑作前沉思一陣，之後又帶他去看一幅描繪火車站的畫。

「看，這是莫內畫的，」她說，「聖拉薩火車站。」

「但是那鐵軌畫得不太平行啊。」菲利普說。

「那有什麼關係？」她傲慢地問。

菲利普對自己的無知感到很不好意思。芬妮・普萊斯滔滔不絕地講起各家畫室，輕輕鬆鬆就以她廣博的知識讓菲利普留下深刻印象。她繼續爲菲利普講解那些畫，雖然口氣狂傲，卻不乏洞見。她向他解釋畫家的創作意圖，還有他必須注意的重點。她一面說，一面比劃著手勢，對菲利普而言，她說的東西都是全新的，他半懂不懂地聽著，覺得好深奧，但迷惑中又讓他很感興趣。在這之前，他崇拜的是瓦茲和伯恩・瓊斯，前者的鮮麗色彩、後者令人感動的細緻素描，完全滿足了他的審美觀。他們模糊的理想主義，還有他們爲畫作取名時帶入的那一點哲學思想，都與他苦讀藝評家拉斯金著作後所領悟的藝術功能完全一致。但這裡展出的畫作卻截然不同——這些畫裡沒有道德訴求，凝視這些作品，並不讓人想追求一種更純潔、更高尚的生活。這點讓他怎麼樣也想不透。

最後他說：「你知道，我眞的累壞了，東西再有益處，我也吸收不了了。我們找張長凳坐一下吧。」

「藝術還是別一次吸收太多的好。」普萊斯小姐回答。

他們出了美術館，菲利普對她這樣不怕麻煩地陪他，由衷道謝。

「噢，那沒什麼，」她說，口氣有點不太領情的味道。「我跟你一起看展覽，是因爲我高興。如果你願意的話，明天我們可以去羅浮宮，然後我再帶你去杜朗魯耶的畫廊看看。」

「你眞的對我太好了。」

「因爲你不像大部分人那樣，把我當討厭的人。」

「我不這麼覺得啊。」他微笑。

「他們以爲可以把我趕出畫室，那他們就錯了，我高興在那個地方待多久就待多久。今天上午的事，全是露西．奥特搞的鬼，我清楚得很，她向來看我不順眼，以爲這麼一來我就會自己走人。我敢說，她希望我離開，我知道太多她的事了，她怕我。」

普萊斯小姐跟他說了一個又長又混亂的故事，說奥特女士這個平凡乏味、道貌岸然的矮小女人，其實私底下有

3卡耶博特（Gustave Caillebotte, 1848～1894）：法國印象派畫家。卡耶博特出生於富貴家庭，除了自己作畫，也不斷購買同時代印象派畫家好友的繪畫。他的收藏包括——莫內十四幅、畢沙羅十九幅、雷諾瓦十幅、希斯里九幅、竇加七幅、塞尚五幅、馬奈四幅。一八七六年，卡耶博特廿八歲時，決定將他的印象派收藏捐贈給法國，死後由雷諾瓦監督，入藏羅浮宮。

4杜朗魯耶（Paul Durand-Ruel, 1831～1922）：法國藝術商人。一生大約經手一萬兩千多幅印象派藝術家的繪畫作品。他與這群藝術家建立信賴關係，不僅長期提供金援，更多次為他們舉辦個人畫展，他並未參與創立印象主義，但他確實發現了這些藝術家，並使印象派引起公眾的普遍關注。

不少不可告人之事。接著她又提到露絲·查萊斯，就是早上弗內稱讚過的那個女孩。

「她跟畫室裡每個男人都有一腿，比街頭拉客的妓女好不到哪兒去。而且她很髒，一個月都難得洗一次澡。我說的都是事實。」

菲利普聽得很不舒服。他確實聽過一些關於查萊斯小姐的傳聞，但要懷疑到奧特這位跟母親同住、清清白白的女士頭上就太荒謬了。走在他身邊的這個女人如此公然地惡意造謠，讓他覺得毛骨悚然。

「我才不在乎他們怎麼說，我會照這樣繼續下去。我知道自己有才華，我覺得自己就是個藝術家，我寧可自殺也絕不放棄。噢，我也不會是第一個在學校被人恥笑，後來反倒鶴立雞群，成了唯一一個天才的那種人。我唯一在乎的就是藝術，我願意把這一生都奉獻給藝術。最重要的，就是堅持到底、奮鬥不懈。」

她發現每個不認同她對自己看法的人，背後都有居心叵測的動機。她討厭克勞頓，她告訴菲利普，他這個朋友實際上毫無才能可言，只是華而不實，淺薄得很，一輩子也畫不出一幅能揚名立萬的作品。接著她說到勞森：

「就是個滿臉雀斑的紅髮小畜生。怕弗內怕成那樣，連自己的畫都不敢讓他看。比起來，我畢竟還有這個膽，對吧？我才不在乎弗內怎麼說我，我知道我是個眞正的藝術家。」

他們走到她住的那條街，和她道別時，菲利普終於鬆了一口氣。

44

但即使如此，到了下個週日，普萊斯小姐說要帶他去羅浮宮時，菲利普還是答應了。她帶他去看〈蒙娜麗莎〉，他看著那幅畫，心裡有點失望，不過由於他把沃爾特・佩特讓這幅世界名畫錦上添花的那段珠玉之詞背得滾瓜爛熟[1]，此時便在普萊斯小姐面前重述了一次。

「那些都只是文學修辭而已，」她口氣有點不屑地說，「你得擺脫那些東西。」

她帶他去看林布蘭[2]的畫，還對他的作品說了不少中肯的評論。她在〈基督與門徒在厄瑪烏〉這幅畫前面站定。

「當你體會到這幅畫的美，」她說，「對繪畫，也就算是入門了。」

她讓他看了安格爾的〈大宮女〉和〈泉〉。芬妮・普萊斯是個專斷的嚮導，她不讓他看自己想看的東西，而是企圖強迫他欣賞所有她欣賞的作品。她研究藝術非常認真，菲利普經過長廊的一扇窗戶時，發現從那裡可以看見外面的杜樂麗花園[3]，色彩鮮麗，陽光明媚，而且十分雅致，就像一幅拉斐爾的畫，他忍不住驚呼：

「啊呀，真是太美了！我們在這裡停一下吧。」

她冷淡地說：「好吧，停一下沒問題。但是別忘了，我們是來這裡看畫的。」

1唯美主義代表人物沃爾特・佩特（Walter Horatio Pater, 1839～1894）的這段評述文字相當長，其中最有名的幾句是：「她比她身坐其中的岩石還要古老；和吸血鬼一樣，她已死過多次，熟知死亡的祕密。」〈蒙娜麗莎〉在佩特寫這段話時已相當出名，但佩特的這段文字使它更為出名。

2林布蘭（Rembrandt Harmenszoon van Rijn, 1606～1669）：歐洲巴洛克藝術的代表畫家之一，也是十七世紀荷蘭畫派的主要人物。在林布蘭的作品中，光影效果得到了充分運用，其著重捕捉光線和陰影的繪畫技術，讓人物栩栩如生。

3杜樂麗花園（Jardin des Tuileries），原為杜樂麗宮（Palais des Tuileries），曾是法國的王宮，位於巴黎塞納河右岸，於一八七一年被焚毀，一八八三年拆除成為花園。二〇〇三年，一部分法國團體和個人提出重建杜樂麗宮的構想。重建杜樂麗宮的費用初步估算為三億歐元，若此專案獲得通過，將是廿世紀初以來巴黎最大公共建設工程之一。

秋天的微風愉悅而舒暢，菲利普心情非常好。接近中午時分，他們站在羅浮宮寬闊的中庭裡，他眞想像福拉納根那樣大吼一聲——什麼藝術，都給我見鬼去吧！

「喂，我們去聖米歇爾大道找家餐廳一起吃點東西，怎麼樣？」他提議。

普萊斯小姐對他投來懷疑的目光。

「我在家裡已經準備好午飯了。」她回答。

「沒關係，那可以留到明天吃。就讓我請你一次吧。」

「我不知道爲什麼你要請我。」

「因爲我高興。」他笑著回答。

他們過了河，聖米歇爾大道轉角有家餐廳。

「我們進去吧。」

「不，我不進去，這家餐廳看起來太貴了。」

她堅持繼續往前走，菲利普只好跟著。沒走多遠，就碰上一家小餐廳，人行道的遮陽篷底下已有十來個人在吃午餐，餐廳窗戶上寫著一行白色大字——Déjeuner 1.25, vin compris（午餐一．二五法郎，附紅酒）。

「我們找不到比這更便宜的啦，而且看起來也很不錯。」

他們找了張空桌坐下，等待煎蛋捲上桌，那是菜單上的第一道菜。菲利普愉快地看著來往的行人，心思都飛到他們身邊去了，雖然很累，卻非常快樂。

「欸，看那個穿寬罩衫的人，眞好看啊！」

他看了普萊斯小姐一眼，卻驚訝地發現她一直低頭死死地盯著餐盤，完全無視周遭景物，而且正在大顆大顆地掉眼淚。

「你到底怎麼啦？」他驚叫。

「如果你再跟我說話，我就立刻站起來走人。」她回答。

他完全被搞迷糊了，但幸好那時煎蛋捲正好上菜，他把蛋捲分成兩半，然後兩人開始吃。菲利普努力聊著無關痛癢的話題，普萊斯小姐似乎也在盡力迎合他，但這頓午餐終究吃得有點掃興。菲利普本來就是個容易倒胃口的人，普萊斯小姐那種吃飯方式更是讓他食慾盡失——她吃起東西來吱咂作響、狼吞虎嚥，有點像獸欄裡的野獸。一道菜吃完，她一定要拿一片麵包抹得盤底晶光發亮，彷彿連一滴湯汁都捨不得放棄似的。他們點了卡門伯特起司，看到她把分給她的那一半連起司皮都吃下肚，讓他覺得非常噁心。就算她眞的餓壞了，也不至於吃成這副德性。

普萊斯小姐的性情讓人捉摸不透，今天跟你友善地說了再見，明天說不定就換了張臉，變得惱怒而無禮。但他還是從她那兒學到了不少東西，雖然她自己畫不好，可是所有能教別人的知識她都懂，她一直對他的畫提出建議，對他的進步很有幫助。奧特女士也幫了他不少，有時查萊斯小姐也會批評他的作品。他從勞森那兒學到了能說會道的口才，從克勞頓那兒學到了目空一切的神氣。但芬妮・普萊斯討厭他接受任何人的指點，只准他聽她的，要是菲利普問過別人之後再去問她，她就會蠻橫粗魯地直接拒絕。勞森、克勞頓和福拉納根這些人便不時拿她來取笑他。

「你要小心哪，小伙子，」他們說，「她愛上你了。」

「噢，少胡說八道了你們。」他大笑。

普萊斯小姐也會跟人談戀愛，這個想法實在太荒謬了。他一想到她醜陋的外表，那一頭亂髮和髒兮兮的手，還有她身上老是不換的那件滿是污漬、連下襬都破了的褐色衣裙，就覺得不寒而慄。他想她的日子應該過得很拮据，但大家生活都很拮据啊，她至少可以把自己弄得乾淨一點吧，拿針線把那條裙子補得整齊點，也是辦得到的。

菲利普開始歸納他接觸到的那群人給他的印象，現在他已不像在海德堡時那麼天眞了，那段日子，現在看起來就像很久很久以前的事。對人的興趣，他開始採取一種比較審慎的態度，也更傾向於審查和批判。他發現想了解克勞頓並不容易，他天天都跟他碰面，這樣三個月下來，對他的了解也沒比剛認識那天多到哪兒去。畫室的人對客勞頓最普遍的印象是能幹，覺得他應該能有一番成就，他自己也這麼認爲，但至於他究竟要做什麼大事業，不但旁人不知道，連他自己也不太清楚。他到阿米特拉諾畫室之前，曾待過幾個不同的畫室，像是「朱利安」、「美術」和「麥克弗森」，阿米特拉諾是待得最久的一個，因爲他發現這裡沒人管他。

他不喜歡讓別人看自己的作品，也不像大多數年輕人那樣喜歡找人指點或指點別人。據說，他在首戰路有個工作室兼住處的小畫室，那兒收著他不少精彩作品，要是能說服他把那些作品拿出來展覽，絕對能一舉成名。他付不起請模特兒的錢，所以一直畫靜物，他畫的一幅盤中蘋果讓勞森讚不絕口，說那簡直是世間傑作。克勞頓很挑剔，而由於他一直不太明白自己追求的目標是什麼，因此總是沒有滿意的完整作品。也許他會覺得某個部分畫得還不錯，比如人物的一隻手臂、一條腿和腳，靜物畫裡的一只玻璃杯或茶杯之類的，這時他會把這個部分裁下來保留，把其餘的畫全部毀掉，這樣當人們不請自來要求要看他的畫時，他就能誠實地回答，說自己完全沒有可以拿出來展示的單幅作品。他曾在布列塔尼遇見一個沒沒無名的畫家，是個怪人，以前當過證券經紀人，到了中年才轉換跑道當畫家，[4]他的畫給了他相當大的影響。他打算脫離印象派，自己艱辛地開創一條獨特的道路，不僅僅在畫法上創新，還要摸索出觀察事物的新方式。菲利普覺得，克勞頓確實有種奇特的原創氣質。

不管在他們吃飯的格拉維亞餐廳，或晚上在凡爾賽或丁香園咖啡館裡，克勞頓都不太說話。他靜靜地坐著，瘦削憔悴的臉上帶著嘲諷的表情，只在有機會插進一句俏皮話時才開口。他喜歡嘲笑別人，要是在座的人有誰可以當他挖苦的對象，那就是他最開心的時候了。除了繪畫之外，其他事情他都很少談，即使是繪畫，也只跟一兩個他認爲值得談的人說。菲利普不知道這個人是不是確實有眞材實料，他的沉默寡言、他頹廢的外表，還有他辛辣的幽默，似乎都在表現他的個性，但這一切也說不定只是張掩蓋他缺乏眞材實料的有效面具而已。

另一方面，菲利普和勞森卻很快就混熟了。勞森興趣很廣，也因此成了討人喜歡的伙伴。他看的書比大部分學生都多，儘管沒什麼收入，還是酷愛買書，也很樂意借書給別人，於是菲利普開始熟悉起福樓拜和巴爾扎克，還有魏爾倫、埃雷迪亞與維利耶·德·利爾—阿達姆[5]。

他倆會一起去看話劇，偶爾也去歌劇院的頂層樓座看歌劇。奧德翁劇院離他們這裡不遠，很快地，菲利普就跟他這位朋友一樣，熱烈迷上了路易十四時期的悲劇作家，以及音韻鏗鏘的亞歷山大詩體[6]。泰布街有胡居音樂

---

4 關於這位畫家的故事，即毛姆另一部小說《月亮與六便士》的主人翁，該書於一九一九年推出，面世於本書《人性枷鎖》出版後四年。

5 福樓拜（Gustave Flaubert, 1821～1880）：生於法國盧昂的法國文學家，世界文學名著《包法利夫人》的作者。福樓拜終身未婚，經常流連風月場所。

巴爾扎克（Honoré de Balzac, 1799～1850）：法國現實主義作家。他所創作的「人間喜劇」系列共有九十一部小說，寫了兩千四百多個人物，是人類文學史上罕見的文學豐碑，被稱為法國社會的「百科全書」。

埃雷迪亞（José-Maria de Heredia, 1842～1905）：出生於古巴的法國詩人，以傑出的十四行詩知名。一八九三年，其一百一十八首十四行詩與若干長詩一併集結成《錦幡集》（Les Trophées）出版，頗具影響力，也成為他的代表作。

維利耶·德·利爾—阿達姆（Auguste Villiers de l'Isle-Adam, 1838～1889）：法國象徵主義作家、詩人與劇作家。作品中常有神祕與恐怖元素，並具浪漫主義風格，著有小說《未來夏娃》等書。「Android」（機器人）一詞，即出自《未來夏娃》。

6 奧德翁劇院（Théâtre de l'Odéon）：巴黎的一座劇院，為法國六座國立劇院之一，坐落在塞納河左岸的巴黎第六區，毗鄰盧森堡公園。一七八二年揭幕。一七八四年四月廿七日，博馬舍（Pierre-Augustin Caron de Beaumarchais, 1732～1799）的喜劇《費加洛婚禮》在此首演。一九九〇年，更名為歐洲劇院（Théâtre de l'Europe）。

亞歷山大詩體（Alexandrine）：文學名詞，是以十二個音節為一行的詩體，以每第二個音節為一重音（抑揚格六音步詩行，iambic hexameter），深受法國新古典主義的悲劇作家喜愛。

會[7]，只要花七十五生丁就能欣賞美妙的音樂，說不定還能弄到點便宜東西喝。雖然座位並不舒服，到處塞滿了人，濁重的空氣裡彌漫著劣質菸絲氣味，讓人呼吸困難，但在青春的熱情之下，這一切都算不了什麼。有時他們會去布里耶舞廳[8]，這時福拉納根也會來湊一腳，他既容易興奮話又多，那股熱勁總能讓菲利普和勞森開懷大笑；他舞也跳得很棒，進舞廳不到十分鐘，就跟剛認識的一個矮個子女店員翩躚共舞起來了。

他們每個人都渴望有個情人，在巴黎，這幾乎是藝術學生配備的一部分。要是有了個情人，不但所有人都會對他刮目相看，他自己也像是多了個可以拿來炫耀的東西。困難在於，他們這些窮學生連養活自己都成問題，儘管他們辯解，說法國女人過日子很精明，兩個人生活，開銷也未必比一個人多；但他們也發現，要找到願意接受他們這種看法的年輕女人眞是太難了。大多數人都只能心懷嫉妒，咒罵著那些接受成功畫家保護、而不肯委身於他們這些窮學生的女郎，藉此勉強逞些口頭上的滿足。在巴黎想找個情人居然這麼難，眞是太奇怪了。有時勞森認識了一個年輕女孩，跟人家訂了約會時間，在此之前的二十四小時，他就會整個人心緒不寧，逢人便細細描述那個女孩有多迷人。可是到了約定的時間，那女孩卻始終沒有出現。他等到很晚才回到格拉維亞餐廳，火冒三丈地大吼大叫：

「該死！又給跑了！眞不知道她們到底爲什麼不喜歡我。我想是因爲我法語講不好，或者是因爲我的紅頭髮吧。在巴黎都一年多了，連一個都沒到手，眞討厭。」

「因爲你沒用對方法。」福拉納根說。

他有一長串令人嫉妒的輝煌戰績可以講，儘管大家對他說的話多少有點保留，但擺在眼前的事實又讓他們不得不承認，他並非全然在說謊。然而他不追求長久的關係，他只在巴黎待兩年，他說服了家人讓他來這兒念藝術而不去上大學，這段時間結束後，就會回西雅圖接父親的事業。他打定主意，要盡可能地及時行樂，他對戀情的要求，新鮮多變遠超過天長地久。

「我不知道你是怎麼把上那些女孩的。」勞森忿忿地說。

「這一點都不難，老弟，」福拉納根回答，「你只要拚命追就成了。難的是怎麼甩掉她們，這才是你需要動腦筋的地方。」

菲利普的時間全被畫畫、讀書、看戲和聽人說話占滿了，實在沒有精神再去想追不追女孩子的事情。他覺得等到他法語再流利一點，要追女孩子有的是時間。

他和威爾金森小姐分別超過一年了，他還沒離開布萊克斯泰伯時，她就來了封信，而他因爲太忙，到巴黎後的最初幾週一直沒有回信。另一封信又來了，他知道裡面一定滿是責備他的話，當時也沒有看那些話的心情，就把信擱一邊，打算以後再看，沒想到竟就此忘了。直到一個月後，他翻抽屜想找雙沒有破洞的襪子，才無意中翻到。他驚愕地看著那封沒有拆開的信，很擔心威爾金森小姐，不知她會有多傷心，他覺得自己簡直是畜生，但也許到了這個時候，她已經熬過了最傷心的階段，無論如何，最痛苦的時刻都已經過去了。這讓他想到，女人說話寫信時措辭經常言過其實，同樣的事從男人嘴裡說出來，分量就沒那麼重。他已下定決心此後不再跟她見面，既然已經這麼久沒寫信給她，現在似乎也不值得再寫了，於是他決定不讀那封信。

「我想她不會再來信了，」他自言自語，「她得明白一切都結束了，畢竟她老得都能當我媽了，也該有點自知之明。」

有一兩個小時的時間，他覺得心裡不太舒服。他覺得自己這樣想很顯然是對的，但仍不由自主感到整件事哪裡

7 胡居音樂會（Concerts Rouge）：一八八九年，由班傑明．胡居（Benjamin Rouge, 1873～1905）創立，初次演出是在盧森堡車站旁的聖米歇爾大街。班傑明．胡居在一九〇五年過世後，音樂會仍持續演出，直至一九一八年。

8 布里耶舞廳（Bal Bullier）：巴黎知名舞廳，創設於十九世紀中葉，一九四〇年關閉。每週四晚間入場費是兩塊法郎，週六為一塊法郎。

不對頭。然而威爾金森小姐果眞沒有再來信，也沒有像他沒來由擔心的那樣突然在巴黎出現，在朋友面前給他丟人。沒過多久，他就把她忘得一乾二淨了。

與此同時，他完全拋棄了過去奉若神明的那些偶像，對印象派畫家作品的看法也從當初的訝異變成了欽佩，沒多久他就發現自己跟其他人一樣，誇張地說著馬奈、莫內和竇加的種種成就。他買了兩張照片，一張是安格爾的〈大宮女〉，另一張是〈奧林匹亞〉，他把它們並排釘在臉盆架上方，這樣他刮鬍子時就可以好好欣賞它們的美。如今他已經非常肯定，在莫內之前，根本就沒有風景畫存在。當他站在林布蘭〈基督與門徒在厄瑪烏〉或維拉斯奎茲〈被跳蚤咬了鼻子的女士〉之前，他就感到一陣強烈的震顫。〈被跳蚤咬了鼻子的女士〉當然不是畫中女主人翁的眞名，但爲了強調那幅畫的美，儘管模特兒的外貌有那麼點令人討厭的特徵，她仍拜這個外號之賜在格拉維亞餐廳聲名大噪。他已經把拉斯金、伯恩・瓊斯、還有瓦茲的作品，和當初自己來巴黎時穿戴的圓頂硬禮帽，以及中規中矩的藍底白點領帶一起扔到一邊去了。如今他輕鬆愉快地戴著一頂軟軟的寬邊帽，繫著一條鬆鬆的黑領巾，披著一件剪裁頗具浪漫派風格的披風。他走在蒙帕納斯大道上，彷彿從一出生就認識這條街道似的，而在令人崇敬的堅持之下，他也學會了喝苦艾酒，一點都不覺得難以下嚥。他任由頭髮留長，其實他還很想留鬍子，只是造物主太殘酷，一點也不尊重年輕人的渴望，他也只好放棄這個想法。

45

菲利普很快就意識到自己這群朋友的言行之中，克朗蕭的影子其實無所不在。勞森似是而非的論述法是從他那兒學來的，甚至連堅持獨特個性的克勞頓，也無意識地在表達個人觀點時用了這位長輩的措辭。他們在餐桌上爭論克朗蕭的思想，引用他的權威見解做爲判定是非的標準。他們不自覺地向他致敬，而同時，彷彿要維持某種平衡似的，他們也嘲笑他性格上的弱點，爲他的種種惡癖深表痛惜。

「當然，可憐的老克朗蕭已經幹不出什麼大事了，」他們說，「他沒希望了。」

但對克朗蕭的天才獨具慧眼這件事，他們是很自豪的，他們這些年輕人看不起中年人的愚蠢，覺得自己和克朗蕭混在一起是紆尊降貴，但他們也從不錯過這個在頭頂上插花的機會，畢竟他選在此時出現，也是這個時間點上唯一出色的人。克朗蕭從沒去過格拉維亞餐廳。近四年來，他跟一個女人同居，這個女人只有勞森見過一次，他們住在大奧古斯丁碼頭一棟破爛房子六樓的出租房間裡，日子過得又髒又邋遢。勞森興致盎然地描述那裡的髒亂和滿屋垃圾。

「那股臭味啊，簡直能把人當場薰昏。」

「勞森，吃飯的時候不要講這個。」有人出聲勸阻。

可是勞森正在興頭上，完全不肯住嘴，就這麼活靈活現地把那股鑽進他鼻孔裡的臭氣細細描述了一番。本著他對現實主義的狂熱愛好，又描述了那個來為他開門的女人——她又黑、又矮，而且還胖，年紀倒是很輕，頂著一頭隨時可能散下來的黑髮，身上穿著一件髒兮兮的罩衫，裡頭沒穿胸衣。她紅紅的臉頰、大而肉慾的嘴，還有那對閃亮而淫蕩的眼睛，無不讓人想起羅浮宮裡弗蘭斯・哈爾斯[1]畫的那幅〈吉普賽少女〉，那股洋洋得意的庸俗氣息讓人覺得既可笑又可怕。地板上有個光溜溜的邋遢嬰兒坐在那裡玩。據說，這個蕩婦背著克朗蕭跟拉丁區最低三下四的一

1 弗蘭斯・哈爾斯（Frans Hals，約1580～1666）：荷蘭黃金時代（Dutch Golden Age）肖像畫家，以大膽流暢的筆觸和打破傳統的鮮明畫風，聞名於世。

群小混混勾勾搭搭，這件事對來到咖啡館餐桌上吸收克朗蕭智慧的天眞青年而言，簡直是難以理解的神祕。

才智過人、對美擁有無上熱情的克朗蕭，怎麼會跟這樣一個女人在一起呢？但他似乎很爲她粗野的言詞著迷，還常常把那些帶有貧民窟氣息的粗話轉述給別人聽。他戲謔地稱呼她是「la fille de mon concierge」（我住處門房的女兒）。克朗蕭很窮，靠著爲一兩家英文報紙寫畫展評論文章賺一點微薄的生活費，也做翻譯。他以前在巴黎某家英文報社裡做過事，後來因爲酗酒被開除，不過仍然繼續接這家報社的零碎工作，像是報導德魯奧拍賣樓[2]舉辦的拍賣會或介紹雜耍劇場的諷刺劇。巴黎的生活已經滲進了他的骨子裡，即使生活再邋遢、再無趣、再苦不堪言，要拿世上哪種別的生活跟他換他都不肯。他一年到頭都待在巴黎，即使夏天所有他認識的人都離開巴黎度假去了，他也不走，他只要離開聖米歇爾大道一公里就覺得整個人不舒服。奇怪的是，他卻一直沒把法語學好，始終穿著從「美麗女園丁」時裝連鎖店[3]買來的寒酸衣服，根深蒂固地保持著一副英國人的外表。

克朗蕭要是生在一百五十年前一定會功成名就，因爲那個時候，能說會道就是進入上流社會的通行證，即使整天喝得爛醉也無妨。

「我應該要活在十九世紀才對，」他自言自語，「我需要的是一個贊助人，那我就可以靠資助出版詩集，然後把它獻給貴族了。我眞渴望替伯爵夫人的貴賓狗寫幾行押韻的對句，我的靈魂嚮往著和達官貴人家的女僕戀愛，和大主教們天南地北地閒談。」

他引用了浪漫派詩作〈羅拉〉[4]中的句子：

「Je suis venu trop tard dans un monde trop vieux（這個古老的世界，我來得太遲了）。」

克朗蕭喜歡認識新朋友，對菲利普頗有好感，因爲他似乎掌握了談話中最困難的技巧，說的話剛剛好能引出接下來的對話，不至於說得太多，以免影響對方滔滔不絕的獨白。菲利普被克朗蕭迷住了，一點也沒有意識到他說的東西毫無新意。他的談話風格具有奇特力量，聲音動人而宏亮，闡述事理的方式對年輕人很有吸引力。他說的每句話似乎都引人深思，勞森和菲利普常常在送彼此回住處的路上，熱烈討論克朗蕭碰巧提到的某個觀點。菲利普身為年輕人，凡事都渴望看見結果，但克朗蕭的詩作卻一直沒有獲得預期的成就，這不免讓菲利普覺得有點挫敗。

克朗蕭的詩從未集結出版過，絕大多數都發表在期刊上。經過好一番勸說，克朗蕭終於帶來一紮紙頁，都是從《黃皮書》、《星期六評論》[5]和其他報章撕下來的，每一張上面都有一首詩。菲利普發現大部分的作品不是讓他想起亨利[6]，就是想起斯溫伯恩，令他大吃一驚（當然，要把他們的詩變成自己的，也需要克朗蕭本身有這份優秀才能才行）。菲利普向勞森表達了對克朗蕭的失望，而勞森又粗心地把這話傳了出去。菲利普再去丁香園咖啡館時，詩人轉向了他，臉上帶著油腔滑調的笑容：

2德魯奧拍賣樓（Hôtel Drouot）：法國最古老的拍賣公司，建於一八五〇年，旁邊是德魯奧鑑定樓，有鑑定師免費幫人鑑定、估價，若想找拍賣公司賣出古董，也能介紹適合的拍賣公司。

3美麗女園丁時裝店（La Belle Jardinière）：十九世紀法國服裝連鎖專賣店的先驅。一八二四年由巴黎綢緞商皮埃爾・巴利索（Pierre Parissot, 1790~1860）創辦，以向新興中產階級客户提供適應其需求的成衣而獲得巨大成功。第一次世界大戰期間，此店成為法國軍服的主要供應商。經過百年經營，到了一九三〇年其資本達到一・九六億法郎，並變更為有限公司；然而進入廿世紀下半葉每況愈下，最終於一九七二年歇業。

4此詩作者是阿爾弗雷德・德・繆塞（Alfred de Musset, 1810~1857），法國貴族、劇作家、詩人、小說作家。〈羅拉〉（Rolla）是他一八三三年的詩作。

5《星期六評論》（Saturday Review）：創於英國倫敦的保守派週刊《政治、文學、科學和藝術星期六評論》（Saturday review of politics, literature, science and art）簡稱，發行期間為一八五五年至一九三八年。

6威廉・歐內斯特・亨利（William Ernest Henley, 1849~1903）：英格蘭詩人、文學評論家和編輯。以其一八七五年寫就的詩作〈永不屈服〉（Invictus）而聞名，這首詩於二〇〇九年上映的同名電影《打不倒的勇者》中多次出現。

「聽說你對我的詩評價不高啊。」

菲利普很尷尬。

「哪有這種事，」他回答，「我很喜歡讀你的詩。」

「你不用擔心我不舒服，」克朗蕭揮了揮他肥胖的手。「其實我也不那麼重視我自己的詩。生活是拿來過的，不是拿來寫的。我的目標是探索生活中各式各樣的經驗，提取生活中每時每刻激發的情感。我把寫詩當成一種優雅的才藝，不是去吸收生活裡的樂趣，而是增添樂趣。至於後世的人怎麼評價我的詩——叫他們見鬼去吧！」

菲利普微微一笑，因爲明擺在眼前的是，這位藝術家除了胡亂塗鴉之外，根本沒創作出更高明的作品。克朗蕭看著菲利普，彷彿在思索些什麼，他替自己斟滿一杯酒，又叫侍者去幫他買盒菸。

「你之所以覺得好笑，是因爲我用這種口氣說話，而你卻很清楚我是個窮光蛋，跟一個俗不可耐的蕩婦住在閣樓裡，那個女人還瞞著我，跟理髮師、咖啡館侍者都有一腿。我替英國讀者翻譯了一堆爛書，爲那些連罵都不值得的畫作寫評論，但，請告訴我，生活的意義到底是什麼？」

「唉呀，這個問題太難了，可以請你自己回答嗎？」

「不行，因爲除非由你自己發現意義何在，否則答案毫無價值。你說說看，你活在世上是爲了什麼呢？」

菲利普從沒問過自己這個問題，他想了一會兒，才回答：

「我不是很清楚，我想，是盡一己的責任吧，盡可能發揮自己的天賦，同時避免傷害別人。」

「簡單地說，就是『己所欲，施於人』的意思？」

「我想是的。」

「基督教精神。」

「不，不是的，」菲利普忿忿地說，「這跟基督教一點關係都沒有，純粹是一種抽象的道德觀。」

「可是根本就沒有『抽象的道德觀』這種東西。」

「如果眞是這樣，那麼，假如你喝醉了酒，離開的時候把錢包忘在這兒，被我撿起來了，憑什麼你認爲我會把錢包還你呢？我還錢包又不是因爲怕警察。」

「那是因爲你害怕犯了罪要下地獄，也希望自己做了好事能上天堂。」

「但是不管地獄或天堂，我都不信。」

「也許是吧。康德提出『絕對命令』[7]的時候，也是兩個都不信。你這是把宗教教條丟到一邊，卻把教條底下的道德基礎保留了下來，無論從哪方面看，你都還是個基督徒，如果天堂裡眞有上帝，你肯定會得到報償的。全知全能的上帝不可能像教會編造得那麼傻，如果你遵守祂的律法，你信或不信祂，我想祂是一點都不在乎的。」

「但如果是我掉了錢包，你也一定會把錢包還我的啊。」菲利普說。

「我可不是因爲什麼抽象道德觀，只是因爲怕警察而已。」

「這種事情警察絕對查不到的。」

7康德（Immanuel Kant, 1724~1804）：啓蒙時代德意志哲學家，德國古典哲學創始人，其學説深深影響近代西方哲學，並開啓了德國唯心主義（German idealism）和康德義務主義（Kantianism）等諸多流派。

絕對命令（categorical imperative）：是康德在一七八五年出版的《道德形上學的基礎》（Grundlegung zur Metaphysik der Sitten）一書中所提出的哲學概念。他認為，道德完全先天地存在於人的理性之中。只有因基於道德的義務感而做出的行為，方存在道德的價值。因心地善良而做出的義舉，或是因義務而做出的德行（譬如軍人因救災而犧牲），都不能算作真正有德的行為。道德應當，而且只應當，從規律概念中引申演繹而來。儘管自然界中的一切事物都遵循某種規律，但只有理性生物（人）才具有按照規律的理念而行動的能力（自由意志）。就客觀原則對意志的約束規範而言，其命令儘管是強制的，但同時也是理性的。

「我的祖先長期生活在文明國度，對警察的恐懼已經深入我的骨髓。如果是我那住處門房的女兒，她絕對會毫不遲疑就把錢包拿走。你說是因爲她屬於犯罪階層嗎？完全不是，她只是少了庸俗的偏見罷了。」

「但這麼一來，榮譽、美德、善良、正派和其他一切，也都跟著一起拋棄了。」菲利普說。

「你犯過罪嗎[8]？」

「我不知道，我想有吧。」菲利普回答。

「這是反英國國教派的牧師才會說的話。我就從來沒有犯過罪。」

克朗蕭穿著他那件破爛長大衣，領子豎起來，帽沿壓得低低的，配上紅潤的胖臉和閃閃發亮的小眼睛，看起來非常滑稽。但菲利普太認眞了，完全笑不出來，他問他：

「你從來沒做過什麼後悔的事嗎？」

「如果我做的事都是必然要發生的，那有什麼好後悔？」克朗蕭反問。

「但是這樣說很宿命論。」

「人總是有種錯覺，以爲自己的意志是自由的，這種錯覺根深蒂固，連我都幾乎要相信了。我行動的樣子，就彷彿我是個完全自由的人。但是一件事之所以能完成，顯然是來自永恆宇宙間的所有力量協力作用的結果，我無力阻止。它是必然要發生的。如果它是件好事，我不邀功求賞；如果它是件壞事，我也不接受譴責。」

「我腦子都打結了。」菲利普說。

「來點威士忌吧，」克朗蕭一邊回答，一邊把酒瓶推過來。「要讓腦子清醒，沒有什麼比這個更好了。如果你老是喝啤酒，腦子只會越來越糊塗。」

菲利普搖搖頭，克朗蕭又繼續說：

「你人不壞，就是不喝酒這點糟。清醒有礙對話。但是當我提到好事和壞事的時候……」菲利普知道他又接上了剛剛的話題，「是按照傳統說法來講的，並沒有替那些字眼附加什麼意義。我拒絕替人類的行爲分等級，反對把榮耀歸於一些人，而污名化另一些人。善惡這種字眼對我沒有意義，我不讚揚，也不責備，我只是接受。我是衡量所有事物的標準，我就是世界的中心。」

「但是這世界上總還有一兩個『其他人』吧。」菲利普反駁。

「我只爲我自己說話。只有在其他人限制了我行動的時候，我才會知道他們的存在。世界也是繞著每個人轉的，每個人都是他們各自宇宙的中心。我對其他人的權限只限於我能力所及的範圍內，我能做到什麼，就是我可以做什麼的唯一限度。因爲我們是群居動物，我們活在社會裡，而社會是靠強制力量，也就是武力（像是警察）和輿論（像是格蘭迪夫人⁹）維持的。你一方面有社會在，另一方面你又是個獨立個體，雙方都是努力自保的有機體。這是力量與力量的對抗。我勢單力孤，不得不依靠社會，但其實也沒那麼不情願，因爲我向社會納稅，社會就會保護我這個弱者，免於遭受其他強者的暴力欺凌。但是我之所以服從它的法律，是因爲我必須服從，我不承認法律公正，我不知道什麼叫公正，我只知道權力。警察保護我，我出了錢養活他們；我出生在一個實行徵兵制的國家，而我也在這個保衛我房產土地不受侵犯的軍隊裡服過役，那麼我和社會就算是兩相抵銷了，至於其他時候，我就用我的詭計來對抗社會力量。社會爲了自保，制訂了法律，如果我觸犯了法律，社會就可以讓我入獄或者殺了我，它有力量這麼做，也因此擁有了這個權利。如果我犯了法，我願意接受國家對我的報復，但我不當它是懲罰，也不覺得自己眞的做了什麼壞事。社會用榮譽、財富和同胞的誇獎引誘我爲它效勞，但是我不在乎誇獎，我鄙視榮譽，即使

---

8 這裡的「犯罪」，指的是宗教意義上的罪（sin）。

9 格蘭迪夫人（Mrs. Grundy）：英國劇作家托馬斯・摩頓（Tom Morton, 1764～1838）筆下人物，這位女士以其極為傳統與古板的個性著稱，事事挑剔他人。

我沒有財富，也同樣能過得很好。」

「但是，如果每個人都像你這樣想的話，一切都會立刻瓦解。」

「我跟其他人毫無關係，我只關心我自己。大多數人類都是爲了獎賞才做事的，而他們做的事總會直接或間接地帶給我方便，我只是利用了這麼一個事實而已。」

「對我來說，這樣看事情太自私了。」菲利普說。

「但是，你覺得人們做事，有不出於自私理由的嗎？」

「當然有。」

「不可能。等你年紀再大一點，你就會發現，要讓這世界成爲一個尚可容忍的居住之地，首先就要承認人類的自私是不可避免的。要求別人不自私，等於是要求別人犧牲他們的願望，去成就你的願望，這種要求太荒謬了。他們爲什麼要這麼做？人生在世都是爲了自己，你要是承認這個事實，就不會對自己的同胞要求太多了，他們不會讓你失望，你看待他們也會更加寬容。從此，人們在生活中只追求一件事——享樂。」

「不、不，不是這樣的！」菲利普大叫。

克朗蕭笑出聲來。

「我用了一個在你們基督教裡頭有貶義的詞，你就像匹受了驚的小公馬般跳了起來。你心裡對這些詞有個價值等級的判準，『享樂』位在這個排名的最底層，但講到『自我滿足、責任、慈善和誠實』，你就興奮得有點激動。你覺得享樂就是純粹的官能享受——你們這群可憐的奴隸創造了一套道德觀，要是滿足當中有了一點點享受的成分，你們就鄙視它。但如果我用的是『幸福』而不是『享樂』，也許你就不會這麼震驚了，這個詞聽起來比較不那麼嚇人，你的心思也就從伊比鳩魯[10]的豬圈進入了他的花園，但我還是要說享樂，因爲我知道人們的最終目標就是這個，我從不認爲人們要的是幸福。你們所實踐的每一個美德當中都潛伏著享樂，人們會有所行動，是因爲這些行動對他有好處，而當這些行動對其他人也有好處的時候，他的行動就被當作美德了。如果他從施捨中享樂，那麼他就是慈悲為懷；如果他從助人中享樂，他就是樂善好施；如果他從社會工作中享樂，他就是熱心公益。但是你為了個人的享樂給了一個乞丐兩便士，跟我為了個人的享樂再喝一杯威士忌加蘇打水，是完全一樣的。我沒有你那麼偽善，我不為自己的享樂喝采，也不希求你的稱讚。」

「但是，你就沒見過人們放棄自己想做的事，而去做不願意做的事嗎？」

「沒有。你這問題太蠢。你的意思是，比起眼前的享樂，人們寧願接受眼前的痛苦。如果我反對這個問題，就跟你提出這個問題一樣蠢了。因為人們之所以接受眼前的痛苦而不願接受眼前的享樂，只是因為他們期待未來的享樂會因此變得更大，這點再清楚不過。未來的享樂常常很不切實際，但人們評估先享樂或先受苦即使有了失誤，也不表示這個規則是錯誤的。你之所以被弄糊塗，是因為沒辦法跳脫『享樂只是感官享受』這種想法。可是，孩子，一個人為了國家而死是因為他喜歡這個國家，就跟一個人吃醃包心菜是因為他喜歡醃包心菜一樣，這是萬物的法則。如果『人們喜歡痛苦勝過享樂』這件事真的可能，那麼人類應該老早就滅絕了。」

「但如果真是這樣，」菲利普喊出來，「世上的一切又有什麼用處呢？如果你拿掉了責任，拿掉善，也拿掉美，我們又為什麼要到這個世界上來呢？」

「燦爛華麗的東方來提供答案了。」克朗蕭笑著說。

他指指兩個剛進咖啡館的人，他們推開了門，帶進來一股冷風。他們是黎凡特地方的人，是賣地毯的流動小

10伊比鳩魯（Epicurus, 341 b.c.～270 b.c.）：古希臘哲學家、伊比鳩魯學派的創始人。伊比鳩魯學說的主要宗旨，就是要達到不受干擾的寧靜狀態。伊比鳩魯認為，最大的善來自快樂，沒有快樂就沒有善。快樂，包括肉體上的快樂，也包括精神上的快樂。

販，兩人手臂上都掛著一捆地毯。星期天晚上咖啡館人很多，他們在各桌之間來回穿梭，空氣污濁、煙霧繚繞，混著滿屋子人的體味，他們的出現又替這裡添了點神祕的氣氛。這兩個人穿著破舊的西式服裝，薄薄的大衣磨損得很厲害，但頭上還是戴著土耳其氈帽，臉色凍得灰白。其中一個已經是中年人，留著黑色的大鬍子，但另外一個還很年輕，大約十八歲上下，臉上有很深的天花痘疤，瞎了一隻眼睛。他們經過克朗蕭和菲利普的桌子。

「眞主至大，穆罕默德是眞主的先知。」克朗蕭引人注目地說。

那個年紀大些的人走上前來，臉上帶著奉承的微笑，像一條挨揍挨慣了的雜種狗。他斜斜往門口瞟了一眼，偷偷摸摸地迅速掏出一幅色情畫來。

「噢，我的大叔啊，你是亞歷山大港的大商人莫蘇爾．丁嗎？或者你的貨是從遙遠的巴格達帶來的呢？還有那邊那位獨眼青年讓我想到三個聆聽雪赫拉莎德[11]說故事的國王，他是其中一位嗎？」

那個小販笑得更諂媚了，儘管克朗蕭說的話他一個字也聽不懂，接著他像變魔術般拿出了一個檀香木盒。

「不，還是讓我們看看東方織布機織出來的無價珍品吧，」克朗蕭說，「因爲我想說個道德故事，需要有點東西增色。」

那個東方人展開一條桌巾，紅黃相間，不但俗氣，還醜怪非常。

「三十五法郎。」他說。

「噢，大叔啊，這條桌巾既不是撒馬爾罕的織工織的，也不是在布哈拉的染缸裡染的色啊[12]。」

「二十五塊法郎。」小販還是一臉迎合的笑容。

「這是傳說中的極北之地圖勒[13]製造的吧，搞不好還是我家鄉伯明罕產的呢。」

「十五塊法郎。」大鬍子東方人一副卑躬屈膝的樣子。

「滾吧，你這傢伙，」克朗蕭說，「但願野驢子在你外婆墳上拉屎撒尿。」

那小販態度冷靜，但不再笑了，把貨物收了便轉往別桌去。

克朗蕭轉向菲利普，說：「你去過克魯尼博物館[14]嗎？在那裡你可以看到最精緻的波斯地毯，它們的圖樣美麗繁複，眞是賞心悅目。從那裡面，你可以看見東方的神祕和情慾之美，看到哈菲茲[15]的玫瑰和奧瑪．開儼的酒杯，但片刻之後，你就會看見更多的東西。你剛剛問到人生的意義是什麼，去看看那些波斯地毯吧，總有一天，你會找

---

11 雪赫拉莎德（Scheherazade）：《天方夜譚》中，為了保全自己性命，連續一千零一個晚上為殘暴國王每晚講述一個故事的女主人翁。

12 撒馬爾罕（Samarkand）：中亞地區的歷史名城，也是伊斯蘭學術中心，現在是烏茲別克（Uzbek）的舊都兼第二大城市、撒馬爾罕州的首府。撒馬爾罕建立於西元前三世紀，由於地處絲綢之路中國和中東的交界處，使當地成為了貨物交流地。

布哈拉（Bokhara）：烏茲別克西南部的一座城市，這個字也是羊毛刺繡地毯的代稱。

13 圖勒（Thule）：古代歐洲傳說中位於世界極北之地「許珀耳玻瑞亞」（Hyperborea）的一個地方，通常被認為是一座島嶼。最早由古希臘探險家畢提亞斯（Pytheas, 4th b.c.）所提及，他的記載中提到——圖勒旁邊的地方「由既不是水也不是空氣的物質組成，或者說是前兩者的混合」、「陸地和水都懸浮著，既不能踏足也不能航行」、「太陽落下兩三個小時後又會升起來」。

14 克魯尼博物館（Musée de Cluny）：現名國立中世紀博物館（Musée national du Moyen Âge），是法國首都巴黎的一座博物館。中世紀博物館所在的建築，過去是一座酒店，始建於一三三四年。現在，博物館內收藏有眾多中世紀時期的藏品，其中又尤以掛毯類藏品而聞名。

15 哈菲茲（Hafiz, 約1315～約1390）：波斯抒情詩人，常被譽為「詩人的詩人」。據統計他的詩集在伊朗的發行量僅次於《古蘭經》。哈菲茲為其筆名，意為「能背誦《古蘭經》者」。他還有許多其他稱號如「神舌」、「天意表達者」、「設拉子夜鶯」等。

到答案的。」

「你講得太玄了。」菲利普說。

「我醉了。」克朗蕭回答。

46

菲利普發現，住在巴黎的花費不像當初聽人說的那樣便宜，到了二月，他帶來的錢就已經花得差不多了。他太好強，不肯跟他的監護人伯父低頭，也不希望露意莎伯母知道他生活拮据，因爲他知道她一定又會自掏腰包資助他，而她根本沒什麼錢了。再三個月，他就到達法定成年年齡，可以支配那筆小小的財產了。於是他賣了幾件從父親那裡繼承來的飾品，暫且把這段青黃不接的時期應付過去。

而就在此時，勞森提議一起租一間小畫室，那間空屋位在哈士派大道，房租很便宜，還附一個小房間，可以拿來當臥室用。而因爲菲利普每天早上都要去學畫，勞森就可以使用那間畫室，完全不受干擾。勞森在換了一間又一間畫室後，最後的結論是自己來最好，他打算請個模特兒，一週來個三四天。一開始菲利普擔心費用太高，有點遲疑，但仔細計算之後，租下這間畫室的費用似乎不比住在旅館貴到哪裡去（而且從實務角度考量，他們都很想要一間自己的畫室）。儘管房租和給門房的清潔費會多一點，但這筆錢可以從早餐費省出來，因爲他們可以自己做早餐。要是在一兩年前，菲利普絕對不會願意跟別人合租房子，因爲他對自己那隻畸形的腳太敏感了，然而現在他看待這件事的不健康心態已逐漸淡薄——在巴黎，他的跛腳似乎不算什麼，儘管他從未忘記過這件事，卻也不再覺得別人一直注意他的跛腳了。

他們搬進了新住處，買了兩張床、一個臉盆架、幾張椅子，生平第一次感受到擁有一個地方的興奮感。住進去的第一晚，他們躺在床上，在那間可以稱爲「家」的房子裡，兩個人高興得睡不著覺，一直說話說到凌晨三點鐘。隔天早上，他們穿著睡衣就生火煮起咖啡來，發現這眞是件有意思的事，結果那天菲利普弄到快十一點才到阿米特拉諾畫室。他興致高昂，還跟芬妮・普萊斯點頭打招呼。

「最近怎麼樣啊？」他愉快地問。

「我怎麼樣跟你有什麼關係？」她反問。

菲利普忍不住笑起來。

「你不需要說這種話，我只是想表示我的禮貌而已。」

「我不需要你的禮貌。」

「你覺得跟我吵架値得嗎？」菲利普溫和地問，「事實上，現在跟你關係好的人已經沒幾個了。」

「那也是我自己的事，不是嗎？」

「確實是。」

他開始作畫，心裡隱隱覺得納悶，爲什麼芬妮・普萊斯要把自己弄得那麼難相處呢？他心裡也有了結論——他完全不喜歡她，而且所有人都跟他一樣。大家對她客氣，只是因爲害怕那張惡毒的嘴而已，因爲她不管在人前人後說話都很傷人。但現在菲利普心情很好，就算對象是普萊斯小姐，他也不想讓她仇視自己。於是他用了之前常用的小詭計，這在她情緒不好時很有效。

「嗨，我希望你能過來看看我的畫，我畫得一團糟啊。」

「眞感謝您看得起，可是我還有更重要的事要做，沒那個閒工夫。」

菲利普驚訝地看著她，因爲平時她最樂於從命的事就是指點人。接著她又壓低聲音飛快地往下說，粗魯的用詞裡帶著怒氣。

「現在勞森不在了，你就又來找我湊合了，眞是謝謝你啊。去找別人幫你吧，我才不撿別人剩下的東西。」

勞森很有教學天分，不管發現了什麼問題，都會很熱心傳授自己的經驗，由於他教起東西來氣氛輕鬆，內容也頗有助益，菲利普也沒多想，就很習慣地每天都坐在勞森旁邊，從未想過芬妮・普萊斯竟然因此妒火中燒，因爲看他接受別人指導而怒氣日增。

「當初你一個人都不認識的時候，可是很高興地來找我的，」她尖酸地說，「一旦跟別人交上了朋友，就把我丟到一邊去，像扔掉一只破手套——」她很滿意這個已經被用濫了的比喻，於是又重複了一次，「就像扔掉一只破手套。沒關係，我不在乎，但是我下次絕對不會這麼傻了。」

她這些話其實也有部分接近事實，菲利普被惹火了，不假思索便脫口而出：

「豈有此理！我之所以問你的意見，只不過是想讓你高興一下而已。」

她倒抽了一口氣，倏然看了他一眼，那眼神帶著痛楚，接著便撲簌簌落下兩行淚，樣子看起來既邋遢又古怪。她以前沒這樣過，菲利普不懂這到底是什麼意思，就又回去忙自己的畫了。他很不安、也很內疚，但又不肯去找她，說句「如果他傷了她的心，他很對不起」之類的話，因爲他害怕她又會趁機讓他碰釘子。接下來，她有兩三個星期沒跟他說話，而菲利普克服了被她無視的不舒服之後，反倒有種擺脫了個難纏朋友的寬慰感。她那種菲利普非自己莫屬的態度，一直讓他很爲難。她是個很不尋常的女人，每天早上八點鐘就到畫室，模特兒一擺好姿勢她就開始畫，她畫畫很拚命，完全不跟別人說話，一小時又一小時地跟自己無法克服的困難奮戰，一直拚到鐘敲十二點才停手。但她的畫毫無希望。大部分年輕人到這個畫室幾個月之後，就能有一點起碼的進步，可是她連追上他們都做不到。她天天都穿著同一件醜陋的褐色連身裙，裙邊還黏著之前在雨天沾上的泥巴，而菲利普第一次見到她時就注意到的那個破洞到現在也沒補好。

但有一天，她卻主動來找他，滿臉通紅地問以後是不是可以跟他說話。

「當然可以，你愛說多少說多少，」菲利普笑著說，「十二點我會留下來等你的。」

這天課程結束後，菲利普朝她走去。

「願意陪我走一小段路嗎？」她說，尷尬得不敢正視菲利普。

「當然願意。」

他們走了兩三分鐘，一句話也沒說。

「你還記得前一陣子你跟我說過什麼嗎？」她突然開口問。

「噢，我說，我們別吵架，」菲利普說，「眞的不値得。」

她急促而痛苦地猛吸一口氣。

「我也不想跟你吵架。你是我在巴黎唯一的朋友，我以爲你很喜歡我，我覺得我們很有緣。我被你吸引住了——你知道我的意思，我被你的跛腳吸引住了。」

菲利普突然紅了臉，本能地努力裝出正常人走路的樣子，他不喜歡別人提他的殘疾，但他也懂得芬妮·普萊斯的意思——她又醜又粗野，而他身有殘疾，所以他們理應同病相憐。菲利普對她非常火大，但他忍著沒說話。

「你說你來請我指點，只是爲了讓我高興而已。難道你覺得我畫得不好嗎？」

「我只看過你在阿米特拉諾畫的東西，只憑那些很難做出判斷。」

「不知道你願不願意來看看我其他的畫，我從來沒有邀請過別人，但是我很希望讓你看看。」

「你人太好了，我非常願意。」

「我住的地方離這裡很近，」她賠罪似地說，「十分鐘就到了。」

「噢，沒問題，那就走吧。」他說。

他們沿著大街走了一段，然後她拐進一條小路，接著又帶著他轉進另一條，越走越破敗，兩旁一樓都是賣便宜貨的店鋪，最後總算到了。他們爬上一層又一層的樓梯，她打開門鎖，他們走進一間斜屋頂的小閣樓，有一扇小小的窗戶。房間一直關得密不透風，裡頭泛著股霉味。雖然天氣很冷，屋裡卻沒有生火，也沒有生過火的痕跡。床沒有收拾，房間裡有一張椅子、一個兼作梳妝臺的櫥櫃，還有一個便宜的畫架，這就是全部的家具了。這地方本來就夠髒的，再加上滿地垃圾和亂丟的雜物，給人的感覺更加噁心。壁爐架上胡亂放著顏料和筆刷，還有一只杯子、一個髒兮兮的盤子，和一個茶壺。

「請你站到那邊去，我把畫放在椅子上，這樣你會看得更清楚。」

她給他看了二十幅小尺寸油畫，都是大約四十五乘三十公分大小。她把畫一幅接一幅放在椅子上，看看他的表情，等他點了頭，再換下一幅。

「你很喜歡這些畫，對吧？」才沒多久，她就焦急得忍不住了。

「先讓我把全部的畫看完，」他回答，「等等我再說我的看法。」

他正努力讓自己鎮定下來，其實他心裡驚恐萬狀，完全不知道該說什麼好。這些畫不只是畫得糟，連油彩都上得很不熟練，像個根本不在乎這些東西的人亂抹出來的，完全不講究明暗，透視的構圖也很怪。這些畫看起來就像五歲小孩的作品，但假若真是五歲小孩畫的，畫裡多少還有幾分天真，至少會試著把自己看見的東西畫下來。但眼前這些畫，卻是腦子裡塞滿庸俗畫面的庸俗畫匠畫出來的東西。菲利普記得她曾經興高采烈地大談莫內和其他印象派畫家，但這些畫卻只有皇家藝術學院的遺風，而且還是最糟的那種。

「嗯，」最後她說，「全部就是這些了。」

菲利普雖不比其他人誠實到哪裡去，但這會兒要他扯出一個滴水不漏的彌天大謊也太難了，他臉漲得通紅，說：「我覺得這些畫簡直棒透了。」

她帶有病容的雙頰突然浮起淺淺的粉色，接著微微一笑。

「如果你心裡不這麼想，就不需要說這種話，你知道的，我想聽實話。」

「但我眞的是這麼想的。」

「難道完全沒有可以批評的地方？總有幾幅你沒那麼喜歡的吧。」

菲利普無助地四下張望，看到了一幅風景畫，就是業餘人士最喜歡的那種典型精緻「小品」——一座古橋，爬滿藤蔓的小屋，和濃蔭的河岸。

「我當然不會假裝自己什麼都懂，」他說，「但是我不太確定這幅畫的明暗是不是有問題。」

她的臉突然漲成豬肝色，一把拿起那幅畫反扣過去，不讓菲利普看。

「我不知道為什麼你特別要選這幅畫出來嘲笑，這是我畫得最好的一幅。我很確定它的明暗完全正確。這用不著你來指導，不管你對於明暗到底了不了解。」

「我覺得這些畫都好得不得了。」菲利普又說了一次。

她看著自己的畫，帶著些許自滿的神色。

「我覺得這些畫是不會讓我丟臉的。」

菲利普看了看錶。

「哎，時間有點晚了呢，可以讓我請你吃一頓午餐嗎？」

「我這兒已經準備好午餐了。」

菲利普看不出哪裡有午餐的跡象，但他想，也許他走了以後門房會送來。他只想趕快離開這兒，屋裡的霉味薰得他頭都痛了。

47

到了三月，畫室裡充滿興奮緊張的氣氛，因爲要把畫作送去巴黎官方沙龍[1]參展。克勞頓很有個性，什麼都沒準備，還對勞森送去的兩幅頭像冷嘲熱諷——那兩幅畫一看就像學生習作，是很簡單的模特兒肖像，但還是看得出一定的筆力。克勞頓追求完美，對功力不到家的作品無法忍受，他聳了聳肩，對勞森說，連畫室都拿不出去的作品居然想拿去參展，實在太輕率了。即使後來這兩幅頭像入選了，克勞頓也還是很不屑。福拉納根也想賭一賭運氣，但他的畫落選了。奧特女士送去一幅無可挑剔的〈母親像〉，不但成功入選，而且還是二等獎，被掛在一個相當不錯的位置上。

海沃德也到巴黎來了，自從菲利普離開海德堡後，他們就沒有見過面，這次正好趕上勞森和菲利普在畫室開的入選慶祝派對。菲利普一直很渴望再見到海沃德，但真的見到面那一刻，菲利普卻隱隱有些失望——海沃德的外貌已經有點走樣，那頭漂亮的頭髮變得稀薄，隨著青春美貌的迅速衰敗，整個人也乾癟失色，那對藍眼睛更黯淡了，五官也顯得有點模糊。然而他的思想卻似乎毫無改變，當時讓十八歲的菲利普印象深刻的文化素養，對二十一歲的菲利普來說只能引來輕蔑。菲利普自己也變了很多，他輕視自己過去關於藝術、人生和文學的老舊觀點，對現在還抱著這些東西不放的人根本難以忍受。他似乎完全沒意識到自己急於在海沃德面前顯擺，帶海沃德去參觀美術館時，滔滔不絕地把自己最近才吸收的革命性看法一古腦兒說給海沃德聽。他帶他去看馬奈的〈奧林匹亞〉，然後用戲劇性的激動口吻說：

「我願意拿所有古典畫家的作品來換這幅畫，但維拉斯奎茲、林布蘭和維梅爾[2]除外。」

「維梅爾是誰？」海沃德問。

「噢，我親愛的老兄啊，你不認識維梅爾？你腦子還沒開化呀。要是連他都不認識，再活下去也沒什麼意思了。他是作品唯一具有現代風格的古典大師。」

他把海沃德硬拖出盧森堡美術館，又急匆匆地帶他去羅浮宮。

「這裡沒別的畫了？都看完了？」海沃德問，一副遊客什麼都想看的樣子。

「剩下的都沒什麼了，你可以帶著你的導覽手冊自己看。」

到了羅浮宮，菲利普就直接帶他去了長廊。

「我想看看那幅〈蒙娜麗莎〉。」海沃德說。

「噢，親愛的老兄啊，那不過是文人捧出來的東西。」菲利普回答。

最後在一個小小的展示廳裡，菲利普在維梅爾的〈織蕾絲的少女〉[3]前面停了下來。

「看，這就是全羅浮宮最好的一幅畫。簡直就是馬奈的作品。」

1巴黎官方沙龍（Salon de Paris）：創立於一六六七年，是由法蘭西藝術院（Académie des Beaux-Arts）主辦的展覽，風格保守古典，是學院派的代表。

2維梅爾（Johannes Vermee, 1632~1675）：十七世紀的荷蘭畫家，他一生都工作、生活在荷蘭的陶都臺夫特（Delft），有時也被稱為臺夫特的維梅爾（Vermeer of Delft）。與林布蘭同樣被稱為荷蘭黃金時代（Dutch Golden Age）最偉大的畫家，他們的作品都有著透明的顏色、嚴謹的構圖、以及對光影的巧妙運用。〈戴珍珠耳環的少女〉為其代表作。

3〈織蕾絲的少女〉（The Lacemaker）：又譯〈花邊女工〉、〈縫紉女工〉，這是維梅爾的作品，創作年份約在一六六九年至一六七〇年。

菲利普豎起大拇指，表情十足、雄辯滔滔地介紹這幅迷人的畫作。用語的都是些畫室裡才用的行話，令人折服。

「我不知道，我是不是眞把你說的那些絕妙之處都看出來了。」海沃德說。

「當然這是畫家的畫，」菲利普說，「我相信，如果是個外行人，是看不出什麼東西來的。」

「是個什麼？」海沃德問。

「外行人。」

海沃德跟大多數培養了藝術方面興趣的人一樣，總是很急於表達自己的正確看法。在不敢大膽維護自己意見的人面前，他的態度十分武斷，但若對方堅持己見，他又會變得非常謙卑。菲利普的自信令他印象深刻，他順從地接受了菲利普的言外之意，也就是「只有畫家才有資格評斷一幅畫」這個傲慢的主張，即使這話有點狂妄，卻也是知者之言。

一兩天後，菲利普和勞森舉辦了派對。克朗蕭破例賞光，答應一起前來吃飯。查萊斯小姐主動說要爲大家下廚，她對同性毫無興趣，要他們別爲了她特別去邀女性賓客。來的還有克勞頓、福拉納根、波特和另外兩個人。家具不夠用，他們就把模特兒站的臺子拿來當桌子，假使客人願意可以坐在大手提箱上，不願意的就直接坐在地板上。這頓大餐包括——查萊斯小姐做的牛肉蔬菜鍋、一隻烤羊腿（是街角一家餐廳烤的，到時候會熱騰騰香噴噴地從那兒送過來，查萊斯小姐已經先把馬鈴薯煮好了，房間裡充滿了煎紅蘿蔔的香味，煎紅蘿蔔是她的拿手菜），接著是火燒白蘭地燉梨（這道甜點是克朗蕭自告奮勇做的）。最後一道是一大塊布里起司，放在窗邊，爲已充滿各式食物氣味的畫室又添了一股誘人香味。克朗蕭坐首席，他盤腿坐在一只旅行提包上，看起來像個土耳其帕夏[4]，慈愛地看著身邊這群年輕人。即使這個小小的畫室裡生著爐子，感覺很熱，但他出於習慣，仍然穿著大衣，領子豎得高高的，圓頂禮帽也沒拿下來。他滿意地看著面前一排酒——左右各兩只草編奇揚第酒瓶，當中站著一瓶威士忌，他說這讓他聯想到四個肥胖的宦官護衛著一位纖細美麗的切爾克斯少女[5]。海沃德爲了讓大家自在點，穿了一套花呢西裝，還打了一條三一學院的領帶，看起來有種古怪的英國風。大家都客客氣氣地對待他，一面喝蔬菜湯，一面聊著天氣和政治局勢。等待羊腿送來時，大夥的閒聊略停了一下，查萊斯小姐點了根菸。

「長髮姑娘，長髮姑娘，把你的頭髮放下來吧[6]。」她突然說了這句童話臺詞。

她用優雅的手勢解開髮帶，一頭長髮就披散在肩上。她甩了甩頭。

「把頭髮放下來舒服多了。」

她那對棕色的大眼睛、苦行僧般瘦削的臉、蒼白的皮膚、寬寬的額頭，讓她看起來像從伯恩．瓊斯畫裡走出來的人物。她有雙纖長的手，手指被菸薰得黃黃的。身上穿著一件淺紫和綠色相間的皺褶曳地長裙，有種肯辛頓高街[7]特有的浪漫氣息。儘管放蕩不羈，她爲人其實很不錯，個性親切善良，雖說有點做作，那也只有一點點而已。這時

---

4 帕夏（Pasha, bashaw, bassaw, bucha）：鄂圖曼帝國行政系統裡的高級官員，通常是總督、將軍及高官。帕夏是敬語，相當於英國的「勛爵」。

5 奇揚第酒（Chianti）：來自義大利托斯卡納（Toscana）的紅酒，主要葡萄品種為山吉歐維樹（Sangiovese），圓肚形酒瓶外有麥草編製的外包裝，稱為費亞斯奇（fiaschi）。

切爾克斯人（Circassian）：西北高加索民族，是高加索人與可薩人等突厥人的混血，女性以美貌著稱。十九世紀期間，沙俄取得鄂圖曼土耳其的配合，在西北高加索地區進行種族清洗，大批切爾克斯人移居或被驅逐至鄂圖曼土耳其境內，一些人遷到更南的敘利亞、約旦、巴勒斯坦和黎巴嫩定居。

6 〈長髮姑娘〉（Rapunzel）：又譯〈萵苣姑娘〉、〈長髮公主〉，是格林兄弟蒐集的德國童話，收錄於一八一二年出版的《兒童與家庭童話集》。其中最著名的臺詞是：「長髮姑娘，長髮姑娘，把頭髮放下來吧。」（Rapunzel, Rapunzel, let down your hair.）被囚禁在高塔上的長髮姑娘就會放下長髮，讓塔下的人爬上來。

7 肯辛頓高街（Kensington High Street）：或稱肯辛頓大街，這是倫敦西區最受歡迎的購物街之一。

傳來了敲門聲，大家都興奮得大聲歡呼，查萊斯小姐站起來去開門，她接過那隻羊腿，高高舉在頭頂上，彷彿盤子裡盛的是施洗者約翰的頭[8]，她嘴裡還叼著菸，以神聖、僧侶般的步伐朝眾人走來。

「萬歲，希羅底的女兒[9]！」克朗蕭大喊。

大家津津有味地吃起羊腿來，看著這位臉色蒼白的女士食慾這麼好更是讓人開心，克勞頓和波特坐在她兩旁，大家都知道，她對他們兩個人完全是大大方方的。對於大部分男性，她頂多六個星期就膩了，但她很明白之後該如何對待這些曾拜倒在她石榴裙下的紳士。雖然她愛過他們，後來又不愛了，卻不因此對他們有什麼怨恨，還是把他們當好朋友，只不過少了親暱感而已。她偶爾會憂鬱地看著勞森。火燒白蘭地燉梨大受眾人歡迎，一方面是因為有白蘭地，一方面是因為查萊斯小姐堅持要大家配著起司一起吃。

「我真不知道該說它是頂級美味呢，還是說嘗起來讓人想吐。」她仔細品嘗過那份混合物之後這麼說。

咖啡和干邑白蘭地火速送上來了，以防發生什麼不良後果，大家自在地坐著抽菸，露絲・查萊斯不管做什麼，都刻意要表現自己的藝術家風度，她神態優雅地坐在克朗蕭身邊，小巧美麗的頭靠在他肩上，沉鬱的眼睛凝望著深邃黑暗的虛空，不時長長地、若有所思地看著勞森，又深深地嘆一口氣。

夏天來了，這群年輕人個個煩躁不安。蔚藍的天空引誘他們往海邊跑，宜人的微風拂過林蔭大道的梧桐綠葉，又讓他們忍不住要奔往鄉間。每個人都在計畫離開巴黎，他們討論要帶什麼尺寸的畫布最合適，準備了寫生用的畫板，還爭辯起布列塔尼各地的優缺點。福拉納根和波特要去孔卡爾諾；奧特女士帶著媽媽去阿旺橋，這顯然是出於對自然的喜好；菲利普和勞森決定去楓丹白露森林，查萊斯小姐知道莫雷鎮[10]有家非常棒的旅館，有不少東西值得一畫，而且那裡離巴黎不遠，菲利普和勞森還是有點在意火車票錢的。露絲・查萊斯也會去，勞森打算替她畫一幅露天背景的肖像畫。當時巴黎官方沙龍展到處都是這種肖像畫，人們在花園裡，在陽光下眨著眼睛，光線透過層層綠葉，在人物臉上映出光影。他們也邀了克勞頓，但他比較想一個人過夏天。最近他剛發現了塞尚[11]這位畫家，所以非常想去普羅旺斯看看那重沉沉的天幕、那灼熱的藍，如何像汗珠一樣快要從天上滴下來，還有那塵土飛揚的白色道路、被陽光曬褪了色的屋頂，還有被烤得發灰的橄欖樹。

出發前一天，菲利普上完早上的課，他一邊收拾畫具，一邊對芬妮·普萊斯說：

「我明天就走了。」他興高采烈地說。

「走？去哪裡？」她急急地說，「你不是不離開巴黎的嗎？」她臉突然垮了。

8施洗者約翰（John the Baptist）：撒迦利亞和以利沙伯的兒子。因他宣講悔改的洗禮，而且在約旦河為眾人施洗，也為耶穌施洗，故得此別名。施洗者約翰因公開抨擊當時的猶太王希律·安提帕而被捕入獄，但希律顧忌他的威望，一直不敢殺他。後來希律王的繼女莎樂美為他跳舞，希律高興地答應賞賜她，向神發誓可以賞賜她任何物品，在她母親的慫恿下，莎樂美要約翰的頭，希律王無奈只得派人殺死約翰，將頭放到盤子中交給莎樂美。

9希羅底（Herodias）：莎樂美的母親，為了與希律王結婚，刻意與前夫離婚，更加懷恨施洗者約翰對她的批評，由此動了殺心。

10孔卡爾諾（Concarneau）：法國菲尼斯泰爾省的一個市鎮，屬於坎佩爾區孔卡爾諾縣。

阿旺橋（Pont-Aven）：又譯篷達旺，是法國西北部布列塔尼大區非尼斯泰爾省的一個市鎮，阿旺橋主要是因為聚集了以埃米爾·伯納德（Emile Bernard）和保羅·高更（Eugène Henri Paul Gauguin）為中心的藝術家群體而著稱，保羅·塞律西埃（Paul Serusier）在一八八八年加入進來。他們被合稱為「阿旺橋學派」（École de Pont-Aven）。

莫雷鎮（Moret-sur-Loing）：巴黎近郊中世紀小鎮，距巴黎約一個半小時車程，印象派畫家希斯里（Sisley）故居在此。

11塞尚（Paul Cézanne, 1839～1906）：法國畫家，風格介於印象派到立體主義畫派之間。他的作品為十九世紀的藝術觀念轉換到廿世紀的藝術風格奠定了基礎，並對馬蒂斯（Henri Matisse）和畢卡索（Pablo Ruiz Picasso）有重要影響。

「我要去避暑啊，你不去嗎？」

「不，我會待在巴黎。我還以爲你也會留下，我還期待著……」

她沒再往下說，聳了聳肩。

「但是你待在巴黎，不怕熱壞了嗎？這對你身體很不好。」

「眞多虧你還惦念著這樣對我不好。你要去哪裡？」

「莫雷鎭。」

「查萊斯也要去那裡，你不是跟她一起去吧？」

「勞森跟我一起去，正好碰上她也要去那兒，我們到底會不會同路，其實我也不知道。」

她一張大臉漲成醬紫色，用低沉粗嘎的喉音說：

「眞不要臉！我還以爲你是個正人君子，大概是這裡唯一正派的人了。她跟克勞頓跟波特還有福拉納根都有一腿，連跟那個老頭子弗內都不乾不淨，所以他才爲她那麼費心。現在居然是你們兩個，你跟勞森，太讓人噁心了。」

「噢，你在胡說什麼啊！她是很正派的人，大家根本都把她當男孩子看。」

「噢，不要跟我說這些，我不要聽。」

「話說回來，這到底干你什麼事？」菲利普問，「我要去哪裡避暑，其實跟你一點關係也沒有。」

「我多期待這個夏天啊，」她喘著氣，聲音小得像在說給自己聽。「我以爲你沒有錢走，這樣這裡就不會有別人了，我們可以一起作畫，一起看畫。」然後她猛地又想起露絲・查萊斯。「那個不要臉的婊子，」她大叫。「她跟本不配跟我說話。」

菲利普看著她，一顆心往下沉。他從不覺得會有女孩愛上他，他太在意自己的殘疾了，在異性面前總覺得又尷尬又笨拙，但他眞的不知道這樣一場情緒大爆發還能有什麼弦外之音。芬妮・普萊斯穿著她那件骯髒的褐色連身裙，頭髮散下來蓋住了臉，凌亂邋遢地站在他面前，臉上還掛著兩道憤怒的淚水。她實在太讓人反感。菲利普瞄了門一眼，滿心希望有人進來，好結束這個尷尬的場面。

「我非常抱歉。」他說。

「你跟其他人一個樣，能拿的東西全拿走，連聲謝謝都不說。你現在學會的一切全是我教你的，沒有人會爲你這樣費心。弗內理過你嗎？我可以告訴你，你就算在這裡再學一千年也成不了大器。你沒有天分、也沒有獨創性，而且不只我這麼說，所有人都這麼說。你這輩子絕對成不了畫家。」

「這也不干你的事，不是嗎？」菲利普氣得臉漲紅了。

「噢，你以爲我這只是氣話。去問問克勞頓，問勞森，問查萊斯看看吧。你永遠，永遠，永遠當不成畫家，你根本就不是這塊料！」

菲利普聳聳肩，走出了畫室。她還在他背後大叫：

「永遠，永遠，永遠不可能！」

當時的莫雷鎮，還是個位在楓丹白露森林邊、只有一條街道的古樸小鎮，而「金埃居」旅館一直保有法國舊制度時期的衰頹風貌[12]。它面朝蜿蜒的魯應河[13]，查萊斯小姐的房間有個小陽臺，正好可以俯瞰它，還可以看見古橋和

12金埃居（écu d'or）：波旁王朝時期（Maison de Bourbon），法國的貨幣名。法國的舊制度（Ancien Régime）：指十五到十八世紀的法國，從文藝復興末期開始，直到法國大革命為止。舊制度標誌著法蘭西王國的衰落，其結束代表了法蘭西第一共和國的開始。此一時期也是現代史的發端。後期興起的啓蒙主義反映了資產階級的興起。

13魯應河（Loing River）：法國河流，是塞納河的左支流。

橋頭堡。晚餐之後他們就坐在那兒，喝咖啡、抽菸，聊藝術。不遠處有條窄的運河匯入魯應河，兩旁種滿了白楊樹，工作一整天之後，他們常常在這裡沿著堤岸漫步。他們整天都在畫畫。跟同時代的大多數年輕人一樣，細膩別致的景色他們受不了，他們厭棄城市那種顯而易見的美麗，而努力尋找自然質樸的主題，那裡面沒有他們看不起的精緻之美。希斯里和莫內都畫過運河與白楊，面對這麼典型的法國風光，他們也很想試試筆，但是又很害怕這種中規中矩的美景，想盡辦法要避開它。查萊斯小姐落筆時特意避開了樹梢不畫，好讓畫面不落俗套，勞森雖然一向看不起女性的作品，這時也對她靈活的想法印象深刻。勞森自己也想了個好點子，他在畫面前景畫了一大塊梅尼爾巧克力的藍色廣告牌，藉此表達他對巧克力糖盒的厭惡。

菲利普現在已經開始畫油彩了，當他第一次使用這種令人愉快的藝術媒介時，簡直興奮得發抖。每天早上他都帶著小小的畫具盒跟勞森一起出去，坐在他旁邊，在畫板上畫畫。他畫得心滿意足，一點也沒有意識到自己其實在臨摹。他受這位朋友的影響太深了，連觀察事物的視角都不是自己的。勞森的畫風非常沉鬱，於是他們不約而同地把翠綠的草地畫成深暗的鵝絨，亮麗的天空在他們筆下也成了沉重的深藍色。整個七月，大晴天一個接著一個，天氣實在太熱了，熱浪幾乎烤焦了菲利普的腦子，整個人懶洋洋的，他畫不下去了，腦子裡亂烘烘的千頭萬緒。早上他常常在運河邊的白楊樹下消磨時間，讀個幾行書，就做個半小時白日夢。有時他會租一部搖搖晃晃的腳踏車，沿著沙塵彌漫的路騎到森林，然後找塊空地躺下。他腦子裡充滿各種浪漫的幻想，他想著華鐸[14]筆下的仕女，她們那麼快活、無憂無慮，在騎士的陪伴下悠遊在參天巨樹之間，彼此竊竊私語，說著隨意迷人的情話，然而不知道爲什麼，又有種無以名狀的恐懼隱隱地壓抑著。

旅館裡除了他們這幾個人之外，就只有一個肥胖的法國中年女人，她彷彿拉伯雷[15]筆下的人物，笑起來放肆淫蕩。她總是在河邊耐心地釣一整天魚，雖然從來也沒見她釣到過，菲利普偶爾也會去跟她搭幾句話。他後來發現，原來她以前是做「那一行」的；在我們這一代，這個行業裡最聲名狼藉的一位就是華倫太太[16]了。她賺足了供自己溫飽的錢，現在過起布爾喬亞式[17]的平靜生活。她跟菲利普說了一大堆淫穢下流的故事。

「你一定得去一趟塞維亞[18]，」她還能說一點點破英語，「那裡有全世界最漂亮的女人。」

她意有所指地瞟他一眼，又點了點頭，三層下巴和肥胖的肚腩隨著她的悶笑不斷抖動著。

天氣實在太熱了，夜裡幾乎沒法睡覺，酷熱彷彿凝成某種有形的物質在森林裡徘徊不去。他們不想放棄那星光滿天的夜景，三個人就坐在露絲・查萊斯房間的陽臺上，時間一小時一小時地過去，他們太累了，誰也沒說話，只是盡情享受夏夜的寧靜。他們聽著潺潺的流水聲，直到教堂的鐘敲了一下、兩下，有時甚至三下，才依依不捨上床睡覺。菲利普突然意識到，露絲・查萊斯和勞森原來是一對戀人，他是從女方望著那位年輕畫家的眼神，以及男方癡迷的神態判斷出來的，當菲利普跟他們坐在一起時，可以感覺到有什麼東西在四周流動，好像空氣也因爲某種奇異的東西變得沉重了似的。這個內幕讓他很震驚，他一直把查萊斯小姐當成好伙伴，也很喜歡跟她說話，卻從來沒想過跟她有更進一步的可能。某個星期天，他們帶著茶點籃子進了森林，到了一塊適合的林中空地，查萊斯小姐因

---

14 華鐸（Jean-Antoine Watteau, 1684～1721）：法國洛可可時代的代表畫家。

15 弗朗索瓦・拉伯雷（François Rabelais, 約1493～1553）：法國文藝復興時代作家。代表作為《巨人奇遇記》（Pantagruel）。而英語「拉伯雷式的」（Rabelaisian），指的是粗俗的生活方式或幽默。

16 這句話出自十九世紀末、廿世紀初英國劇作家蕭伯納（Bernard Shaw, 1856～1950）所寫的劇本《華倫太太的職業》，描述華倫太太與女兒之間的關係。受限於女性當時工作環境，華倫太太在歐洲經營妓院，供女兒念完大學。儘管女兒一開始理解母親的苦心與無奈，但母親在衣食無缺後仍不願放棄妓院行業，女兒於是揭穿了她虛偽與愛慕虛榮的假象。

17 布爾喬亞（Burgensis）：這是一個音譯名，指資產階級和中產階級。

18 塞維亞（Sevilla）：或譯塞維爾，是西班牙南部的藝術、文化與金融中心。

為這裡太有田園風味，堅持要把鞋襪脫掉。裸足本來應該是很迷人的，只是她不但有雙大腳板，兩隻腳的第三根腳趾上還都長了個大雞眼，這麼一來，她這個舉動反而顯得有點好笑。但現在他對她的看法已經完全不一樣了，覺得她的大眼睛、她橄欖色的皮膚都透著柔和的女人味，他覺得自己真是個大笨蛋，當初竟然沒發現她這麼有吸引力。他覺得自己察覺到她其實對他有點鄙視，因為他一點也沒感覺到她的存在，他也發現勞森多了幾分優越感。他羨慕勞森，也很嫉妒，但並不是嫉妒勞森這個人，而是嫉妒他的愛情。他渴望自己能站在勞森的位置上，用勞森的心靈感受一下愛情的滋味。他覺得心煩意亂，很害怕愛情與自己擦身而過，他渴望有份激情洶湧地吞沒他、捲走他，不管把他捲到哪裡他都不在乎。不知道為什麼，現在在他眼裡，查萊斯小姐和勞森跟之前已經不一樣了，老跟他們在一起總讓他很不安。他對自己很不滿意，他想要的東西，生活都沒有給他，他很憂慮，覺得自己正在虛度光陰。

那個肥胖的法國女人很快就猜出了查萊斯和勞森的戀人關係，露骨地告訴了菲利普這件事。

「那你呢，」她說，臉上露出靠同伴賣身養肥自己的那種人特有的寬容微笑，「你有petite amie（女朋友）嗎？」

「沒有。」菲利普說，刷一下紅了臉。

「為什麼沒有呢？C'est de votre âge（你已經到了該有女朋友的年紀了）。」

他聳聳肩，手裡拿著一本魏爾倫的書走開了。他想讀，但情慾的力量讓他煩躁得讀不下去。他想起福拉納根提過的那些尋花問柳的地方，偷偷摸摸的尋芳客走進死巷裡的屋子，裡頭的客廳到處是烏特勒支[19]天鵝絨，還有一大群唯利是圖的濃妝女人。他又聳了聳肩，把自己攤平在草地上，像一頭剛醒來的幼獸那樣伸展著四肢，身邊淙淙的流水、迎風輕輕搖曳的白楊樹和蔚藍的天空，幾乎都讓他無法忍受。他愛上了戀愛這件事。他幻想著，這一刻，有兩片熱情的唇正吻在他的唇上，有雙柔若無骨的手環在他頸上。他想像自己被露絲·查萊斯擁抱著，想著她那雙黑亮的眼睛、觸感滑順的肌膚，他真是瘋了才會讓這種風流韻事從手上白白溜掉啊！要是勞森可以，憑什麼他不行？

但這個想法只在沒看見她、在夜裡睡不著，或躺在運河邊做白日夢時才會出現，一旦見到她，感覺就完全不一樣了。他對擁抱她一絲渴望也沒有，對自己親吻她的樣子更是無法想像。這眞是太奇怪了，她不在眼前時，他可以把她想得美豔絕倫，滿腦子只有她勾魂攝魄的眼睛和柔滑蒼白的臉。一旦跟她在一起，卻只看得見她扁平的胸部和有點蛀了的牙，而且也忘不掉她腳趾上的大雞眼。他搞不懂自己，難道他只有對象不在眼前的時候才能愛嗎？爲什麼有機會愛的時候，他又會因爲自己畸形的想像，誇大對方令人厭惡的地方，讓自己沒辦法享受愛情呢？

天氣變涼了，宣告了漫漫長夏的終結，也催促他們回到巴黎，然而他心裡一點也不感到遺憾。

48

菲利普回到阿米特拉諾畫室，發現芬妮．普萊斯已經不在那裡學畫，連置物櫃的鑰匙都繳回了。他問了奧特女士知不知道她出了什麼事，奧特女士聳聳肩，說她可能回英國了。菲利普如釋重負，她的壞脾氣實在讓他煩透了，加上她堅持對他的作品指手畫腳，要是他不接受，她就覺得他是故意冒犯她，好像完全沒發現他早就不是當初那個一竅不通的笨蛋了。他很快就把她忘得一乾二淨。現在他畫油彩畫得興致勃勃，希望能畫出一幅夠分量的作品，好參加隔年的官方沙龍展。勞森正在畫查萊斯小姐的肖像，她很適合當畫畫的對象，所有迷戀過她的裙下之臣都畫過她的肖像畫。她有一種天生的慵懶，加上酷愛搔首弄姿，讓她成爲不可多得的模特兒，而且她還具備豐富的繪畫知

19烏特勒支（Utrecht）：荷蘭烏特勒支省人口最多的城市，同時也是該省省會。此外，它也是荷蘭第四大城市。

識，可以爲作畫者提供相當中肯的意見。由於她對藝術的熱情主要放在「過藝術家生活」這個部分，所以也不在乎自己是否荒廢了功課。她喜歡畫室裡熱烈的氣氛，而且待在畫室裡有抽不完的菸，她用低沉舒服的嗓音談著對藝術的愛和愛的藝術，這兩者之間的差別，其實連她自己都還沒弄清楚。

勞森一直廢寢忘食地畫著那幅肖像，累得好幾天都直不起腰來，之後卻又把畫好的部分通通刮掉。幸好模特兒是露絲・普萊斯，如果是別人當模特兒，他早就耐心全失了。最後那幅畫終於弄得一團糟，再也沒辦法補救。

「唯一的辦法就是換張新畫布，從頭再來，」他說，「這次我很清楚自己要的是什麼，不會花太久時間的。」

菲利普那時也在，查萊斯小姐對他說：

「你爲什麼不也來畫我呢？看著勞森先生怎麼畫，你會學到很多東西的。」

查萊斯小姐對自己的戀人總是以姓氏稱呼，不顯親暱，也免得其他人尷尬，這是她做人周到之處。

「如果勞森不介意，我是真的很想試試看。」

「我他媽的才不會在乎這種事。」勞森說。

這是菲利普第一次畫人像，一開始有點惶恐，但也很得意。他坐在勞森旁邊，一面看他畫，一面自己畫。眼前有這樣一幅範例在，再加上勞森與查萊斯小姐兩人毫不保留地給他建議，他確實獲益不少。最後勞森完成了，請克勞頓過來批評指教。克勞頓才剛回巴黎，他從普羅旺斯一路往南去了西班牙，因爲很想去馬德里看看維拉斯奎茲的畫，接著又從那裡去了托雷多[1]。他在那裡待了三個月，回來後爲這群年輕人帶來一個沒聽過的名字——他極力推崇一位叫做艾爾・葛雷柯[2]的畫家，要研究他的作品，顯然只能去托雷多了。

「噢，這人我知道，」勞森說，「他是個古典大師，最大的特徵就是他畫得跟現代畫家一樣糟。」

克勞頓比以前更沉默了，沒回答勞森的話，只是譏諷地看了勞森一眼。

「你想讓我們看看你從西班牙帶回來的作品嗎？」菲利普問。

「我在西班牙什麼也沒畫，我太忙了。」

「那你做了什麼事？」

「我把事情想了個透，我想，我要跟印象派分道揚鑣了。我覺得，不出幾年，他們就會變得空洞而淺薄。我要把過去學的東西全部丟掉，從頭開始。我從西班牙回來之後，把以前畫的東西全部毀掉了，現在我畫室裡只剩下一支畫架、顏料，跟幾幅乾乾淨淨的畫布。」

「你打算做什麼呢？」

「我還不知道，我現在對我想做的東西，只有一些模模糊糊的想法。」

他說話很慢，神態有點古怪，好像他正拚盡全力傾聽著某種細不可聞的東西。他身上彷彿有股他自己也不知道是什麼的神祕力量，正暗暗尋找發洩出來的管道，令人印象深刻。勞森雖然嘴上說請人指教，但他其實很害怕批評，為減低自己可能遭受批評的傷害，就先對克勞頓提出的意見擺出不屑一顧的樣子，但菲利普知道，沒有什麼比克勞頓的稱讚更讓勞森高興的了。克勞頓一言不發地看了那幅肖像畫一會兒，然後又朝旁邊畫架上菲利普的畫瞥了一眼。

「這什麼東西？」他問。

1 托雷多（Toledo）：位於西班牙中部，馬德里西南約七十公里處，是托雷多省的首府。因境內保存完好的基督教、伊斯蘭教和猶太教建築，而在一九八六年被納入世界文化遺產。

2 艾爾・葛雷柯（El Greco, 1541～1614）：西班牙文藝復興時期畫家、雕塑家與建築家。葛雷柯兼具戲劇性與表現主義的畫風在當代並不受寵，卻在廿世紀獲得肯定。葛雷柯公認是表現主義及立體主義先驅，現代學者則視其為相當與眾不同、具高度個人色彩的藝術家，不屬任何傳統流派。

「噢，我也試著畫了人像。」

「依樣畫葫蘆啊。」他咕噥了一句。

他又轉回去看勞森的畫，菲利普臉紅了，但沒有吭聲。

「那個，你覺得畫得怎麼樣？」勞森終於開了口。

「立體感相當不錯，」克勞頓說，「我覺得這幅畫非常好。」

「你覺得光影什麼的都沒問題嗎？」

「完全沒問題。」

勞森高興地笑了，笑得整個人都抖起來，像條剛上岸的落水狗。

「噯，我眞高興你喜歡。」

「我不喜歡。我認爲這幅畫一點價值都沒有。」

勞森的臉突然垮了下來，他驚愕地看著克勞頓，不知道他說這話是什麼意思。克勞頓的表達能力很差，說起話來好像很費力，說的東西混亂結巴又囉嗦，不過菲利普懂得他那些雜亂無章的話裡想表達的意思。克勞頓從來不讀書，他這些概念最初是從克朗蕭那裡聽來的，儘管當時不覺得有什麼深刻印象，卻一直留在記憶裡。最近，這些話又突然從他腦海裡浮出來，給了他一個意外的啓示——一個好畫家有兩個主要目標，一是人物本身，一是這個人物的心靈意向。印象派一直糾結在其他問題上，他們畫人物畫得很精彩，但是他們完全不在乎人物的心靈意向，這跟十八世紀的英國肖像畫家沒有兩樣。

「但是如果你打算做到這一點，繪畫就成了文學了，」勞森打斷他，「讓我像馬奈那樣畫人物就好，心靈意向什麼的都見它的鬼去。」

「如果你能用他那套東西超越他，那當然是好極了，但現在你連跟他拉近一點距離都做不到。你不能只從近代畫家身上吸收養分，他們已經被模仿殆盡，你必須回到更遠之前。當我看見葛雷柯的畫，才領悟到，其實我們可以從肖像畫裡得到比我們所知更多的東西。」

「這只是走回拉斯金的老路而已。」勞森大喊。

「不，你得弄清楚，他追求的是道德，我可不在乎什麼他媽的道德，說教在這裡沒有用，倫理學什麼的通通都一樣，只有激情和情感才有用。最偉大的肖像畫必須兼顧人物和人物的心靈意向，林布蘭和艾爾·葛雷柯就是這樣，只有二流畫家才光畫人物。山谷裡的百合花就算沒有香味也很可愛，但要是它會香，那就更可愛了。這幅畫呢，」他指指勞森那幅肖像畫，「怎麼說呢，構圖沒問題，立體感也沒問題，就只是太老套。這幅畫應該光憑構圖和立體感就讓人知道畫中人物是個風流浪女。追求正確固然很好，但艾爾·葛雷柯就把人物畫成兩百多公分高，因爲他想表現的東西不用這種方式就做不到。」

「去他的艾爾·葛雷柯！」勞森說，「我們連他的作品都沒看過，這樣沒完沒了地提他到底有什麼用？」

克勞頓聳聳肩，點起一根菸，然後就走了。菲利普和勞森面面相覷。

「其實他的話也不無道理。」菲利普說。

勞森帶著怒氣看著自己的畫。

「除了精確地把看見的東西畫下來之外，到底還有什麼方法可以捕捉到心靈意向？」

大約就在這個時候，菲利普交了個新朋友。每逢星期一，模特兒們都會聚集到學校來，好讓人挑選這一週的模特兒。有天，一名年輕男子被選中了，他顯然不是職業模特兒。菲利普被他表現自己的神態吸引住了。他一站上臺，就端端正正地站穩，雙拳緊握，頭挑釁似地抬得高高的。這個姿勢更襯出他優美的體格——身上沒有一絲贅肉，鼓起的肌肉彷彿鐵鑄一般。頭髮是短短的小平頭，修剪得很整齊，還留著短鬍鬚，眼睛又大又黑，眉毛很濃。他可以維持一個姿勢好幾個小時，一點也不顯疲態。他的神態羞怯而堅定，那充沛的活力激起菲利普的浪漫想像。

工作結束後他走下臺，他看見他穿上衣服，在他眼裡，他就像個衣衫襤褸的國王。他沉默寡言，不太說話，一兩天後，奧特女士告訴菲利普，那個模特兒是西班牙人，以前從沒當過模特兒。

「我想他一直在餓肚子吧。」菲利普說。

「你注意到他的衣服沒？他的衣服可是又整潔又體面哪。」

這時正巧那個也在阿米特拉諾學畫的美國人波特要去義大利幾個月，便將自己的畫室借給菲利普。菲利普很高興，他對勞森批評自己時那種專斷的態度已有點不耐煩，一直很想自己一個人畫。那週結束的時候，他走上前去找那個模特兒，拿自己沒畫完當藉口，問他哪天是不是可以來給他當模特兒。

「我並不是眞正的模特兒，」那個西班牙人說，「下星期我還有事。」

「跟我一起吃午飯吧，我們可以商量一下，」菲利普說，見對方還在猶豫，又笑著加了一句，「只是跟我吃頓午飯，不會把你怎麼樣的。」

那模特兒聳了聳肩，同意了，他們去了一家乳製品專賣店。那個西班牙人一口破法文，流利是流利，但非常難懂。菲利普用心想跟他打好關係。他發現他原來是個作家，來巴黎是爲了寫小說，同時爲了活下去，所有一文不名的人用過的權宜之計都用過——他教課，什麼翻譯案子都接（主要是商業文件），到最後不得不靠自己優美的體格賺錢。當模特兒收入很不錯，他上週賺的錢夠他活兩個多星期。他告訴菲利普，他只需要兩法郎就能夠輕鬆過一天，這讓菲利普十分驚訝。但他覺得靠裸露肉體賺錢非常羞恥，把當模特兒這件事視爲墮落，只是爲飢餓所逼，尚可原諒。菲利普解釋，他並不是要畫他全身，只想畫他的頭部，他希望能幫他畫一幅肖像畫，說不定可以參加隔年的沙龍展。

「但是，爲什麼你非畫我不可呢？」那個西班牙人問。

菲利普說他的頭部姿態讓他很感興趣，覺得一定能畫出好作品來。

「我沒有時間。要占用我的寫作時間，一分鐘我都捨不得。」

「但這只有下午，早上我要去學校畫畫。而且不管怎麼說，當我的模特兒總是比翻譯法律文件要好吧。」

傳說在拉丁區，來自不同國家的學生曾一度相處親密，不過那已經是很久以前的事了，現在各國的人幾乎像在東方城市裡一樣互不往來。在「朱利安」畫室或「美術」畫室裡，一個法國學生若跟外國學生交朋友，就會被本國同胞冷漠相待；一個英國人想跟巴黎在地居民深交，也同樣困難。事實上，許多在巴黎住了五年的學生，懂得的法語只夠到商店買東西用，過的也還是英式生活，好像在南肯辛頓工作似的。

菲利普熱烈追求所有浪漫的事物，能和一個西班牙人接觸，對他來說是個不可多得的機會。他鼓動如簧之舌，用盡一切說詞努力說服。

「我同意，」最後，那個西班牙人說，「我答應當你的模特兒，但不是爲了錢，只是爲了我自己高興。」

菲利普勸他收點錢，但他很堅持，最後他們商定下週一下午一點鐘他會過來。他給了菲利普一張名片，上面印著他的名字——米格爾・阿胡里亞。

米格爾開始固定來當模特兒，儘管拒絕接受報酬，卻不時跟菲利普借個五十塊法郎，這金額比菲利普一般必須付的行情還高一點，卻讓這個西班牙人很滿意，覺得自己不是靠下賤工作謀生。他的國籍讓菲利普將他當成浪漫的代表，一直問他關於塞維亞、格拉納達、維拉斯奎茲和卡爾德隆[3]的事。但米格爾對自己國家的偉大不屑一顧，他

3格拉納達（Granada）：西班牙安達盧西亞自治區內格拉納達省的省會。市徽中有一只石榴，西班牙語中的石榴就叫「格拉納達」。著名的摩爾人皇宮阿爾罕布拉宮（Alhambra），坐落在此。
卡爾德隆（Pedro Calderón de la Barca, 1600~1681）：西班牙軍事家、作家、詩人、戲劇家。西班牙文學黃金時期重要人物，代表作品為劇作《人生如夢》。

跟大多數同胞一樣，認為法國是唯一人文薈萃的國家，而巴黎是世界的中心。

「西班牙已經死了，」他大叫，「那裡沒有作家，沒有藝術，什麼都沒有。」

漸漸地，他用自己民族特有的華麗辭藻，一點一點向菲利普透露他的大志。他正在寫一部小說，希望藉此一舉成名。他深受左拉影響，也把小說場景設定在巴黎。最後他把整個故事都說給菲利普聽，菲利普覺得這個故事既不成熟又愚蠢，那幼稚的淫穢場面（「這就是人生，朋友，這就是人生啊。」他喊著。）更襯出故事的陳腐俗套。這部小說他已經寫兩年了，在難以想像的艱困生活中拒絕了一切生活樂趣，而當初正是這些生活樂趣吸引他到巴黎來的。為了藝術，他和飢餓搏鬥，堅決相信沒有任何東西能阻擋他的偉大成就，實在精神可嘉。

「但是，為什麼你不寫西班牙呢？」菲利普說，「那樣應該會更有意思，因為你熟悉那裡的生活。」

「但是巴黎是唯一值得寫的地方，巴黎的生活才叫生活。」

有一天他帶來部分手稿，用那口蹩腳法語激動地邊念邊譯，菲利普只能勉強聽懂一點點。他念了好幾段，內容簡直糟到可悲的程度。菲利普看著自己正在畫的畫，有點困惑——在這寬廣額頭後面的思想居然如此庸俗平凡；那對閃亮熱情的眼睛，除了生活的表象之外，竟什麼也看不見。菲利普一直不滿意這幅畫，每次畫完模特兒，幾乎都要把畫好的畫全部刮掉。「畫人物，最重要的是表現人物的心靈意向」這話說得非常好，但當這個人就是一堆矛盾的集合體時，誰又說得出他的心靈意向是什麼呢？他喜歡米格爾，但他也明白，米格爾這樣奮力拚搏的結果將只是一場空，這讓他非常難過，一個成功作家該有的東西他都有，唯獨缺乏才華。菲利普看著自己的作品，誰看得出來這裡面是真有點內涵，還是純粹浪費時間呢？很顯然，想成功的意志幫不上你的忙，自信也毫無意義——菲利普想起了芬妮．普萊斯，她對自己的才華有無比的信心，意志力更是超越常人。

「如果我覺得自己成不了真正的好畫家，寧可放棄不畫，」菲利普說，「我看不出當個二流畫家有什麼用。」

之後某天早上他正要出門，門房喊住他，說有他的信。除了露意莎伯母和偶爾會來信的海沃德之外，沒別人會寫信給他，信上的字跡他也沒見過。信裡寫著——

收到這封信之後請立刻來我住處，我再也撐不下去了。請務必親自前來，我受不了別人碰我。我要把我所有的東西都留給你。

又，我已經三天沒東西吃了。

芬妮・普萊斯　筆

菲利普突然感到一陣恐懼，趕緊去到她住處。他很驚訝她居然一直在巴黎，他已經好幾個月沒見到她，以為她好久之前就回英國去了。他一到那裡就問門房，普萊斯小姐在不在。

「應該在，我已經兩天沒看見她出門了。」

菲利普跑上樓梯敲她的門，裡面沒人回應。他喊她名字，門是鎖上的，彎下身一看，發現鑰匙還插在鎖孔裡。

「噢，天哪，希望她別做出什麼傻事來。」他大叫。

他跑下樓，告訴門房，說她人確實在房間裡。他收到她寫的信，很擔心她發生什麼可怕的意外。他建議門房把門砸開，門房本來一直繃著臉，很不耐煩地聽著，這時候也慌了。他不肯擔砸門闖進去的責任，他們必須去警察局。他們先一起走到警察局，接著又請鎖匠來。菲利普發現普萊斯小姐沒付最後三個月的房租，新年的時候也沒有給門房禮物（這是個約定俗成的老規矩，門房也當成是自己應得的權利）。他們四個人走上樓，又敲了一次門，還是沒有人應聲，於是鎖匠開始動手，最後他們終於進去了。菲利普驚叫一聲，本能地用雙手摀住了眼睛。那個可憐的女人上吊了，繩子就掛在天花板的一個勾子上，那個勾子本來是某個前任房客用來掛蚊帳的。她把自己的小床搬開，站在椅子上，那張椅子現在已被踢開，倒在地板的一邊。他們剪斷了繩子，把她弄下來，她的身體已經完全冷透了。

49

菲利普慢慢從各方面拼湊出芬妮・普萊斯的情況，發現她的生活簡直慘得可怕。畫室的女同學抱怨她從不參加她們的歡樂聚餐，原因很明顯——她被極度貧困壓得透不過氣來。他想起剛到巴黎時跟她一起吃的那頓午餐，當時她狼吞虎嚥的樣子讓他覺得噁心，現在他明白了，她之所以吃成那個樣子，是因爲眞的餓壞了。門房還說了她每天都吃些什麼——他每天幫她留一瓶牛奶，她自己買一條麵包。中午從畫室回來，她會吃半條麵包，喝半瓶牛奶，傍晚回來再把剩下的吃掉當晚餐，如此日復一日。菲利普想到她忍受的一切，覺得心痛難忍，她從來不讓任何人知道自己比別人窮，但顯然她已山窮水盡了，最後連畫室的學費也付不出來。那個小房間裡幾乎沒有任何家具，除了她一直穿著的那件破舊褐色衣裙之外再沒有別的衣服。菲利普在她的遺物當中翻找，看有沒有朋友的地址可以聯絡。他發現了一張紙，上面反覆寫著他的名字，他心裡一震，他想，她是眞的愛上他了。他想起那具穿著褐色衣裙瘦伶伶的屍體，那樣掛在天花板的勾子上，突然覺得一陣戰慄。但假使她眞那麼在意他，爲什麼不肯讓他幫助她呢？他會很樂意盡力的。當初明知她對自己有特殊的感情，卻裝聾作啞，現在眞是悔恨萬分。他想起信裡「我受不了別人碰我」那句話，更是充滿了無盡的悲哀——她是被飢餓逼死的。

菲利普終於找到一封署名爲「你親愛的哥哥，艾爾伯特」的信件。信是兩三週前從瑟比頓區某條街寄來的，信裡拒絕了她商借五鎊的要求。寫信的人說他得考量妻子和家庭，不能隨便借錢給別人，他建議芬妮應該回倫敦找個工作。菲利普發了個電報給艾爾伯特．普萊斯，沒多久，回音來了——「萬分悲痛，然俗務纏身，是否非去不可？普萊斯。」

菲利普又發了一封簡短肯定的電報，隔天早上，一個陌生人出現在他畫室門前，

「我姓普萊斯。」菲利普開了門，來人自我介紹道。

他外型十分普通，一身黑衣，圓頂禮帽上圍著一條黑帶子，那笨拙的神態和芬妮有幾分相似。下巴上有點鬍渣，說著一口倫敦土腔。菲利普請他進來，向他說明事發經過和後事處理細節時，他眼光不住地四下打量。

「我不需要去看她吧？」艾爾伯特．普萊斯問，「我的神經有點弱啊，稍微一點刺激都受不了。」

他漸漸打開了話匣子。原來他是個橡膠商，結了婚，有三個孩子。芬妮本來是個家庭教師，他也不懂為什麼她不繼續做下去，非跑到巴黎來不可。

「我們夫妻都跟她說，巴黎不是女孩子該待的地方，搞藝術也賺不了錢，從來也沒見過畫畫能賺錢的。」看得出來，他和自己妹妹關係並不好，而且對她的自殺很不諒解，認為她最後還要用這件事傷害他。他不喜歡「她是被貧困逼死」這個說法，覺得好像在侮辱他們家族。他突然想到，她這麼做，也許有個更體面點的理由。

「我在想，她不會是跟男人有什麼瓜葛吧？你懂我的意思，巴黎這地方無奇不有啊。她說不定是為了不受辱，才自尋短見的。」

菲利普感覺自己臉紅了，心裡暗罵自己太弱，普萊斯那雙銳利的小眼睛似乎在懷疑他跟自己妹妹有什麼私情。

---

1 瑟比頓（Surbiton）：倫敦郊外的一個地區。在行政區劃上，屬英國大倫敦西南邊，一個叫做「泰晤士河畔京士頓」（Kingston upon Thames）的倫敦自治市。

「我相信令妹的貞潔無可指責，」他尖酸地回答，「她之所以自殺，是因爲她一直在挨餓。」

「這個嘛，您這樣說，她的家人可就太難堪了，凱利先生。她只要給我寫封信，我再怎麼樣也不會讓自己的妹妹缺錢花的啊。」

菲利普正是從他拒絕借錢的那封信上找到他的聯絡地址，不過這時他只是聳聳肩，指責普萊斯一點用都沒有。他厭惡這個小個子男人，只想盡早跟他把事情處理完，普萊斯也希望早點把該做的事解決，早早回倫敦。他們去了可憐芬妮生前住的那個小房間，普萊斯看著房間裡的畫和家具。

「我不想假裝自己懂多少藝術，」他說，「不過我想這些畫應該還能賣幾個錢，對吧？」

「一文不值。」菲利普說。

「這些家具連十先令都不值。」

艾爾伯特・普萊斯完全不懂法文，所以每件事都需要菲利普處理。爲了讓遺體平安入土，要跑的程序又長又繁瑣。文件要到一個地方去領，要簽得跑到另一個地方去，還得跟一大堆公務員打交道。菲利普從早到晚整整忙了三天，最後他和艾爾伯特・普萊斯終於跟在靈車後頭，往蒙帕納斯墓園走去。

「我也希望把這件事辦得體面一點，」艾爾伯特・普萊斯說，「但是浪費這種錢實在沒意思。」

簡短的葬禮在陰冷灰暗的清晨舉行，更讓人感覺糟透了。葬禮只來了六個人，都是芬妮・普萊斯在畫室裡認識的人——奧特女士因爲是助教，覺得自己有責任出席。露絲・查萊斯之所以來是因爲心地善良，另外勞森、克勞頓和福拉納根也來了，這些人在她生前從沒喜歡過她。菲利普看著墓碑林立的墓園，那些墓碑或破敗或簡陋，還有的俗不可耐，矯飾虛華，醜陋不堪，他忍不住一陣寒顫，這片景象眞是潦倒至極。他們才走出墓園，艾爾伯特・普萊斯就邀菲利普一起去吃午飯。菲利普現在非常討厭他，而且又累，這幾天都沒睡好，因爲老是夢見芬妮・普萊斯穿著那件褐色衣裙掛在天花板上的樣子，但又想不出什麼拒絕的藉口。

「你帶我去個能吃頓上等午餐的地方吧，這一切實在太要命了，我的神經快受不了啦。」

「『林蔭道』餐廳大概是這附近最好的一家餐廳了。」菲利普回答。

艾爾伯特・普萊斯坐進絲絨座椅時，發出一聲如釋重負的嘆息。他點了一份豐盛的午餐，還有一瓶紅酒。

「噯，我眞高興這件事結束了。」他說。

他向菲利普丟出幾個奸詐的問題，菲利普發現他很渴望知道畫家在巴黎的生活是什麼樣子。在他的認知裡，畫家的生活很悲慘，但又迫不及待想知道想像中那些縱慾狂歡的細節。他時而狡猾地眨眨眼，時而老道地竊笑著，表示他知道的事可多了，菲利普承認的那一點根本不算什麼。他是見過世面的人，這種事他自然略知一二。他問菲利普有沒有去過蒙馬特[2]那些地方，那裡從聖堂酒吧到皇家證券交易所都很有名。他眞想告訴他，其實自己去過紅磨坊。午餐非常好，紅酒更是棒極了。艾爾伯特・普萊斯彷彿因爲消化系統被安撫得熨熨貼貼，整個人變得更友善了。

「咱們再來點白蘭地吧，」咖啡送上來的時候，他說，「索性大花它一筆。」

接著他搓了搓手。

「這個，我有點想在這兒過夜，明天再回去。我們今晚一起找個地方去，你覺得怎麼樣？」

「如果你的意思是說，要我今晚陪你去逛蒙馬特，那我覺得你也太過分了。」菲利普說。

「其實我也覺得這麼做不太像樣。」

他回答得那麼認眞，反而讓菲利普笑出來了。

---

2 蒙馬特（Montmartre）：位於法國巴黎市十八區的一座一百卅公尺高的山丘，地處塞納河右岸。蒙馬特高地著名旅遊景點有——白色圓頂的聖心堂、聖彼埃爾教堂、小丘廣場、皮加勒廣場、紅磨坊、狡兔酒吧、浣衣舫和愛牆等。

「再說，那種地方，我想你的神經也受不了。」他一本正經地說。

艾爾伯特・普萊斯決定還是搭下午四點鐘的火車回倫敦，沒多久就跟菲利普道別了。

「那就再見了，老弟，」他說，「我告訴你啊，過一陣子我會想辦法再到巴黎來，到時候再來找你，我們痛痛快快玩一場。」

這天下午，菲利普實在太心煩，畫不下去，於是他跳上一部公車過了河，想去杜朗魯耶的畫廊看看有沒有什麼畫在展覽，看完之後便沿著大街閒逛。那天很冷，寒風凜冽，路上的人們行色匆匆，每個人都裹著大衣，縮著身子抵擋寒氣，表情無不愁眉苦臉、憂心忡忡。蒙帕納斯墓園白色墓碑間的土地已經結了一層冰，菲利普覺得自己在這世上好孤單，分外想家。他需要朋友。這時候克朗蕭應該在工作，克勞頓向來不歡迎訪客，勞森正在為露絲・查萊斯畫另一幅肖像，不希望被打擾。他決定去找福拉納根，到的時候，發現福拉納根正在畫畫，但見到他來，很高興地把畫丟在一邊跟他聊了起來。福拉納根的畫室很舒適，因為美國人比他們大部分人都有錢，而且屋裡也很溫暖。福拉納根忙著弄茶，菲利普仔細看著他準備送去官方沙龍的兩幅頭像。

「要我送作品出去，簡直厚顏無恥，」福拉納根說，「不過我不在乎，我已經決定要送了。你覺得這兩幅畫糟不糟？」

「沒我預期的糟。」菲利普說。

事實上，那兩幅畫展現了驚人的巧思，難以處理的部分都被技巧性地迴避了，揮灑顏料的手法酣暢淋漓、令人驚訝，甚至可以說相當吸引人。福拉納根沒什麼繪畫知識，也不懂技法，但他無拘無束的繪畫風格，反而像個一輩子都在鑽研藝術的人。

「如果規定一幅畫不准看超過三十秒，那麼福拉納根，你就會成為了不起的大師。」菲利普笑著說。

這些年輕人還沒染上用過分恭維的話互相吹捧的習慣。

「在美國，我們時間寶貴，不管看什麼畫，從來不會超過三十秒。」福拉納根大笑。

福拉納根這個人雖然是天下第一大迷糊蛋，心地卻意外溫暖善良，讓人覺得他非常可愛。不管什麼時候有人病了，他都會化身看護全力照顧，他的開朗個性是最佳良藥。他跟大多數美國同胞一樣，不像英國人那樣害怕被說感情用事，而嚴密控制自己的感情，他覺得表露感情沒什麼好可恥的，他充沛的同理心常常讓身處煩惱中的朋友感激涕零。他知道菲利普因為剛剛經歷的事心情低落，便發自內心地努力笑鬧，好讓菲利普高興起來。他故意誇張地說著美國腔，他知道英國人聽到這種腔調總是捧腹大笑，屢試不爽。他東拉西扯滔滔不絕地說著，內容天馬行空，說得興高采烈興致勃勃。時間到了，他們出門吃飯，吃完飯，又去了蒙帕納斯遊樂場，這是福拉納根最喜歡去玩的地方。入夜之後，他的幽默感更是一發不可收拾，他喝了很多酒，但那瘋瘋癲癲的醉態與其說是因為酒精，不如說他天性就是這麼活潑。他又提議要去布里耶舞廳，菲利普累過頭了，反而睡意全無，也就欣然從命。他們在舞池邊找了張桌子坐下，這裡的地板比舞池稍微高一點，他們可以在這裡一邊看人跳舞一邊喝黑啤酒。不一會兒，福拉納根看見一個朋友，他大吼一聲，便翻越欄杆跳進了舞池。菲利普看著舞廳裡的人。布里耶舞廳並非上流人士會去的地方，這天是星期四晚上，舞廳裡擠滿了人，有許多前來巴黎學習各式各樣東西的人，但最多的仍是公司職員和店員。他們有的穿著日常便服，有些穿著店裡現成的花呢套裝或樣式怪異的燕尾服，頭上戴著帽子，因為進舞廳時大家都戴著帽子，而跳舞時也沒地方可放，只好繼續戴在自己頭上。有些女性看起來像是傭人，有些是濃妝豔抹的輕佻女子，但絕大部分都是店員，身上寒酸地穿著模仿河對岸時尚服裝的便宜貨。那些放蕩女郎打扮得跟雜耍劇場藝人或當時聲名狼藉的舞者一個樣，眼睛描得黑黑的，兩頰放肆地抹成猩紅。舞廳裡的大型白熾燈掛得低低的，更強調出人們臉上的陰影，在這種光線下，所有線條彷彿都生硬了起來，色彩更是粗陋不堪。這樣一個烏煙瘴氣的場面，菲利普靠在欄杆上呆呆地看著，他聽不見音樂聲了。人們瘋狂地跳舞，繞著舞池，慢慢地一圈又一圈，幾乎沒有人交談，只是全神貫注地舞著。舞廳裡很熱，每個人的臉都因汗水而泛著光。菲利普覺得他們彷彿剝掉了平時戴著的防衛面具，也丟掉了對社會規範的尊崇，現在看見的，才是他們的眞實面目。在這放縱的片刻，他們看起來奇異地恍如野獸，有些像狐狸，有些像狼，還有些臉長長的，像頭愚蠢的綿羊。他們的膚色因爲不健康的生活和貧乏的食物而顯得蠟黃，追求卑微的私利讓他們的相貌變得愚鈍麻木，只剩下一對小眼睛狡詐地骨碌碌轉著。他們的行爲舉止毫無一絲高雅之氣，讓人覺得，他們的生活就是一連串的瑣碎雜事和齷齪思想。舞池裡空氣污濁沉重，彌漫著悶臭的體味，但他們忘情地狂舞，彷彿身體裡有股奇特的力量驅使，菲利普覺得支配他們的，其實是一種對享樂的瘋狂慾望。他們拚命想逃離這個恐怖的世界。克朗蕭說過，享樂的慾望是驅策人類盲目向前的唯一動機，而這股慾望之強烈，使所有的快樂都相形失色。狂風推著他們匆促前進，無法控制，他們不知道爲什麼要這麼做，也不知道自己該往哪兒去。命運在他們上方高高地聳立著，他們跳著、舞著，彷彿腳下就是無盡的黑暗深淵。他們的沉默是模糊的恐慌，彷彿被生活嚇壞了，連說話能力都被剝奪，心裡無助的哀號只能被扼殺在喉頭。他們的眼神憔悴陰冷，儘管獸慾讓他們毀了容貌，讓他們的面容變得刻薄殘忍，儘管最糟糕的是他們愚蠢無知，然而那一雙雙呆滯眼睛裡流露出的痛苦，卻讓這群人顯得既可怕又可憐。菲利普厭惡他們，但他的心卻仍因爲充滿了憐憫而陣陣刺痛。

他從衣帽間拿回自己的大衣，走出門外，走進了嚴寒逼人的黑夜。

50

菲利普一直沒法把這件不愉快的事從腦子裡甩開，最讓他不安的，是芬妮生前徒勞無功的努力。沒有人比她更刻苦拚命，也沒有人比她更認眞，她全心全意相信自己，但很顯然，自信其實毫無意義。他的朋友每個人都自信滿滿，米格爾・阿胡里亞就是其中之一，這個西班牙人艱苦卓絕的奮鬥，和他不值一提的成果，當中落差大得讓菲利普吃驚。菲利普在學校那段不愉快的日子培養出他自我分析的能力，這種怪癖彷彿毒癮般難以察覺，卻控制了他整個人，讓他剖析起自己的情感格外敏銳。他不能不正視自己對藝術的感受異於他人這個事實。一幅好畫會立刻讓勞森激動起來，他對藝術的鑑賞是出自本能的，就算是福拉納根也能直接感受到某些東西，但這些東西菲利普卻必須反覆思索才想得出來。他的鑑賞方式是靠智力。他忍不住要想，假如自己眞有藝術家氣質（他討厭這個詞，但又找不到別的詞代替），他就會跟他們一樣，用感情而非理性去感受美。他開始懷疑，自己是不是除了精確模仿他人作品的那點小伎倆之外，再也沒別的東西了，而這種能力根本毫無用處。他已經知道要蔑視技巧上的熟練度，重要的是如何藉由作畫表達自己的感受。勞森有某種特定的作畫方式，那是他的天性，而一個初學者容易經由模仿而受到各種影響，反倒因此斲傷了自己的個性。菲利普看著自己畫的那幅露絲・查萊斯肖像，三個月過去，他這才意識到這不過是一幅毫無個性的勞森畫作複製品。他覺得自己創造力貧乏，他是用腦子作畫的，而他很清楚，只有用心靈畫出來的畫才有價值。

他的錢不多，總共只有一千六百鎊，他必須極爲縮衣節食才能應付生活，十年內，也不能寄望再有什麼進帳。藝術史上一文不名的畫家比比皆是，他必須自甘貧困，如果這樣可以讓他創作出不朽傑作那倒還值得，但他很害怕自己永遠只會是個二流畫家。倘若是這樣，那麼爲了它犧牲青春、生活樂趣和人生中各式各樣的機會，眞的值得嗎？他知道生活在巴黎的外國畫家，過的都是封閉偏狹的外地人生活；也知道有些畫家追求名聲苦苦掙扎二十年，最後仍一事無成，淪爲酒鬼潦倒以終。芬妮的自殺勾起了他的回憶，菲利普也聽說過不少人爲了逃避絕望而自盡的可怕故事。他想起老師對可憐的芬妮說的那個瞧不起人的建議，她要是當時接受了，放棄無望的努力，也許對她來說，才是最好的選擇吧。

菲利普完成了米格爾・阿胡里亞的頭像，決定把它送去官方沙龍。福拉納根準備送兩幅去，菲利普覺得自己畫得也沒有福拉納根差，他在這幅畫上下了那麼大的功夫，總覺得必然有些可取之處。他自己看著那幅畫，確實也覺得有什麼地方不太對勁，只是又說不出來，但只要畫不在眼前，他就又精神振奮，也不覺得對那幅畫有什麼不滿意。畫送去了官方沙龍，結果落選了，一開始他並未太在意，因為他早就說服自己入選機會微乎其微。沒想到幾天後，福拉納根匆忙跑來告訴勞森和菲利普，他有一幅畫入選了，菲利普表情木然地恭賀他，福拉納根忙著慶祝，一點也沒注意到菲利普隱藏不住的諷刺口氣。勞森心思敏銳，注意到菲利普口氣不對，便好奇地看著他。勞森自己的畫入選沒問題，這他一兩天前就知道了，他對菲利普表現出來的態度有點不滿；但那個美國人走了之後，菲利普突然提出的問題卻讓他大吃一驚。

「如果你站在我的位置，你會從此放棄不幹嗎？」

「你這話是什麼意思？」

「我不知道當個二流畫家到底值不值得。你看，假如是其他職業，比如你是個醫生或你是做生意的，就算只是個二流角色也沒什麼關係，你還是能生活，能混一輩子。但要是只能畫出二流的作品，有什麼用處呢？」

勞森很喜歡菲利普，想他應該是為了作品落選而心情低落，便努力安慰他——眾所周知，有些被官方沙龍拒之門外的畫，日後可是成了出名的傑作，菲利普這才第一次送件，落選是意料之內。福拉納根的作品之所以入選可以解釋，他的畫很引人注目、很膚淺，那群死氣沉沉的評審委員就喜歡這類的畫啊。菲利普越聽越不耐煩，也覺得很受侮辱，勞森居然認為他煩惱是為了落選這種微不足道的小事，卻沒有意識到，他的沮喪其實是長久以來對自身能力的懷疑。

最近，克勞頓刻意疏遠一起在格拉維亞吃飯的那群朋友，過著獨來獨往的日子。福拉納根說他一定是跟女孩子戀愛了，但從克勞頓嚴肅的表情中完全看不出他有任何墜入情網的跡象。菲利普想，他不跟這群朋友在一起，大概是為了好好釐清腦子裡冒出來的新思想。但有天傍晚，其他人都離開餐廳看戲去了，只有菲利普一個人在，克勞頓卻走進了餐廳，還點了晚餐。他們聊了起來，他發現克勞頓今天比較健談，也不像平常那樣愛挖苦人。趁著克勞頓心情好，菲利普決定好好把握這個機會。

「嗨，我希望你能來看看我的畫，」他說，「我很想知道你的看法。」

「不去，我才不做這種事。」

「為什麼？」菲利普問，臉紅了起來。

他們彼此之間常常提出這種請求，誰也沒想過會被拒絕。克勞頓聳了聳肩。

「人們請你批評，其實只是想聽稱讚而已。再說，批評有什麼用？你的畫是好是壞，跟批評又有什麼關係？」

「對我有關係。」

「毫無關係。一個人之所以畫畫，唯一的理由就是他不畫不行。這是一種機能，就像人體的其他機能一樣，只是相對起來擁有這種機能的人很少而已。一個人畫畫，是為了自己畫的，不讓他畫，他說不定會自殺。你想想，天曉得你在一張畫布上花了多少時間，灌注了多少精神才弄出一些東西來。結果呢？這幅畫十之八九會被官方沙龍退件，就算入選了，人們經過它的時候，眼光頂多只停留十秒鐘。要是你運氣好，就會有個無知的笨蛋買下這幅畫，掛在他家牆上，他也不會太注意這幅畫，就像他不會注意自家餐桌一樣。批評和藝術家一點關係都沒有。批評是客觀的判斷，但客觀跟藝術家毫不相干。」

克勞頓用手摀著眼睛，集中心神，努力把想說的東西表達出來。

「藝術家從看見的東西得到了特殊的感受，逼著他非表現出來不可，他自己也說不出為什麼，只能拚命用線條和顏色表達自己感覺到的東西。音樂家也是一樣，他們讀上一兩行文字，就會有一群音符組合浮現在腦海，他們自己也不知道為什麼這樣或那樣的詞句會召喚出這樣那樣的音符來，總之它們就是這麼出現了。至於批評之所以沒有意義，我還可以為你提出另外一個理由——一個偉大的畫家，會強迫世人用他的眼光去看自然，但到了下一代，另一個畫家用了另一種方式看世界，公眾卻不是以他的眼光，而是以他前輩的眼光加以評斷他。所以，巴比松畫派[1]教會了我們的父輩用某種特定的方式看樹，後來莫內出現了，用了完全不同的方法畫樹，人們就會說——樹可不是長那個樣子的。他們從來沒想過，樹長什麼樣子，完全取決於畫家怎麼看它們。我們作畫，是由內而外的，倘若我們能讓世人都用我們的視角看世界，他們就會稱我們是偉大的畫家，倘若我們做不到，就會被世人徹底忽視，但不管怎麼樣，我們都還是我們，並不因爲附加了什麼意義就變得偉大或渺小。我們的作品日後會怎麼樣一點都不重要，在作畫的當下，我們已經得到了所能得到的一切。」

克勞頓停了一下，開始風捲殘雲似地橫掃他面前的食物。菲利普抽著一根廉價雪茄，近距離觀察他——他的額頭長得凹凸不平，像是一塊石頭雕出來的，但這塊石頭始終頑劣地抵抗著雕刻家的鑿子。黑色的頭髮濃密而粗硬，大大的鼻子，下顎骨粗大結實，樣樣都顯示了他是個剛硬的人，然而菲利普很懷疑，在這個表象底下，說不定他出奇的脆弱。克勞頓不讓人看他的作品，也許純粹是因爲虛榮，他受不了任何人的批評，也不願讓自己暴露在落選官方沙龍的風險下，他希望被人當成大師，又不肯冒險把作品拿出來跟別人比較，就怕一比之下，自己對繪畫的見解便聲名盡失。菲利普認識克勞頓這十八個月以來，克勞頓變得越來越嚴厲，也越來越刻薄，雖然並不公然站出來跟同伴一較長短，但對某些人輕易得到成功總是忿忿不平。他再也受不了勞森了，菲利普剛認識他們時，他倆總是形影不離，這樣的情誼如今已不復見。

「勞森絕對沒問題，」他鄙夷似地說，「他會回到英國，變成一個時髦的肖像畫家，一年賺一萬英鎊，四十歲不到就當上皇家藝術研究院[2]準會員，專門爲貴族紳士畫肖像。」

菲利普也在想像未來，他看見克勞頓在二十年內變成了一個尖刻、孤僻、凶悍，而且依舊沒沒無名的人，他仍然待在巴黎，因爲這裡的生活已浸透了他的骨髓。他靠那張不饒人的嘴主持著一個小小的藝術社團，跟自己爲敵，也跟全世界爲敵。他追求著無法達到的盡善盡美，越來越狂熱，卻產生不了什麼作品，最後也許就沉迷在酒精中，了此殘生。最近菲利普的腦子裡總是繞著一個想法，既然一個人只能活一次，那麼最重要的，自然是要成功；不過他並不認爲掙得財富或贏得名聲就算是成功，成功指的究竟是什麼，他也不是很清楚，也許是擁有各種豐富的體驗和發揮自己最大的才能吧。但無論如何，克勞頓這一生顯然難逃失敗的命運，除非他眞能畫出幾幅曠世傑作。他想起克朗蕭關於波斯地毯的古怪比喻，他常常想起它，但克朗蕭那種牧神式的幽默感總不肯把意思講清楚，只是一再地說——除非自己領悟，否則毫無意義。菲利普正是因爲打心底渴望今生能成功，才對於要不要繼續走藝術這行如此舉棋不定。但這時候克勞頓又說話了。

「你還記得我跟你說過，我在布列塔尼碰到的那個傢伙嗎？前幾天我在這裡碰到他了，他正準備要去大溪地。他窮困潦倒，身上一毛錢也沒有。他本來是個brasseur d'affaires，我想你們英語叫證劵經紀人，他有妻有子，收入很不錯。但是他放棄了一切，想當畫家。於是他一走了之，在布列塔尼安頓下來之後就開始畫畫。他簡直窮到極點，只差沒餓死。」

「那他的妻子兒女呢？」菲利普問。

「噢，就直接甩了不管，餓肚子什麼的，讓他們自己想辦法。」

「這也太卑劣了。」

1巴比松派（Ecole de Barbizon）：十九世紀中期法國的風景畫派，藝術目標是實地寫生以忠實表現農村生活與景色。此畫派起源於十七世紀法國與荷蘭的風景畫作，並受到英國風景畫家康斯坦伯（John Constable, 1776~1837）作品影響，除力求忠實表現農村風貌，也強調光與色的繪畫效果。

2皇家藝術研究院（Royal Academy of Arts, 簡稱R. A.）：位於英國倫敦皮卡迪/利街伯林頓府的一座藝術宮，建於一七六八年十二月十日，為私人所資助的機構，相對獨立，目的是挖掘傑出藝術家和建築師。

「噢，親愛的朋友，如果你想當個紳士，就別想當藝術家，它們是南轅北轍的兩回事。你也聽過有些人為了養活老母親，專門畫一些粗製濫造的東西，這個嘛，只表示他是個孝順的好兒子，但劣作還是劣作，不可原諒。他們不過是生意人罷了，如果是個藝術家，就會把自己的母親送去貧民習藝所。我認識這裡的一個作家，他告訴我，他的妻子在生產時不幸去世了。他非常愛她，所以當時他悲痛欲絕。但是當他坐在她身邊，看著她斷氣的那一瞬間，他發現自己腦子裡正暗暗記錄著她當時的樣子、她說的話，還有自己當下的感受。很有紳士風度，對吧？」

「話說回來，你那位朋友畫得好嗎？」菲利普問。

「不，還不夠好，他現在的畫就像畢沙羅。他還沒有發現自己的長處，但是他對色彩和裝飾都很有概念。不過問題不在這兒，問題在感受，他擁有的正是感受。對他的妻子兒女來說，他的行為就像個徹頭徹尾的無賴，他一直都是這樣。對於幫助過自己的人（有時他全靠朋友的善心才能不餓肚子），他對待他們的方式簡直就是個畜生，但他卻恰恰是一位偉大的藝術家。」

菲利普陷入了沉思，這個人願意放棄舒適的生活、房子、金錢、愛情、名譽、責任，放棄一切，只為了把他在這世上感受到的東西在畫布上畫出來。這太了不起了，可是菲利普沒有這樣的勇氣。

想到克朗蕭，他才想起自己已經一星期沒見到這個人了，於是在克勞頓離開餐廳後，他便往丁香園咖啡館逛去，在那兒一定見得到那位作家。剛到巴黎的最初幾個月，菲利普把克朗蕭說的每個字都奉為金科玉律，但如今菲利普已有了實用觀點，對他那些毫無實際行動的理論越來越不耐煩。克朗蕭的薄薄一紮詩作，似乎算不上是他潦倒一生換來的豐碩成果。菲利普出身中產階級，沒法丟開中產階級的天性和本能，而克朗蕭一貧如洗，為了餬口當受雇文人謀生，過的是從他棲身的邋遢閣樓和這張咖啡桌之間兩點一線的單調生活，這和他受到的敬重極不相稱。克朗蕭心思敏銳，知道這個年輕人對自己不以為然，便譏諷地攻擊他市儈，儘管有時是開玩笑的口氣，但常常也很尖酸刻薄。

「你是個生意人，」他對菲利普說，「你把人生都投資在金邊債券裡，這樣就能穩穩當當賺百分之三的利息。而我揮霍成性，把老本都花光了，我會在嚥下最後一口氣時花掉我最後的一便士。」

這個比喻激怒了菲利普，因爲這種說法不但爲他自己平白添了幾分浪漫姿態，還詆毀了菲利普向來的立場。菲利普本能地覺得自己應該多辯駁幾句，但當下又不知道能說什麼。

但這天晚上，菲利普一直拿不定主意，他想談談自己的事。幸運的是，那時已經晚了，克朗蕭桌上的杯托也積了一大疊，一個杯托就是一杯酒，這表示他已經準備好要對籠統事物發表個人的獨到見解了。

「不知道你能不能給我一點建議。」菲利普突然說。

「給了你也不會接受，不是嗎？」

菲利普不耐煩地聳了聳肩。

「我覺得我當畫家也做不出什麼成就，當個二流畫家又沒有用處，我正考慮放手不幹。」

「爲什麼不放棄呢？」

菲利普遲疑了一下。

「我想是因爲我喜歡這種生活吧。」

克朗蕭圓圓的臉上原本平靜的表情一變，嘴角突然垮了，眼睛呆滯地陷在眼窩裡，整個人彷彿奇異地佝僂了下來，老態盡現。

「這種生活？」他一邊喊出來，一邊環視著他們所在的這間咖啡館，連聲音都有點顫抖。

「趁你還脫得了身，快走。」

菲利普驚訝地看著克朗蕭，但這種情緒激動的場面總是讓他覺得不自在，於是又垂下了眼睛。他知道自己正目睹著一場失敗的人生悲劇。兩人都沉默不語，菲利普想，克朗蕭這時一定也在回顧自己的一生，也許想到了充滿光明希望的青春時代，也想到了把喜悅磨滅殆盡的種種失望、悲慘乏味的聲色之樂，和毫無希望的黑暗未來。菲利普的眼光停留在那一小疊杯托上，他知道，克朗蕭也正凝視著它們。

51

兩個月過去了。

菲利普一直在思索這些事，似乎真正的畫家、作家、音樂家身上都有一股力量，驅使他們把所有心力都灌注在工作上，於是對他們來說，生活便不可避免地要讓位給藝術。他們屈服在某種自己從未意識到的影響之下，中邪似地被本能愚弄矇騙，生活就這麼從他們指縫間溜掉了，彷彿他們從未活過。但他覺得，生活是拿來過的，而不是拿來畫的，他想從生活中發掘各式各樣的經驗，從每個片刻汲取生活中的情感。他終於決定孤注一擲，並承擔可能的後果，既然決心已定，他便決定立刻採取行動。正巧隔天早上就是弗內來上課的日子，他決定單刀直入地問，自己繼續學畫這件事究竟值不值得。這位老師對芬妮·普萊斯說的那個粗暴無情的建議他一直沒忘，而那個建議確實是明智的。菲利普沒法把芬妮完全從腦子裡抹掉，畫室裡少了她，感覺有點奇怪，偶爾哪個女生畫畫時的一個手勢或出個聲都會嚇他一跳，會讓他突然想起她來。如今她死了，反而比活著時更讓人注意到她的存在。他夜裡常常夢到她，讓他驚叫著醒來。想起她生前承受的那些痛苦煎熬，更讓他覺得毛骨悚然。

菲利普知道，弗內來畫室上課時，總會在奧德薩路的一家小餐廳吃午餐，於是他匆匆忙忙吃完自己的午餐，跑到餐廳外頭等畫家出來。菲利普在熙來攘往的街道上來回走了好幾次，最後終於看見弗內低著頭朝他走來。菲利普非常緊張，但他硬逼自己走上前去。

「抱歉，先生，我想耽擱您一下，跟您說幾句話。」

弗內掃了他一眼，認出了他，但還是繃著一張臉。

「說吧。」他說。

「我在您門下學畫已經快兩年了，我想請您坦白地告訴我，您覺得我究竟值不值得繼續學下去。」

菲利普的聲音有點發抖，弗內頭也不抬地繼續走著。菲利普望著他的臉，那張臉看不出一絲表情。

「我不懂你的意思。」

「我很窮，如果我真的沒有天分，那我想趁早改行。」

「你有沒有天分，難道你自己不知道？」

「我每個朋友都覺得自己有天分，但我知道，當中有些人錯了。」

弗內那張刻薄的嘴泛起隱約的笑意，然後問：

「你住這附近嗎？」

菲利普把畫室的位置告訴他，弗內轉過身。

「那我們就過去吧？讓我看看你的畫。」

「現在？」菲利普叫出來。

「有何不可？」

菲利普不知道該說什麼。他靜靜地跟在老師旁邊走，緊張得快吐了。他沒想到弗內會當場要求看他的畫，他本來想，要是他問他哪天願意來看看他的作品，或者他可以帶幾幅畫去他的畫室，那麼說不定就能有點時間做心理準備。他焦慮得有點發抖，在他心裡，其實很期待弗內看了他的畫之後，臉上露出少見的笑容，然後握住菲利普的手說：「Pas mal（很不錯呀），繼續努力，小伙子。你有天分，眞正的天分。」想到這裡，菲利普忍不住心情激盪起來，這是多大的安慰，多大的喜悅啊！現在他有勇氣走下去了，只要他最後能成功，什麼苦難、窮困和失望，又算得了什麼呢？他一直這麼拚命，要是一切努力都是徒勞，那也未免太殘酷了，他突然一驚，想起曾經聽過芬妮·普萊斯說過一模一樣的話。他們到了他的住處，菲利普整個人怕得不知如何是好，倘若他膽量大一點，也許就會叫弗內離開，現在他一點也不想知道眞相了。進門時，門房交給他一封信，他看了信封一眼，上頭是他伯父的字跡。弗內跟著他上了樓，菲利普不知道該說什麼，弗內也不說話，沉默的空氣讓他越發緊張。老師坐定之後，菲利普靜靜地把被官方沙龍退件的那幅畫擺在他面前，弗內點點頭，但還是不發一語。接著菲利普把自己爲露絲·查萊斯畫的兩幅肖像、在莫雷鎭畫的兩三幅風景畫，還有幾幅素描，也都拿出來給他看。

「就這些了。」片刻之後菲利普說，一邊不安地笑笑。

弗內先生替自己捲了根菸，抽了起來。

「你沒什麼財產，是嗎？」最後他問。

「是的，」菲利普回答，突然覺得心裡發涼。「不夠維持生活。」

「沒有什麼事比時時擔憂生計更羞辱人的了。我最看不起的，就是那些視金錢如糞土的人，那些人不是僞君子就是傻瓜。錢就像人的第六感官，沒了它，其他五種感官就沒有辦法充分運作。沒有足夠的收入，生命的可能性就先被削去了一半，唯一心心念念的就是要量入爲出。你會聽到有人說，貧窮是對藝術家最大的激勵，這些人從來沒有親身體驗過貧窮的嚴酷，也不知道貧窮會把你變得多麼刻薄吝嗇。它讓你承受無止盡的羞辱，斬斷了你的翅膀，像癌一樣吞噬著你的靈魂。人追求的並不是財富，但是財富足以維護一個人的尊嚴，讓他隨心所欲地工作，變得寬容、坦率而獨立。對於完全靠技藝謀生的那些藝術家，不管是作家還是畫家，我都對他們寄予莫大的同情。」

菲利普靜靜地收起給老師看的那些東西。

「從這些話聽起來，您好像覺得我沒什麼希望？」

弗內先生輕輕地聳了聳肩。

「你的手在某種程度上來說還是很巧的，要是刻苦努力、堅持不懈，沒有理由成不了一個認眞謹愼、還算過得去的畫家。你可以找到上百個畫得比你糟的畫家，也有上百個畫家跟你不相上下。在你給我看的那些畫裡頭，我看不到一絲天分，只看見勤奮和聰明。你頂多也只能當個二流畫家。」

菲利普努力讓自己保持平靜，答道：

「這麼麻煩您眞是太過意不去了，不知道該怎麼謝您才好。」

弗內先生站起來，本來已經準備要走，突然又改變了心意，他停下腳步，伸出手放在菲利普肩上。

「但如果你眞要問我的意見，我會告訴你——鼓起你最大的勇氣，往別的方向去碰碰運氣吧。這話聽起來很不中聽，但我還是要告訴你，要是我跟你一樣年紀的時候，有人給我這樣的忠告，而我接受了，我會把我在這世上所有的一切都獻給他。」

菲利普驚訝地看著他，這位老師硬擠出一絲笑容，但目光依舊嚴肅而憂鬱。

「發現自己平庸並不殘忍，殘忍的是發現得太晚。但無論如何，一個人的特性是改變不了的。」

他帶著笑說完最後幾句話，很快地走出了房間。

菲利普木然地拿起伯父的來信，看見信上的筆跡讓他有點擔心，因爲向來都是伯母寫信給他的。最近三個月她一直在生病，他曾經提過要回英國看她，但她擔心會影響他的課業，所以拒絕了。她不想造成他的不便，說她會等到八月，到時候希望他能回牧師宅邸住兩三個星期。假如萬一她病情惡化，她也會讓他知道，因爲她希望臨終前能再見他一面。如果信是由伯父執筆，那一定是因爲她病情壞到沒法寫信了。菲利普打開了信，信上寫著——

親愛的菲利普：

我萬分遺憾地通知你，你親愛的伯母已經在今天早上過世。她的去世十分突然，但很安詳。病情惡化的速度太快，我們來不及告訴你。她對此已經有充分的準備，全心相信天國的復活，順從主耶穌的神聖意願，辭別人世。你伯母必然希望你能出席葬禮，相信你會盡快趕回。可以想見，目前有許多事務待辦，而我悲痛欲絕，相信你能爲我處理這一切。

伯父　威廉・凱利示

52

第二天，菲利普回到了布萊克斯泰伯。自從母親過世，這還是他頭一回失去近親，伯母逝世這件事令他震驚，整個人被一種莫名的恐懼籠罩著，第一次感覺到自己必死的宿命。他沒有辦法想像，他伯父沒了這個愛他、照料了他四十年的伴侶後生活會變成什麼樣子。他想他看見的伯父一定哀痛逾恆，整個人垮掉了，他很怕一見到伯父的場面不知道會是什麼樣子，也知道自己說不出什麼能安慰他的話來，只能先想好一些得體的話，反覆默誦著。

他從側門進了牧師宅邸，走進客廳，威廉伯父正在那裡看報。

「你的火車晚點了。」他的眼光從報紙裡抬起來，對菲利普說。

菲利普原本已經準備好要傾洩自己的情緒，但眼前輕描淡寫的接待反而讓人吃了一驚。他伯父看上去有些悶，但還算平靜，他把報紙遞給菲利普。

「《布萊克斯泰伯時報》上有一小篇寫你伯母的文章，寫得很好。」他說。

菲利普呆呆地讀著。

「想上樓去看看她嗎？」

菲利普點點頭，於是他們一起上了樓。露意莎伯母躺在房間正中央的一張大床上，周圍放滿了鮮花。

「想做個短禱告嗎？」他伯父說。

接著他屈膝跪下，菲利普知道他希望自己這麼做，也跟著跪了下去。看著那張小小的、滿布皺紋的臉，菲利普心裡只有一種感覺——多麼徒勞的一生！沒多久，凱利先生輕咳一聲，站起身來，指了指床腳的一只花圈。

「那是鄉紳老爺[1]送的。」他說。聲音很低，彷彿他人在教堂裡，但總讓人覺得，身為一個神職人員，他覺得假想自己待在教堂裡還是比較自在。「我想下午茶已經準備好了。」

他們又下了樓，回到客廳，放下的窗簾增添了幾分憂傷的氣氛。凱利先生坐在桌尾，他妻子向來都坐在這裡，他倒著茶，樣子有點拘禮。菲利普忍不住想，這時候他們兩人應該都吃不下什麼東西，沒想到伯父的食慾竟絲毫不受影響，既然如此，他也就跟往常一樣大吃起來。有好一會兒，兩個人都沒有說話。菲利普專心吃著一塊美味的蛋糕，臉上卻擺著哀痛的表情，他覺得這樣比較得體一點。

「跟我當助理牧師那時候比起來，世事變得太多了，」過了一會兒，他伯父開口，「我年輕的時候，只要去弔喪，就可以拿到一雙黑手套，和一小塊圍在帽子外頭的黑綢布。可憐的露意莎總是把這些布攢起來做衣服。她老是說，只要參加十二次葬禮，她就有一件新衣服穿了。」

---

1 鄉紳（squire）：舊時英國階級，通常是地方上的大地主。

接著他告訴菲利普有哪些人送了花圈來，現在已經有二十四個花圈了。當初弗恩教區的牧師妻子羅琳森太太過世時，收到了三十二個花圈。不過明天應該還會有更多花圈送來，葬禮隊伍會在上午十一點從牧師宅邸出發，他們應該能輕易贏過羅琳森太太。露意莎生前一直都不喜歡羅琳森太太。

「我會親自主持葬禮，我答應過露意莎，絕對不會讓別人插手。」

凱利先生伸手去拿第二塊蛋糕，菲利普用譴責的眼光看著他伯父——在這種情況下居然還吃兩塊蛋糕，不禁讓他覺得，這也太嘴饞了。

「瑪麗安做的蛋糕眞是沒話說，恐怕以後再也沒人能做得這麼好了。」

「她不是要走吧？」菲利普驚訝地叫出聲來。

從他記事起，瑪麗安就已經在牧師宅邸了。她從來不忘記他的生日，但總是一成不變地送他一個乳脂鬆糕[2]，雖然很好笑，卻也很令人感動。他是眞的很喜歡她。

「是要走了，」他伯父回答，「我覺得這裡不該留著一個單身女人。」

「但是，拜託，她都四十多了。」

「我想是有這個歲數了。但是她最近很惹人討厭，開始有點自作主張，我想這是個打發她走的好機會。」

「確實，這種機會以後不太有了。」菲利普說。

他拿出一根菸，但伯父不讓他點。

「至少等葬禮結束以後再抽，菲利普。」他溫和地說。

「好吧。」菲利普說。

「只要你可憐的露意莎伯母還在樓上，在這屋子裡抽菸，總是有點不敬。」

葬禮結束之後，教堂執事兼銀行經理喬西亞・葛拉夫斯回到牧師宅邸用餐。窗簾拉開了，菲利普雖然覺得不該這麼想，卻仍奇特地有了如釋重負的感覺。遺體還留在屋子裡時，總讓他覺得不舒服——這個可憐的女人生前那麼善良和藹，但是，當她冰冷僵硬地躺在樓上房間時，卻彷彿成了一股影響生者的邪惡力量。這個想法令菲利普覺得駭然。

一兩分鐘後，他發現客廳裡只剩下他和教堂執事兩個人。

「我希望你能留下來陪你伯父一陣子，」葛拉夫斯先生說，「我想目前還不適合留他一個人待在這裡。」

「我接下來還沒有計畫，」菲利普回答，「如果他希望我留下來，我很樂意。」

為了讓這位剛喪妻的鰥夫高興一點，葛拉夫斯先生吃飯時提了最近布萊克斯泰伯發生的一場火災，這場火把衛理宗的禮拜堂燒掉了一半。

「我聽說他們沒有保險。」他說著，臉上微微一笑。

「沒保險也沒有什麼差別，」凱利先生說，「他們重建需要多少錢，就能募到多少錢，那些上禮拜堂的人向來很願意給錢的。」

「我發現霍爾登也送了一個花圈。」

霍爾登是反英國國教派的牧師，雖然看在基督為雙方而死的面子上，凱利先生要是在路上碰到他還是會點個頭，但從不跟他說話。

「這麼做也太莽撞了，」凱利先生說，「我們總共有四十一個花圈。你那個花圈真漂亮啊，菲利普和我都很喜歡。」

2乳脂鬆糕（Trifle）：一種甜點，源自英國。由一層厚的（通常是凝固的）奶黃醬、水果、海綿蛋糕、果汁或果凍，再加上新鮮奶油，分層排列做成。

「那不算什麼。」葛拉夫斯先生說。

其實他很滿意，因爲他注意到自己送的花圈比別人的都大，看起來十分氣派。他們開始談論來參加葬禮的人，連商店都因爲葬禮而關門。葛拉夫斯先生從自己口袋掏出一張告示，上面寫著——「茲因凱利女士葬禮，本店一點鐘前暫停營業。」

「是我的點子。」他說。

「我也覺得這些店家爲了葬禮而歇業，實在很貼心，」凱利先生說，「可憐的露意莎會很感激的。」

菲利普吃著午餐。瑪麗安把這天當主日看待，所以吃的是烤雞和醋栗塔。

「我想你還沒考慮過墓碑的事吧？」葛拉夫斯先生說。

「不，我想好了。我想就用一個素淨的石頭十字架，露意莎向來討厭招搖。」

「我也這麼覺得，沒有什麼比十字架更好的了。如果你還沒想到上頭要刻什麼，你覺得這個怎麼樣？『情願離世與基督同在，因爲這是好得無比的。』[3]」

凱利先生不悅地噘起嘴，葛拉夫斯這種什麼都要聽他的專斷模樣簡直就是俾斯麥。凱利先生不喜歡這段文字，感覺像在毀謗他。

「我想我不會用那句，我更喜歡這個——『賞賜的是耶和華，收取的也是耶和華。』[4]」

「噢？是嗎？這句話我聽起來覺得有點冷淡哪。」

凱利先生有點尖酸地回應了他，而葛拉夫斯先生答話的口氣，在這位鰥夫聽來實在太專橫，太不懂得看場合。倘若他連自己妻子墓碑上要刻什麼字都不能決定，豈不是太過分了！兩人惱怒地收住口，停了一會兒，接著便不約而同地把話題轉向教區事務。菲利普走到花園去抽菸，他在長凳上坐下，忍不住歇斯底里地開始大笑起來。

幾天之後，菲利普的伯父表示，希望他在布萊克斯泰伯多住幾星期。

「好的，正合我意。」菲利普說。

「我想你可以九月再回巴黎。」

菲利普沒有回答。對弗內的話，他想了很多，但還沒有下定決心，所以不想談未來的事。放棄藝術這條路看來是對的，因爲他很清楚自己不會比別人優秀。但不幸的是，只有對他而言是這樣，在別人看來，這就叫承認失敗，而他一點也不想承認自己輸了。他是個倔強的人，一旦被人懷疑他在某個方面沒有天分，他就更想克服逆境，瞄準這個方向拚命。他受不了朋友譏笑。因爲這種個性，他本來是很難決斷地放棄學畫的，但這時突然換了一個環境，他看事情的角度也瞬間不同。他跟許多人一樣，發現過了一個英吉利海峽，原本至關重要的事就奇特地變得微不足道起來。之前那麼迷人、讓人戀戀不捨的生活，如今看起來卻那麼愚蠢；他突然無比厭惡那裡的咖啡館，飯菜做得其差無比的餐廳，還有眾人窮酸破落的生活。他再也不在乎朋友怎麼看他了：花言巧語的克朗蕭、正經八百的奧特女士、裝模作樣的露絲·查萊斯、動不動就吵架的勞森和克勞頓，對這群人，他現在全都反感至極。他寫了封信給勞森，請他把所有屬於自己的東西都寄回來。一週後東西寄到，他打開那些油畫，發現自己可以冷靜評價自己的作品了，他注意到這一點，覺得很有意思。他伯父很想看看他的畫，雖然他曾經那樣不認同菲利普去巴黎的願望，如今倒平心靜氣地接受了。他對那些藝術學生的生活很感興趣，老是對菲利普問東問西。其實凱利先生頗以菲利普爲傲，因爲他是個畫家，要是有外人來，他總會想辦法叫菲利普出來讓人見見他。凱利先生興味盎然地看著菲利普給他看的那幾幅模特兒習作，菲利普把米格爾·阿胡里亞的肖像擺在他面前。

「你爲什麼畫他？」凱利先生問。

---

3 出自《腓立比書》第一章第二十三節，全文是：「我正在兩難之間，情願離世與基督同在，因為這是好得無比的。」

4 出自《約伯記》第一章第二十一節，全文是：「賞賜的是耶和華，收取的也是耶和華；耶和華的名是應當稱頌的。」

「噢，因爲我需要一個模特兒，他的頭讓我很感興趣。」

「反正你在這裡也沒事幹，何不給我也畫一張？」

「要坐那麼久，你受不了的。」

「我想我願意撐。」

「再看看吧。」

菲利普被他伯父虛榮的樣子逗笑了，他顯然想要一張個人肖像想得不得了，能不破費一毛錢就得到東西，這種機會可不能白白放過。接下來兩三天，凱利先生動不動就暗示菲利普，罵他懶，問他什麼時候才要開始畫。接著終於開始昭告天下，逢人就說菲利普要給他畫像。最後，碰到有天下雨，早餐之後，凱利先生就對菲利普說：

「喂，今天早上開始幫我畫畫，你說怎麼樣？」

菲利普放下手上正在讀的書，身體往椅背一靠。

「我已經放棄畫畫了。」他說。

「爲什麼？」他伯父驚訝地問。

「我要成爲一個二流畫家沒什麼問題，而我的結論是，要是走這條路，除此之外，也不會有更大的成就了。」

「你太讓我驚訝了。你去巴黎之前，可是信誓旦旦說你自己是個天才的。」

「我錯了。」菲利普說。

「我還以爲現在的你要是選定了職業，就會秉持自尊堅持到底，我看你缺的是毅力。」

菲利普有點生氣，他伯父居然不知道，要下這樣的決定，要有多大的勇氣。

「『滾石不生苔[5]。』」凱利先生又說了這句。菲利普最討厭這句諺語，在他看來，這句話毫無意義。之前他從商界離開，他伯父跟他爭論時就常搬出這句話，顯然這會兒，這句話又讓他這位監護人想起了當時情景。

「你知道，你已經不是個孩子了，也得開始想想自己該怎麼安頓下來。一開始你堅持要當個有執照的會計師，然後膩了，就又想當畫家。現在你一心血來潮，又改變了主意，這表示你……」

凱利先生遲疑了一下，試著想弄清楚這究竟表示他姪子性格上有什麼缺點，菲利普立刻接了下去。

「優柔寡斷、能力不足、好高騖遠，而且還缺乏毅力。」

牧師很快地抬頭看了他姪子一眼，想知道他說這些話的意思是不是在嘲笑自己。菲利普神情嚴肅，但那對一閃一閃的眼睛卻惹火了自己。菲利普實在應該更認眞一點，凱利先生覺得自己應該好好訓斥他一頓。

「你的錢現在跟我無關，你可以自己作主了，但我想你應該要記住，你的錢不是永遠花不完的，而且你還不幸身有殘疾，要在這世上謀生，可沒那麼容易。」

菲利普現在明白了，不管什麼時候，只要有人對他生氣，第一個念頭就是提他畸形的腳。幾乎沒有人能抵抗這種戳人痛處的誘惑，這個事實決定了菲利普對人類的評價。但他已經把自己訓練得很好，在別人提這件事時可以沒有任何反應，連小時候一直折磨著他的臉紅，現在也可以控制自如了。

「你說得對，」他回答，「我的錢跟你無關，而且我現在可以自己作主了。」

「無論如何，你對我也得公平點，當初你執意要學畫，我反對得總沒有錯吧。」

「這點我倒不那麼確定。我想，一個人全憑自己的力量做了決定，即使走了彎路，也比靠別人指點走得一步不錯來得有用。我已經放肆了這麼一回，現在安定下來也無妨。」

「那你想做什麼?」

菲利普對這個問題毫無準備，事實上他還沒拿定主意，他已經考慮過十幾種職業了。

---

5 這句諺語和我們平時認知的意義不同，意思是，常常改變方向或轉業的人，難以累積成就。

「最適合你的職業，就是進你父親那一行，當醫生。」
「說來也怪，我正是這麼打算的。」
他在各種職業中考慮過當醫生，主要是因爲這一行似乎能給他相當大的個人自由，而在事務所那段經驗讓他下定了決心，今後絕不做任何跟辦公室有關的工作。他回答伯父的話，幾乎是無意識之下脫口而出，因爲只像是一句靈巧的應答。就這麼意外地做了決定讓他覺得很有意思，他當場決定，秋天就進入當年他父親念過書的那家醫院。
「這麼一來，你在巴黎待的那兩年，就算是白白浪費了？」
「這很難說。我在那裡過了兩年非常愉快的日子，而且還學了一兩件很有用的本領。」
「什麼本領？」
菲利普思索了一會兒，接下來的回答卻不無故意惹人生氣之嫌。
「我學會了看人的手，我以前從來沒有那樣看過人的手。我還學會襯著天空去看房子和樹，而不是只看房子和樹本身。而且我也知道了陰影並不是黑的，而是有各種色彩的。」
「我想你覺得自己很聰明吧。我覺得你根本滿口都是輕浮無禮的話，愚蠢透頂。」

53

凱利先生拿著報紙回書房去了。菲利普換了個位置，坐到他伯父剛剛坐的那張椅子上去（那是這房間裡唯一舒服的椅子），然後看著窗外傾瀉的大雨。就算是這樣糟糕的天氣，直往遠方地平線延伸的青翠原野仍然讓人感到寧靜。這麼親切迷人的景色，他不記得自己以前有沒有注意過。在法國的兩年打開了他的眼睛，現在他看見自己家鄉的美了。

他帶著微笑，想著伯父剛才說的話。他生性輕浮，這還眞是件幸運的事。他這時才開始意識到，雙親過世，對他這一路走來是多麼大的損失。這是他生命中和別人不同的地方，讓他沒法和別人用一樣的方式看待事情。父母對兒女的愛是世間唯一無私的感情，而他在一群陌生人之間那樣竭盡全力地長大，卻沒有多少人用耐心和寬容對待過他。他對自己的自制能力很自豪，這是在同伴們的譏諷嘲笑中磨出來的，之後他們反而說他憤世嫉俗、麻木不仁。如今他已養就一番沉著鎮定的功夫，大部分情況下都能不露聲色，所以現在反而很難表達自己的感情。人們說他冷血，但他很清楚自己有多情感用事，偶爾受到一點善意對待，他就感動得不知如何是好，甚至連話都不敢說，怕聲音裡的激動被人聽出來。他想起學校生活的種種痛苦、自己承受過的屈辱，那些取笑讓他害怕自己出醜，簡直怕到了病態的地步。他想起當時自己面對這個世界，活躍的想像力與現實間的巨大落差造成的破滅和失望，讓他覺得分外孤獨。但即使如此，他還是能夠跳出這一切，客觀地看待自己，把這些過往付之一笑。

「天哪，要不是我生性輕浮，眞該去上吊了。」他愉快地想。

他又想到伯父問在巴黎學了什麼時，他回答的話。他學到的東西遠比告訴他的多得多。和克朗蕭的一次談話就能讓他難以忘懷，只是一句平平常常的話卻讓他從此開了竅。

「親愛的老弟啊，」克朗蕭說，「根本就沒有『抽象的道德觀』這種東西。」

當菲利普不再信仰基督教時，他像是突然卸掉了肩上沉沉的重擔，在這之前，他的一舉一動都必須負責任，每個行爲都和永生靈魂的幸福息息相關，一旦拋掉這種責任感，他就感到一種生氣勃勃的自由。但現在他明白，這只是錯覺。他是在宗教環境下成長起來的，後來雖然拋棄了宗教，卻仍把宗教的重要組成部分，也就是它的道德觀，完整無缺地保留了下來。他下定決心，今後必須獨立思考，不受偏見左右，把美德和罪惡，以及善惡的現行規定，全都丟掉，他要自己找出生活的法則。他不知道生活是不是根本不需要法則，這也是他想弄清楚的部分。顯然，世上許多看起來有理有據的事，似乎都只是因爲從小就被這樣教到大而已。他讀了很多書，但對他幫助有限，因爲那些書都是以基督教道德觀爲基礎寫成的，就算是強調自己不信基督教的作者，最後也非得建立出一套如同山上寶訓[1]的道德體系才滿足。如果只爲了學習言行舉止要怎麼跟別人一樣，去讀一本長篇大論的書似乎並不值得。菲利普想找出自己做人處事的方式，他覺得自己可以不受周遭看法影響。但在尋求答案的同時，他還是必須生活下去，所以在自己的行事原則成形之前，他給自己定了一條臨時準則：

「想做什麼就去做，但要適時留心拐角處的警察。」

他覺得自己在巴黎最大的收穫，就是得到了精神上的全面自由，他覺得自己終於完全解脫。當時他隨意讀了大量的哲學著作，而現在，他更是欣喜期盼著接下來幾個月的悠閒時光。他開始任意讀書，帶著興奮得微微顫抖的心情進入每一個思想體系，期待從中找到規範行爲的原則。他覺得自己就像個身在未知國度的旅人，當努力向前推進的時候，也同時被這富有進取精神的過程迷住了。他充滿激情地讀著這些哲學著作，就像其他人讀純文學作品一樣。當他從那些崇高莊嚴的字句中發現了自己曾經模糊感覺到的東西時，他的心就忍不住怦怦直跳。他習於具體思考，一旦進入抽象領域便顯得步履維艱，但即使跟不上作者的推論，跟著那些迂迴的思路在艱深難懂的理論邊緣靈巧穿行，也別有一番奇特樂趣。有時那些偉大的哲學家彷彿對他能說的都說盡了，但有時他又意會出一個讓心靈自在安適的思想。他就像個突然登上一片廣闊高原的中非探險家，那裡高聳的樹木和廣闊的草地，竟讓他幻想自己身在英國的公園裡。

他喜歡湯瑪斯・霍布斯健全的常識，史賓諾沙則讓他充滿敬畏，這麼崇高、無人能及的嚴肅思想，他之前從未接觸過，讓他想起自己熱烈讚嘆的羅丹雕像〈青銅時代〉[2]。

還有休謨[3]，這位迷人哲學家提出的懷疑主義引起了菲利普的共鳴，他能用簡單、音韻鏗鏘而富節奏感的文字表達複雜的思想，那清晰簡明的風格讓菲利普深深著迷，讀起來就像在讀小說一樣，讓他忍不住嘴角浮起微笑。但不管在哪個哲人的思想裡，他都沒辦法確切找到自己想要的東西。

---

1 山上寶訓（Sermon on the Mount）：亦作山上聖訓、登山寶訓。指的是《馬太福音》第五章至第七章，耶穌基督在山上所 的話。山上寶訓當中最著名的是「真福八端」（Beatitudes），這段話被認為是基督教徒言行的準則。

2 湯瑪斯・霍布斯（Thomas Hobbes, 1588~1679）：英國政治哲學家，創立了機械唯物主義的完整體系，認為宇宙是所有機械運動著的廣延物體總和。儘管霍布斯最知名的是政治哲學著作，但也有許多其他主題的著作，包括歷史、幾何學、倫理學，以及在現代被稱為政治學的哲學。此外，霍布斯認為人性的行為都是出於自私（self-centred）的，這也成為哲學人類學研究的重要理論。

史賓諾沙（Baruch de Spinoza, 1632~1677）：西方近代哲學史重要的理性主義者。史賓諾沙主義（en: Spinozism），是具有無神論或泛神論性質的哲學學說。史賓諾沙否認人格神、超自然神的存在，集中批判神學目的論、擬人觀和天意說，要求從自然界本身來說明自然。他開創了以理性主義觀點和歷史的方法，系統性批判《聖經》的歷史，考察了宗教的起源、本質和歷史作用，建立了近代西方無神論史上一個較早和較有系統的體系。

羅丹（Auguste Rodin, 1840~1917）：法國雕塑家。一八七六年，他展出作品〈青銅時代〉，引起激烈反應，有人甚至斷言這是以真實人體所翻製。除了雕塑，他還創作了許多插圖、銅版畫及素描，更寫過幾本書如《藝術論》等，其主要雕塑作品有〈沉思者〉、〈維克多・雨果像〉等。

3 休謨（David Hume, 1711~1776）：蘇格蘭哲學家、經濟學家、歷史學家。史學家一般將休謨的哲學歸類為徹底的懷疑主義，但有些人主張自然主義也是休謨的中心思想之一。

他曾在某個地方讀到過一個說法——一個人究竟是柏拉圖主義者，是亞里斯多德主義者，是斯多葛主義者[4]，還是伊比鳩魯主義者，都是一出生就注定好了的。而喬治・亨利・劉易斯[5]的一生經歷（除了告訴你哲學全是一場空話之外）正說明了一個哲學家的思想必然與他的爲人密切相關，只要明白了這一點，你就能把這位哲學家寫的東西猜個八九不離十。你之所以按照某種特定方式行動，似乎並非因爲你擁有某種特定的思考方式，而是之所以這麼思考，是因爲你是被某種特定方式養成的。眞理與此毫不相干，根本就沒有所謂的眞理。每個人都有他自己的哲學，過去的聖哲精心架構出來的哲學體系，效力也只及於作者本人而已。

所以最重要的是，先弄清楚一個人是什麼樣的人，之後這個人的哲學體系也就會自動水到渠成。在菲利普看來，有三件事需要找出答案——一個人和他生活的這個世界關係如何？一個人和他身邊的人關係如何？最後是這個人和他自己的關係如何？菲利普擬定了一份詳細的研究計畫。

在國外生活有個好處，你可以實際接觸你身邊人們的風俗習慣，又能以外人的身分觀察，你可以看出，奉行那些風俗習慣的人不一定必須相信它們。你不得不正視一個事實——許多對你而言天經地義的信仰，對外國人而言卻荒謬至極。待在德國那一年，以及在巴黎那段不算短的時間，都讓他準備好接受懷疑論學說，因此當這個學說一出現眼前，他便無比快慰地接受了。在他看來，世間萬物無所謂善、也無所謂惡，只是爲了適應某種目的而存在。他讀了《物種起源》[6]，許多困擾他的問題在書中似乎都得到了解釋。現在他就像個推論出「某種特有自然地貌必將出現」的探險家，先溯大河而上，果然不出所料，在這兒發現了支流，那兒有人口稠密的肥沃平原，更遠處是連綿的山巒。每當有了偉大發現，世人後來總是很訝異，爲什麼這個發現當時沒有立刻被人接受？爲什麼即使對那些承認它正確的人，也沒有產生任何重大影響？《物種起源》最早的讀者雖然在理性層面上接受了這本書，但在感情層面上，也就是他們的行爲基礎方面，完全沒有被觸動。

從這部巨著出版到菲利普出生，中間已經隔了一代人，書中許多對那一代的人來說驚世駭俗的內容，現在已經

不算什麼了，菲利普也能夠輕鬆愉快地接受它。莊嚴偉大的生存競爭深深感動了他，書中提出的倫理法則似乎正適

4柏拉圖主義（Platonism）：古希臘哲學家柏拉圖提出的哲學理論，或被認為是始於柏拉圖學說的哲學系統。廣義的柏拉圖主義，是指認同理念形式是存在的、永恆的，並比世界中的現象更實在、更完美，甚至是唯一真正實在與完美的實體。這個體系還包括「認為理念形式只能由靈魂所認識」等等，這個體系不一定接受柏拉圖的所有見解，是與唯名論相反的一種哲學主張。

亞里斯多德主義（Aristotelianism）：又稱亞里斯多德學派，受亞里斯多德著作啓發而成立的哲學傳統。最早由逍遙學派（Peripatetic school）以及新柏拉圖主義學者，為了注解亞里斯多德的著作而成立。在古典時期，柏拉圖主義與亞里斯多德主義，是歐洲哲學的兩大主流。

斯多葛主義（Stoicism）：斯多葛，又譯斯多噶，古希臘和羅馬帝國思想流派，由哲學家芝諾（Zeno of Citium, 334 b.c.～262 b.c.）於西元前三世紀早期創立。斯多葛派學說以倫理學為重心，秉持泛神物質一元論，強調神、自然與人為一體，「神」是宇宙靈魂和智慧，其理性滲透整個宇宙。個體小「我」必須依照自然而生活，愛人如己，融合在整個大自然裡。

5喬治・亨利・劉易斯（George Henry Lewes, 1817～1878）：英國哲學家、文學評論家、戲劇家。一八四〇年代初，他透過約翰・史都華・彌爾（John Stuart Mill, 1806～1873）了解法國哲學家孔德（Isidore Marie Auguste François Xavier Comte, 1798～1857）的實證主義哲學，並在以後的著作中進一步研究與闡釋，著有《孔德的科學哲學》、《生活與思想問題》等。此外，最為人所知的是，他與小說家喬治・艾略特（George Eliot, 1819～1880）之間長達廿四年的同居關係。

6《物種起源》（On the Origin of Species）：是達爾文（Charles Robert Darwin, 1809～1882）論述生物演化的重要著作，出版於一八五九年。該書是十九世紀最具爭議的著作之一，被基督教會視為異端邪說，而其中觀點大多已為當今科學界普遍接受。

合他的個性。他對自己說，強權即是公理。社會站在一方，它是個擁有自身生長法則、並且能自我保護的有機體；而個人站在另一方，對社會有益的行爲就被稱爲美德，反之則被視爲邪惡。良善與罪惡的意義不過如此。宗教所謂的罪孽，更是自由人應當擺脫的觀念。社會在和個人的對抗中擁有三件武器，那就是法律、輿論和良心——前兩件可以用狡詐來對付，狡詐是弱者對抗強者的唯一武器；當輿論表明發現了罪惡存在，它的任務也就結束了；但良心是潛伏在內部的叛徒，它在每個人的心裡爲社會作戰，使個人主動認輸，成爲被蹂躪的犧牲品，讓敵人更加繁榮昌盛。國家和具有自我意識的人都清楚知道雙方勢不兩立。「那一方」利用個人達成自己的目的，如果他有意阻撓，就把他踩在腳下；如果他忠誠地爲它服務，就用勛章、養老金和榮譽獎勵他。而「這一方」，唯一強大的就是自己的獨立性，爲了方便，他在國家體制裡穿行，爲了獲得一定的利益而付出金錢或服務，但他對此並沒有義務感，也不在乎獎賞，只希望不受干擾。他是個獨立的旅人，使用這張讓自己暢行無阻的通行證只是爲了省事，但他對於願意爲國家服務的那群人，抱持著寬容卻不以爲然的態度。自由人的行爲沒有錯誤可言，只要做得到，他可以做所有他喜歡的事。他的力量就是他道德的唯一尺度。他承認國家的法律，同時又能毫無負罪感地打破這些法律，但如果他被懲罰了，他也能不帶怨恨地接受。因爲社會確實擁有這份力量。

但是，如果對個人而言沒有對也沒有錯，那麼在菲利普看來，良心就失去了它的力量。他發出勝利的歡呼，一把抓住良心這個惡棍，把它從自己的胸膛扔了出去。然而他並不比之前更懂得人生的意義。這個世界爲什麼存在、人來到這世上是爲了什麼，這些問題仍然完全不可解，但可以確定一定有某個原因。他想到克朗蕭的那個波斯地毯寓言。克朗蕭說那就是謎語的解答，又神祕地加上一句——除非你自己找出答案，否則這答案就不是眞正的答案。

「天曉得他這話是什麼意思。」菲利普笑了。

就這樣，在九月的最後一天，渴望實踐這些新理論的菲利普，帶著一千六百鎊，拖著他的跛腳，第二次前往倫敦，這是他人生的第三次開始。

54

菲利普之前在會計師事務所當學徒時曾通過一項考試，這個資歷可以讓他直接進入醫學院。他選了聖路加醫學院，因為以前他父親也是在這兒就讀的。他在夏季學年結束前一天到了倫敦，好去見學校祕書。在祕書給他的宿舍列表裡，他選了一個陰暗骯髒的房間，但好處是離學校只有兩分鐘腳程。

「你得先安排好一個解剖部位，」祕書跟他說，「最好從腿部開始，一般人都是這麼做的，他們覺得從腿部開始比較容易一點。」

菲利普發現自己要上的第一堂課就是解剖學，十一點鐘開始。他大約十點半就一瘸一拐地穿過大街，有點緊張地朝醫學院走去。才一進門，就看見那兒釘著一大堆告示，有課程表、足球賽程，還有其他各式各樣的通知，他漫不經心地看著，努力表現出一副輕鬆的樣子。年輕人和男孩們三三兩兩地進來，在郵件架上翻找自己的信，聊著天，然後下樓到地下室，那裡是學生閱覽室。菲利普看見幾個人在那兒繞，眼神怯生生地找不著目標，推測他們跟自己一樣是剛來這兒的新生。他把通知都看完後，發現了一扇玻璃門，似乎通往某個展示廳，因為距離上課還有二十分鐘，便信步走了進去。這是個病理標本陳列室，沒過多久，一個大約十八歲的男孩走向他。

「嗨，你是新生嗎？」他說。

「是的。」菲利普回答。

「你知道教室在哪兒嗎？十一點就要上課了。」

「我們最好先找找。」

他們走出陳列室，走進一條又長又陰暗的走廊，牆是用兩種深淺不同的紅色漆出來的，走廊上還有其他年輕人，看他們走的方向，就知道教室應該在那頭沒錯。他們來到一間門上寫著「解剖教室」的地方，菲利普發現裡頭已經有很多人在了。座位是階梯式的，菲利普才剛進去，就來了一位校工，他先在教室中間的桌上放了一杯水，接著又拿了一只骨盆和左右兩根大腿骨進來。人越來越多，一進來就各自找座位坐下，到了十一點，整個解剖室已坐滿了人。這裡大約有六十個學生，大部分人的年紀都比菲利普小得多，都是些臉上光光滑滑還沒長什麼鬍子的十八歲上下男孩，但也有少數人看起來年紀比他大——他注意到一個高個子男人，留著一臉濃密的紅鬍子，應該有三十歲了；另一個黑髮小個子，看起來只比那個紅鬍子小一兩歲；還有一個戴眼鏡的男人，鬍子都已經花白了。

講師卡麥隆先生進來了，他相貌英俊，一頭白髮，五官十分端正。他按照手上一張長長的名單點完名，對大家說了一小段話，他聲音很好聽，字斟句酌，似乎也從自己這種仔細的遣詞用句得到某種審慎周全的樂趣。他推薦了一兩本可以買的書，還建議大家去買一副人體骨骼。他談起解剖學，口氣中有掩不住的熱情，這是外科的基礎，更是一門能提高藝術鑑賞力的知識。菲利普聚精會神地聽著。後來，他聽說卡麥隆先生也為皇家藝術學院的學生上課；曾在日本居住多年，在東京大學教過書，對美的鑑賞方面頗有自信。

「你們還有很多冗長乏味的東西要學，」最後他這麼說，臉上帶著寬容的微笑，「那些東西，你們一通過期末考就會把它忘得一乾二淨，但是解剖學這門科目，就算你們學了又丟掉，也比從來沒學過要強。」

他拿起放在桌上那塊骨盆開始講解，課上得非常好，清晰易懂。

那個在標本陳列室跟菲利普說過話的男孩上課時坐在他旁邊，這堂課結束，提議他們應該去解剖室看看，於是菲利普跟他再度穿過了長廊。有個校工告訴他們解剖室在哪兒，他們一踏進解剖室，菲利普立刻明白在走廊上就注意到的那股刺鼻氣味是什麼了。他點起菸斗想蓋過那股味道，校工呵呵一笑。

「你很快就會習慣啦，像我，早就不覺得有什麼味道了。」

校工問了菲利普叫什麼名字，在布告欄上的名單找了一下。

「你解剖一條腿——四號。」

菲利普看見自己名字所在的那個括號裡，還有另外一個名字。

「這是什麼意思？」他問。

「現在我們很缺大體，所以必須讓兩個人合用一個部位。」

解剖室空間很大，上漆的方式跟走廊一樣，上半是鮮豔的鮭魚紅，下半的護牆板是深深的紅陶土色。房間長的這一側每隔一段固定距離就有張鐵製停屍臺，和牆面成直角，停屍臺像盛肉的盤子那樣做成凹槽形，每張臺子上都有一具屍體，大部分是男屍。由於長期泡在防腐劑裡，顏色變得很深，皮膚看起來幾乎跟皮革一樣，每一具都非常乾癟。校工把菲利普帶到停屍臺邊，那裡已經有個年輕人在了。

「你叫凱利？」他問。

「是的。」

「噢，那我們要一起解剖這條腿了。是具男屍，眞幸運對吧？」

「爲什麼這樣算幸運？」菲利普問。

「他們一般都比較喜歡男的，」那個校工說，「女性多半脂肪太多。」

菲利普看著那具屍體，手腳都瘦得不成樣子，肋骨浮凸，表面緊緊繃著一層皮。這是個四十五歲左右的男性，有點稀薄灰白的鬍子，頭上稀疏蒼白地長著一點點頭髮，雙眼緊閉，下顎凹陷。眼前這具屍體也曾經是個活人，這讓菲利普覺得難以想像，一整排的屍體躺在那兒，眞有點陰森恐怖的感覺。

「我想我下午兩點開始動手。」跟菲利普同組解剖的年輕人說。

「好，到那時候我再來。」

他前一天就已經把需要的器械箱買好了，這會兒他分配到一個放東西的收納櫃。菲利普看了看跟自己一起來解剖室的那個男孩，發現他臉色慘白。

「覺得不舒服了？」菲利普問他。

「這還是我第一次看見死人。」

他們沿著長廊一直走到校門口。菲利普想起了芬妮·普萊斯，她是他這輩子見到的第一個死人，他還記得那具屍體給他的奇怪感覺。活人與死人之間的距離遙不可測，彷彿屬於完全不同的物種。想起來都奇怪，就在不久之前，這些屍體還在說話、移動、吃飯和大笑呢。死者身上確實有種讓人感到恐怖的特質，難怪有人想像它們會對生人造成邪惡的影響。

「我們去找點東西吃怎麼樣？」這位新朋友對菲利普說。

他們下樓到了地下室，那裡有個陰暗的房間布置成餐廳的樣子，學生可以在那裡吃到一些類似ＡＢＣ咖啡連鎖店可以吃到的東西。菲利普點了一個司康餅抹奶油和一杯巧克力，兩人吃著餐點，菲利普這時才知道這位朋友叫唐斯佛德。他是個氣色很好的小伙子，有雙討人喜歡的藍眼睛和一頭鬈鬈的黑髮，手長腳長，說話和動作都慢騰騰的。他剛從克里夫頓來。

「你打算考聯合專科考試嗎？」他問菲利普。

「是的，我想盡快拿到醫生資格。」

「我也會修，但是以後我還想拿皇家外科學會會員資格，我想當外科醫生。」

皇家外科學會和內科學會的聯合專科委員會開的課程是大部分學生都會修的，但是更心懷大志或更勤奮的人還會再繼續學習一段時間，以取得倫敦大學的學位。菲利普進聖路加醫學院的時候，學校的規章剛改不久，一八九二年之前入學的學生是四年畢業，而之後的學生要念五年。唐斯佛德已經把一切都計畫好了，他告訴菲利普課程的一般情況——「初級聯合課程」的考試包括生物學、解剖學和化學，但科目可以分開考，大部分人是在入學後三個月考生物，這門課是最近才成爲必修課的，只要懂點皮毛就行了。

菲利普回到解剖室時已經晚了幾分鐘，因爲他忘了買保護襯衫用的袖套，他發現好多人已經在動手了，他的搭檔也按時開始，現在正忙著解剖皮膚神經。有兩個人在解剖另一條腿，還有很多人在解剖手臂。

「我先開始了，不介意吧？」

「完全沒問題，來吧。」菲利普說。

他拿起書，翻到他們解剖的那個部位對著圖解看，仔細看著他們該找出來的地方。

「你做得好熟練啊。」菲利普說。

「噢，我以前做過一大堆解剖，不過你知道，就只是動物，念預科的時候做的。」

解剖臺上很多人邊做邊聊天，有聊手上解剖工作的，也有聊即將登場的足球賽季、聊助教和課程的。菲利普覺得自己比其他人年紀大好多，他們都是些生嫩的小男生。但年紀不代表什麼，重點還是在於知識。那個跟他同組的積極年輕人叫紐森，做起解剖輕鬆自如，也許並不覺得賣弄有什麼好不好意思的，所以不管做了什麼都對菲利普詳

1皇家外科學會會員（Fellowship of the Royal College Surgeons, FRCS）：一種專業認證資格，成為學會會員便可以在愛爾蘭或英國以資深外科醫生身分執業。具授予資格的有——英國皇家外科醫學院、愛爾蘭皇家外科醫學院、愛丁堡皇家外科醫學院，以及格拉斯哥內外科醫學院。

聯合專科考試（The Conjoint）：英國的一個基礎醫生資格考試，由聯合專科委員會（The Conjoint Board）舉辦，目前已停辦。聯合專科委員會於一九九四年由聯合考試委員會（United Examining Board）取代，但自一九九九年開始，聯合考試委員會也失去舉辦醫師資格考試的權力。

細解說。儘管菲利普有一肚子學識，也只能溫順地聽著。接著菲利普拿起手術刀和鑷子，在他搭檔的注視下開始解剖。

「能分到這麼瘦的傢伙眞是太妙了，」紐森邊擦手邊說，「這傢伙可能一個月都沒吃東西了。」

「我在想他到底是怎麼死的。」菲利普低聲說。

「噢，這我不知道，不過，老傢伙多半都是餓死的，我猜……喂喂，小心點，別把動脈切斷了。」

「你說得倒簡單啊，別把動脈切斷了，」解剖另一條腿的人說話了，「這個老蠢蛋，他有條動脈長錯地方了。」

「動脈總是長錯地方的，」紐森說，「所謂『正常』，就是你幾乎找不到的東西，所以我們才稱它『正常』。」

「別說這種話惹人笑，」菲利普說，「不然我會割到手。」

「如果你割到自己的手，」紐森一副見多識廣的樣子，「得立刻用消毒劑沖洗。這種事千萬要小心。去年這裡有個傢伙就只是扎了一下，他沒當回事，結果就得了敗血症。」

「後來好了嗎？」

「噢，沒有，他一星期以後就死了。我還特地去太平間看了他一眼。」

到了下午茶時間，菲利普已經累得背都痛了，他午餐吃得太少，所以現在非常期待下午茶。他手上有一股特殊的怪味，正是他早上在走廊第一次聞到的味道。他覺得連鬆糕吃起來都有這股味道。

「噢，你會習慣的，」紐森說，「等到你以後聞不到這令人懷念的解剖室臭味了，還會覺得很寂寞呢。」

「我可不想讓這股味道毀了我的胃口。」菲利普把鬆糕吞下肚，又拿了一塊蛋糕。

55

菲利普對醫科學生生活的想法，就跟一般大眾一樣，是以狄更斯描繪的十九世紀中葉醫科生的形象爲藍本。不久後便發現，假如眞有鮑伯・莎耶[1]這個人存在，也和現在的醫科生完全不一樣了。

投身醫療業的，什麼樣的人都有，自然也少不了懶鬼和莽漢。他們覺得念醫學很輕鬆，可以混上好幾年，接著可能因爲積蓄用盡，或者憤怒的雙親拒絕再繼續給予經濟支持，只好離開醫學院。另外有些人覺得考試太難，接二連三的不及格把他們的自信挫磨殆盡，一走進令人生畏的聯合課程大樓，就整個人驚慌失措，把之前背得滾瓜爛熟的知識都忘了個精光。他們在學校裡留了一年又一年，成了年輕學生嘲笑的對象，這些人當中，有人勉勉強強通過了藥劑師工會的考試，有些成了什麼資格也沒拿到的助手，這種職業相當不穩定，好壞全看雇主臉色，這些人注定貧窮一輩子，要不就是淪爲酒鬼，最後的結局也只有天知道。但大部分醫科生都是勤奮的中產階級年輕人，生活費充足，夠他們維持過慣了的那種體面日子。他們有很多人的父親就是醫生，這時看起來已經有些專業的味道，未來的事業藍圖也早就爲他們規劃好了，文憑一拿到手，就立刻在醫院申請個職位，之後再跟父親一起在地方上執業（說不定會以隨船醫師名義，先去遠東旅行一趟），安穩度過一生。此外，會有一兩個學生特別出類拔萃，他們當

1 狄更斯小說《匹克威克外傳》（The Pickwick Papers）中的人物，是一名醫學生。

之無愧地拿遍各式各樣的獎項和獎學金，在醫院裡獲得一個又一個職位，直到成爲正式受聘醫生，在哈利街[2]開個診所，專攻一兩個科別，最後成爲一個成功、出名、有頭銜的名醫。

醫療這一行，是唯一不受年齡限制，不管幾歲都能加入，藉此謀生的行業。在菲利普這個年級，也有三四個人看起來已經有相當年紀了。有一個曾經當過海軍，據說是因爲酗酒被解職的，已經三十歲了，一張臉紅紅的，舉止粗魯嗓門又大。另外一個已經結婚了，有兩個孩子，因爲律師的疏忽失去了所有財產，他的身形有點駝，彷彿這沉重的世界已經超過他所能負荷。他總是靜靜地苦讀著，但顯然到了他這個年紀要記那麼多東西已經相當困難，腦子又不靈活，那股勤奮，讓人看得心酸。

菲利普把自己的小房間布置得舒舒服服，他把書都擺好，把手上的幾幅畫和素描掛到牆上。在他正上方的那個房間，也就是有交誼廳的那一層，住著一個五年級的學生，叫做格里菲斯。但菲利普很少看到他，一方面是因爲大部分時間他都待在病房，另一方面是因爲他上過牛津。像這些以前上過大學的學生總是自成一群，他們運用對年輕人來說很自然的各種手法，讓沒他們那麼幸運的人覺得自慚形穢，其他人也發現他們這種自封奧林匹亞眾神的尊貴姿態讓人難以忍受。格里菲斯是個高個子，有一頭濃密的紅色鬈髮和藍色的眼睛，皮膚白皙，嘴唇非常紅潤，是每個人都會喜歡的那類幸運兒，因爲他總是精神抖擻、高高興興的。鋼琴他能彈一點，興致一來，也能唱幾首滑稽歌曲。每天晚上菲利普在自己的個人房裡讀書時，都能聽見樓上格里菲斯的朋友們大叫大笑的聲音。這讓他想起在巴黎時，大家聚在畫室那些愉快的夜晚，勞森和他，還有福拉納根和克勞頓，他們聊著藝術和道德，談著當時的風流韻事和未來的展望，想起這些讓他心裡很難受。他發現，要做出英雄行徑很容易，難的是忍受接下來的後果。最糟的是，他對目前的功課似乎已經很厭煩了，助教的提問他變得無法忍受，老師上課時他總是神遊天外。解剖學這門科目實在太乏味，只會叫人死背一大堆東西。解剖也無聊得要命，他看不出辛辛苦苦把那些神經和動脈解剖出來有什麼用，書上有圖解可看，病理陳列室裡也有標本，要弄清楚那些神經和動脈在哪兒，看那些東西豈不省事得多？

他也很偶然地交了幾個朋友，但都不太親密，因爲他好像沒什麼特別的話題可以跟他們聊。一旦他對他們關心的東西擺出有興趣的樣子，就覺得人家一定發現他其實在刻意放低身段。他並非講起自己喜歡的話題就滔滔不絕、也不管別人想不想聽的那種人。有個人聽說他在巴黎學過畫，就以爲他們品味相近，很想找他聊藝術。但菲利普對於跟自己觀點不同的人是非常不耐煩的，加上很快就發現對方的看法全是些老套，便開始有一句沒一句地敷衍著。菲利普很希望自己被大家喜歡，但又沒法主動接近別人。他太怕被拒絕，反而不能對他人親切以對，他的羞怯其實跟以前一樣嚴重，爲了不讓人看出來，只好用冷淡沉默掩飾。他在國王公學那段經歷現在正在重演，不過醫學院的生活要自由得多，所以他盡可以獨來獨往，不去跟人接觸。

無意之間，他漸漸和唐斯佛德交上了朋友，就是學期剛開始，他認識的那個氣色很好、但動作慢騰騰的小伙子。唐斯佛德之所以親近菲利普，純粹因爲他是他在聖路加認識的第一個人。他在倫敦沒有朋友，一到星期六晚上，就跟菲利普一起去雜耍劇場或劇院的頂層樓座。他呆頭呆腦，但脾氣很好，從不發火。他總是說一些顯而易見的話，菲利普笑他，他也只是笑笑，笑起來非常好看。雖然菲利普總是拿他當笑料，但心裡是喜歡他的，覺得他直率得很有意思，也喜歡他讓人舒服的個性。唐斯佛德所擁有的迷人特質，正是他深深覺得自己欠缺的部分。

他們常常去國會街的一家店喝茶，因爲唐斯佛德喜歡那家店的一個女侍。菲利普完全看不出那個女人有什麼吸引人的地方，她又高又瘦，屁股窄窄的，胸部平得像個男孩。

「要是在巴黎，誰都不會看她一眼。」菲利普不屑地說。

2哈利街（Harley Street）：全世界最集中的一條醫療街。從十九世紀開始，這條街陸續遷來許多著名的醫生和診所，在英國，幾乎所有醫生都希望在哈利街上有一家自己的診所。哈利街一直是名流的醫療首選。街頭的一面牆上記載著，南丁·格爾一八五三年曾在這裡工作過。

「但她的臉可是漂亮極了。」唐斯佛德說。

「臉漂亮有什麼用?」

她有著小巧端正的五官,藍色眼睛,一對粗眉壓得低低的,正是維多利亞時代的雷頓爵士、阿爾瑪塔德瑪、和其他上百個畫家,一直引導世人接受的希臘時代美人類型。她頭髮似乎很多,梳得非常考究,前額特意蓋住,她稱之爲亞歷山德拉瀏海[3]。她整個人看起來嚴重貧血,薄薄的唇是蒼白的,皮膚細嫩,微微有點泛青,就連頰上也見不到一絲血色,牙齒倒非常漂亮。爲了在工作中保護那雙白晳纖細的手她簡直煞費苦心,服務客人時總是一臉不耐煩。

唐斯佛德面對女性非常害羞,到目前爲止,他還沒成功跟她說上話,所以央求菲利普幫他。

「我只需要你幫我開個頭,」他說,「然後我自己可以搞定。」

菲利普爲了讓他高興,跟她搭過幾次話,但她總是用一兩個字打發。她已經好好打量過他們,他們都是未經世事的孩子,大概都還是學生,她對他們一點興趣也沒有。唐斯佛德注意到有個沙土色頭髮、唇上長著硬鬍子的男人,看起來像是德國人,這人很受她的青睞,不管他什麼時候到店裡來,她對他都分外留心。假如是菲利普他們想點東西,就非得喊個兩三次不可。她對不認識的顧客向來冷淡無禮,要是她跟朋友在講話,著急的客人不管怎麼喊,她都完全不理。對待等著用餐的女客她更有一手,能把輕重拿捏得恰到好處,剛剛好能激怒她們,又讓她們沒有向經理告狀的把柄可抓。有一天唐斯佛德告訴菲利普,說她的名字叫米爾芮德,他聽到店裡另外一個女侍這樣喊她。

「這名字眞讓人討厭。」菲利普說。

「爲什麼?」唐斯佛德說,「我很喜歡呢。」

「這名字太矯情了。」

剛好這天那個德國人沒來，她把茶送來時，菲利普微笑著跟她說：

「你朋友今天不在啊。」

「我不知道你在說什麼。」她冷冷地說。

「我說的是那位土色鬍子的老爺，他扔下你去找別人了？」

「有些人最好還是少管閒事。」她反唇相譏。

她轉身走了，因為一時之間也沒有別的顧客要招呼，她便坐下來，拿起一份客人留下的晚報開始看。

「你這個笨蛋，弄得她一直背對我們了。」唐斯佛德說。

「我對她的脊椎骨可是一點興趣都沒有。」菲利普回答。

但他嘴上這麼說，心裡卻真的生氣了。他想取悅一個女人，她卻反而發起脾氣來，這實在讓他很惱火。請她送帳單來的時候，他又大著膽子跟她說話，想引她開口。

「我們以後就再也不說話了嗎？」他微笑著說。

---

3 雷頓（Frederic Leighton, 1st Baron Leighton, 1830～1896）：一八七八年至一八九六年稱弗雷德里克・雷頓爵士（Sir Frederic Leighton）。他是英國學院派畫家和雕塑家，作品題材包括歷史、《聖經》和古典時代的主題。雷頓去世前一天獲得了男爵封號，成為史上最短命的貴族。

阿爾瑪塔德瑪爵士（Sir Lawrence Alma-Tadema, 1836～1912）：英國維多利亞時代知名畫家，作品以豪華描繪古代世界（中世紀前）而聞名。

此指亞歷山德拉皇后（Alexandra of Denmark, 1844～1925）特有的髮型，她是英王愛德華七世的妻子、英國王后、印度帝國皇后。婚前是丹麥公主，丹麥國王克里斯蒂安九世的長女。她也是英國王室史上在位最久的威爾斯王妃，長達卅八年之久（一八六三年～一九〇一年）。

「我在這裡就只是招呼客人，沒有什麼要跟客人說的，也不要他們跟我說話。」

她放下一張她寫了他們該付多少錢的紙條，就走回剛剛坐的那張桌子去。菲利普氣得臉都紅了。

「沒想到會這樣吧，凱利。」他們走出店外，唐斯佛德說。

「沒禮貌的賤人，」菲利普說，「我再也不去那兒了。」

唐斯佛德很聽菲利普的話，之後他們便換了一家店喝茶，唐斯佛德很快就找到一個跟他眉來眼去的年輕女子。但是被女侍冷落的怨恨還是在菲利普腦子裡揮之不去。假如當初她對他有禮貌些，他根本不會在意她，但顯然沒別的，她就是討厭他，讓他覺得自尊受創。他忍不住想找她算帳的衝動，也很受不了自己器量這麼小，但他撐了三四天不去那家店，也還是沒能克制下這股報復的慾望。最後他得到一個結論——直接去找她是最省事的，只要這麼做，他肯定就不會再想到她了。某天下午，他假稱自己有約，撇下了唐斯佛德，直奔自己發誓再也不去的那家店，一點也沒為自己意志不堅而感到羞恥。他一進門就看見那個女侍，便在一張歸她服務的桌子坐了下來。他期待她會說些他怎麼一星期沒來了之類的話，但她來點餐時卻什麼也沒說，他明明還聽見她跟其他顧客搭話，說：「以前沒見過你呢。」

她臉上一副根本不認識他的樣子。為了確定她是不是真把他忘了，她送茶點過來時，他開口問：

「你今天晚上有看到我朋友嗎？」

「沒有，他已經好幾天沒來這兒了。」

他本想用這句話開個話頭，然後接著聊下去，但突然感到一股奇特的緊張，完全想不出要說什麼。她也不給他說話的機會，轉身就走開了。直到結帳，他才終於跟她說了一句話。

「天氣真是爛透了，對吧？」他說。

他準備了這麼久，最後擠出來的居然是這麼一句，真是丟人。他也搞不清楚為什麼她會把他弄得這麼狼狽。

「天氣好壞跟我無關，反正我一整天都得待在這兒。」

她那傲慢的口氣讓菲利普一聽就怒從心生，正準備反唇相譏，但話到口邊，又硬吞了回去。

「眞希望老天爺讓她說出一些不成體統的話來，」他憤怒地對自己說，「這樣我就可以投訴她，讓她走人，那樣她才眞是他媽的罪有應得。」

56

他怎麼樣也忘不了她。他氣憤地笑自己笨，這麼在意一個貧血的小女侍說了什麼實在是太荒唐了，但他就是奇怪地覺得受了侮辱。儘管除了唐斯佛德之外沒人知道這件事，而且他肯定已經忘了，但菲利普就是覺得不洗刷這份恥辱心裡不得安寧。他一直翻來覆去地想該怎麼做才好，最後決定天天去那家店，顯然他已在她心裡留下了壞印象，但要去除這種印象，這點能耐他覺得自己還是有的。接下來他會特別注意言詞，就算是最敏感的人聽了也不會覺得被冒犯。他確實這麼做了，但一點效果也沒有。他走進門，跟她打招呼，她總是用一成不變的幾個字回應；有一次他故意沒打招呼，看她會不會先開口，結果她什麼也沒說。他心裡暗暗嘀咕了一句，這是一句雖然對某些女性來說很適用、但在上流社會不太常講的話，最後他仍若無其事地點了餐。這天他打定主意不開口，離開時，連平時那聲晚安也沒說。他發誓以後再也不去了，但到了隔天下午茶時間又開始煩躁不安。他努力想些別的事情，卻控制不了自己的腦子，最後他終於絕望了，說：

「想去就去吧，也沒什麼不能去的理由。」

他實在天人交戰太久，等到他終於踏進店裡，已經七點鐘了。

「我還以爲你不來了呢。」他坐下時，那個女孩對他這麼說。

他的心臟突然怦怦跳起來，立刻覺得自己臉紅了。「我有事耽擱了，沒辦法早來。」

「忙著挖苦別人，是嗎？」

「還沒壞到那種程度。」

「你還是學生，對嗎？」

「對。」

但話說到這裡，她的好奇心似乎就已經滿足了。她離開了他這桌，由於關店前最後一小時她照顧的那幾桌都沒客人了，便專心地看起小說來。當時廉價的重印本小說還不流行，但爲了滿足識字不多的民眾，會有窮困的三流作家定期寫些廉價小說以供需求。菲利普這時整個人興高采烈，她主動跟他說話了，他知道時候到了，就要換他出擊了，他要把自己對她的想法原原本本都告訴她，要是能一口氣把所有鄙視都發洩出來，該有多痛快啊。他看著她，她的側臉確實很漂亮，她這個階層的女孩子，擁有這種令人屛息的完美輪廓已經很不尋常，更不尋常的是那臉龐冰冷得活像大理石雕出來的，細緻皮膚微微泛著的青色更給人一種不健康的印象。女侍穿的服裝都很類似，是全黑的連身裙，圍裙、袖口和小帽子都是白色的。菲利普從口袋裡拿出半張紙，趁她沉浸在書裡，嘴裡還念念有詞的時候替她畫了張素描，走的時候就放在桌上。這招果然有效，因爲隔天，他才走進店裡，她就對他微笑相迎。

「我不知道你還會畫畫。」她說。

「我在巴黎學過兩年畫。」

「我把你昨晚留下的那張畫拿給女經理看，她完全看入迷了。那畫的是我吧？」

「是的。」菲利普說。

她替他準備茶點時，另外一個女侍走過來。

「我看到你畫羅傑斯小姐那張畫了，眞的好像。」她說。

這是他第一次聽見她的姓，結帳時，他就用這個姓喊她。

「看來你知道我叫什麼了。」她過來的時候說。

「你朋友跟我聊那張畫的時候提到的。」

「她也想要你替她畫一張呢。可別答應她，開了個頭，以後就畫不完了，大家都會來找你畫的。」接著她連停都沒停一下，突兀地轉了另一個話題：「那個老是跟你一起來的年輕小伙子去哪兒了？他離開了嗎？」

「沒想到你還惦記著他。」菲利普說。

「他是個很好看的年輕人哪。」

菲利普心底出現一種古怪的感覺，他也說不出那是什麼。唐斯佛德有一頭討人喜歡的鬈髮、紅潤的氣色，還有甜美的笑容。菲利普想著他的種種長處，心裡有點嫉妒。

「噢，他戀愛了。」他輕輕笑了一聲。

菲利普一瘸一拐地走回家，一路上反覆咀嚼著剛才對話的每一個字。現在她對他已經很友善了，要是有機會，他會再替她畫一幅完整一點的素描，他確定她一定會喜歡的。她的臉很有意思，側面非常可愛，就算是因爲貧血而微微發青的膚色也有奇特的動人之處。他努力想著，這顏色究竟像什麼呢？第一個想到的是豌豆湯，但他生氣地把這個想法丟到了一邊；接著想到黃玫瑰花蕾，就是花朵尙未盛開，就被人一片片剝下來的花瓣顏色。他現在對她已經完全沒有討厭的感覺了。

「她也不是什麼壞人嘛。」他咕噥著說。

只因爲她說的幾句話就氣成這樣實在太傻了，毫無疑問，這根本就是他自己的錯。她何必故意讓自己討人厭呢？他在初次見面總沒法留給人好印象，這種情況他早該習慣了。他對那張畫的成功感到非常高興，現在她知道了他有這麼點小小的天分，應該會對他更有興趣。到了隔天，他覺得很不安，他想去那家茶店吃午飯，但很確定此時店裡人一定很多，米爾芮德沒空跟他說話。他已經先安排好不跟唐斯佛德喝下午茶了，四點半一到（他這時已經看了十幾次錶），他就準時走進店裡。

米爾芮德背對著他，正坐著跟那個德國人說話，兩星期前，菲利普天天都看到他，但後來就沒再見過。她正因為他說了什麼而開懷大笑，菲利普覺得她的笑聲好俗氣，不由得打了個寒顫。他喊了她，不過她沒注意，他又喊了一次，然後他因為不耐煩開始生氣了，就拿起手杖用力敲桌子。她一臉怒容地走過來。

「你好啊。」他說。

「你好像有什麼天大的急事似的。」

她站在桌邊，用一種他熟悉的傲慢神色俯視著他。

「我說，你到底是怎麼啦？」他問。

「如果你好心，只是要點餐，那我可以幫你送來。要我在這裡站著聊一晚上，那可不行。」

「茶和烤麵包，謝謝。」菲利普簡短地回應。

他對她很火大。他帶了一份《星報》，她送餐來的時候，他刻意盯住報紙不放。

「如果你現在就先幫我結帳，待會兒就不必再打擾你了。」他口氣冷冰冰地說。

她寫好帳單放在桌上，就回到那個德國人旁邊，很快又興致勃勃地聊開了。那人中等身高，長著日爾曼民族特有的圓腦袋，臉色灰黃，鬍子又多又硬，穿著燕尾服和灰色褲子，還戴著一條很粗的金錶鍊。菲利普想，這會兒店裡其他的女孩子肯定都一面看著自己和另一桌那兩個人，一面意味深長地交換著眼色。他覺得她們都在背後嘲笑他，不禁火冒三丈。現在他恨透了米爾芮德，他知道最好的對策就是再也不來這家茶館，但這麼被人踩在腳下實在讓他吞不下去。於是他擬了一個計畫，要讓她知道他對她有多不屑。隔天他挑了另一張桌子坐下，向另一位女侍點餐。米爾芮德的朋友又來了，她跟他聊著天，絲毫沒注意到菲利普，所以菲利普要走時，還刻意挑了個會跟她正面碰上的時機，然後像是完全不認識她似地從旁經過。他這麼重複了三四天，猜想不用多久她就會找機會跟他說話了；他想她應該會問他爲什麼現在都不坐她服務的桌，他連回話都想好了，字句間充滿了對她的憎惡。他也知道這樣找碴很荒唐，但就是控制不住。她再次打敗了他——那個德國人突然不來了，但菲利普還是一直坐在別桌，結果她仍視他於無物。他突然意識到，不管他做什麼，其實對她都毫無差別。他可以這樣一直堅持到天荒地老，但一點效果都不會有。

「我可還沒玩完呢。」他對自己說。

隔天，他坐回了自己的老位置，她過來打招呼，好像他無視了她一星期這件事根本不存在似的。他臉色平靜，心臟卻止不住地狂跳。當時歌舞劇剛興起不久，很受大眾歡迎，他很確定米爾芮德要是能去看，一定會很高興。

「嗨，」他突然開了口，「不知道你肯不肯賞光，找個晚上我們吃頓飯，然後去看《紐約麗人》[1]，我可以弄兩張正廳前排的票。」

爲了更增這個邀約的吸引力，他特意加上最後那句話。他知道女孩子去看戲總是買正廳後座的便宜票，就算有男人帶她們去，也很少買比樓座更貴的票。米爾芮德蒼白的臉上看不出一絲表情變化。

「可以。」她說。

1紐約麗人（The Belle of New York）：一部兩幕歌舞劇，原著及歌詞作者是休・莫頓（Hugh Morton, 1865～1916），作曲者是古斯塔夫・科可（Gustave Kerker, 1857～1923），劇情描述一位隸屬救世軍的女孩讓一個敗家子改過自新，做出偉大犧牲，並覓得真愛的故事。

「你什麼時候有空？」

「我星期四下班早。」

他們安排了一下行程。米爾芮德和姑媽住在赫內希爾[2]，戲是八點開演，所以他們必須在七點鐘吃晚餐。她提議他可以在維多利亞車站的二等候車室跟她碰面。她臉上毫無喜色，好像爲了做好事才勉強接受邀請似的。菲利普心裡隱隱有些不快。

57

菲利普比米爾芮德指定的時間早半小時到了維多利亞車站，他在二等候車室坐下，但等了很久都不見她人影。他開始焦躁起來，於是走進車站，看著正在進站的郊區列車。約定的時間過了，還是沒看見她。菲利普失去了耐性，跑進其他候車室，在人群中到處找。突然他的心猛地一跳。

「原來你在這兒，我還以爲你不來了。」

「讓我等了這麼久你還好意思說，我都想直接回去了。」

「但是你說你會在二等候車室等的。」

「我才沒說。如果我能坐在一等候車室，幹嘛要待在二等的？」

雖然菲利普很確定自己沒聽錯，也沒再分辯下去。接著他們坐上一部出租馬車。

「我們去哪兒吃飯？」她問。

「我想去阿德菲餐廳，你覺得怎麼樣？」

「我無所謂。」

她口氣很無禮，剛才等的那一陣讓她憋了一肚子氣，菲利普想跟她搭話，她都只用一兩個字回答。她穿著一件質料有點粗的深色長斗篷，頭上披著一條手織的披巾。他們到了餐廳，找了張桌子坐下，她滿意地四下打量。桌上的蠟燭罩著紅色的燈罩，餐廳布置得金碧輝煌，到處都是鏡子，整個空間有種奢華的氣氛。

「我從沒來過這種地方。」

她對菲利普笑了笑，然後脫掉長斗篷，他看見她裡面穿著一件淺藍色的方領連身長裙，頭髮比之前梳得都考究。他點了香檳，酒送上來的時候，她的眼睛都亮了。

「你太奢侈了。」她說。

「就因爲我點了有氣泡的酒？」他漫不經心地反問，好像他平常就是非香檳不喝似的。

「你開口問我要不要跟你去看戲的時候，我眞的很驚訝。」他們之間對話不算順利，因爲她似乎找不出什麼話題可說，而菲利普也不安地意識到自己並沒有讓她開心。她心不在焉地聽著他說話，眼睛瞄著其他用餐的人，連一點假裝對他感興趣的打算也沒有。他編了一兩個小笑話，但她連是笑話也聽不出來，全都當了眞，只有在他提到店裡其他人時，她才活躍起來。她受不了那個女經理，還把她所有不檢點的行爲一五一十地告訴他。

「我是無論如何受不了她，也受不了她擺的那些臭架子了。有時候我眞想把我知道的那些事全抖出來，她還眞以爲我不知道她的底細。」

2赫內希爾（Herne Hill）：倫敦的郊外，位置介乎英國大倫敦的「蘭貝斯」（Lambeth）、「南華克」（Southwark）這兩座倫敦自治市之間。

「是什麼事？」菲利普問。

「這個嘛，我也是湊巧知道的，她動不動就不要臉地跟一個男人去伊斯特本度週末，我們店裡一個女孩的姊姊已經結婚，有次跟她丈夫去那裡，就被她撞見了。他們住同一家旅館，她手上還戴著結婚戒指，至少我知道，她根本沒結婚。」

菲利普替她斟滿了酒，希望香檳能讓她稍微溫柔一點，他很盼望這次小小的出遊能成功。他注意到她拿餐刀的樣子像在握筆，喝酒的時候總會翹起小指頭。他換了好幾個話題，都沒能讓她多說幾句，他想起她跟那個德國人聊天時滔滔不絕哈哈大笑的樣子，讓他有點不高興。他們吃過晚飯，就往劇場去。菲利普是個有文化的年輕人，對歌舞劇總帶著一點藐視，他覺得它們的笑料太庸俗、旋律也沒有深度，認爲法國在這方面做得要好得多。米爾芮德卻非常享受，笑得肚子痛，偶爾看到好笑的地方，就愉快地對他使個眼色，最後幾乎把手掌都拍疼了。

「這已經是我第七次看這部戲了，」第一幕結束的時候，她說，「就算讓我再看七次也不介意。」

她對坐在他們前排座位附近的那些女人很感興趣，一個個指給菲利普看，哪些臉上抹了脂粉，哪些又戴了假髮。

「這些西區的人眞是要命，」她說，「眞不知道她們頭上頂著那種東西怎麼受得了。」她摸了摸自己的頭髮。「我的頭髮就全是自己的，每一根都貨眞價實。」

她誰都看不上眼，不管什麼時候提到誰，都要說幾句壞話，這讓菲利普很不安。他想到了隔天，她一定會告訴店裡那些女孩他帶她出去了，還讓她無聊得要死。他不喜歡她，然而，不知道爲什麼，他又很想跟她在一起。回家的路上他問：

「今天開心嗎？」

「很開心。」

「改天還願意跟我一起出去嗎？」

「我無所謂。」

除了這種口氣的話之外，他再也得不到別的回應。她的冷淡快把他弄瘋了。

「聽起來，你好像出不出來都不在乎？」

「噢，你不帶我出來，也會有別人帶我出來的。我反正也不缺帶我看戲的男人。」

菲利普沉默了。他們到了車站，他走向售票口。

「我有季票。」她說。

「現在很晚了，如果你不介意的話，我想我最好送你到家。」

「噢，要是這樣會讓你高興，我無所謂。」

他幫她買了一張頭等單程票，給自己買了來回票。

「這個嘛，我得說，你還是挺大方的。」他打開車廂門的時候，她說。

其他乘客陸陸續續上了車，他倆不可能再多說什麼，菲利普也不知道自己這時候是該高興還是沮喪。他們在赫內希爾下了車，菲利普陪著她，一直走到她住的那條路的街角。

「我想就在這裡說晚安吧，」她伸出了手。「你最好別送到門口，人是什麼貨色我一清二楚，我可不想讓人背地裡說閒話。」

她說了晚安，然後很快地走了。漆黑的夜色裡，他還看得見她的白披巾。他以爲她說不定會回頭，但她沒有。

1倫敦西區（West End of London）：這裡長期以來一直是富人或社會精英居住的地區，亦有許多商業區塊和劇院，常有許多遊客聚集。這裡是英國的娛樂中心，亦有歐洲最大的購物區、劇院、電影公司、餐廳、酒吧與夜店。

菲利普看著她走進一棟房子，一會兒後，他走過去看了一下。那是一棟整潔普通的黃磚小屋，跟這條路上其他房子沒什麼兩樣。他在外頭站了幾分鐘，沒多久，頂樓的燈暗了，菲利普便慢慢逛回車站。這個晚上實在太糟了，他又氣又煩，同時又覺得悲哀。

他躺在床上時還是一直看見她的身影——她坐在車廂的角落，頭上罩著那條手織的白披巾。距離再見她還有好幾個小時，他實在不知該怎麼度過這段時間才好。他矇矇朧朧地想著她那張瘦削的臉、那精緻的五官，和她白裡泛青的肌膚。跟她在一起並不快樂，但離開了她，他也不快樂。他想坐在她身邊看著她，他想撫摸她，他想……那個念頭剛出現，還沒細想，整個人就突然醒了……他想親吻她那沒有血色的薄薄嘴唇。他終於明白了這個事實，他愛上她了。真是難以置信！

以前他常想像墜入情網是怎麼一回事，有個場景曾在他腦子裡描繪了一次又一次——他看見自己走進舞廳，望向正在閒聊的一群男女，其中有個女子轉過身來，眼光落在他身上，他感覺自己突然喉頭一緊，而且知道那個女子也有同樣的感覺。他靜靜地站著。那女子身形修長、膚色很深，美麗的眼睛漆黑如夜。她穿著一襲白衣，黑色的髮絲上綴著閃亮的鑽石。他們彼此凝視，忘了身邊所有的人。他直直走向她，她也微微向他靠近。兩人都覺得已經無須自我介紹了。他開口對她說：

「我這一生都在尋找你。」

「你終於來了。」她低聲說。

「願意和我共舞一曲嗎？」

她迎向他張開的雙臂，他們跳起舞來（菲利普總是假想自己並沒有跛），她的舞跳得眞是好極了。

「我從來沒碰過像你跳得這麼好的人。」她說。

她改變了原來的安排，兩人跳了一整晚。

「幸好我一直在等你，」他對她說，「我知道我終究會見到你的。」

舞廳裡的人都呆呆地看著他們，但他們完全不在意，一點也不打算掩飾對彼此的激情。最後他們走進花園，他爲她披上一件輕軟的披風，扶她坐進等候的出租馬車裡。他們搭上開往巴黎的夜車，穿越靜謐、星光滿天的黑夜，奔向未知。

他沉浸在舊日的幻想中，愛上米爾芮德．羅傑斯似乎是不可能發生的事。她的名字那麼怪，他也不覺得她漂亮。她太瘦了，他不喜歡，那天晚上，他就注意到她晚禮服下胸口根根分明的骨頭。菲利普對她的五官一一做了評價——他不喜歡她的嘴，不健康的膚色也讓他隱隱覺得反感。她很平庸，說話單調，詞彙量也少，而且還一再重複，顯示她腦子裡沒有多少東西。他想起她看歌舞劇時被那些笑話逗出來的俗氣笑聲，想起她拿起酒杯靠近唇邊時刻意翹起小指頭，她的舉止就跟她的談吐一樣，矯揉造作，令人厭惡。他想起她那副傲慢的樣子，有時簡直想甩她兩巴掌，但突然，他也不知道爲什麼，也許是因爲想打她的這個想法，或是想起了她那小小的、美麗的耳朵，他猛地湧起一陣柔情。他渴望她，想把她擁進懷裡，抱住那彷彿一碰就要碎的瘦弱身軀，親吻她蒼白的嘴唇，想用手指輕撫她微微發青的臉頰。他想得到她的心。

菲利普一直以爲愛情是個充滿狂喜的國度，一旦墜入情網，世界彷彿瞬間進入春天，他一直期待著一種心醉神迷的快樂，但現在這卻不是快樂，這是靈魂的飢渴，是疼痛的期盼，是難以忍受的痛苦，他之前從未嘗過這種滋味。他想弄清楚這件事到底從什麼時候開始的，他不知道，他只記得，去那家店一兩次或第三次之後，每次去都覺得心裡有種微微的疼；他還記得，當她跟他說話時，他總奇特地喘不過氣來。每次她離開，他都感到悲哀；而她再度回來時，他感到的是絕望。

他像條狗一樣在床上伸了個懶腰。這看不到盡頭的靈魂痛楚，他不知道自己該怎麼熬過去。

58

隔天早上，菲利普很早就醒了，他醒來第一個想到的就是米爾芮德。他想自己說不定可以到維多利亞車站接她，然後跟她一起走路去店裡。他很快地刮好鬍子、套上衣服，搭了公車到車站。他到的時候是七點四十分，之後開始注意每班進站的火車。乘客從車廂裡湧出來，上早班的公司職員和店員塞滿了月臺，他們有的獨自匆匆趕路，有的成雙成對，偶爾會有一小群女孩子，但大多數都是單獨一個人。他們多半臉色蒼白（在這樣的大清早，幾乎每個人臉色都很難看），表情茫然；年輕人腳步還算輕快，彷彿踩在水泥月臺上仍有幾分樂趣，但其他人就好像被什麼機器逼著前進似的，一臉愁雲慘霧。

菲利普終於看見了米爾芮德，他急切地走上前去。

「早安，」他說，「我想我應該來看看你，不知道昨晚之後你怎麼樣了。」

她穿著一件棕色的舊大衣，戴著一頂寬沿草帽，顯然並不高興見到他。

「噢，我好得很。我現在趕時間。」

「你願意讓我陪你走這條維多利亞街嗎？」

「時間不早了，我不走快點不行。」她邊回答邊看著他的跛腳。

他整張臉紅了起來。

「對不起，那我不耽擱你了。」

「請便。」

她走了，他心情沉重地回家吃早飯。他討厭她，也知道自己這樣爲她操心實在太傻，她那種女人根本不會把他放在眼裡，而且必定會用嫌惡的眼光看待他的殘缺。他打定主意，下午絕對不去那家店喝茶，但是，他眞是恨透了自己，因爲他又去了。他進門時，她對他點了個頭，還笑了一下。

「我想，今天早上我對你太無禮了，」她說，「你知道，我根本沒想到你會來，實在太意外。」

「噢，完全沒關係。」

他覺得胸口壓著的千斤大石像是瞬間輕了，光這麼一句親切的話，就讓他感激涕零。

「何不坐一下呢？」他問，「現在也沒有人需要你招呼。」

「我無所謂。」

他看著她，卻想不出什麼話說，他搜索枯腸，想找出一個能讓她待在自己身邊的話題。他想告訴她，她對他有多重要，現在他全心全意愛上了她，卻又不知該怎麼表達愛意。

「你那位金色鬍子的朋友上哪兒去了？最近都沒看見他。」

「噢，他回伯明罕去了。他在那裡做生意，偶爾才到倫敦來。」

「他愛上你了嗎？」

「這你最好去問他，」她呵呵笑道，「就算是，我也看不出這跟你有什麼關係。」

一句刻薄話已經到了菲利普嘴邊，但他克制住了。

「我不知道你爲什麼要用這種口氣說話。」最後，他也只說了這麼一句。

她冷淡地看著菲利普。

「好像你不怎麼把我放在眼裡啊。」他又加上一句。

「我爲什麼要把你放在眼裡？」

「不爲什麼。」

他伸手去拿自己帶來的報紙。

「你脾氣太暴躁了，」她看見他的動作，說：「太容易生氣。」

他微微一笑，祈求地看著她。

「可以答應我一件事嗎？」他問。

「那要看是什麼事。」

「今晚讓我送你去車站。」

「我無所謂。」

他喝完下午茶，便離開店回去自己住處。但到了晚上八點鐘店關門時，他已經在店外等著了。

「你眞是個怪人，」她走出店門見到他，她說：「眞弄不懂你。」

「眞想弄懂我，我想也沒那麼難。」他尖酸地回答。

「有別的店員看見你在等我嗎？」

「我不知道，我也不在乎。」

「她們都在笑你呢，你知道。她們都說你迷上我了。」

「你太在乎別人了。」他咕噥了一句。

「喂，你又要吵了。」

他在車站買了一張票，說要送她到家。

「你好像時間太多，很閒啊。」她說。

「我愛怎麼浪費時間是我的事。」

他們之間的口角似乎總在爆發邊緣。事實是，他痛恨自己愛上了她。她好像一直在羞辱他，他每忍受她一次奚落，心裡便添一分怨恨。但那天晚上她似乎心情不錯，話也多了些。她告訴他，她的父母都已經不在了，她有意讓他知道，她出來做這份工作並非爲了謀生，純粹只是打發時間、調劑生活罷了。

「我姑媽不喜歡我出來做事。我就算待在家裡也是豐衣足食，我可不想讓你認爲我是爲生活所逼才工作的。」

菲利普知道她沒說眞話。她那個階層的人愛裝高貴的習性，讓她覺得自謀生計是件丟臉的事，所以非得找個理由搪塞一下。

「我們家也跟很多有頭有臉的人關係很好。」她說。

菲利普臉上泛起一絲笑意，她注意到了。

「你笑什麼？」她很快地說，「你不相信我說的是眞的？」

「我當然相信。」他回答。

她一臉懷疑地看著他，但過了一會兒，又忍不住顯擺起自己早年富裕的家境。

「我爸有一部雙座馬車，我們家有三個僕人、一個廚子、一個女傭，跟一個打雜的。我們家種了好多漂亮的玫瑰花，人們總是會停在我家大門前問，這是誰家的房子啊？這些玫瑰眞美啊！當然跟店裡那些女孩子混在一起並不是很恰當，那可不是我習慣的階層，有時候我也眞的會想，還不如把這工作辭了算了。我在乎的不是工作，你可別那麼想；我在乎的是跟那個階層的人混在一起這件事。」

他們在火車上面對面坐著，菲利普非常有同感地聽著她說的每一句話，覺得很快樂。她的天眞讓他覺得很有意思，心裡微微被觸動了。她的頰上有很淡很淡的紅暈，他在想，要是能吻一吻她的下巴尖，不知該有多好。

「你一進我們的店，我就看出你是個道道地地的紳士。你父親是個專業人士吧？」

「他是醫生。」

「專業人士是很好認的，他們有一種味道，我也說不清楚那是什麼，不過我一看就知道。」
他們從車站一起走出來。
「我說啊，我想邀你跟我一起去看別的戲。」他說。
「我無所謂。」她說。
「你就不能說一聲『我很想去』嗎？」
「我爲什麼要那樣說？」
「不想說就算了。我們約個時間吧，星期六你可以嗎？」
「可以。」
他們又進一步做了些安排，接著發現已走到她住的那個路口。她伸出手來準備握手告別，他握住了她的手。
「哎，我眞的好想叫你米爾芮德。」
「你喜歡就叫，我無所謂。」
「那你也叫我菲利普，好嗎？」
「要是到時候我記得我就叫，但是叫你凱利先生還是比較自然一點。」
他輕輕地把她拉向自己，但她往後一縮。
「你幹什麼？」
「你不吻我一下道晚安嗎？」他輕聲說。
「不要臉！」她說。
她抽回自己的手，快步走回自己家去了。
菲利普買了星期六晚上的票。那天晚上她沒辦法早走，所以沒有時間回家換衣服，但她特意早上就帶了一套禮服，下班後可以趕快在店裡換上。要是那天女經理心情好，說不定還會讓她七點鐘就走。菲利普跟她說好，七點十五分在店外等她。他萬分期待這次機會，因爲看完戲之後，從劇院到車站這一段的馬車裡，他想她應該會答應讓他吻她。這種交通工具爲男性摟住女孩的腰肢提供了種種方便（這是雙座馬車優於時下計程車的一項長處），光是這種樂趣，這一整晚的娛樂花費就值了。

但到了星期六下午，他去那家店喝茶，想順便確認一下晚上的安排時，卻看見那個留金色大鬍子的男人從店裡出來。現在他已經知道那人叫米勒，是個歸化英國的德國人，取了個英國化的姓，已在英國住了許多年。菲利普聽過他說話，儘管他的英語聽起來很流利也很自然，但還是多少帶著一點腔調。菲利普知道他在跟米爾芮德調情，整個人充滿了強烈妒意。幸虧她個性冷淡，這點倒讓他稍感安慰，不然就有得他痛苦了，而想到她毫無熱情這一點，他覺得這位情敵的境遇也比他好不了多少。但這時他的心又沉了下去，因爲他第一個想到的是，米勒的突然出現，說不定會干擾他期盼已久的出遊。他憂心忡忡地進了店，米爾芮德迎上來，招呼他點了餐，沒多久便送上了茶點。

「我眞的非常抱歉，」她說，臉上確實有幾分難過的神色。「我今晚不能去了。」

「爲什麼？」菲利普問。

「你不要大驚小怪，」她哈哈一笑，「也不是我的問題。我姑媽昨晚病了，今晚我們家女傭放假，所以我得回去陪她。也不能留她一個人哪，對吧？」

「沒關係，那我去你家看你。」

「但是你已經買票了，浪費了很可惜。」

他從口袋把票掏出來，故意在她面前撕掉。

「你這是幹什麼？」

「你該不會以爲我會自己一個人去看一場爛透了的歌舞劇吧？我去看那玩意兒完全是爲了你。」

「你意思是你要去我家？那可不行。」

「你另有安排。」

「我不知道你這什麼意思，你跟其他男人一樣自私，只想到自己。我姑媽身體不舒服，也不是我的錯啊。」

她很快地寫好帳單，轉身就走。菲利普對女人實在了解太少，不然他就該懂得，即使是再明顯不過的謊言，也應該擺出全盤接受的樣子。他決定盯著那家店，看看米爾芮德是不是眞的跟那個德國人出去。他不幸地就是有這麼一股追根究柢的傻勁。晚上七點鐘，他守在對面的人行道，到處尋找米勒的身影，卻沒有看見他。十分鐘後她出來了，穿著披風，頭上罩著他帶她去沙夫茨伯里劇院看戲時那條披巾，顯然不是要回家。他還沒來得及閃開，她已經看到他了，她先是一愣，接著便直直朝他走來。

「你在這裡做什麼？」她說。

「散步透個氣。」他回答。

「你在監視我，你這骯髒下流的小人，我還當你是個正人君子。」

「你以爲正人君子會對你感興趣？」他嘴裡咕噥了一句。

他控制不住想把事情弄糟的衝動，他要以牙還牙，她傷他有多重，他就要狠狠地傷害回去。

「我認爲，只要我高興，隨時都可以改變主意，我又不是非跟你出去不可。我告訴你，現在我要回家了，不准跟著我，也不准監視我。」

「你今天見過米勒了？」

「那不干你的事。事實上我根本沒有見到他，你又搞錯了。」

「我下午看見他了，我進門的時候他正好從店裡出來。」

「所以呢？就算他來過了又怎麼樣？如果我喜歡，我也可以跟他出去啊，不行嗎？我不知道，你爲什麼非說這些不可。」

「他讓你久等了，不是嗎？」

「這個嘛，我寧願等他，也好過讓你等我。你自己好好想一想，現在，你最好還是回家去，仔細考慮一下自己的未來吧。」

他的情緒突然從憤怒轉成絕望，連說話的聲音都顫抖了。

「哎，不要對我這麼殘忍啊，米爾芮德。你知道的，我眞的好喜歡你，我是全心全意愛著你的啊。你可以改變心意嗎？我眞的好期待今晚。你看，他失約了，他根本一點都不在乎你。你願意跟我去吃飯嗎？我會再買一次票，你想去哪兒，我們就去哪兒。」

「我告訴你，我不願意。你說什麼都沒用，我已經決定了。我一旦下定決心，就不會變了。」

有好一陣子，他看著她，覺得自己的心被巨大的痛苦撕裂了。人行道上的行人在他們身邊匆匆走過，馬車和公共汽車嘈雜地壓過路面，他看見米爾芮德東張西望，擔心在人群裡錯過了米勒的身影。

「我不能再這樣下去了，」菲利普呻吟著說，「這樣實在太丟人。如果我現在走，就再也不回來了。除非你今晚答應跟我在一起，否則你今後再也看不到我了。」

「你好像覺得這對我是什麼天大的壞事啊，我要說的是，能擺脫一個垃圾，我根本求之不得。」

「那就再見了。」

他點點頭，慢慢一瘸一拐地走開，心裡努力盼著她會喊他回去。到了下一根電燈桿，他停住腳步，回頭看了看。他覺得她說不定眞的會叫他，假若是這樣，他願意盡釋前嫌，也準備好接受所有的羞辱，但她已經轉身走了，顯然完全不掛念他。他終於意識到，她有多麼高興甩掉了他。

59

菲利普那一晚過得很慘。他曾事先告訴房東太太自己不回來吃飯，所以回去也沒東西吃，只好去加蒂餐廳吃晚餐。之後回到住處，樓上的格里菲斯又在開派對，喧鬧的歡笑聲讓他更難忍受自己的痛苦。於是他去了雜耍劇場，但這天是星期六晚上，劇場只剩站位，他乏味地站了半小時，腿都站瘆了，只好又回去。他想讀書，但集中不了精神，然而他確實需要好好用功了，再兩個多星期就要考生物，雖然這一科很簡單，但他一直沒去上課，也很清楚自己什麼都不會。不管怎樣，這只是場口試，他覺得自己應該可以在兩星期內把這科讀到勉強過關，他對自己的聰明有信心。於是他又把書丟到一邊，專心想起那件一直繞在他腦子裡的事情來。

他狠狠地責怪自己今天晚上根本做錯了，爲什麼非要逼她在跟他吃晚餐和從此不見他之間選一個呢？她當然會拒絕啊，他應該顧及她自尊心的，這會兒他連自己的後路都斷了。如果他想著現在她也很難過，也許還不至於這麼難忍受，但他太了解她了，她根本就不在乎他。假如他沒這麼笨，就會假裝相信她編出來的話，他應該有能力掩蓋自己的失望，也有辦法克制自己的脾氣才對啊。他也說不清楚爲什麼會愛上她，他在書上讀過愛情發生的理想化場景，但他看到的是她確確實實的一面。她不有趣也不聰明，思想平庸，還有種令他反感的市井式狡獪，一點高雅溫柔的氣質都沒有。就像她自己說的，她是個唯利是圖的人，要是有誰能耍點聰明的小把戲，把一個毫無防備的人玩得團團轉，最能讓她打心裡佩服，整人，向來讓她心滿意足。想到她所謂的「高貴」和吃飯時的「文雅」總是讓菲利普忍不住大笑，她受不了別人講話粗俗，明明自己詞彙有限，又酷愛用一些委婉用詞，別人說的話對她來說到處都犯禁忌。她從來不說「褲子」，而要說是「下裝」；她覺得擤鼻子有點不雅，於是擤的時候就擺出一副不以爲然又不得不為的表情。她嚴重貧血，還消化不良，平平的胸部和窄窄的屁股讓菲利普反感，而且他也討厭她俗氣的髮型。但他居然愛上了她，他眞是恨死了自己，也看不起自己。

事實是，他完全無能爲力。他現在的感覺，就跟以前在學校裡被大孩子抓住時一樣，他在比他大得多的力量之下拚命掙扎，直到氣力放盡，再也沒辦法抵抗。他還記得當時四肢那種特殊的麻痺感，他幾乎以爲自己要癱瘓了，所以只能任人擺布，還以爲自己死了。現在他又出現了和當時一樣的虛弱感。他愛上了這個女人，現在他才知道，以前他從沒眞的愛過誰。他不在乎她人格或個性上的缺點，他覺得他連那些缺點也愛，總之，那些缺點對他不算什麼，他似乎也不在意，他覺得自己好像被某種奇特的力量控制了，讓他違抗自己的意願行動，做出和他利益相反的事。可是他明明因爲熱愛自由，而恨透了捆綁在他身上的鎖鍊。他想起以前常那樣渴望體驗幾乎令人滅頂的激情，現在卻只想譏笑自己；他居然這樣就屈服了，忍不住咒罵起自己來。他想，這一切究竟是怎麼開始的呢？如果他那時沒有和唐斯佛德走進那家店，那麼一切都不會發生。整件事都是他自己的錯。要不是他荒唐的虛榮心，他才不會跟那個沒禮貌的賤人有什麼瓜葛。

總之，這天晚上發生的事已經了結了一切。除非他毫無羞恥心，否則他是不會再回頭了。他渴望擺脫纏住他的愛情，這太丟人、太可恨了。他絕對不能讓自己繼續想她，只要過一陣子，痛苦一定會減輕的。他突然想起以前的事，他在想，不知道愛蜜莉・威爾金森和芬妮・普萊斯是不是也承受了跟他現在一樣的折磨。他感到一陣深深的自責。

「我那時根本不知道愛情是怎麼回事。」他喃喃自語。

那晚他睡得很不安穩。隔天是星期天，他開始讀起了生物。他把書擺在面前，嘴裡念念有詞，想藉此集中注意力，還是什麼也記不住。他發現自己的心思一直飄回跟米爾芮德在一起的每一刻，心裡反覆咀嚼跟她吵架時說的每句話。他必須逼自己專心念書，於是出去散了個步。泰晤士河南面那些街道平日雖然總是髒兮兮的，但人群倒是熙來攘往、充滿活力，邋遢卻生氣勃勃。但到了星期天，因爲沒有店鋪開門，路上也見不到車，街道顯得安靜而蕭條，有種難以形容的陰鬱。菲利普覺得那一天像是永遠過不完似的，但他實在太累了，晚上睡得很沉。到了星期一，他決心展開新生活。聖誕節快到了，許多同學都已經回鄉下過節，回來後再繼續把冬季學期上完。菲利普的伯父也寫信邀他回布萊克斯泰伯過聖誕，不過他拒絕了。他拿考試快到了當藉口，但事實是他不願意離開倫敦和米爾芮德。他的功課實在荒廢太久，現在他只有兩週的時間把三個月的進度追回來。他開始認認眞眞念起書來，他發現不去想米爾芮德這件事也一天比一天容易了，慶幸自己還有那麼點骨氣。他心上的痛楚已經沒有一開始那麼激烈，而成了一塊碰不得的隱痛，就像一個人意外從馬背上摔下，雖然沒摔斷骨頭，但仍撞得青一塊紫一塊，心理也受了不小的震撼。菲利普發現已能帶著好奇觀察自己這幾週以來的狀態。他饒富興味地分析自己的感情，覺得自己有點好笑。他想到的其中一件事是，在那些狀況下，理智的力量竟然這麼微小，他精心建構、讓他萬分得意的那套個人哲學體系，完全幫不上忙，他眞的不懂爲什麼會這樣。

但偶爾他在路上見到長得像米爾芮德的女孩子，心臟還是會突然漏跳一拍。接著忍不住熱切又焦急地追上去，最後才發現那是個完全不認識的人。學生們都從鄉下回來了，他和唐斯佛德去ＡＢＣ咖啡連鎖店喝茶，熟悉的女侍制服讓他悲傷得說不出話來。他突然想到，也許她已經被調到另一家分店工作，說不定一不小心就會正面碰上她。這個想法讓他突然慌張起來，他擔心唐斯佛德看出自己不對勁，又找不出什麼話可以說，只好假裝專心聽唐斯佛德講話。這種對話狀態讓他快瘋了，他簡直忍不住想對唐斯佛德大吼——看在上帝的份上，給我閉嘴！

口試的日子到了。輪到菲利普時，他鼓起最大的勇氣走到主考官的桌前，答了三四個問題，接著他們給他看了幾個標本，由於根本沒上幾堂課，只要問到書上沒有的，他就一題也答不出來。他努力掩飾自己的無知，主考官也沒再多問，十分鐘一到，口試就結束了。他本來覺得自己絕對可以過關，但隔天去考試大樓看貼在門上的及格名單時卻找不到自己的號碼。他驚訝地從頭到尾找了那張名單三次，唐斯佛德站在他旁邊。

「呃，你沒能及格我真的很遺憾。」他說。

他看榜之前問了菲利普的學號。菲利普轉過頭，看見他容光煥發的臉，顯然是及格了。

「噢，完全沒關係，」菲利普說，「我很高興你過了。我七月還可以再來一次。」

他努力裝作不在意，他們沿著河堤路走回來，他硬跟唐斯佛德聊些不相干的事，唐斯佛德好心地想跟他討論一下這次不及格的原因，但菲利普卻硬擺出漫不經心的樣子來。其實他覺得受了莫大的侮辱，連被他認定討人喜歡卻腦子不靈光的唐斯佛德都及格了，相比之下，他自己不及格這件事就更令人難以接受。他向來以聰明自豪，現在卻忍不住絕望地問，他對自己的評價是不是錯了。這學期過了三個月，十月入學的這批學生已經分成了好幾群，哪些人出類拔萃，哪些人聰明勤奮，還有哪些人根本是不堪造就的廢物，都已經一清二楚了。菲利普明白，這次不及格，除了他自己之外誰都不覺得意外。現在是下午茶時間，他知道很多人都會去醫學院地下室喝茶：考試過關的人一定歡天喜地，不喜歡他的人會幸災樂禍地看他，而那些不及格的倒楣鬼會對他表示同情，好換取他對他們的同情。按他的本能，他一星期內都不會接近醫學院，這段時間過了之後，這件事也就自然被人淡忘了。但是，正因他這麼厭惡在這個時刻去那裡，他反而去了，他想狠狠地懲罰自己。他一時竟忘了那道生活信條——想做什麼就去做，但要適時留心拐角處的警察。或者說，假如他真的照了這條準則行動，那麼他個性中一定有種奇特的病態，讓他從自我折磨中獲得某種痛苦的快感。

但在承受了自己強加在自己身上的苦難之後，他從喧鬧的吸菸室出來，走進漆黑的夜色中，還是感覺到一股沉重的孤獨。他覺得自己既荒唐又無用，他迫切需要安慰，再也抵擋不住想見米爾芮德的誘惑。他痛苦地想，她會安慰他的可能性實在太小了，但即使不跟她說話，他也還是想見她。畢竟她是個女侍，非服務他不可。她是這個世界上他唯一在乎的人，他就算不承認這個事實也沒用。當然，現在若無其事地回到那家店很丟臉，但他早就沒什麼自尊了。儘管不想承認，但他確實每天都期待她寫信來，她知道只要寫信到醫學院來就可以聯繫到他，但她沒有寫，顯然一點也不在乎能不能再見到他。他嘴裡反覆念著：

「我必須見她。我必須見她。」

想見她的渴望實在太強烈，他連走路都嫌太慢，只好跳上出租馬車直奔茶館（他向來省吃儉用，除非萬不得已，是一次都不肯坐的）。他在店外站了一兩分鐘，腦子裡突然冒出她說不定已經不在這家店做事的想法，他萬分恐懼地急走進店裡，結果一進去就看見她了。他在座位上坐下，她朝他走來。

「一杯茶，一份鬆餅，謝謝。」他點了餐。

其實他幾乎沒辦法說話，有那麼一陣子，他好怕自己就要哭出來了。

「我簡直以爲你死了呢。」她說。

她對他微笑。微笑！菲利普在心裡咀嚼了上百次的最後一次爭吵，她好像已經完全忘了。

「我想，如果你想見我，你會寫信的。」他回答。

「我忙得要命，哪裡想得到要寫信。」

要從她嘴裡說出幾句溫言軟語似乎是不可能的，菲利普眞恨命運，怎麼偏偏就把他和這樣一個女人牽連在一起。她離開了他這桌去端茶。

「想要我坐下來陪你幾分鐘嗎？」她送餐來的時候說。

「想。」

「你這段時間都到哪裡去啦？」

「我一直待在倫敦。」

「我還以爲你去度假了呢。那你爲什麼不到這兒來？」

菲利普用一對憔悴卻熱情的眼睛看著她。

「你忘了我說過再也不見你了嗎？」

「那你現在在幹嘛？」

她這話說得彷彿不羞辱他到底不甘心似的，但他太了解她了，她說話就是隨口亂扯，雖然傷透他的心，但從來不是有意的。他沒回應。

「你對我使那麼卑劣的把戲，居然監視我，虧我一直當你是個道道地地的正人君子。」

「不要對我這麼狠心，米爾芮德，我受不了。」

「你眞是個怪人，我搞不懂你。」

「事情很簡單，我就是個該死的大笨蛋，我全心全意地愛上了你，而我也明白，你一點也沒把我放在眼裡。」

「如果你眞是個君子，我想你隔天應該要來道歉才對。」

她完全沒有憐憫他的意思。他看著她的脖子，恨不得拿吃鬆餅用的餐刀一把捅進去，他有足夠的解剖學知識，可以精準地找到她的頸動脈，但同時，他又想吻遍她那蒼白削瘦的臉。

「我只想讓你知道，我愛你愛得快瘋了。」

「你還沒跟我道歉呢。」

他臉色變得死白，她好像覺得自己在這整件事裡頭完全沒錯，所以現在就是要作賤他。他向來心高氣傲，有那麼一瞬間，眞想叫她下地獄，但他沒膽子說。熱烈的愛讓他卑躬屈膝，只要能見她，叫他做什麼都願意。

「我眞的非常抱歉，米爾芮德，求你原諒我。」

他幾乎用盡了所有力氣，才把這幾句話從自己嘴裡逼出來。

「現在既然你道歉了，我就不妨告訴你吧，那天晚上，我還眞希望自己是跟你一起出去。我以爲米勒是個紳士，但我發現我錯了，所以我立刻就叫他走人了。」

菲利普微微喘了口氣。

「米爾芮德，今晚跟我出去好嗎？我們找個地方吃飯。」

「噢，今晚不行。我姑媽還在家裡等我呢。」

「我會給她打個電報，你可以說你在店裡有事耽擱了，她什麼都不會知道的。噢，看在老天份上，出來吧，我這麼久沒見到你了，我想跟你說話。」

她低頭看了看自己身上的衣服。

「不用擔心這個，我們可以找個不要求服裝的地方去，然後我們還可以去雜耍劇場。答應我吧，要是你願意，我會很高興的。」

她遲疑了一下，看到他可憐兮兮地看著自己。

「好吧，我去去也無所謂。我都不知道多久沒出去過了。」

他不知費了多大的力氣，才能讓自己不當場抓起她的手來吻個徹底。

60

他們去了蘇荷區[1]吃晚餐，菲利普簡直興奮得發抖。那家店並不是人潮洶湧的平價餐廳，一般在這種餐廳裡，體面的人和沒錢的人都可能來用餐，因爲來這些地方一方面顯得有藝術氣息，一方面又經濟實惠。他們去的是一間簡陋的小店，由一對來自盧昂[2]的老實夫婦經營，菲利普也是意外發現這家店的。當時他被這家店非常法國風的櫥窗布置吸引住了，他們通常會在裡頭放一份還沒下鍋的生牛排，另一邊擺著兩盤生鮮蔬菜。店裡有個老是無精打采的法國侍者，他一直很想學英語，但在這家店除了法語之外聽不到別的語言。顧客裡有幾個看上去很輕浮的女人；一兩個常來光顧的家庭，店裡還有他們的專用餐巾；還有一些古怪的人也會到這裡吃些快速簡便的飯菜，草草打發三餐。

在這兒，米爾芮德和菲利普可以獨占一張桌子。菲利普請侍者到隔壁酒館買了瓶勃根地紅酒，接著點了法式蔬菜湯、一份櫥窗裡的牛排加馬鈴薯，和一份櫻桃蛋糕捲。這些餐點和餐廳確實有種浪漫氣氛，米爾芮德一開始不以爲然：「我可不太信任這些外國餐廳，你根本不知道他們到底在菜裡放了什麼亂七八糟的東西。」但漸漸地也改觀了。

「我喜歡這裡，菲利普，」她說，「好像把手肘放在桌上也沒關係似的，對吧？」

有個高個子進來了，他長著一頭灰白的亂髮，稀疏的鬍子修得參差不齊，穿著一件爛披風，頭上是一頂寬邊呢帽。他朝菲利普點了點頭，他們以前在這裡見過面。

「他看起來像個無政府主義者[3]。」米爾芮德說。

「他是啊，他可是全歐洲最危險的一個傢伙。歐陸每一座監獄他都待過，他暗殺過的人比任何一個從絞刑架上

---

1 蘇荷區（Soho）：位於英國大倫敦轄下，一個叫做「西敏市」（Westminster）的倫敦自治市。本來是當地的紅燈區，後來色情行業式微，加上位置緊貼倫敦的金融區梅費爾（Mayfair），每天下班時間都有很多人從梅費爾到蘇荷喝酒、消遣和聽音樂，使蘇荷區漸漸變成世界各地遊客雲集的小區。許多時尚酒吧和小店、高檔飯店雲集於此，僅少許色情場所仍在營業。

2 盧昂（Rouen）：位於法國北部，是上諾曼第大區的首府。歷史上，盧昂是中世紀歐洲最大、最繁榮的城市之一。

3 無政府主義（Anarchism）：又譯作安那其主義，是一系列政治哲學思想。其目的在於提升個人自由，以及廢除政府當局與所有的政府管理機構。

解下來的達官貴人都多。他口袋裡隨時都放著一個炸彈，當然，這樣要跟他聊天是有點難，因爲只要你不贊同他的意見，他就會用引人注目的動作，把口袋裡的炸彈擺到桌上來讓你瞧瞧。」

她帶著恐懼和驚訝看著那個男人，接著又懷疑地看了菲利普一眼，她看見菲利普的眼睛在笑，她微微皺起了眉頭。

「你在耍我。」

他發出一聲小小的歡呼，他眞的太高興了。但米爾芮德不喜歡被人家這樣嘲笑。

「我看不出編謊話有什麼好玩的。」

「別生氣嘛。」

他握起她放在桌上的手，輕輕地捏了捏。

「你眞可愛，就算要我親吻你腳下走過的土地，我也願意。」他說。

她白裡泛青的肌膚讓他痴迷，那對蒼白的薄唇更有著無比魅力。貧血讓她呼吸急促，嘴常常微張著，這讓她的容貌顯得更加誘人。

「你確實有一點點喜歡我，對吧？」他問。

「這個嘛，如果我一點都不喜歡，也不會跟你到這兒來了，不是嗎？你是個道道地地的紳士，這點我得承認。」

他們吃完了晚餐，開始喝咖啡。菲利普把所有儉省的念頭都丟到了九霄雲外，抽起三便士一根的雪茄。

「你沒有辦法想像，能這樣坐在你對面看著你，對我來說是多大的快樂。我好想你，好想好想見你。」

米爾芮德微微一笑，臉上浮起淡淡的紅暈。平常她一吃完飯立刻就消化不良，今天倒沒有。她今天似乎對菲利普特別友善，眼神也多了些少見的溫柔，這讓菲利普狂喜不禁。他本能地知道，要是把自己全盤交到她手上，那就是瘋了；唯有對她若即若離，讓她看不清他心中翻騰難抑的激情，才有馴服她的機會。她會利用他的弱點。但他現在完全謹慎不了，他把和她分開這段時間裡承受的身心折磨一古腦兒地全部傾吐出來，他告訴她，他經過了什麼樣的掙扎，他努力想從激情中抽身，還以爲自己成功了，又如何地發現情感燃燒得比之前還熾烈。他知道，自己從來不曾眞的想拋開這份感情。他太愛她了，受什麼樣的苦都不在乎，他吐露了所有心事，萬分榮幸地把所有弱點都攤在她面前。

沒有什麼比待在這個舒適簡陋的餐廳更讓菲利普快樂的事了，但他知道米爾芮德希望有娛樂活動。她是個靜不下來的人，不管她在哪兒，待不了多久就想著要往別處去。他可不敢讓她覺得無聊。

「嗨，我們去雜耍劇場怎麼樣？」他說。

他立刻想到，要是她還有一點在乎他，應該會說，她比較想待在這兒。

「我也正在想，要是我們打算去雜耍劇場，現在就該去了。」她回答。

「那就走吧。」

菲利普不耐煩地等著表演結束。他已經決定好要怎麼做了，他們一坐進出租馬車，他就把手臂伸過去，像是偶然一樣地摟住她的腰，但他馬上驚呼一聲縮回手，他被刺了一下。她哈哈大笑。

「看吧，手擺在不該擺的地方就是這種下場，」她說，「男人什麼時候想伸手摟我的腰我一清二楚，那根別針絕對饒不了他們的。」

「這次我會更小心一點的。」

他又摟住了她的腰，她沒有表示反對。

「這樣好舒服。」他幸福地嘆了口氣。

「你高興就好。」她回了一句。

馬車沿著聖詹姆斯街一路駛進了公園，菲利普很快地親了她一下。他怪怕她的，要親這一下可是用盡了他全部的勇氣。她沒說話，靜靜地把嘴唇迎向他，她似乎不介意，但也並不喜歡。

「眞希望你能明白，我想吻你想了多久。」他低聲說。

他還想再吻一次，但這次她躲開了。

「一次就夠了。」她說。

爲了找機會再吻她一次，他陪她一起走到赫內希爾，到了她住處的那個路口，他問她：

「願意再讓我吻一次嗎？」

她表情冷淡地看著他，接著朝路口掃了一眼，確定視線內沒有人。

「我無所謂。」

他將她摟進懷裡，熱烈地吻著她，卻被她一把推開。

「注意一下我的帽子，你這傻瓜。手腳怎麼那麼笨哪！」她說。

（上冊完，下冊待續）

他還不知道，
一個旅人在跨入現實的國度之前，
要越過多大一片乾旱險惡的荒原。
說年輕就是幸福，
這是一種幻想，
一種不再年輕的人才有的幻想。

國家圖書館出版品預行編目資料

人性枷鎖・上／威廉・薩默塞特・毛姆（William Somerset Maugham）著；王聖棻、魏婉琪譯
——初版——臺中市：好讀，2017.06
面；公分，——（典藏經典；104）
譯自：Of Human Bondage
ISBN 978-986-178-405-2（平裝）
873.57　　105022438

好讀出版

典藏經典 104

人性枷鎖・上

Of Human Bondage

作　　者／威廉・薩默塞特・毛姆 William Somerset Maugham
譯　　者／王聖棻、魏婉琪
總 編 輯／鄧茵茵
文字編輯／簡伊婕
內頁編排／王廷芬
行銷企畫／劉恩綺
發 行 所／好讀出版有限公司
臺中市 407 西屯區何厝里 19 鄰大有街 13 號
TEL:04-23157795　FAX:04-23144188
http://howdo.morningstar.com.tw
（如對本書編輯或內容有意見，請來電或上網告訴我們）
法律顧問／陳思成律師

戶名：知己圖書股份有限公司
劃撥帳號：15060393
服務專線：04-23595819 轉 230
傳眞專線：04-23597123
E-mail：service@morningstar.com.tw
如需詳細出版書目、訂書，歡迎洽詢
晨星網路書店 http://www.morningstar.com.tw

印　　刷／上好印刷股份有限公司 TEL:04-23150280
初　　版／西元 2017 年 6 月 15 日
定　　價／450 元
如有破損或裝訂錯誤，請寄回臺中市 407 工業區 30 路 1 號更換（好讀倉儲部收）

Published by How Do Publishing Co., Ltd.
2017 Printed in Taiwan

ISBN 978-986-178-405-2

讀者回函

只要寄回本回函，就能不定時收到晨星出版集團最新電子報及相關優惠活動訊息，並有機會參加抽獎，獲得贈書。因此有電子信箱的讀者，千萬別吝於寫上你的信箱地址

書名：人性枷鎖．上

姓名：______________ 性別：□男 □女 生日：____年____月____日

教育程度：__________________________

職業：□學生 □教師 □一般職員 □企業主管

□家庭主婦 □自由業 □醫護 □軍警 □其他________________________

電子郵件信箱（e-mail）：________________________ 電話：_________________

聯絡地址：□□□ ____

你怎麼發現這本書的？

□書店 □網路書店（哪一個？）___________________ □朋友推薦 □學校選書

□報章雜誌報導 □其他____

買這本書的原因是：____

□內容題材深得我心 □價格便宜 □封面與內頁設計很優 □其他_____________

你對這本書還有其他意見嗎？請通通告訴我們：

____

你買過幾本好讀的書？（不包括現在這一本）

□沒買過 □ 1 ～ 5 本 □ 6 ～ 10 本 □ 11 ～ 20 本 □太多了

你希望能如何得到更多好讀的出版訊息？

□常寄電子報 □網站常常更新 □常在報章雜誌上看到好讀新書消息

□我有更棒的想法____

最後請推薦五個閱讀同好的姓名與 E-mail，讓他們也能收到好讀的近期書訊：

1. ____

2. ____

3. ____

4. ____

5. ____

我們確實接收到你對好讀的心意了，再次感謝你抽空填寫這份回函

請有空時上網或來信與我們交換意見，好讀出版有限公司編輯部同仁感謝你！

好讀的部落格：http://howdo.morningstar.com.tw/

好讀的臉書粉絲團：http://www.facebook.com/howdobooks

請填妥後對折黏貼，直接投郵即可，無須貼郵票。

廣告回函
台灣中區郵政管理局
登記證第 3877 號
免貼郵票

好讀出版有限公司　編輯部收

407 台中市西屯區何厝里大有街 13 號

電話：04-23157795-6　傳眞：04-23144188

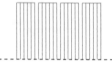

沿虛線對折

購買好讀出版書籍的方法：

一、先請你上晨星網路書店http://www.morningstar.com.tw檢索書目或直接在網上購買

二、以郵政劃撥購書：帳號15060393 戶名：知己圖書股份有限公司並在通信欄中註明你想買的書名與數量

三、大量訂購者可直接以客服專線洽詢，有專人爲您服務：客服專線：04-23595819轉230 傳眞：04-23597123

四、客服信箱：service@morningstar.com.tw